国家社会科学基金项目

教育部人文社科基金项目

现代文学与现代教育的互动共生

以浙江一师为视点

张直心 王平 著

广西师范大学出版社
·桂林·

图书在版编目（CIP）数据

现代文学与现代教育的互动共生：以浙江一师为视点／张直心，王平著.—桂林：广西师范大学出版社，2020.8
ISBN 978 - 7 - 5598 - 2941 - 2

Ⅰ.①现… Ⅱ.①张… ②王… Ⅲ.①中国文学－现代文学史－研究 ②浙江省立第一师范学校－校史－研究
Ⅳ.①I209.6 ②G659.285.51

中国版本图书馆 CIP 数据核字（2020）第 099038 号

出 品 人：刘广汉
责任编辑：魏　东
助理编辑：罗　兰
装帧设计：李婷婷
广西师范大学出版社出版发行

（广西桂林市五里店路9号　　　　邮政编码：541004

网址：http://www.bbtpress.com　　　　　　　　　　）

出版人：黄轩庄
全国新华书店经销
销售热线：021 - 65200318　021 - 31260822 - 898
山东韵杰文化科技有限公司印刷
（山东省淄博市桓台县桓台大道西首　邮政编码：256401）
开本：690mm×960mm　　　1/16
印张：23.5　　　　　　　字数：300 千字
2020 年 8 月第 1 版　　2020 年 8 月第 1 次印刷
定价：108.00 元

目　录

导言 ……………………………………………………………… 001

　一　既有研究综述 ……………………………………………… 001

　二　主要观点与基本思路 ……………………………………… 003

第一章　守成与革新：清末民初现代型师范学校的崛起 ………… 009

　一　清末学堂新制与现代教育的萌生 ………………………… 009

　二　一师的"日化"建筑格局表象与留日教师习得于
　　　日本的西方民主主义思想内蕴 …………………………… 013

　三　"木瓜之役"：新学与旧学矛盾冲突的激变 …………… 019

　四　首在立人：鲁迅在浙江两级师范个案探析 ……………… 022

　五　风口浪尖的掌校者：许寿裳在浙江两级师范个案探析 … 031

第二章　文学教育的知识谱系与建制考辨 ·················· 039

　一　从切割"辞章"到走出边缘：文学学科地位的确立 ············ 039

　二　旧与新：一师三代国文教师的知识谱系与蕴藉 ············· 049

　三　辩与不辩：以文学革命引入作为分期标志的课堂教学改革 ······· 062

　四　集体主义与个人主义：师范教育模式与新文学

　　　培养目标抵牾的调适 ·························· 077

第三章　润物有"声"：发出"现代的声音" ················ 088

　一　破空之声："浙潮第一声" ····················· 088

　二　回到一师声音的现场 ······················· 093

　三　塑形之潜移默化："经式"训育 ·················· 095

　四　讲出国语：白话与方言的参差 ··················· 107

第四章　审美主义：一师所标举的文艺乃至生存层面的价值取向 ······ 121

　一　人格教育与职业教育：经亨颐教育思想与江苏教育会

　　　教育思想之歧异 ··························· 121

　二　感精神之粹美：作为美育的音乐教育 ················ 137

　三　改变世道人心：以"美"育人的薪传 ················ 142

　四　理想主义的文本：抒情审美与现实实践 ··············· 150

　五　大美之境界：舍监夏丏尊的人格教育个案探析 ············ 165

第五章　读书与济世：“一师风潮”论衡 ……………………… 175

一　一师“挽经运动”与北大“挽蔡运动”：

慢半拍生出的微妙意味 ……………………………… 175

二　蔡元培、蒋梦麟遥控一师船舵使之重归学术港湾 ……… 179

三　社会革命与文学革命的交相辩驳与补正 ……………… 182

四　北京女高师“驱许迎杨”风潮参读 …………………… 189

第六章　课堂上下与校园内外的现代文学时空与场域 …… 194

一　春风终化雨：晨光社的成立与《诗》的孕育萌生 …… 194

二　“湖畔”学生社团：《浙江新潮》之后“无所为而为的做诗”…… 205

三　风静人定：刘延陵的谦卑躬耕 ……………………… 220

四　晨光里的“罪之花”：潘漠华诗歌创作个案探析 …… 231

五　赤子之魂：冯雪峰一师时期诗歌创作个案探析 ……… 243

第七章　弃文从政复又弃政从文：建党宏业中的风生水起 … 254

一　由文人结社而渐次演变成的君子群而党之 ………… 254

二　“合群”理念的最高旨归：从浙江汇聚上海 ………… 261

三　求同存异抑或党同伐异 ……………………………… 265

四　退而结网：“用马克思主义的锄锹”掘通文学与社会科学领域 …… 271

第八章 一师作家群选题与创作风格烙有的现代教育职业标记 …… 277

一 教育小说:现代文学与现代教育结合的产儿 …… 277

二 诗史互阐:一位教员的心灵史 …… 286

三 毕竟是书生:校园叙事与学堂想象中的一师情结 …… 295

四 偏执与激愤:魏金枝一师心结个案探析 …… 305

五 后青春期的赢弱与忧郁:柔石心理个案探析 …… 315

第九章 从诗化青春到散文人生:浙江一师文人精神气质的衍变 …… 322

一 "火气"与"清气"的消长 …… 322

二 诗化青春:少年意气的诗性表征 …… 327

三 散文人生:中年沉潜的审美积淀 …… 334

四 人生的撒与执——俞平伯诗文创作个案探析 …… 342

余论 …… 354

参考书目 …… 359

后记 …… 364

导　言

一　既有研究综述

本书拟以浙江省立第一师范学校这一新教育与新文学的绝佳结合部为视点，深入探索民初现代教育与现代文学的互动共生关系。

诚如陈望道所言："'五四'前后的新文化运动，从全国范围来讲，高等学校以北大最活跃，在中等学校，则要算是湖南第一师范和杭州第一师范了。"[1]二十世纪初叶，浙江省立第一师范学校（其前身为浙江两级师范学堂）群星荟萃：鲁迅、许寿裳、李叔同、夏丏尊、沈尹默、沈兼士、沈玄庐、刘大白、陈望道、朱自清、俞平伯、叶圣陶、刘延陵等作家曾在一师执教；汪静

1　陈望道：《"五四"时期浙江新文化运动》，《杭州地方革命史资料》1959 年第 1 期。

之、冯雪峰、潘漠华、曹聚仁、丰子恺、柔石、魏金枝、张维祺等作家曾在此求学。早期新文学社团"晨光社""湖畔诗社"在这里创建;现代文学史上第一个诗刊《诗》在这里孕育萌生。不无遗憾的是,这些史实在既有文学史叙事中却大都隐而不彰或语焉不详。

所幸二十一世纪以还,学界关于现代文学与大学教育的研究已有收获,陈平原的《作为学科的文学史》一书认为:"'文学史'作为一种'知识',其确立以及演进,始终与大学教育密不可分。不只将其作为学术观念来描述,更作为一种教育体制来把握,方能理解这一百年中国人的'文学史'建设。"[1]勉力在学术史、思想史与教育史的交汇处,思考梳理作为课程、著述以及知识体系的现代"文学史"之生成、发展轨迹。钱理群主编的"二十世纪中国文学与大学文化"丛书(如黄延复《水木清华:二三十年代清华校园文化》、姚丹《西南联大历史情境中的文学活动》、高恒文《东南大学与"学衡派"》诸作),着重探讨特定历史时期的大学文化形态与这一时期的文学发展的关系,论述"集中在大学空间里的时代精英知识分子的学术思想、文化追求、精神风貌等对文学发展的影响与作用,其中既包括了对学院培养的作家的直接影响,也包括通过各种途径(特别是现代传播媒介)对社会文化、文学的间接影响,以及大学文学教育在文学发展中的特殊作用"[2]。沈卫威的《大学之大》以中文系的课程设置为考察中心[3],彰显现代大学中文系所确立的知识体系与新文学的生存境

1　陈平原:《作为学科的文学史》,北京大学出版社 2011 年版,第 2、5 页。
2　钱理群:《"二十世纪中国文学与大学文化"丛书序》,姚丹:《西南联大历史情境中的文学活动》,广西师范大学出版社 2000 年版,第 2 页。
3　沈卫威:《大学之大》,人民文学出版社 2007 年版。

遇。罗岗的《危机时刻的文化想像——文学·文学史·文学教育》等书也对相关选题作了较深入的阐析。[1]

此外，郭英德主编的《中国古代文学与教育之关系研究》[2]，分设教育制度与文学、教育内容与文学、教育活动与文学、教育效果与文学等四个专题，综论中国古代文学与教育之双向互动关系；李斌的《民国时期中学国文教科书研究》[3]，自觉运用现代文学史研究方法，勉力于思想教育、文学教学、技能训练、知识灌输这四种教学目的及内容的纠缠、冲突中，梳理出民国中学国文教材发展演化的基本线索与规律，也不乏参考意义。

以上著述无论从研究思路、角度抑或方法上均可引为借镜，启示本书如何进入现代文学与现代师范教育之深层关系的研究。

二　主要观点与基本思路

浙江省立第一师范学校之前身为浙江两级师范学堂，作为清末废除科举制度后萌生的新式学校，于 1906 年筹建。其施展新教育与新文学之两翼，经晚清，历辛亥，直至"五四"之后与时俱进的轨迹，是个案，亦可引为民初现代教育与现代文学互动共生通例的研读。

1　罗岗：《危机时刻的文化想像——文学·文学史·文学教育》，江西教育出版社 2005 年版。
2　郭英德主编：《中国古代文学与教育之关系研究》，北京大学出版社 2012 年版。
3　李斌：《民国时期中学国文教科书研究》，北京大学出版社 2016 年版。

本书拟以 1906 年 4 月浙江两级师范学堂创办至 1923 年 7 月浙江省立第一师范学校与浙江省立第一中学校合并为基本时限,而将此后三四十年代的相关人事视作论题的逻辑外延,依据历史进程、社会思潮、文学发展、教育观念的衍变,历时性地展示现代作家在浙江一师时期的文学活动。发生于 1909 年辛亥革命前夜的"木瓜之役"与 1920 年初因"五四"新文化运动激发的"一师风潮"一首一尾,恰好形成两个重要的历史性标志,对应着二十世纪中国历史上相继发生的两个大事件;与此相应的则是历史巨变时,一师知识分子所经历的生命与治学艰难的考验。

需要指出的是,此处所谓的"现代",不仅标志着改朝换代意义上的一个断代的历史观念,而且蕴含着文化学范畴的文明变迁。在这一语境下,"现代"或指传递、输送某种人文精神、科学理性意识的域外文明的别称。

在史学梳理的同时,本书尤重诗学批评。二十世纪初叶,在新文化运动这一文化思潮的感召下,南方一隅的浙江一师破空啼出了自己的初声,更于神州大地听到了彼伏此起的回应。新文化先驱、新文学作家纷纷会聚于一师。一师不仅成了鲁迅、李叔同、许寿裳、夏丏尊、刘大白、朱自清、俞平伯、叶圣陶、刘延陵、汪静之、冯雪峰、潘漠华、曹聚仁、丰子恺、柔石、魏金枝等现代作家在彼一动荡时代的托身所在,更衍为他们实践社会理想、培植生命信念的场域。在一师,他们谈学问道,交友结社,读书济世,于电光石火般的思想交流碰撞间,助成了教育改革与文学革命。

本书不仅辨析一师的教育传统(校风)、办学理念、课程设置等播布的精神气质、价值关怀、审美形态,梳理师生、同人结交往来所玉成的文学社团、文学刊物等课内外文学活动及校园文化氛围,更着重考量中国现代教育与现代文学互动共生的内在逻辑。

笔者将着重还原、凸现其始终标举人格教育，不仅在艺术层面，同时在生存层面激扬"审美主义"这一浙江一师独异的精神向度。

本书拟将研究对象置于文学史、教育史、思想史的脉络中予以考察。追溯新思想、新教育、新文学的结盟线索，烛照社会文化思潮、教育体制、文学思想之间的磨合痕迹，尤关注一师的文学教育作为教育改革的一脉，其实质的深远承载与意义超越。

笔者重视对原始史料的考证辨析，穷原竟委，力求使一个相对完整的对象世界呈现于研究视阈中。对一师所编讲义、报刊、文件及相关作家的作品、日记、书信、档案等第一手史料的倾力搜集、拾遗补阙，有助于笔者研究时全史在胸。

研究方法上，主要运用文化研究、文学史研究等理论方法，并借助历史学、教育学等学科的视角及材料，开掘、阐释浙江一师这一知识场域的文学蕴藉与文化蕴藉。文学史视野的确立，意味着笔者不仅关注"木瓜之役""一师风潮""湖畔诗社成立"等大事年表，亦关心、捕捉诸多微妙的生命情境、历史细节，从而发见传统史学"史所不书"处的丰饶、深刻意蕴。

因着特定年代既定的价值取向，相关历史、文学史乃至校史均被诠释为一部革命史话，甚至化约成革命神话。一师及相关知识分子的多元谱系、历史演进的复杂面向大都为既有史书筛选过滤。一些亲历者的回忆文章也有意无意地被削足适履，以迎合彼一时代激进思潮。针对既有史书对文献资料的删繁就简，本书拟取"化简为繁"的文学史叙事方法，注重原始文献，凸显历史细节，形成一种形散神不散、质感丰沛的特定风格，以期将研究对象置于更其多元的论辩质诘关系中，发见内中隐而不彰的文化姿态与价值取向。从而不仅从观念上，也从叙事方式上反拨既有历史书写的前提与预设。

　　本书在史料的钩沉考证方面时有去讹存真或填空补阙的发现。如对鲁迅到浙江两级师范学堂任教时间的考辨。据出版于日本的清廷游学生监督处《官报》第三十三期、三十四期为证,鲁迅1909年"7月3—7日,入骏河台红梅町杏云堂医院住院。除住院外,在7月和8月,还各'外诊一次'";又据《官报》第三十四期"阳历八月分活支款项清单"所载,"支官费生周树人辍学回国川资五十元";而《官报》第三十九、四十期上,则载周树人已领9月份的学费。按《管理游学日本学生章程》规定,"学生按照西历每月于先月杪如正月学费于12月杪支取持簿赴银行支取不得预支",从而笔者考证出鲁迅到校任教的时间应为1909年8月、9月间,纠正了鲁迅亲撰《自传》所述1910年到浙江两级师范任教、许寿裳《鲁迅先生年谱》称鲁迅1909年6月到职,以及《鲁迅全集》相关注释称"七、八月间回国"的错误。

　　又如针对两级师范校舍的"建筑格式与东京高等师范一式无二,据说是将东京高等师范学校的图样拿来照造的",并据此引申出清政府有意派夏震武上任压制与两级师范学堂中明显的"日化"倾向有关这一观点,特引浙江两级师范学堂全景鸟瞰图、东京高师全景鸟瞰图为证,指出"一式无二"未必见得,东京高师是袭自法式的围砌状建筑群;而两级师范学堂虽则在建筑物外观与内部某些功能分区上对东京高师有所借鉴,但基本格局仍是沿用中国传统建筑以"进"为单位的排布。进而揭示,清政府惧忌的与其说是一师的"日化",不如说是许寿裳、鲁迅等留日归国教师习得于日本的西方民主主义思想在一师的传播。

　　除了史料方面的钩沉出新外,本书更致力于思想、观点范畴的开出新境：如对"一师风潮"的价值重估，认为以"一师风潮"为界标，前后一师在新文化运动那段特定的历史时期恰构成了一种耐人寻味的互文性关系，社会革命与文学革命互有侧重，彼此补正，又交相辩驳。史家却往往局限于开掘"一师风潮"与"五四"精神相通的社会革命价值，而疏忽了其后一师那更有声有色的文学革命同样应属"五四"新文化运动的题中之义。在勉力将深陷于学生运动漩涡之中的一师之舟划归学术港湾的姜伯韩、朱自清等一线教师背后，隐约可见北大蒋梦麟乃至蔡元培悉心遥控着船舵。

本书还以浙一师陈望道、沈玄庐、施存统等五名师生投身中国共产党的筹建活动为历史背景，文史兼容，考论并举，以期更其宏阔地展现其感时应势、风生水起的文学与政治活动。笔者不为研究对象弃文从政、复又弃政从文的表象迷惑，而悉心触探、发掘其所从事的文学与政治活动间诸种复杂深刻的交会、辩难关系。

又如笔者指出，沈玄庐、刘大白、朱自清、叶圣陶、俞平伯等浙江一师文人的创作，见证了新文学初创期新诗的崛起与散文的中兴。耐人寻味的是，与"五四"前后精神气质的沉潜衍变适成呼应，其文体亦大致呈现了一个从诗到散文的集体性取舍趋势。而朱自清发表于 1923 年的长诗《毁灭》恰似一座界碑，可借作彼时一师文人不约而同作别诗化青春、步入散文人生的宣言。"人""文"相契，对于浙一师文人群而言，散文书写显然已不止是体现一种文体风格而已，更衍生为表征一种不疾不徐、"前进而不激进"的生存姿态，一种智情合致的思想范式，一种清明平和的精神气质。借此文体得以关注更其日常、宽广的人文经验，追求个人与社会、与自然之间的形散神不散。

本书注重文本细读，注重对历史主体——无论是文学史、教育史抑或思想史之主体内在复杂性的穿透性审视：如对许寿裳、陈望道、沈玄庐、朱自清等内在精神演化纹理的剖析，对李叔同以静穆归一抵抗内心的颉颃、丰子恺受一师灌铸的终身人格本是怒目金刚等心象的颖悟，对魏金枝在其小说《校役老刘》中影射"一师风潮"的"失败"、"新校长"俨然是"伪善"的僭权者，刘延陵新诗中缘何不由自主地流连于角落、幕后、阴影等谜面的探寻……力求于幽冥深邃处见新意。如是史学梳理与诗学审视双管齐下，助成本书不仅从文本、原始档案史料等第一手资料切入，钩沉考订，去讹存真，还原历史；更将现代作家在浙一师时期的思想、创作、生命情境、精神印记置于特定知识场域中予以专论，探幽烛隐，以期传达出中国现代文学与现代教育之别一风神。

第一章　守成与革新：清末民初现代型师范学校的崛起

一　清末学堂新制与现代教育的萌生

1903 年 6 月,清廷命张之洞会同张百熙、荣庆等大臣重订学制。次年元月,由张百熙、荣庆、张之洞联名奏呈,清廷批准颁布了《奏定学堂章程》。是年为旧历癸卯年,故又称"癸卯学制"。此章程可谓中国近代教育史上第一个以教育法令的形式颁发,并在全国上下广为推行、实施的学制。

"癸卯学制"的制订与推行,改变了中国古代官学、私学、书院三种教育形式鼎足而立的旧格局,为中国现代学校制度的建立奠定了基础。小学堂、普通中学堂、高等学堂以及师范学堂、实业学堂等新式学校应运而生。

其中,师范教育的兴办尤被视为当务之急。癸卯新章设立了上下相衔的师范教育体系:初级师范培养教初等小学及高等小学学生的师资;优级师范培养教中学堂学生及初级师范学堂师范生的师资。顾名思义,浙江两级师范学堂因兼有优、初两级师范职能遂得名。新章对师范教育的系统性规划、定义,无疑促成了浙江两级师范学堂建制的规范性。

在课程设置上,新学制秉承"中学为体"的指导思想,将属于"中学"既有范畴的中国文学科,列为"不得废弃"的必修科目,称:

中国各体文辞,各有所用。古文所以阐理纪事,述德达情,最为可贵。骈文则遇国家典礼制诰,需用之处甚多,亦不可废。古今体诗辞赋,所以涵养性情,发抒怀抱,中国乐学久微,借此亦可稍存古人乐教遗意。中国各种文体,历代相承,实为五大洲文化之精华,且必能为中国各体文辞,然后能通解经史古书,传述圣贤精理,文学既废,则经籍无人能读矣。外国学堂最重保存国粹,此即保存国粹之一大端。假使学堂中人,全不能操笔为文,则将来入官以后,所有奏议、公牍、书札、记事,将令何人为之乎? 行文既不能通畅,焉能畀以要职重任乎? 惟近代文人,往往专习文藻,不讲实学,以致辞章之外,于时势经济,茫无所知,宋儒所谓一为文人,便无足观,诚痛乎其言之也。盖黜华崇实则可,因噎废食则不可。今拟除大学堂设有文学专科,听好此者研究外,至各学堂中国文学一科,则明定日课时刻,并不妨碍他项科学,兼令诵读有益德性风化之古诗歌,以代外国学堂之唱歌音乐,各省学堂均不得抛荒此事。凡教员科学讲义,学生科学问答,于文辞之间,不得涉于鄙俚粗率。其中国文学一科,并宜随时试课论说文字,及教以浅显书信、记事、文法以资官私实用。但取理明词达而止,以能多

引经史为贵,不以雕琢藻丽为工,篇幅亦不取繁冗。教法宜由浅

入深,由短而长,勿令学生苦其艰难。中小学堂于中国文辞,止贵

明通;高等学堂以上于中国文辞,渐求敷畅,然仍以清真雅正为

宗,不可过求奇古,尤不可徒尚浮华。[1]

　　文学教育"阐理纪事","涵养性情,发抒怀抱"的功用与意义得到了肯定。而作为一门学科,也自此由文学、史学、经学不分家的传统混合型传授,脱颖为独立设科的新型科目教学。

　　然而,癸卯学制所以注重文学教育,其最终目的还是希图借此工具,"以便读古来经籍"。

　　课程系统以"文学"为器,"经学"为体。明确规定:"无论学生将来所执何业,在学堂时,经书必宜诵读讲解。""极之由小学改业者,亦必须曾诵经书之要言,略闻圣教之要义,方足以定其心性,正其本源。"

　　章程将经学科的意义升华至保存圣教、巩固国本的地位。舍此,则"尧舜禹汤文武周公孔子之道,所谓三纲五常者,尽行废绝,中国必不能立国矣"。所谓"学失其本则无学,政失其本则无政。其本既失,则爱国爱类之心亦随之改易矣"。

　　按此章程设想,只须功课有恒,积少成多,计中学堂毕业,学生便"皆已读过《孝经》《四书》《易》《书》《诗》《左传》,及《礼记》《周礼》《仪礼》节本,共计读过十经(《四书》内有《论语》《孟子》两经),并通大义"。较之传统

1　张百熙、荣庆、张之洞:《学务纲要》,舒新城编:《中国近代教育史资料》上册,人民教育出版社1981年版,第202页。

私塾、书院所读所解者,学堂"无不优为",阅读量有增无减。

1906 年,学部成立,不仅沿袭了癸卯学制"以忠孝为敷教之本,以礼法为训俗之方"[1],以经学为固国之基的指导思想,而且在《学部奏请宣示教育宗旨折》中,特将"忠君""尊孔"国粹,视为亟宜发扬,"以距异说者"之法宝。

所以宣扬"忠君",缘于值此千年事变,列强雄视,外患频仍,内忧当亟之时,"务使全国学生每饭不忘忠义,仰先烈而思天地高厚之恩,睹时局而深风雨飘摇之惧",可期抵御一切犯名干义之革命邪说。而宣扬"尊孔","务使学生于成童以前,即已熏陶于正学,涉世以后,不致渐渍于奇衺",则有望借此国教,稳固民心。奏章还具体要求"无论大小学堂,宜以经学为必修之课目,作赞扬孔子之歌,以化末俗浇漓之习;春秋释菜及孔子诞日,必在学堂致祭作乐以表欢欣鼓舞之忱"。[2]

清末学堂章程的持续修订,为中国文学学科的成熟预留了一席之地。尽管其初衷只是将其视为读经、解经、阐经的器用之学,新学堂却借此学科平台与外壳蝶蛹羽化,渐次孕育出现代意义上的中国文学科目,令其不仅赋有工具性功能,而且升格为兼具美育意义。

浙江两级师范学堂及其后继者浙江省立第一师范学校更是倚重"文学"与"艺术"这两大学科,不仅在教学层面,同时亦在生存层面,张扬"审美主义"这一独异的精神旗帜。

而新制"忠君""尊孔""崇圣""读经"之规约,则无疑对新学堂的发展

1　《学务纲要》,《中国近代教育史资料》上册,第 198 页。
2　《学部奏请宣示教育宗旨折》,《中国近代教育史资料》上册,第 218—219 页。

造成了阻力，极大地束缚了现代意义上的教育变革。此后，浙江两级师范学堂之先驱者遂不惜"离经叛道，非圣侮法"，以"木瓜之役"，冲决樊篱。溯此渊源，个中框限、禁戒恰是导火索，于颁布之时起便已埋下了伏笔。

二　一师的"日化"建筑格局表象与留日教师习得于
日本的西方民主主义思想内蕴

浙江两级师范学堂于 1906 年开始筹划，同年 4 月 15 日学校开学。首届招生 661 人，其中优级选科 223 名。

还在筹备期间，曾任留日学生监督的王廷扬便早与东京高师的浙江籍留学生经亨颐、许寿裳、钱均夫、张邦华等进行切磋，咨询办学方法与校舍建筑事宜。

几年以后，这些留日学生就一直作为两级师范的教务管理者存在。而 1907 年底到任、1909 年 4 月离校的两级师范学堂监督王廷扬更是聘请时年在东京高师就读尚未毕业的经亨颐出任教务长，嘱其提前归国，参加前期的建校计划。[1]

筹建事宜已毕，经亨颐回东京高师继续完成学业，王廷扬欲改请钱均夫，但钱均夫只欲为教员，仅答应暂代教务长一职，数月后便辞去，由张邦华接任。之后的继任便是许寿裳。

1　吴庆坻等主纂：《杭州府志》卷十七，学校志。

　　除却教师大都是旧日留学日本的相识外,初开办期间,各科均聘有日籍教员。"以博物科为最多(铃木龟寿、木村卯三、本多厚二),图画、音乐亦有日籍教员。而教育教员中桐确太郎尤为人所称道……"[1]师资如此中日合璧,授课内容、形式与教材等溯源于日本自是正常不过。便是从旧贡院旧址上新起的两级师范校舍,也被视为"建筑格式与东京高等师范一式无二,据说是将东京高等师范学校的图样拿来照造的"。[2]

　　"一式无二"未必见得,东京高师是袭自法式的围砌状建筑群;而两级师范仍旧是沿用中国传统以"进"为单位的排布,校门入内有甬道连接,校舍共有五进依次纵深递进,其间有回廊相连接,校内有亭有园,有古井有残碑。两级师范校址一直迟迟不定,最后决定在贡院废墟上起一座新校。浙江贡院旧地新用后,仍有贡院的标志性建筑明远楼见存,可谓是新旧交替的见证。故而,确切地说应是建筑物外观与内部某些功能分区有所借鉴,比如两级师范一进的二层楼洋房以及图书馆便是仿日式建筑,这些皆是有意袭日,不"日化"不可得的因果。

　　有学者因此认为,1909 年 11 月,浙江巡抚增韫派浙江教育总会会长夏震武继任两级师范学堂监督,清政府有意的压制跟两级师范中较为明显的"日化"倾向有关。[3] 此说显然不谙近代教育史。

　　其实,清末整个教育取向都有鉴自东洋:不论"忠君、尊孔、尚公、尚武、尚实"的教学宗旨,或是教育体制的设置(包括师范教育制度),或是大量派员留学日本、聘请日籍教员教学。

1　郑晓沧:《浙江两级师范和第一师范校史志要》,《浙江文史资料选辑》第四辑。

2　张能耿:《鲁迅在浙江两级师范学堂》,《上海文学》1961 年第 10 期。

3　罗慧生:《鲁迅与许寿裳》,浙江人民出版社 1982 年版。

所以师法日本,原因大致有三:一是出于以教育巩固国本、维系皇统之政治需要,故从政体上谬托知己,所谓"近世崛起之国,德与日本称最矣。德之教育重在保帝国之统一,日本之教育所切实表彰者,万世一系之皇统而已"。[1]

二是变法图强之亟需。百日维新期间,康有为有感于日本于近代变法立学,"豹变龙腾,化为霸国"之历程,曾多次呈书吁请"近采日本"。[2] 而学部也呈奏取法日本之图强经验,"凡其国家安危所系之事,皆融会其意于小学读本中,先入为主,少成若性,故人人有急公义洗国耻之志,视君心之休戚为全国之荣辱,视全国之荣辱即一己之祸福",上下一体,救亡图存。

三是出于地缘、文化相近之考量。所谓"至游学之国西洋不如东洋。诚以路近费省,文字相近,宜于通晓。且一切西书均经日本择要翻译,刊有足本,何患不事半功倍?"[3]

而鉴于新式学堂必须有师资,彼时大学堂、省城的普通中学堂尚可聘东西各国外籍教员救急,各州县小学堂及外府中学堂则显然无力效仿,一时师资匮乏。兴办师范学堂,"意在使全国中小学堂各有师资,此为各项学堂之本源",遂被清廷视为"兴学入手之第一义"。[4]

康有为在《请广译日本书派游学折》中,具体陈述了培育师范教育人才应求索于日本的缘由:"师范及速成之学,今急于须才,则不得已,妙选成学之士,就学于东,则收新学之益,而无异说之害。"[5]张之洞谈及"派员赴日"考察

1　《学部奏请宣示教育宗旨折》,《中国近代教育史资料》上册,第218页。
2　康有为:《日本变政考》,汤志钧编:《康有为政论集》上册,中华书局1981年版,第223页。
3　故宫博物院:《清光绪朝中日交涉史料》卷五十二。
4　《学务纲要》,《中国近代教育史资料》上册,第198页。
5　康有为:《请广译日本书派游学折》,汤志钧编:《康有为政论集》。

师范学习则说:"师范生者不惟能晓普通学,必能晓为师范之法,训课方有进益,非派人赴日本考究观看学习不可。"至于程度则"学浅者赴东学寻常师范,以充小学教习;学深者学高等师范,以充中学教习"。[1]而浙籍留日学生也群起呼应:"中国而不欲开学堂也则已,开学堂而任其腐败也则已,否则,宜速派人来日本学习师范。"[2]以期辗转相授,兴学救亡,"唤起我国人之精神"。

浙江省深谙新政所以将师范教育视为兴学急务之用意,领风气之先,两次选派留学生东渡日本,学习师范,其中1903年选派求是养正书院学生若干;1905年更是选员百人赴日,专习师范,其规模壮阔,史称"百名师范"。此为浙江两级师范学堂的崛起,准备了优质的师资。后来在两级师范学堂授课的日本留学生便有许寿裳、鲁迅、张邦华、沈慰宸、夏丏尊、叶正度、凌庭辉、刘熊、朱希祖、易宗周、关鹏九、张宗绪、钱家治、林卓、杨乃康、陈景鎏、胡濬济等人。

清末不仅在留学政策导向上近采日本,而且在各级新学堂的创办中,也要求"略取日本学规,参以本国情形"。京师大学堂修葺校舍时,曾派员"将日本大学堂规制广狭,学舍间数,详细绘图贴说"[3],以便参酌变通。至于建校初期,浙江两级师范学堂各学科均聘有日籍教员任教,也系遵循《学务纲要》:"省城师范学堂,或聘外国人为教员,或辅以曾学外国师范毕业之师范生"之举。[4]

由此看来,清政府之所以派力主尊孔读经的夏震武上任,制浙江两级

1　张之洞:《致京张冶秋尚书》,《张文襄公全集》第一七八卷,中国书店1990年版,第131页。
2　《浙江潮》,第7期。
3　朱有瓛主编:《中国近代学制史料》第一辑下册,华东师范大学出版社1986年版,第639页。
4　《学务纲要》,《中国近代教育史资料》上册,第198页。

师范学堂，与其说针对的是学堂的"日化"，不如说是留日归国教师习得于日本的西方民主主义思想及其萌生的革命倾向在学校的传播与影响。这播撒辐射开来的能量，才是岌岌可危的清廷所忌惮的。

即以留日归国教师中的灵魂人物许寿裳、鲁迅为例。1902 年，许寿裳与鲁迅东渡日本。其时，避难异国的章太炎与孙中山在东京恰完成了颇具历史性意义的"双雄会"。英杰定交，共谋革命，并呼告留学生们，以励光复。许寿裳与鲁迅自然受到了莫大的影响。

1903 年 10 月，许寿裳邀约鲁迅，一起参加了以推翻清朝统治为宗旨的秘密团体"浙学会"。这个革命组织的据点就设在杭州。次年，以浙学会为基础，成立了"光复会"，许寿裳与鲁迅又欣然成为光复会东京分部的成员。

同年，留日学生为宣传革命思想创办《浙江潮》。第五期起，即由许寿裳接任主编。该刊以浙地钱塘江潮为象喻，表征汹涌澎湃的革命潮流。发刊词开宗明义："忍将冷眼，睹亡国于生前，剩有雄魂，发大声于海上。"许寿裳向鲁迅约稿，鲁迅交来了历史演义《斯巴达之魂》，欲借此"斯巴达之魂"，激扬国人爱国尚武精神。

留日期间，鲁迅经由日本这一输送站，如饥似渴地汲取与中国传统文化"犹水火然"的西方现代文明、现代文学的异质。即便是自然科学，鲁迅也从来不把它们仅仅视作知识、技能，而是将其"当作新思想或新伦理"来系统地接受的。也因此，对彼时弘文学院的掌院、学监提倡"尊孔"的繁文缛节，以及其宣扬振兴中国教育，"固不必待求之孔子之道之外"，唯"深明中国旧学而又能参合泰西伦理道德学说"[1]，将西方现代学说视若点缀的

1 《记嘉纳校长演说》，《游学译编》第三册，湖南师范大学出版社 2008 年版，第 26、28 页。

保守思想,极度不满。心想"正因为绝望于孔夫子和他的之徒,所以到日本来的",为什么还要对孔子顶礼膜拜?[1]

中日"中学为体,西学为用"的鼓吹者们,均采取割裂"体""用""道""器"的手法,试图把现代科学技术与社会生产力从它的文化体系中剥离开来。他们仅仅主张引进外国的坚船利炮,却抵拒外来学术与进步思想。

如前所述,"癸卯学制"中贯穿的也正是"中体西用"的指导思想。张之洞、张百熙、荣庆等制定者并没有超越"中学"自我中心的心理,其煞费苦心维护的,实质上仍是中国传统文化"体"的主导地位。

故而,据留日同学回忆,鲁迅曾奋起批判张之洞《劝学篇》里的"中学为体,西学为用"主张。"认为这是清政府害怕革命学说,抑制新思想的谬论。"[2]以其激进的反传统姿态,与其一度受过影响的洋务派、改良派思想划清了界限。

1907年底至1908年,鲁迅在《河南》杂志相继发表了《人之历史》《科学史教篇》《文化偏至论》《摩罗诗力说》等重要论文,标志着东京留学时代的"原鲁迅"(鲁迅原型)的形成。"原鲁迅""对西方近代精神的理解,令人感到非常深刻、正确,具有本源意义"。故不仅使其中国同学,也令同样遭遇着东西方文化碰撞的日本思想者"留下了堪称为'冲击'的强烈印象"。[3]

"别求新声于异邦",借域外的"摩罗"诗人,"推翻一切传统重压的'东方文化'的国故僵尸"[4];通过绍介国外思潮,翻译世界名作,运输些"于新文

---

1   鲁迅:《在现代中国的孔夫子》,《鲁迅全集》第六卷,人民文学出版社1981年版,第315页。
2   厉绥之:《五十年前的学友——鲁迅先生》,《文汇报》,1961年9月15日。
3   伊藤虎丸:《鲁迅与日本人——亚洲的近代与"个"的思想》,李冬木译,河北教育出版社2001年版,第59—60页。
4   瞿秋白:《〈鲁迅杂感选集〉序言》,《六十年来鲁迅研究论文选》上卷,中国社会科学出版社1982年版,第109页。

学的发展更有功,于大家更有益"的"精神的粮食"⋯⋯在彼时的鲁迅看来,文化的时代性较之民族性更为重要。他认为,英国、俄国、波兰、匈牙利等国的"摩罗文学","虽以种族有殊,外缘多别,因现种种状,而实统于一宗"——"以起其国人之新生""能与世界大势相接"。而中国传统文化就其时代性而言,却后于世界之思潮,仍滞留于黑暗的"中世纪"。文学作品中人的形象,也始终受封建纲常名教观念的束缚。鲁迅抓住传统文化这一重要特征,一针见血地指出:"中国的文化,都是侍奉主子的文化",缺乏"反抗挑战"的"伟美之声",虽则其中并非没有精华,"非不庄严,非不崇大,然呼吸不通于今"。[1]

作为新文化先驱者的鲁迅,在对中西文化进行选择时所出现的激烈"偏向",与其说是鉴于中西文化民族性的差异,不如说更关注的是二者时代性的差距,是因着他们不得不着眼于中华民族、中国文化在转型的时代中生灭续绝的迫切问题。

如此离经叛道的激进倾向,傲岸不驯的叛逆姿态,为其归国任教时毅然投入新学与旧学的对决埋下了伏笔。

三　"木瓜之役"：新学与旧学矛盾冲突的激变

1909 年冬,监督沈钧儒因被选为浙江谘议局副议长而去职,继任者夏震武曾任京师大学堂教习,1909 年 10 月 17 日被选为浙江教育总会会长。

1　鲁迅:《摩罗诗力说》,《鲁迅全集》第一卷,第 63 页。

夏治理学,宗程朱,素以经师自负,当选教育总会会长后即发表意见书,倡导"廉耻教育",称:"有知耻之会员,而后有知耻之会长,有知耻之会长,而后有知耻之监督、教习;有知耻之监督、教习,而后有知耻之学生,有知耻之学生,则战胜五洲可也。"

12月22日一到校接事,便要许寿裳陪同谒圣,许推说开学时已拜过孔子而拒绝;夏又率学生去谒圣,对学生鼓吹"廉耻教育",所谓"廉耻教育无古今,无中外。有廉耻以为之本,则中学可也,西学可也;无廉耻以为之本,则中学、西学皆亡国之具。震武不敢不兢兢焉以廉耻告诸生,则亦不敢不兢兢焉以廉耻反身自问。坐受薪水而无所事事,谓之无廉耻可也;高谈平等、自由,蔑伦乱纪,诳惑学生,谓之无廉耻可也;受地方教育之责,学成而不为地方尽义务,谓之无廉耻可也;变服任事,弃亲丧以为利,谓之无廉耻可也;以教员、职员位置私人,而不问其能,谓之无廉耻可也;植党争权,以公益为私利,谓之无廉耻可也",锋芒直指许寿裳等"变服任事","高谈平等、自由"的新派教员。夏还对山雨欲来的革命风暴痛心疾首,哀叹:"神州危矣,立宪哄于庭,革命哗于野,邪说滔天,正学扫地,髡首易服,将有晋天为夷之惧。"夏震武企图以"廉耻教育"空论,取代学校新学"邪说",力挽世风,可悲抑或可笑?

接着,夏震武又不按一师惯例先去拜会住校教员,反要教员们各按品级穿着礼服去礼堂参见他。见教员三三两两,衣冠随意,队列不齐,且大都剪去了辫子,犹留着猪尾巴似的小辫子的夏震武开口便训斥道:"学校名誉甚坏,理应调查,理应整顿。"[1]渐次群情大哗,教员们怒目以对,夏不得不

---

1   参阅《师范教务长等上浙抚公禀》,《申报》,1909年12月31日。

在随从的保护下夺门而去。

1909 年 12 日 23 日，夏致书教务长许寿裳，称："足下所以反对监督者有三：一谒圣，二礼堂相见，三验收校具、款项"，责其"离经叛道，非圣侮法"，"蔑礼"，"侵权"，"有此三者，已足以辱我师范，而加之以连日开会，相约停课，顿足谩骂，则直顽悖无耻者之所为，我师范学生夙重礼教，必不容一日立于学堂之上矣"，要许立即辞职。许寿裳一面回敬夏震武"理学欺人，大言诬实"[1]，一面即向原督学沈钧儒递交辞呈。"教员们主张一同进退，鲁迅持之尤力。"亦有教员提出折中调和意见，鲁迅却明示与夏水火不容，姿态激烈决绝，夏党便因是移用梁山泊诨名，称其为"拼命三郎"。于是，夏丏尊、朱希祖、张宗祥、钱家治、张邦华、冯祖荀、胡濬济、杨莘士、沈朗斋等十余名住校教员，相继离开学校，搬到黄醋园湖州同乡会馆，以示决绝。

中国教师罢教后，夏震武曾提出由日本教员先行上课，但遭到学生拒绝。顽固的夏震武便使出到任前曾要求浙江巡抚增韫特许的权力，即"始终坚持，不为浮议所摇，教员反抗则辞教员，学生反抗则黜学生"。夏震武的一意孤行、逆势而动，遂激起学生向浙江提学使请愿的风潮。学潮持续了两个多星期，已波及整个浙江教育界，各校教员纷纷声援驱夏。提学袁嘉谷无可奈何，便劝说夏震武辞职，夏依然木强，称："兄弟不肯放松，兄弟坚持到底！"袁嘉谷只得单方面地任命浙江高等学堂（求是书院后身）监督孙智敏暂行兼代监督一职。[2]

1　参阅许寿裳《亡友鲁迅印象记》《师范教务长等上浙抚公禀》等资料。
2　参阅《杭州师范学堂解散日记》，《东方杂志》1910 年第 13 期。

夏震武辞校之际,心有不甘地发表了一通《告两浙父老书》,称自己"不能与时俯仰",并指责支持许寿裳、鲁迅等教员的舆论"诬及先朝,且污蔑先朝宫闱",试图引出朝廷镇压。然而,此时的清政府早已自身难保,鞭长莫及了。辛亥革命后,夏震武犹束发古装,以遗老自居。

因着夏震武的顽固木强,鲁迅等便戏称其为"木瓜",而这场驱夏风潮亦因是得名为"木瓜之役"。

孙智敏前往湖州会馆拜会鲁迅等教员,将前此缴存之聘书奉还,力劝返校。临行前,鲁迅与其他二十多位教师特在湖州会馆的院子里合影留念,并到大井巷一个饭店里聚餐庆贺。席间,鲁迅举箸夹了一块肥肉,惟妙惟肖地戏仿夏震武的腔调说:"兄弟决不放松!"引得同事们畅怀大笑。

有人将师校冲突的动因归之于"厚利所在,谁人不趋",谓夏震武及教育总会为经济利益所驱,此说不确。夏震武临受命出山之际,仅允"代理三月,不受束脩";辞职后,又将二百元薪水,"分捐入国债会及教育总会",俨若道德君子。究其实质,夏震武与许寿裳、鲁迅等的矛盾,应属旧学与新学、旧道德与新道德的势不两立。

四　首在立人:鲁迅在浙江两级师范个案探析

还在东京弘文学院求学期间,鲁迅与其同学许寿裳便时常探讨有关中国民族性的系列问题:

一、怎样才是理想的人性？

二、中国国民性中最缺乏的是什么？

三、它的病根何在？

对于问题二的探究，答案是："我们民族最缺乏的东西是诚与爱"；而至于问题三的症结，则诊得其病根在于"两次奴于异族"。[1]

由此改造国民性思考延伸，鲁迅在日期间已初步形成了精神救国、教育"立人"的思想。他在归国前一年发表的《文化偏至论》中如是说："欧美之强，莫不以是炫天下者，则根柢在人，而此特现象之末，本原深而难见，荣华昭而易识也。是故将生存两间，角逐列国是务，其首在立人，人立而凡事举；若其道术，乃必尊个性而张精神。"[2] 既要"立国"，必先"立人"，而培育人才的关键则在于启迪、激发人的个性的张扬与精神的振奋，"国人之自觉至，个性张，沙聚之邦，由是转为人国，人国既建，乃始雄厉无前，屹然独见于天下"。

而彼时的许寿裳也著有论文《兴国精神之史曜》。此文连载于1908年在日本出版的《河南》杂志第四期和第七期，跟鲁迅同一时期发表的《文化偏至论》《摩罗诗力说》等论文的论点、论据、论证方法乃至遣字用词都十分默契。论文历数欧洲各国复兴祖国的史实，以证明精神驱力在历史进程中的推动作用，指出"兴国不在政府而在国民"，并据此提出了改造国民精神的迫切任务。

1　许寿裳：《挚友的怀念——许寿裳忆鲁迅》，河北教育出版社2000年版，第12、110页。

2　鲁迅：《文化偏至论》，《鲁迅全集》第一卷，第56—57页。

　　鲁迅从 1909 年应聘浙江两级师范学堂起,至 1927 年辞去中山大学教席,从教近二十年;而许寿裳自任教两级师范始,至 1948 年于台湾大学任期殉职,则四十年如一日地"一心教育"。他们是中国现代教育的先觉者与先行者,为中国的教育事业做出了筚路蓝缕的贡献。

　　而前述精神救国、启蒙"立人"的思想,恰可谓他俩教育思想的魂核。其中,在文化教育与人格塑造上,应努力"灌输诚爱二字",则是立人的要义与根柢。

　　1909 年 4 月,许寿裳因留欧学费无着,终止学业,归国担任浙江两级师范学堂教务长。鲁迅对许寿裳说:"你回国很好,我也只好回国去,因为起孟将结婚,从此费用增多,我不能不去谋事,庶几有所资助。"[1] 1925 年,鲁迅在应《阿 Q 正传》俄译者王希礼之请所写《著者自叙传略》中亦如是说:"因为我的母亲和几个别的人很希望我有经济上的帮助,我便回到中国来;这时我是二十九岁。我一回国,就在浙江杭州的两级师范学堂做化学和生理学教员",恰可印证上说。"几个别的人"应指周作人与他的妻子羽太信子。那时周作人在日本立教大学读书,尚未毕业,却与羽太信子结了婚,经济上需哥哥资助,鲁迅只得牺牲了自己的文艺研究,回国做事。据《杭州某君论师范风潮书》中透露:浙江两级师范学堂"教员薪水为通省冠,而功课最少",如图画教员担任课程"不过一星期六点钟,而月薪有七八十金、百二十金"[2],鲁迅的薪酬可想而知;鲁迅按月寄与周作人生活费六十元,这应是他的收入的一半或泰半。即便次年回绍兴任教,每月的薪水减至三十多

1　许寿裳:《亡友鲁迅印象记》,人民文学出版社 1953 年版,第 31 页。
2　《杭州某君论师范风潮书》,《教育杂志》1911 年第 1 期。

元，入不敷出，鲁迅照样变卖故家田产勉力支撑；他还不避车船之苦，特意从绍兴到杭州拱宸桥为周作人寄月费。1934 年鲁迅为《草鞋脚》入选小说再撰《自传》时涉及归国任教原因时却稍作修订："直到一九一〇年，我的母亲无法生活，这才回国，在杭州师范学校作助教。"[1] 不无平静地略去了周作人与羽太信子。十年前距兄弟失和事近，可谓"带露折枝"；十年后则是"夕拾朝花"，往事如沉钟，业已沉入心之湖的深处，故看似水平如镜，偶一触动钟体，依然震得心底情感涟漪沉沉地荡漾开去。

鲁迅亲撰《自传》所述 1910 年到浙江两级师范学堂任教的年份有误；许寿裳《鲁迅先生年谱》称鲁迅 1909 年 6 月到职，《鲁迅全集》第八卷相关注释称"七、八月间回国"，亦与史实略有出入。有学者据 1909 年 7 月 11 日《绍兴公报》一则题作"留东同学开饯别会"的"东京通讯"载有："中历五月十日（按为公历 6 月 27 日）午前十时，留东绍兴同乡，开会于神田之明乐园。饯别本届卒业诸君"内容，而推断"鲁迅很可能是参加了这次饯别会后回国的"，此说亦纯属推测。蒙树宏《鲁迅年谱稿》曾据出版于日本的清廷游学生监督处《官报》第三十三期、第三十四期考证，鲁迅 1909 年"7 月 3—7 日，入骏河台红梅町杏云堂医院住院。除住院外，在 7 月和 8 月，还各'外诊一次'"；又据《官报》第三十四期"阳历八月分活支款项清单"所载，"支官费生周树人辍学回国川资五十元"，而《官报》第三十九、四十期上，则载周树人已领 9 月份的学费。按《管理游学日本学生章程》规定，"学生按照西历每月于先月杪如正月学费于 12 月杪支取持簿赴银行支取不得预支"，鲁迅到浙江两级师范学堂任教的时

1　鲁迅：《自传》，《鲁迅全集》第八卷，第 361 页。

间应为 1909 年 8 月、9 月间。[1]

　　1909 年 8 月、9 月至次年 7 月，鲁迅由许寿裳向监督沈钧儒推荐，至浙江两级师范学堂任初级师范部的化学课程与优级师范部的生理学课程教员，同时兼任博物课（含动物学、植物学、矿物学）日籍教员铃木珪寿的翻译。

　　曾经构想弃医从文的辽远抱负，一时竟不得不为谋生与职业所框限，仍被时潮视为"虚文"的文学亦成了鲁迅尘封的记忆。然而精神救国、启蒙"立人"的志向，却依然百折不挠，每每情不自禁地渗透于他教书育人的每一瞬间。即便翻译科学讲义，他亦兼以美文"美育"；而在担任化学课、生理课时，更是毋忘学生首先应成其为人，孜孜于启蒙"立人""灌输诚爱"而不倦。

　　鲁迅"作事常从远处着眼，可是也以认真的态度从小处下手"。如在两级师范学堂任教时，"他提倡种树，别人都笑他傻；因为树要十年才长成，那些人却主张'当一天和尚撞一天钟'。鲁迅先生提起这件事时，却说，只要给我当一天和尚，钟我总要撞，而且用力的撞，认真的撞"。[2]

　　鲁迅与许寿裳、夏丏尊等朝夕相共，相互帮助，如期间鲁迅曾替许寿裳译讲义，绘插图；又如曾赠送夏丏尊一部《域外小说集》。夏彼时初读小说，而以日本作者的作品居多，虽亦曾读过一些西洋小说如小仲马、狄更斯等作，却大都是林琴南翻译的。周氏兄弟所译《域外小说集》使其眼界大开，

1　蒙树宏：《鲁迅年谱稿》，广西师范大学出版社 1988 年版，第 65、66 页；又周作人所著《鲁迅的青年时代》忆及鲁迅前去浙江两级师范学堂任教的时间时称"这大概是一九〇九年秋天的事情吧"，亦可印证此说。
2　李霁野：《鲁迅精神》，上海文化工作社 1951 年版，第 14 页。

内中所收的都是更现代的作品，且都是短篇，无论是翻译的态度，还是文章的风格，都与他以前读过的不同，颇有新鲜味。自此以后，夏丏尊除日本作者的著述外，还搜罗了不少日译欧美作品来读，知道的事物多了起来。三十年后，夏在回忆中，仍念念不忘当年在阅读小说方面所受鲁迅的"启蒙"。

鲁迅极少游玩，在杭州教书一年，西湖距住处不过咫尺，游湖却只有一次，那还是因许寿裳新婚邀其作陪才去的。"他对于西湖的风景，并没有多大兴趣。'保俶塔如美人，雷峰塔如醉汉'，虽为人们所艳称的，他却只说平平而已；烟波千顷的'平湖秋月'和'三潭印月'，为人们所留连忘返的，他也只说平平而已。"

他喜欢与同事或学生出去采集植物标本，行走于吴山浙水之间，不是为游赏而是为科学研究。满载归来后，便忙着做整理、压平、张贴、标名，乐此不疲。斗室中因是堆积如丘，琳琅满目。现仍留存着他三月间在杭州采集标本的记录本；此外，他还准备写一本《西湖植物志》，惜未能完成。在一师期间，鲁迅编定《化学讲义》《人生象敩》《生理讲义》等教材。《人生象敩》长达十一万字，附录《生理实验术要略》后经作者修订，发表于 1914 年 10 月 4 日杭州《教育周报》第 55 期。该刊由浙江省教育会主办，于 1913 年 4 月创刊，1919 年 3 月停刊，计 235 期。两级师范学堂的同仁李叔同所著《唱歌法大略》、夏丏尊所译卢梭的《爱弥尔》即发表于该刊第 125 期。《生理实验术要略》系至今能见到的鲁迅在两级师范学堂任教期间撰写、后正式发表的唯一一篇文章，弥足珍贵。

鲁迅初到校时，仍着学生制服；或穿西装。彼时他摄有照片：西装内着一件雪白的立领衬衣，系领带，短发短髭，眼神炯炯，英气勃发。而学生中却仍有留长辫，穿长衫者。部分学生较鲁迅年长，他们在背后戏言：这么小的教员,我的儿子比他还大呢!

鲁迅在讲授生理学课程时,因学生要求,增加了生殖系统一节。在课堂上向学生讲解生殖器官的组织结构与生理机能,这一内容即使在今日的中学里仍不无暧昧,何况在百年前的清代。彼时其坚裹于千年教化的厚甲里,讳莫如深,并因此每每引发出不无狭邪的"中国人的想象"。然而,鲁迅却坦然对待。他只对学生们提出一个要求:听讲时不许笑。他说:"在这些时候,不许笑是个重要条件。因为讲的人的态度是严肃的,如果有人笑,严肃的空气就破坏了。"就这样,鲁迅以在科学面前百无禁忌的态度,不仅传授了生理知识,更教会了学生如何尊重科学,精神成人。

鲁迅有一次在化学课上讲硫酸,告诉学生硫酸的腐蚀性很强,只要皮肉上碰到一点,就会感觉像被胡蜂螫了那样痛。后来做实验时,突然有一个学生手按后颈痛得叫了起来。原来是另一学生用竹签蘸了一点硫酸,偷偷地在他的颈上点了一下。鲁迅赶紧过去给这个学生搽药止痛。

另一次化学课讲氢气,鲁迅在教室里演示氢气燃烧实验。他把烧瓶中的纯氢等实验用品带到教室时,发现忘了拿火柴,就回办公室去取。离开教室时,他特意关照学生,不要摇动烧瓶,否则混入空气,燃烧时是会爆炸的。但等他拿着火柴回到教室,一边讲氢气不能自燃,却可以点燃;一边动手做实验。刚将划着的火柴,往氢气瓶里点火,那烧瓶却"膨"地一声突然爆炸了,手上的血溅满了讲台、点名册与衬衫。而他却顾不上自己的伤痛,急着先去照看坐在前面几排的学生,唯恐伤着他们;令其惊异的是,学生在他回来之前，竟然早已躲到后排去了。[1] 事隔十多年后，鲁迅还对房东女儿俞芳述及此事。上述事件在俞芳的回忆中，更多地凸现了鲁迅"对学生爱护备至的精神"这一面。那么阴影中的另一面呢？

手流着血，心更受了伤，深深地刺激着鲁迅，但他却无言以对。

直到多年后，写作《狂人日记》时，那创伤才混融着所有的心灵郁结，终于迸成了那么一句感天动地的呐喊："救救孩子！"

"孩子总是好的。他们全是天真……"亦是小说，《孤独者》中魏连殳如是说。

"那也不尽然。"而"我"偏那么回答。

"不。大人的坏脾气，在孩子们是没有的。后来的坏，如你平日所攻击的坏，那是环境教坏的。原来却并不坏，天真……我以为中国的可以希望，只在这一点。"

"不。如果孩子中没有坏根苗，大起来怎么会有坏花果？""我"一味任意地说……

在《孤独者》中，鲁迅化身为二，以复调的笔触苦苦展开着关于孩子性本善还是性本恶、"后来的坏"源于环境抑或源于天性的论辩质诘。

对于学生、对于青年，他唯有信，唯有寄予希望，唯有爱。那是绝望中的一线希望。

如果说，三年前在日本仙台医学专门学校的课间，目睹幻灯片里中国人被砍头时的麻木神情的那次刺激，曾促使鲁迅从一名医科生转而弃医从文；那么，此时在两级师范学堂化学课上的创伤经历，则使归国后为谋生不

1　参阅俞芳：《我记忆中的鲁迅先生》，浙江人民出版社1981年版。

得不重拾自然科学旧业的鲁迅，备增临时思想，直至最终成为致力于精神启蒙的作家。

1910 年 5 月 13 日，鲁迅因祖母蒋氏病故，离校回家料理丧事，"大殓之前，鲁迅自己给死者穿衣服"，"所有丧葬的事都由他经理"，其情其景十五年后一并写入了小说《孤独者》中。是的，鲁迅便是"孤独者"："木瓜之役"一平息，年轻开明的孙智敏便完成了其过渡人物的使命，不久便由翰林徐定超接任，徐到校后大凡出文告均写有"京畿道监察御史兼浙江两级师范学堂监督徐定超署"字样，一副官僚作派。挚友许寿裳风潮后即辞职以示清白，远渡日本；曾与鲁迅在江南陆师学堂附设矿务铁路学堂及东京弘文学院同学多年的同事张邦和亦不知所在，一时间"木瓜之役"战友分散尽矣！乍一静下来，鲁迅备感寂寞；加之祖母故去，母亲年迈，鲁迅顿生归乡之意。1910 年 7 月，鲁迅辞去两级师范学堂职务，回乡就任绍兴府中学堂教职。

鲁迅在浙江两级师范学堂的任教时间，自 1909 年 9 月新学期始至1910 年 7 月下学期末，共计两学期。

绍兴府校任教期间，鲁迅犹意兴阑珊。手不触书，惟博采植物；即便钻入故纸堆，翻类书，荟集古逸书数种，亦非求学，自谓"以代醇酒妇人者也"。[1]

离开两级师范学堂一年有余，在致许寿裳的书信中鲁迅如是感怀："木瓜之役，倏忽匝岁，别亦良久，甚以为怀。故乡已雨雪，近稍就痊，而风雨如磐，未肯霁也。府校迩来大致粗定，藐躬穷奇，所至颠沛，一蹶于杭，二遇于

1　鲁迅：《致许寿裳》，1910 年 10 月 14 日，《鲁迅全集》第十一卷，第 327 页。

越，夫岂天而既厌周德，将不令我索立于华夏邪？"[1]道尽其"立人"无门，彷徨无地之境遇。

五　风口浪尖的掌校者：许寿裳在浙江两级师范个案探析

　　1908 年春，许寿裳结束了东京高等师范学校史地科的课业。预备次年去欧洲留学，故仍留在东京学习德语。住处便是本乡区西片町十番地吕字七号，因其邀约了鲁迅、周作人、钱钧夫、朱谋宣四人同住，故在门边的路灯上标题寓名曰"伍舍"。

　　每逢周日，许寿裳便与鲁迅、周作人、钱钧夫及朱希祖、钱玄同前往民报社听章太炎讲解文字学。后"太炎的学生，一部分到了杭州，在沈衡山领导下做两级师范的教员，随后又做来教育司（后改称教育厅）的司员，一部分在北京当教员，后来汇合起来，成为各大学的中国文字学教学的源泉"。[2]

　　1909 年春又来，留欧学生监督剐礼卿辞职，许寿裳的学费便没有了着落，只得终止游学欧洲的计划。4 月，回杭任浙江两级师范学堂教务长，掌校期间，深谙国民性病根在于"两次奴于异族"的许寿裳，倾力于教育"立人"，抵制封建奴化教育。史家将其与新任学校监督夏震武两军对垒而展

1　鲁迅：《致许寿裳》，1910 年 11 月 20 日，《鲁迅全集》第十一卷，第 328 页。
2　周作人：《知堂回想录·民报社听讲》，香港三育图书文具公司 1980 年版，第 216 页。

开的"木瓜之役",读作"是一次反对封建奴化教育的斗争,矛头直指清朝政府"[1],应属切中事件症结之见。

此外,从挚友鲁迅 1910 年 11 月致其信中言及自己虽从浙江两级师范调至绍兴府中学堂,治理学校时仍锲而不舍地实践裴斯泰洛齐教育思想,即便面临外界诸多恶口乃至实践屡屡受挫,犹"心不愧怍"等史料印证[2],许寿裳任教务长期间,曾着意借鉴、贯彻近代国民教育的先驱者——瑞士教育家裴斯泰洛齐的教育理念,认为教育是社会改革与发展的重要手段。办学不仅要传授书本知识,还应增益宗教的陶冶,艺术的练修,手工的劳作,以期全面和谐地发展人的一切天赋的内在力量。为浙江两级师范学堂及至浙一师办学思想的成形与发展,作出了贡献。

许寿裳初任职便协助同样是新任学校监督的沈钧儒招生延师,鲁迅、钱均夫、朱希祖诸人均来到此间,旧日相识济济一堂。许继续求学不成,鲁迅则先期文艺救国路线遭坎坷,此一转入到教育中来,对二人来说,绝非暂且的谋职。于许寿裳而言,更是贯彻始终的学于此、躬耕于此的事业。

学校新建,本就事务繁多,身为教务长的许寿裳还另外兼任优级师范的心理学教员。《学部咨复浙府全浙师范学堂酌订课程文》依据浙省的情况,优级师范选科设置定为国文英文科、历史地理科、数学理化科、博物科四科。[3] 除公共科目外,各科各有专习的课程。专习的课程亦有可能相同(如鲁迅便教授理化、博物二科中的生理课)。而许寿裳教授的心理课程虽

1　顾明远、俞芳、金锵、李恺:《鲁迅的教育思想和实践》,人民教育出版社 1981 年版,第 15 页。
2　鲁迅:《致许寿裳》,1910 年 11 月 20 日,《鲁迅全集》第十一卷,第 329 页。
3　《四川教育官报》,1908 年 4 月。

然不是公共课，却也是各科选课时所必修的科目。或称许寿裳在优级师范授课的科目，除心理学外还有地理学；但据相关人员回忆与校友录等资料，优级地理课教员有张宗祥、凌庭辉，未见许授课的记载，也无关于许寿裳在史地科具体授其他课的记载。前些年在新疆发现的两级师范学堂的讲义中，《博通地志学（卷1）》《名学》讲义标注为"许寿裳述"。[1] 此次新发现并不能确定许寿裳归属在史地科授课，缘于按当时的课程设置分析，地志学亦可属优级师范博物、理化科的教授内容，可以是优级预科的课程，也可以是初级师范的课程。[2] 同理，《名学》课程的具体归属亦因缺乏进一步发现而无法确定。不过由此得知许寿裳在两级师范教授的，除却之前所悉之外可能另有科目；也以此可见两级师范的课程设置除现有资料所载，尚有不少空白未知；某些学者估定因时间仓促，一些学部规定、一师却未及设置的课程亦有可能存在。鉴于此，后来经亨颐重掌一师进行课程改革，去繁就简，并分支归旁脉入本源确有其实行的道理。

当时学堂极重讲义，是为教师水准的明证。即便不自己编写而译自他邦典籍，也是考量教师专业之信与文字之达雅的标尺。比诸前述鲁迅讲义之"精美"，许寿裳的心理学讲义则是四言一句，生动易记，颇受学生欢迎。[3] 心理学讲义能够全篇摇曳成四字一句，"深入浅出"，也足见许寿裳所用功夫。

而许寿裳又有地志学、名学等课程需准备，对于本就忙于教务的他而言，时间与精力难免不济。为此鲁迅在深夜灯下为他翻译讲义、绘制插图

1　黄川：《鲁迅编著的〈生理学讲义〉在新疆发现》，《鲁迅研究月刊》1988 年第 2 期。

2　《中国近代教育史资料》上册，人民教育出版社 1961 年版。

3　郑晓沧：《浙江两级师范和第一师范校史志要》。

的情境非止"可感",多年之后作亡友"印象记"跃然而出,当是凝成"心像"犹温。情谊相衡,许寿裳应鲁迅之邀为他的生理学讲义题"人生象斁",仅四字报备却受益良多。这般莫逆扶持,便是许寿裳初来乍到即向两级师范学堂与教育部热荐鲁迅,鲁迅风尘未定却于厦门大学、中山大学为许寿裳力挣聘书背后的拳拳切切。

在评说许寿裳的教育生涯时,多见激赏其投身学运与学生一道反抗掌校者的壮举,如 1909 年一师的"木瓜之役",1925 年的"女师大事件";却鲜有识者关注一生曾历任数校校长、教务长的许氏是如何从事教育管理的,尤其是如何管理学生,执行纪律的,乃至学潮暗流涌动之际,如何勉力将其平息,纳入规范。

在两级师范学堂的教务长任内,有一事值得一提:某次一位日籍教员上课的班上,学生打了个哈欠,教员认为此乃不敬,便上报学校主事者,表示应予处理。虽然最后的结果是因为该班学生皆不满而均记过处分,可却留有两种记载:一是当时的教务长即许寿裳也主张对哈欠学生进行惩处[1],但学生不服,所以全部记过处理,这样处理差点酿成学潮,最后事态经由对学生拉锯式的晓喻说服方才平息下来;另一说则是鲁迅支持了学生的行动,为学生选择全班记过等于谁都不记的"巧妙"策略。[2]

同一件事,同样的处理,却出现了不同的表述与两个不同的事件处理人。其实,这是可以解释的:从客观的角度来说,当时聘请的日籍教员具有一定专业素养与职业道德,极为严肃(即便可能心存社会达尔文主义),对

1　郑晓沧:《浙江两级师范和第一师范校史志要》。
2　吴克刚口述,俞芳、金锵整理:《鲁迅先生在浙江两级师范学堂》,《杭州大学学报》1979年第 1 期。

于其力求保持课堂气氛的肃穆这一点，留日归来的许寿裳与鲁迅还是认同的；其次，许、鲁二人包括要求处理的日籍教师都未必会要求酷严式的惩处，只是少年学生一时气性，不能理解为什么一个哈欠就要被处理，而这不带针对性的严肃又使得该班学生因自危而忿然，故群起抗辩，结果便是为严肃校纪，全班记过以正视听。许寿裳作为校方主事者必然需要坚定公正；而在情势愈劣，已经波及其他班级学生情绪的情况下，许的挚友鲁迅以某种调停的身份出现，表示学生打哈欠、注意力不集中，教师也有责任，这一站位使学生对校方、老师的敌对情绪纾解；他又将全部记过的严重挪移为"全班记过等于不记"的某种实然，这样对于处分的淡而化之的解说，指向最终希望获得的效果——"安心上课"。

这关于同一事件的两种表述的位差，由不同的主观意态而得之，却客观地显现了许、鲁处理教育管理问题的严正与灵活，两人分饰二角，却着实配合默契。

知交好友相聚共事，遇事自会建议商量，不过两个人应该更享受在一起的时光。便是鲁迅，也有为平常之不常为。1909年10月，许寿裳与沈夫人慈晖成婚，鲁迅除赠以《文史通义》《校雠通义》作为贺礼，还作为许寿裳一方的陪客，在杭州教书的一年中，唯一"真真的游湖"了一遭。宴新亲席间，许寿裳与鲁迅在酒菜撤去照例上茶食后，依旧吃个不停；而其余众人皆因酒饭已足，即便取食也吃之甚少。对自己与鲁迅这样随兴"放肆"之举，许寿裳聊以三潭印月彭公祠楹联中的"南岳西泠大地茅庐两个"一句解嘲。

自然，这好友同事也有"颇两样"处。许寿裳的作息是早睡早起，身为教务长更不可懈怠；据夏丏尊回忆，鲁迅则是诸位同事中熬夜功夫最好的。不过,因为课时的缘故,熬夜却也不能晚起,所以许、鲁二人得以"晨昏相见"。

在经亨颐回东京高等师范学校完成学业期间,继任教务长者数易其人,短短两年间便有四人之多(许寿裳之后由杨莘耜接任)。许寿裳是任职较为久长的一位,治间努力擘画。而其以教务长身份领导,携同浙江两级师范学堂教师、学生对抗监督夏震武的"木瓜之役",则开数年后"一师风潮"风气之先。

"木瓜之役"中,身为教务长的许寿裳自始至尾都是与夏震武对立的出头之椽。伊始,夏震武令许寿裳陪他谒圣而遭拒绝;之后夏向学生发表廉耻训示,斥学校"败坏",与多数教师间龃龉增生。事态发展,许寿裳即与教师连日开会商议应对,这便令夏震武断然采取措施:致函斥逐许寿裳。

自然,这样杀鸡儆猴的做法效果适得其反,许寿裳一边率众教员向夏之授权者浙江巡抚增韫直陈,一边向旧监督沈钧儒提出辞呈。而夏震武毫无引咎之意,反陷罪教员辞职之举。许率众教员携行李搬至湖州会馆,并分别电告学部、上书浙抚与提学使为其辩诬昭雪,以真相示公"以维学界"。电报曰:"窃思监督与教员意有不合,本可辞职,寿裳等既已退校,似可毋庸置辩。惟名誉实为人生第二生命,关系甚大。今监督到堂之始,即以名誉甚坏一语轻率诟毁,寿裳虽离师校,仍在学界之中。此种诬言,未敢默受。"[1]教员的坚持加诸大多数学生的支持、浙江学界的鼎力声援,因各方的压力,夏震武被强令办理移交,至此,"木瓜之役"告捷。

众教员陆续返校复课;而许寿裳则辞去了教务长一职,"以明无禄位之

1　《申报》,1909 年 12 月 31 日。

思"。"木瓜之役"是许寿裳、鲁迅留学回国踏上征程的"第一声"。无论哪种反抗，皆由许寿裳所秉持之临事不苟、"未敢默受"肇始。

近年来或有史书因"木瓜之役"业已时过境迁，故主张审视时理应不偏不倚，"心平气和"，暗指许寿裳、鲁迅之站位不无留日帮、"绍兴籍"、"章门弟子"宗派之嫌，而夏震武也并非孤家寡人，亦有"跟他亲近的富阳学生们为他奔走"，试图将事件混淆为渗有门户之隔、亲疏恩怨的"无是非"之争的成分。[1] 诚然，对立的一方如许寿裳、鲁迅、夏丏尊、朱希祖、张宗绪、朱宗侣、夏铸、许秉坤、钱家治、张邦华、冯祖荀、关鹏九、杨乃康、张孝曾、陈树基、陈景鎏、胡濬济等确为留日归国学生；其中，许寿裳、鲁迅、钱家治、朱希祖还同为章太炎弟子；而许寿裳、鲁迅也确曾蒙其绍兴同乡蔡元培多次提携；然而，彼时章太炎、蔡元培皆为反清兴汉的领袖人物，留日帮、"绍兴籍"、"章门弟子"又何尝不可读作"革命党"的代名词！是类观点之谬在于忽视了前述清末学制"忠君""尊孔"之根本宗旨与"令归画一"的思想禁锢等引发事件的历史大背景与决定性根源。而唯有将其置于新学、旧学势所难免的对决这一语境中，方能认识此"实为公仇，决非私怨"。

"木瓜之役"后，许寿裳因顾虑社会舆论认为他发起驱夏风潮意在谋取监督职位，即辞职以明志。然虽离开了浙江两级师范学堂，却依然"一心教育"，终生不倦不悔。

1912 年中华民国临时政府成立，许寿裳受命辅助教育总长蔡元培筹建教育部。他代为起草了《中华民国教育宗旨》《新教育意见》等纲领性文件，协同"民国教育方针的总设计师"蔡元培一起，制定了表征共和精神的

1　参阅孙昌建：《浙江一师别传——书生意气》，浙江人民出版社 2011 年版，第 180 页。

现代教育方针与政策。此后又参与"读音统一会"的工作。彼时会员曾一度各执己见，大略可分为偏旁派、符号派、罗马字母派等三派，经过反复磋商辨难，最后采用了由许寿裳、鲁迅、马幼渔、朱希祖等联名提出的以章太炎《纽文韵文》所制定的元、辅音字体为蓝本，创制国语注音字母这一方案。注音字母影响深远，后人曾高度评价其历史性功绩："这是中国第一套由国家正式公布并且在中小学校普遍推行过的拼音字母。注音字母对于识字教育和读音统一有过一定贡献。对于近四十年来的拼音字母运动，注音字母也起了开创的作用。"[1]

在许寿裳、鲁迅、朱希祖曾任过教的浙一师，注音字母方案一经颁布，校长经亨颐即闻风而动，要求教员"一律研究普及"注音字母，并尽快开课传授。而一师的国文教师陈望道与刘大白也及时编写出了《注音字母教授法》，倾力推广。适可见前后两代一师同人的同心协力，此呼彼应。

---

1   周恩来：《当前文字改革的任务》，文字改革出版社 1958 年版。

第二章　文学教育的知识谱系与建制考辨

一　从切割"辞章"到走出边缘：文学学科地位的确立

浙江两级师范学堂创校伊始，学科科目按照斯时清政府奏定优级、初级师范学堂章程。[1] 优级师范公共科科目中含有人伦道德、群经源流、中国文学，与其相应，初级师范科目中亦基本按部章设有修身、读经讲经、中国文学。[2]

"中国文学"这一科目在新式学堂留存的必要性与合理性，在清末教育理念与体制的激荡变革下几经沉浮。对此，陈平原认为：首先，以矫治"重

1　舒新城编：《中国近代教育史资料》中册，人民教育出版社 1961 年版，第 673—707 页。
2　郑晓沧：《浙江两级师范与第一师范校史志要》，《杭州大学学报》1959 年第 4 期。

虚文"而"轻实学"的旧学弊病的初衷,新教育自然不应再"沉溺词章",但是在西人学堂章程中,文学一科又断然不会缺席。至于"中体西用"之说的代表人物张之洞主张设立"中国文学"科目,"与其说是出于对文学的兴趣,不如说是担心'西学东渐'大潮之过于凶猛导致传统中国文化价值的失落"。[1]

正是在这矛盾的存废之间,教育者才开始重新考量从旧学中剥离、西学中舶来的文学学科应该如何教育。新旧、中西之间的似与不似在言辞中尚能模棱两可,但在细化的实践中却没有标准性的明确规范,全赖教育者在具体的操作中摸索。较之自然科学、社会科学诸科目的赖有西洋、东洋先法可依,应对文学科目教育这个尴尬的存在,则鲜有借镜,难能按图索骥。

辛亥革命后的 1912 年,浙江两级师范学堂依据优级师范须由国办为原则的民国新章,遂舍优级师范而专办中等师范教育。次年夏季,学校正式更名为浙江省立第一师范学校,仍由教育家经亨颐任校长。经氏亲笔题写校牌,成为民初学校改制后重启教改、别开新境的里程碑。风雨兼程,百年沧桑,此校牌至今仍存于一师旧址碑亭的墙上,见证着掌校者经亨颐与其他一师先贤"与时俱进"的兴学新政及教改业绩。而其中文学教育如何开展,一度恰成一师现代教育变革的瓶颈与试金石。

旧学辞章诵习之时,诗书礼乐向为一体。实质上,包括学校监督经亨颐在内,两级师范初建时的师资骨干鲁迅、许寿裳等在日绍兴籍留学生,早在当年引起相当轰动的《在留东京绍兴人寄回同乡公函》中便言及国家是

1　陈平原:《作为学科的文学史》,第 3—7 页。

"人人所共建设之,共居住之,而非一家之所得而私,一人之所得而有也",
否定君权天授的政教伦理。谈到日本学校课程设置,"其教课,又非如中国
之所谓《百家姓》《千字文》《四书》《五经》、八股、楷法之类也,若修身、
伦理、心理、历史、地理、博物、理(声学、光学、电学、重学等)化、算数、体操、
图画、唱歌等类",毅然将修身、伦理等现代课程与旧学的陈腐划清了界限,
"要使天地间万事万物及人世应用之学,必知之理,无不立课程以教之"[1],
修身伦理也成了泛宇宙间真理一般的存在。

因其重要,修身伦理课教员的择定,经亨颐"不愿意由国文教员担任"。
缘于经氏认为若由国文教员讲授,则是"一套毫无意义的伦理","极尽小
学和子类统编的能事"。几经周折后,终于亲上讲台。

姑且搁置经亨颐的"世界伦理"大同理想不说,在经亨颐心目中,伦理、
读经、文学三科,不仅仅只是为了应和西学学制课程设置的形式层面,而是
将旧学"道德文章"的浑然,做了彻底的切分。

在当时的"实学"教育中,文艺可谓是缺失、薄弱的一部分。对于经亨
颐理想主义色彩的育人观而言,文艺应作为"美育"的手段不可或缺。而经
亨颐本人亦被曹聚仁评价为"其实是一个富有艺术修养的文士","饮酒赋
诗,能写一手好的爨宝子碑",且擅长绘画,端的是一派魏晋名士风骨。[2]
其一手创办起艺术专修科,延请李叔同到校,软件、硬件的置备在当时皆可
谓大手笔:仅仅由美术教师挑选最好的教室进行专门改建一桩就令人称
许,更毋论音乐教室是选址在花园里特别另建的,配备有两架钢琴与五十

1　《在留东京绍兴人寄回同乡公函》,薛绥之主编:《鲁迅生平史料汇编》第一辑,第204—
212页。
2　曹聚仁:《我与我的世界》,人民文学出版社1983年版,第109页。

多架风琴。

相当微妙的是，在关涉志趣情感的层面与美术、音乐同样切近的文学教育，却无此等礼遇。经亨颐解说道："夫感情之生，有触发与自然之别"，"吾国文学具有触发感情之特色"，但音乐激发的自然之感情才能涵养品性。吾国文学"倘无自然之感情以调济之，恐枯竭而必致破裂"。[1]

新式学校传授"实学"之知识技能当无异议，但此时兴校的教育目的已不再急近地驻留于器用的洋务，或者维新变法的政务。浙江两级师范学堂以及之后的浙江省立第一师范学校，所标举的正是经亨颐倾力贯行的"人格教育"。其最终旨归还是完的与社会相契的道德人格，培养新社会、新国家的理想公民。

其经营的"美育"育人，亦从来不是隐逸之道，或者指向无功利的超然。所以当李叔同辞教离校时，经亨颐相当不以为然。一来是麾下失去一名极其优秀的教师，二来这位自己一直钦重有加的同道蓦然脱轨出世，视社会进化事业为虚无。经亨颐甚至忧心以李叔同在浙一师学生中的影响力，会给学生带来极大的消极负面的影响，特此颁布禁令，在校内不准读佛。

经亨颐"审美"教育的提出，应接了蔡元培的"美育"提倡，而蔡元培的美育本身就是对"德育"的补充：传统中美育包含在德育中，但"挽近人士，太把美育忽略了"，"为要特别警醒社会起见，所以把美育特提出来，与体智德并为四育"。[2]

道德训育在经氏"人格教育"的排位中，居不可动摇的首位。而倡导音

1　经亨颐：《音乐会开会辞》，《经亨颐教育论著选》，人民教育出版社1993年版，第84页。
2　蔡元培：《普通教育和职业教育》，《宇宙风》第55、56期。

乐、美术之审美教育的原因,正是为了更好地导向道德训育。"人类有感情作用之特征,而感情与伦理之接近,尤为吾国道德心理的基础之特色,宜如何维持,如何助成,教育上大可研究。"[1]经亨颐倡导艺术教育亦是以审美陶冶性情,以美作为器用,令文化熏习背负强烈的责任感,指向"改造社会"。

在经亨颐等教育者眼中,从"辞章"旧学中切割出来的"中国文学"科的存在意义多少有些微妙。即便作为现代课程教育不再负载道德教化的责任,却总是受政教伦理的镣铐桎梏;即便是涉及文艺审美的情感熏陶,也因为"不纯粹"至多只能作为辅佐。如是,审美性的文学教育在此只作为搞清楚"读文、作文、习官话"这等程度的知识、技能传授。然而仅仅学习知识、技能又是"人格教育"所不屑的舍本逐末的行径,学校若只是作为"贩卖知识的商店"之存在进行"现钱交易",自然是目光短浅,授人鱼而不授人以渔。学生只是贩得了货架上的东西,而未习得"营业之方法、同行之规则"。至于什么是"营业之方法、同行之规则",经亨颐称:"无他,人格是也。"[2]所以,掌校者经亨颐对于传统文学作为知识、技能的存在,一度也未必认同。他说养成"从前进士、翰林的一种文章和不中用的诗词歌赋,无从着手的经史子集,不但苦煞了学生,实在看错了人生"。[3]

而此时他麾下的"中国文学"科的教师有文字学家徐道政,词曲家刘毓盘,重考据、长训诂的通儒单不庵以及沈尹默。

1　经亨颐:《音乐会开会辞》,《经亨颐教育论著选》,第 84 页。
2　经亨颐:《欢迎各师校职员学生演说辞》,《浙江省立第一师范学校校友会志》第 14、15 期合刊。
3　经亨颐:《对教育厅查办员的谈话》,《浙江省立第一师范学校校友会十日刊》第六号。

　　单师治学严谨,授课却因考据的展开而变得漫漶,教国文单讲邱迟《与陈伯之书》,"就整整讲了两个多月"。援引资料,无须卡片,信手拈来,但见"黑压压地写了几十黑板的参考注释"。

　　一师学生施存统、周伯棣、俞秀松、曹聚仁曾从其研习理学,被并称为单门"入室四弟子",先读先秦诸子之书,旁及魏晋清谈之学。奈何终坐不久冷板凳,曹聚仁不屑学乃师如蚂蚁般终生劳劳于学术的堆积工作,难为传人;而施存统等三人则一度为革命巨澜吸引,弄潮涛头,起伏浮沉。个中固有时代因素,但也未尝不是经亨颐主校前期重政教伦理、轻"中国文学"观念对彼时浙一师校风、学风的影响。四师遂先后离职,去北京大学国文系任教。

　　一师文学教育不无微妙的边缘地位自然不是一成不变的,这只是浪潮掀起的短暂前时。

　　自 1915 年开始,经亨颐有所动作,将国文设定为主课。1916 年,他更是将国文称为"主科之主科",于 9 月开始的新学年进行实质上的教学改革。这可谓经亨颐在浙一师最为大刀阔斧的改革,所花费的心力、承受的来自各方的压力,以及由此产生的影响,远远超过之前的任何一次。国文改革甚至最终酝酿成了"一师风潮",也注定了经亨颐最终的辞职离校。

　　改革的内容包括:调整国文教学师资队伍,聘用思想进步的夏丏尊、陈望道、刘大白、李次九分别担任各个年级的国文主任教员,夏、陈、刘、李因此被时人并称为"四大金刚"[1];推行白话文教育,教授注音字母、拼音文

<hr>

1　参阅陈望道:《"五四"时期的浙江新文化运动》,浙江省委党史资料征集研究委员会编:《浙江一师风潮》,浙江大学出版社 1990 年版,第 351 页。

法、白话文文法等基础语用知识;编写国文课本,课文内容收编入大量时文。

这一变化背后是社会历史语境中,文学教育理念的变化;是清末"中国文学"课向"国文""国语"课的转向;是文学教育语言载体的更替,是语言所负载的权力意志的冲突变革。

首先文学科由前时"不中用"、连充作知识技能都勉强,被提升为有用,甚至是有所重用。经亨颐认识到:"夫统一国语为教育上最要问题,亦为最难问题。""惟有自师范教育入手,乃能致渐移默化之功。"[1]关于文学教育,在课堂上到底应该教授什么内容? 侧重语言本身还是侧重文学? 如果考虑到浙一师作为培育初、中级教师的师范类学校,那么国文教育改革初期讲授基础类的白话文语用知识,如陈望道教授注音字母,夏丏尊教授白话文文法等,作为知识的普及与技能的培养自当是无可厚非的。在初次上课推广白话文以及标点、行文格式(横行)时,陈望道以相当通俗易懂的语言例证讲述白话的便利性,具有相当的说服力。[2] 普及,是切中要害的一记重拳。

事实上,上述国文教师对于初、中级国文教育的热心一直延续,即便离开浙一师教职后也未熄灭。后来夏丏尊、叶圣陶等人在上海结成廾明书店同人群,除出版大量的国文教科书与教学、自习参考书外,还办有指导语文教学的《国文》《中学生》刊物。而他们所亲身教授的浙一师学生,亦成为普及白话文教育的中坚力量,如朱毓魁、宋文翰等就

1　经亨颐:《改革现行师范教育制私议》,《经亨颐教育论著选》,第 32 页。
2　汪寿华:《汪寿华日记·求知录》,《近代史研究》1983 年第 1 期。

编订了中华书局版的国文教材。

据史家考证：1920年4月由朱毓魁执编、中华书局出版的《国语文类选》，系专选语体文作中学课本之最早者。四册"共选九十五篇作品，其中来自《新青年》二十九篇，《解放与改造》十三篇，《新潮》十篇，《新教育》八篇，《星期评论》七篇，《时事新报》六篇，《每周评论》五篇，《建设》和《中华教育界》各四篇，《教育潮》三篇，其他九篇分别选自《晨报》《国民公报》《少年中国》《新中国》《新社会》《闽星》《曙光》《民风》和《国语统一筹备会议案》。这些刊物都是新文化运动的阵地"。至于选文之所以"重论理而略叙事"，是缘于"在编者看来，国语文的价值，在于其承载了新思潮"。[1] 深究上述选文旨趣与分类标准，不难发现浙江一师"前四金刚"时期国语文教学理念乃至校长经亨颐教育思想之渊源。

一师文学科地位由边缘到重中之重的变化，最为重要的原因，当属其与道德训育产生了新的联系。"从前的国文教材，和思想没有多大的关系，改了白话，这一点不可不注意。我曾经和几位教员说过，嗣后选文，务要加以研究"，关于"国民道德"，"是要积极提倡的"。经亨颐如是说。[2] 由此可见，他并不是对于中国自古"文以载道"的伦理道德传播模式有异议，相反，他从来都是这一结构模式的承袭者。他也不是对国文教师讲授道德伦理不满，只是对于之前国文教员传授的旧伦理不满。当将"文"与"道"的意义更新置换，以白话文载现代社会伦理与经世致用之说，在"人格教育"的教育理论体系中便完全适用了。适如两级师范这一新式学校，正是在废除

1　李斌：《民国时期中学国文教科书研究》，第98—99页。

2　经亨颐：《对教育厅查办员的谈话》，《浙江省立第一师范学校校友会十日刊》第六号。

科举制度之后，以省城贡院旧址改建的一样。

　　然而，文学教育以这种形式所作的"体用不二"的回归，由于过分强调了社会实践的层面，甚至片面执着于意识形态功效，使得随西学东渐本应新生益然的"文学教育"一时却显得思想锋芒有余，审美蕴涵不足。

　　经亨颐力挺夏丏尊、刘大白、陈望道、李次九主持一师国文教学改革。教材既"以和人生最有关系的问题为纲，以新出版各杂志中关于各问题的文章为目"，选文便多有取自《新青年》《新潮》《每周评论》等报刊的篇目。而国文课的教法也慢慢演变成了教师几乎不作课堂讲授，而以学生争辩社会人生问题为主要形式的讲演会、研讨会。被经亨颐认作追随对象的蔡元培看过浙一师的国文课本后致信经说："这到底是伦理教材？是国文教材？"[1]

　　学习知晓"中国文学"科中文言文的"文义、文法"与学习掌握"国文"科中白话文的"文义、文法"是完全不同的概念。此时，文学科教授方法、内容、主旨已经发生变化；当白话文成为压抑其他书面语的书面语时，遂完成了语言的权力交替。但必须指出，白话文以其言文一致、明达，击溃"中国文学"的精英意志，其所负载的"文以载道"之道并不纯然是为了文学而倡作。作为现代文学，驾驭语言开始寻找自身的力量的契机，或许就是政治、意识形态话语层面短暂失语的种种间歇。

　　"一师风潮"之后，经亨颐与"四大金刚"辞校而去，蒋梦麟遂引荐姜伯韩继任一师校长。姜主校后，将国文课尽改文言为白话，易为"教员视学生

1　季陶：《蔡先生委曲求全的是非》，《星期评论》第39号，1920年2月29日。

程度,得酌授文言"。[1] 以白话文教学为主,于白话文通畅之后酌授文言,其先后的意义却是截然不同的。文言的复归,此时作为文学教育大格局的一部分,已赢得了"中国文学"学科中的合法地位,在现代价值体系中,历练沉淀,融合新机。

姜伯韩重用朱自清、俞平伯、叶圣陶、刘延陵、王祺等任一师复课后的国文老师,方代之以"质实",振奋因着国文教材一味"好新立异"、教学方式放言空论而导致的学生"有点厌倦"。

1920 年 9 月新学期伊始,浙一师正式实行学科制,减少课程门数及讲授时数;成立国语研究室,拓展开放式教学、研究型学习等教改试验。

国语研究室由朱自清主持,该室分为演讲、讨论、研究三项。演讲,由本校师生或请校外名人担任,每两周一次;讨论,由参加的会员共同进行,不定期;研究,由会员就散文、诗歌、小说、戏剧各项目自选一种或二种进行之。[2]

较之"前四金刚"时期单向度灌输的演讲,非此即彼式的辩难,由国语研究室主导的师生演讲、讨论,不仅形式上更注重双向回环,多元互补,而且从内容上一改原先重道德伦理、轻文学的局限。而指导学生研究的项目,亦不再流于大而化之的社会问题探讨的漫漶,而是着眼于新文学各类文体研习的专精。

值得注意的是,作为主持者的朱自清,在这场由他引领的研习新文学的教学活动中无疑积累了不少经验,为其二十年代末在清华大学首开中国

1　《浙潮第一声》,转引自《浙江一师风潮》,第 32 页。
2　校庆筹备办公室编:《杭州第一中学校庆七十五周年纪念册》,1983 年编印,第 8 页。

新文学研究课程,作了切实的铺垫。

"后四金刚"等师长在一师课堂内外悉心播洒新文学气息,教材及研习项目中勉力引入新文学作品,填补完合了此前"教材不从语文本身去找",审美意味"贫乏可怜"之缺。

新文学先驱者的充实、加盟一师师资,促发了既有国文教育的现代性变革;而改革后的现代教育范式,也为现代意义上的新文学培育了大量的传承者乃至优秀创作人才。

被剥离了"道"的"中国文学"学科,在"国语"的文字层面不仅达臻了新意识形态层面的强化,以文字作为文学的基础,其变易亦势将催生文学革命。

二 旧与新:一师三代国文教师的知识谱系与蕴藉

早在浙江两级师范学堂时期,国文教师的阵容便已十分齐整,可谓是群贤毕至。众所周知者自不必提,经多方考证钩沉,确认 1908 年沈尹默亦曾在该校教授过国文。[1] 教员中仅太炎门下便有马叙伦、钱家治、朱希祖、沈兼士,还不包括未教授国文的鲁迅与许寿裳。

---

1 姜丹书点检民元以后浙一师师资时称,国文教师初有沈尹默及其弟兼士。姜丹书:《姜丹书艺术教育杂著》,浙江教育出版社 1991 年版,第 220 页。另据沈尹默弟子戴自中所撰《沈尹默生平年表》记载,沈尹默"1908 年在杭州两级师范学校任教"。姜书"民元以后"似是记忆有误。

彼时一师有许多课程聘用日籍教师担任,教师所编的讲义自然要翻译,上课时也要有人在旁口译。鲁迅与夏丏尊、杨莘士等便兼任其职。

当时白话文尚未流行,仍沿用文言文,鲁迅的古文功底,在其译出不久的《域外小说集》中尽已显出,所译动物学、植物学讲义,撷华夏古言,阐域外新说,解纷挈领,粲然可观。夏丏尊感赞:"以那样的精美的文字来译动物植物的讲义,在现在看来似乎是浪费,可是在三十年前重视文章的时代,是很受欢迎的。"[1]当时学生十分赞佩。至于许寿裳的心理学讲义,比诸前述鲁迅讲义之"精美"[2],也不逊色,四言一句,生动易记。

若以"木瓜之役"与"一师风潮"为坐标,点检其间十余年中,师资计有前清解元郑永禧,举人徐道政、范耀雯、魏友枋、张胆,长于宋理学、目录校勘学的单不庵,以及在词学上颇有造诣的刘毓盘。然后就是以国文教学改革著称的陈望道、刘大白、李次九、夏丏尊、沈仲九,及至"一师风潮"之后来校的朱自清、俞平伯、刘延陵、叶圣陶、王祺、许宝驹、张凤等。

这样强大的阵容,放诸清末民初,不独是初等、高等师范类学校,便是遍寻全国的大中学校,也不一定得见。其中,马叙伦、朱希祖、沈尹默、沈兼士、魏友枋、单不庵、刘毓盘、朱自清、俞平伯等此后相继调往北大任教,鲁迅亦长期在北大兼课,陈望道、刘大白、夏丏尊诸师后来也去上海各大学任教,或可引以为证。

可以说,一师的国文科并非是自国文教学改革骤然兴盛,而是自始至终都丰厚饱满,且具有可深入探寻的层次与蕴藉。在与一师学生协力创办

---

1   夏丏尊:《鲁迅翁杂忆》,《文学》1936 年第七卷第五、六合期。
2   郑晓沧:《浙江两级师范和第一师范校史志要》。

《浙江新潮》杂志的阮毅成的叙述里，范耀雯"为饱学之士，并乐与学生接近，且常以鼓吹革命之刊物，密示同学。故学生往往倡言光复汉物，驱逐胡虏，毫无顾忌"。[1] 而另一位举人魏友枋，其为宁波效实中学作词的校歌亦传唱至今："海内共和伊始，看多少莘莘学子读书谈道其中。是社会中坚分子，是国家健儿身手，正宜及时用功。"……

沈兼士也随乃兄沈尹默先在浙江两级师范学堂任教，后又同去北大，任北大国文门主任，与沈士远、沈尹默两位兄长一起并称"北大三沈"。蔡元培在《我在教育界的经验》一文里对二沈的旧中启新之举予以肯定："北大的整顿自文科起。旧教员中如沈尹默、沈兼士、钱玄同诸君，本已启革新的端绪。"[2] 沈兼士长于文字训诂，但同样是中国新诗的倡导者与先行者之一。其诗作《小孩和小鸽》（八年秋天在香山旅馆）[3]，诗句虽长，略近散文诗，但时空推移与转换的境界勾勒却层次叠出，从容自然，可辨诗人的用心与写作白话诗的日渐成熟。

一师教员人才济济，学生查猛济与曹聚仁曾请教学业于刘毓盘、单不庵之门，"一时言考据词章之学者，必称两先生"。[4]

刘毓盘以词学名世，所著《词史》博考词"句萌于隋，发育于唐，敷舒于五代，茂盛于北宋，煊灿于南宋，剪代于金，散漫于元，摇落于明，灌溉于清初，收获于乾嘉之际"，凡一千三百余年以来演变之大势[5]，"前无成规"，开

1　阮毅成：《布雷先生与浙江高等学堂》，《从名记者到幕僚长：陈布雷》，浙江省政协文史资料研究委员会 1998 年编，第 196 页。

2　蔡元培：《我在教育界的经验》，《宇宙风》1937 年第 55 期。

3　沈兼士：《小孩和小鸽》，《新青年》8 卷 6 号，1921 年 4 月 1 日。

4　查猛济：《江山刘先生遗著目录叙》，刘毓盘：《词史》，上海群众图书公司 1931 年版，第 1 页。

5　刘毓盘：《词史》，第 213 页。

启先河。

据曹聚仁说法,《词史》系"刘师讲学北京大学时之手稿"。[1] 但不知此前在刘毓盘任教浙一师时,《词史》是否即在编写中,抑或已有初稿? 一如查猛济、曹聚仁等一师学生当年又是如何亲聆刘师讲授词史、词曲学的,有无讲义,皆少有记录。

世事动荡,刘毓盘于 1919 年秋由一师出走北大;而"五四"运动及至"一师风潮"时,查猛济亦因参与创办《浙江新潮》周刊,积极鼓吹新思想,旋遭开除。然则学缘虽尽,学脉犹存。适如查猛济所记:"丁卯之役,余以党禁,违难走高丽","而江山先生《词史》之稿,犹为余所珍藏"。[2] 此语似与曹聚仁《词史》系北大讲稿说略有抵牾。未知查猛济 1927 年远走异域时所珍藏的,究竟是其一师时聆听《词史》课的笔记,还是刘师任教北大后寄赠的讲义,一时难以查考。

虽有此类遗憾,但查猛济、曹聚仁无愧为刘毓盘亲授弟子应是确然无疑的。证据之一,刘师病殁,单不庵师将刊印《词史》一事嘱托查猛济、曹聚仁,毫无其学历仅中师毕业、能否胜任之虞,而曹、查二人则不负单师信任,校勘考订,并撰以序跋,终交由上海群众图书公司出版。尤为感人的是,这曲曲折折三四年间,查猛济经历了大革命失败,频遭通缉,然而即便是流亡途中,或者隐居乡间,贫病交加的他仍一直勉力而行。而当史家对于刘毓盘治学考据有欠专精予以批评时,查猛济特撰《刘子庚先生的词学》《与龙

1　曹聚仁:《〈词史〉跋》,刘毓盘:《词史》,第 1 页。
2　查猛济:《江山刘先生遗著目录叙》,刘毓盘:《词史》,第 1 页。

榆生言刘子庚先生遗著书》诸文[1]，为刘师一辩。姑且不论查猛济卫师心切，论辩中辞锋或有所失度，但就能挺身与方家商榷之功力，足以印证其深得刘师词学真传。

刘毓盘虽学渊传统，但并不泥古守旧，单论其授课，不局限于"词章"，而是得风气之先，率先引入西方"文学史"理念，编撰讲授《词史》，便可见其值此新旧交替的时代，承前启后之功。

说及刘师，刘毓盘的另一名一师弟子曹聚仁也惯于将他与单不庵师相提并论，称："刘、单二师，淹通该博，为一代宗。"[2]较之刘毓盘，单不庵其实更是一位与时俱进的师长。

曹聚仁心目中的单不庵，渊博得"无话可说"。其"读书之多，校勘之精，用心之细密"[3]，时贤之中无二。单不庵教授国文，"不用片纸，都是信手写出来的"。亦可从其"校勘考证中看出他治学的辛勤。他的一篇校勘文，比梁启超写十万字的著作还用更多的力，他为了一字的训诂下断语，比科学家下定义还周详审慎；以旧学之渊博而论，胡适之是小巫，他是大巫，我几乎连小巫都够不上"。"然而，我是永远怀念着这位博学的老师的：是他引我上桐城派古文的正路，使我知道文章如何能写得简洁；他的批改，几乎每一句每一字都有分寸，有的地方，真是点铁成金。是他引起我去进考证学的大门，使我知道治学的基础工夫是怎样着手。"[4]曹聚仁自谓跟从单

1　查猛济：《刘子庚先生的词学》《与龙榆生言刘子庚先生遗著书》，二文均刊载于《词学季刊》第 1 卷第 3 号，1933 年 12 月。
2　曹聚仁：《词史·跋》，刘毓盘：《词史》，第 1 页。
3　曹聚仁：《我与我的世界》，第 176 页。
4　曹聚仁：《萧山先生单不庵》，《曹聚仁杂文集》，三联书店 1994 年版，第 337 页，第 339—340 页。

不庵治桐城派古文，却超越了吴学的范围，从皖学转向浙东史学，由正统派的考证学与新考证学不期而遇。曹这番自我称道是否有所夸大姑且不论，但从其后他旁听章太炎讲演，记录、整理下《国学概论》，获得太炎先生本人的赏识便可见此言不虚。另有夏衍回忆曹聚仁之文可资佐证，夏衍称："他的旧学根底比我们强得多，才二十二三岁的人，就把章太炎的演讲整理出一部《国学概论》来，对那样的年纪来说，是很不简单的事。"[1]

曹聚仁虽自认是单不庵的弟子，却特别指出："服膺他的理学，而能实践躬行的，有俞寿松、施存统、周伯棣诸君。"事实上，这三位一师学子，正是创办《浙江新潮》的弄潮儿。特别是施存统，更是以一篇《非孝》震惊全国，成为引发之后"一师风潮"的导火索。然而他作为单不庵的入室弟子，却又能"居诚存敬，做慎独工夫"。关于《非孝》的发表，即便是以兼容并包理念治校的校长经亨颐，也表示并不知情，也非自己授意。对其观点可以包容但不认同。"这篇文字我说他不对的，单说不对还不对，一定要把我对于孝的主张怎样明白表示的。但是随随便便表示也不对，容我好好的想一想，正正当当定一个题目叫做'孝的定义究竟怎样'？另外做一篇文字发表出来，自然可以知道我的意思了。这个问题，关系却是重大，不过我所讲的是研究学理的态度，要预先声明的。"[2]

向以开明著称的经亨颐尚且对"非孝"之名持审慎态度，而作为施存统授业师的理学家单不庵，又会作何感想呢？曹聚仁说他与施存统讨论过这个问题。当曹读到施存统所翻阅的《新青年》，初始觉得有些异样，"那些文

---

1   夏衍：《怀曹聚仁》，《语文学习》1992 年第 6 期。
2   经亨颐：《对教育厅查办员的谈话》，《浙江一师风潮》，第 122—123 页。

字,虽是用文言体写的,内容却是崭新的。如吴虞所主张的只手打孔家店,在旧士大夫眼里,真是大胆妄为,大逆不道"。于是便问施:"我们的单老师看了,他会有怎么样的想法?"而施存统的回答则是:"单老师,也未必会反对的!《新青年》中的写稿人,都是北京大学的教授!陈先生,他还是北大的教务长呢!"[1]而后曹聚仁自己的看法也有所变化,认为单不庵"是笃行的人,对于'五四'运动也有他的看法,并不顽固守旧,他的弟子变了,也不觉得寂寞"。[2]

可谓知师莫若弟子。单不庵"表面上虽像一迂拙的老儒,实际上却是一个头脑极新颖,言论极激昂的人"。在读过《天演论》之类的著述之后,就开始"感觉到旧教育的不良,于是自修日文,买些日本的教育书来看。要把《四书》《五经》废止不教,另用一种适合于儿童的新的教材来教授学生"。"总想弄点经费,到日本去留学"[3],另外又"仿日本福泽谕吉氏自修英文的办法,出其死力以读《德文字典》,期以十年,希望能读德文的教育学术书籍"。但是因为出身寒门,首先需要为稻粱谋,这两件事都进行得不顺遂。但其从未放弃,比如"自修德文的志愿,直到晚年,还不减退"。[4]

诸人以为他不参与或冷对时潮便是守旧,当终于有机会表达他对"五四"新思潮的见解时,他称不认同的只是浙江鼓吹新文化的某些人,因为"实在浅薄得很。近年出版的新书报,有许多我早已看见过的,他们

1　曹聚仁:《我与我的世界》,第 112 页。
2　曹聚仁:《萧山先生单不庵》,《曹聚仁杂文集》,第 336 页。
3　王艾村《柔石评传》一书称单不庵曾"留学日本",不确,想是与单曾去日本帮同编译政治书籍而作短期停留一事混淆。参阅《柔石评传》,上海人民出版社 2002 年版,第 23 页。
4　钱玄同:《亡友单不庵》,《钱玄同文集》第二卷,中国人民大学出版社 1999 年版,第 285—286 页。

都还没有知道。我看他们并没有什么研究,不过任一时的冲动,人云亦云罢了"。至于最关键的态度,对于"文化革新的运动",他是极以为然的;对于白话文的推广也"很赞成"。因为"白话文老妪都解,实在是普及文化的利器"。然而对"拉拉杂杂夹入许多不雅驯文句的白话文"则不能苟同。单不庵举胡适的《中国哲学史大纲》为例来说明自己认同的新学研究理路,"用新方法新眼光来说明旧材料,见解那样的超卓,条理那样的清楚,如此整理国故,我是十分同意的。我自己今后治学也要向着这条路上走"。[1]

单不庵后来执教北大,并任北大图书馆主任,与他尊崇的胡适多有学术上的交流、探讨。胡适称其为"生平敬爱的一个朋友"。[2]

冯至二十年代就读北大期间,曾因生活困难求助于胡适,胡适遂让他抄写一些旧书店找不到的书籍,并加倍给予劳务费。而后因胡适介绍,掌管北大图书馆的单不庵也找他誊抄典籍。成就了一段惜才佳话。[3]

1928 年,原第三中山大学易名为国立浙江大学,校长蒋梦麟特致信胡适,说要办浙江大学文理科,希望胡适去主持筹建哲学与外国文学两个学科,胡适推辞了,他让蒋自兼哲学,另推荐北大单不庵帮管中国哲学。[4]

诚如学生所称:如果说,"单师了结了旧时代",那么,此后的刘大白一辈则承担了"要创造新的时代"之使命。[5]

刘大白是单不庵等离开之后,受经亨颐之邀担任国文教员的"后四金

1　钱玄同:《亡友单不庵》,《钱玄同文集》第二卷,第 289—290 页。

2　胡适:《胡适全集》第三卷,安徽教育出版社 2003 年版,第 802 页。

3　冯至:《冯至全集》第五卷,河北教育出版社 1999 年版,第 43 页。

4　转引自沈卫威:《大学之大》,第 197 页。

5　曹聚仁:《前四金刚》,《我与我的世界》,第 131 页。

刚"之一。与其同侪聚集在一师，实现国文改革，且直接或间接引发了"一师风潮"。无论从事教改及参与社会活动皆可谓满腔热血。1910年初春北游京城时，刘大白听吴琛讲述了刺杀某清廷权贵要人的计划后，热血沸腾，乘着酒意当即题下最为友生传颂的《我有匕首行》一诗："匕首在颈头在手，莙然一声仇无头。仇无头，大白浮，佐君豪饮君快不？"署名：刘大白。自此，改名为"刘靖裔"，号大白，取中山靖王后裔的意思；有时也署"汉胄"——"汉"天子华"胄"。"匕首"既出鞘，顿见决然与清廷两断之志。

1920年2月，浙江省当局强行撤换一师校长经亨颐，激怒了众多师生，随之爆发了"挽经运动"。刘大白与全校师生一起参加"挽经运动"。1920年3月，一师学潮激化。29日清晨，六七百名军警包围了浙江一师，刘大白闻讯立即从家中赶来，却不得而入，于是去给师生们买了包子从学校西首墙边扔进去，自己打算翻墙而入。

浙江省议会指斥一师国文教师水平低劣，只会教教白话文的"的了吗呢"。然而由刘大白写定、一师教职员联名呈上教育厅以挽留经亨颐校长的呈文《全体教职员请愿书》，教育厅长夏敬观阅之却大为赏识。尽管请愿书中指出："将本校校长调离本校，实夺本校革新之领袖。穷其影响，足挫吾浙文化之萌芽。"当访知原来是出自刘大白之手时，便特别叮嘱刘大白可以留任。[1]

刘大白古文功底极深，曾入选旧时科举拔贡（一说为"优贡"），但人称其为"古文叛徒"，因其倡颂白话文为"人话"，斥责文言文为"鬼话"。功底的深厚，缘其开蒙从学时父亲的严厉所赐。少时刘大白不堪压力，竟用悬

1　曹聚仁：《我与我的世界》，第130页。

梁自尽来作彻底反叛,所幸绳子断了他才自行从窒息状态中慢慢苏醒过来,就不再动寻死相决的念头,念起书来。揣测这番从激越的以死决断的抗争,到生而复苏的沉潜的历程,正留下了两极争端与泯和的印迹在其生命中时时若隐若现。双生花于凡俗间不可得见,两面虽初始不能偕融,也终汇一体。

同时,似乎常常热血涌动的刘老师,却被曹聚仁评价为一个冷静理智甚至高深莫测,世故很深,应对事情极有分寸的人。曹认定刘是个一流的幕僚人才。事实上,刘在离开一师至复旦任秘书长时起,就以椠櫜大才应付各方,指挥若定。1928 年 1 月承浙江省教育厅厅长蒋梦麟之请,返回栖居得较久的“第二故乡”——杭州,任教育厅秘书长。1929 年 8 月,迁升为国民政府教育部次长,之后又代理部务。确实除却笔墨之外,还长于幕府之才。但“弃教从政”,却成了后世对刘大白作某些否定性评价的重要依据。事实上,即使从政能应付有余,刘大白一直表露这种希望摆脱政务重任教职的倾向。1929 年浙江省政府于杭州西湖召开一个国货宣传大会——“西湖博览会”,这便是现在杭州年年举办的“西博会”的前身。刘大白正是首届“西湖博览会”的筹备委员会委员,以及“西博会”八个展馆之一教育馆的筹备负责人。工作包括勘察、择定相关馆址,研究设计大纲,以及讨论具体筹备过程和预算。8 月 14 日,刘大白在执行部委员会十二次会议时,却毅然辞去馆长等相关职务。

抵牾的两面在刘大白身上处处可见:从教至从政,“革命”与“落后”,新或者旧。一师同事、好友夏丏尊,提到刘大白在朋辈中年齿最大,对事物的兴趣反倒是最高的。别看长得一副严肃的样子,却好说闲话,好动闲气,还特别喜欢购置闲物。什么文具小件,收纳的小盒,他都出于孩童般的好奇心收来,堆满抽屉案儿。朋友们由此称他"老少年"。又因喜欢欧化,好新奇,"老少年"前又被增冠二字:"欧化"。在学生眼中的"欧化老少年"刘老师,一身长袍马褂,脚上却是穿西装的漂亮朋友的打扮——皮鞋加一双毡毛的鞋罩。

倘使我们又计较刘大白的官场功夫称职与否,就再回到他甚是纠结的"西博会"上来。他在《西湖博览会教育馆特刊》里阐述了教育与农工商业两项发展相辅相成的关系。讲得明白晓畅:教育为农工商业提供人才,教育经费也要从农工商业里来,而官场教育是万万要反对的。在"西博会"开放展馆时期,他在教育馆出入口、各陈列室都写了联注,以资点缀。出口处的对联是这样的:

> 看完这教育成绩,感想如何! 不满意么? 要同担些匡扶
> 责任。
> 　放下那湖山美观,勾留在此,能着眼的,别错认是点缀功夫。

由此可见,反反复复的刘大白,抵牾两面的刘大白,骨子里就是那个要翻墙跳进一师救学生的刘先生。

随着"一师风潮"的平息及"前四金刚"的离去,一师的国文科教席遂由"后四金刚"为主体的新人执掌。继理学家单不庵、"古文叛徒"刘大白之后,这群在人生更早的阶段接触了西方文化,接受现代教育成长起来的年轻人,是否便抛却了更多的"旧",呈现出更多的"新"呢? 试以"后四金刚"之一的俞平伯为例,作一番检视。

曹聚仁回忆初到一师教书的俞平伯的样子,他穿了一件紫红长袍,绣

金青马甲,风流潇洒[1],自是浊世王孙公子。

　　内弟许宝騄回忆二次回国时的俞平伯:"十一月中旬回到杭州。视察报告在海外时已经大致写就,带回不少有关资料,余曾见之。兄西装革履,持一硬木手杖,有翩翩洋少之仪表。又购带五分钱小丛书多种,有莎翁戏剧故事及《福尔摩斯探案集》等,分赠余及七弟,皆大欢喜。"[2]西方或东方,现代或传统,俞平伯似乎都相得益彰。

　　耐人寻味的是,在俞平伯的一师任教生涯中,也伴随着他两次留学的折返。两次皆乘兴而来,逗留数日或数月便兴尽而返。倘若初次如此,或为种种机缘巧合;重来一次,观其《重来者的悲哀》,他似乎点检出更多东西两边的棱里,互为参见。故而,在西方世界里似乎逗留不久的俞平伯,其亲见亲历的西方,是不是使得这个原决意潜心在彼方习得的人,善于在细微碰撞下见真世界产生了别一所想?

　　俞平伯的第一部新诗集《冬夜》里的不少诗歌,以及被鲁迅选入《新文学大系》作为对于"新潮"作者们的肯定的小说《花匠》,直露着"勇往的精神"与"有所为"的宏旨。如《他们又来了》《在路上的恐怖》这样的直抒胸臆,"迢迢的路途,直向前头去。/ 回头! 呸!!"[3]可谓激越满志。第二部新诗集《西还》中,回省内心世界的理趣则渐次取代了"五四"的激情。第三部新诗集题名《忆》,追忆回环曲折的来时路直至尽头隐现出"儿时"这一起点。之后便由新诗创作复归旧诗词的创作。

　　事实上,俞平伯的创作转向并非是对西方单纯的否定,与此相反,他每每

1　曹聚仁:《忆俞平伯师》,《听涛室人物谭》,三联书店1983年版,第282页。
2　许宝騄:《俞平伯先生〈重圆花烛歌〉跋》,《重圆花烛歌》,新加坡文化学术协会1989年版。
3　俞平伯:《别她》,乐齐、孙玉蓉编:《俞平伯诗全编》,浙江文艺出版社1992年版,第287页。

凭借着西方现代文明与世界文学的视角、框架来重审、重塑传统与东方。姑且不论，浙一师时期他曾一度舍弃了"诗的兴趣即在本身"的观念，转而倡导"诗不但要自感"，还要能感人向善的诗学观，而如其自述，这一诗学观的转变，恰是深深感动于列夫·托尔斯泰《艺术论》"向善"宗旨的结果[1]；但看他后来的红学考辨，将《红楼梦》置于世界文学史的脉络中重新定位，从而发现："凡中国自来底小说，都是俳优文学，所以只知道讨看客底欢喜。我们底民众向来以团圆为美的，悲剧因此不能发达。无论那种戏剧小说，莫不以大团圆为全篇精彩之处，否则就将讨读者底厌，束之高阁了。若《红楼梦》作者则不然。他自发牢骚，自感身世，自忏情孽，于是不能自已的发为文章。他底动机根本和那些俳优文士已不同了。并且他底材料全是实事，不能任意颠倒改造的，于是不得已要打破窠臼得罪读者了。"他进而颇有识见地将小说打破东方传统思想与美学窠臼这一"革命"，归结为"《红楼梦》底一种大胜利，大功绩"[2]。可见俞平伯绝非厌外与排外，而是发现能够重新用来挖掘、解释传统中国的凭借之后，开始将传统中国努力融合到他已然无法背离的现代文明之林之中。

　　而周作人借对于俞平伯散文的引证，来坐实自己的新文学散文理论时，其理相通。"言志抒性灵"，是文学的必然使命与方法途径。俞平伯说，小品文就该以当仁不让的决心用它本来的样子出现。真的回到明末去，必然没有这番见识与自觉。这种自觉给传统添加现代价值的意识与工作，恰是在"新"的启蒙下才会生成与运作。朱自清便曾指出这种自觉与非自觉

1　俞平伯：《诗底进化的还原论》，《俞平伯全集》第三卷，花山文艺出版社 1997 年版，第 534 页。

2　俞平伯：《红楼梦底风格》，《俞平伯全集》第五卷，花山文艺出版社 1997 年版，第 165 页。

模仿的区别："但我知道平伯并不曾着意去模仿那些人",若一味模仿因袭,而缺乏现代人真情的流露,"那倒又不像明朝人了"。[1] 晚明小品本是以意趣率性为先,不拘不滞,若刻意取道着了痕迹,反有画虎类犬之虞。

周作人继而扩充了自己的散文理论,上溯至六朝,亦用俞平伯的创作来论证。他赞誉俞平伯的散文兼有思想之美,"以科学常识为本,加上明净的感情与清澈的智理,调合成功的一种人生观,以此为志,言志固佳,以此为道,载道亦复何碍"。[2] 同样如前述,他的见识与理论六朝人何尝会有,而周作人及俞平伯若非借助西方,又怎能使得六朝在这样的语境中获得合法合理的进步价值?

这便是何以那个浊世王孙公子的风流倜傥与西装革履洋少的翩翩丰神能相得益彰,其散文风致独特,看似一条渊源有自、湮没已久的"古河","却又是新的"。[3] 由此,我们或可将俞平伯的亲身演绎,视作是对一师国文教师的"新和旧"的一种回环性注解。

三　辩与不辩:以文学革命引入作为分期标志的课堂教学改革

浙江一师国文的课堂,从经亨颐致力国文课改革,聘夏丏尊、陈望道、刘大白、李次九、沈仲九等为国文科教员代表尝试白话文教学,到"一师风

1　朱自清:《燕知草·序》,《燕知草》,开明书店 1930 年版,第 3 页。
2　周作人:《杂拌儿之二》序,杨扬编:《周作人批评文集》,珠海出版社 1998 年版,第 242 页。
3　周作人:《杂拌儿》跋,《周作人批评文集》,第 237 页。

潮"结束为锐意改革之始。

风潮后,经亨颐与"前四金刚"离校,朱自清、俞平伯、刘延陵、王祺等国文教师到职,则开启了"后四金刚"时期。而为人称道的"前四金刚"时期的国文课改革,可谓开启了启蒙的时代,唤醒了莘莘学子。其以辩论、演说为主的形式,重点在对传统的"破",而略失"立"的稳健。而"后四金刚"期是对此的反拨,其将讨论作为一种对于国文、对于文学学科构建与教育开展的手段。视学问为一种多元化的存在为前提进行讨论,而不是二元对立、非此即彼的立场。课堂讨论本身不是一种压制的过程,不是一种相互攻讦打击的手段,而是一种推进的、纵深的形成性的过程。

1919 年之前,便是夏丏尊,也还是在教室里带领众学生摇头晃脑哼着邱迟的《与陈伯之书》,不输于"塾师那么起劲"。[1] 这样的描述或许略有夸张,但是完全可以还原成教师的一人主导之声在前,学生的随之吟咏复制之声在后。

1919 年,一师国文教学改革。国文教员一边联手制订《国文教授法大纲》,选编新教材;一边便以决然成事而非试点实验的态度开始实践授课。教材多有取自新出版的报刊时文为篇目,此后部分国文讲义汇编成了《社会问题讨论集》《妇女问题讨论集》等,由上海新文化书局出版。[2] 浙江一师的国文课凝聚现在、当下、时代一刻,成为教师引而不发,而以学生辩难社会人生问题为主要形式的研讨会。讨论,在课堂中回荡起新思潮激荡之声。而最后课堂已无法承载讨论内容的激烈撞击,这种激变的声音,撑开

1　曹聚仁:《文坛五十年》,三联书店 2010 年版,第 100 页。

2　曹聚仁:《文坛三忆》,三联书店 1999 年版,第 47 页。

教室,冲出校园。学生以激情甚至狂热投入了各种学运当中。

而耐人寻味的是,在学生的回忆里,标杆性的文学革命似乎带着"不堪回首"的色彩:"经过了那一年半的讨论与研究,同学们既是浅陋得很,教师呢,也只知道一些皮毛;而教材不从语文本身去找,实在贫乏可怜,我们实在有点厌倦了。"[1]

"一师风潮"随着经亨颐与"前四金刚"的离校而沉静下来,学生复归课堂,朱自清为代表的一师国文教师"后四金刚"时代开启。"俞朱诸师,恰在那时到来了。"然而那种甚嚣尘上的沸腾之后,朱自清这些新来的师长们"心中惶惑得很",而学生们"心中也惶惑得很"。[2]

在学生的回忆里,先生们又回归了独自讲授的方式。"还记得朱自清师上了讲堂,情绪总是十分紧张,一头讲,一头写,一头流汗,那么喘不过气的样儿。"[3]"从上讲台起,便总不断的讲到下课为止。好像他在未上课之前,早已将一大堆话,背诵多少次。又生怕把一分一秒的时间荒废,所以总是结结巴巴的讲。然而由于他的略微口吃,那些预备了的话,便不免在喉咙里挤住。于是他就更加着急,每每弄得满头大汗。"[4]这种方式也令习惯了讨论的学生们不知该如何回馈反应。"他看看我们的反应,那么漠然的,心里便失望得很。他只教了一个月,便决然要辞职了。"在朱自清的感觉中,学生对于自己这个"陌生人"的冷漠是致使教育失败的重要原因。而此时曹聚仁则代表学生去跟朱自清讨论教授的方法、艺术,并与其他学生一

---

1   曹聚仁:《我与我的世界》,第 36 页。
2   同上。
3   同上。
4   魏金枝:《杭州一师时代的朱自清先生》,《文讯》第 9 卷第 3 期,1948 年 9 月 15 日。

道跟朱自清讨论教学的方案。朱自清"颇为赞许",最终留了下来。而这些层面,既不是学生欺生的冷漠,同时"跟学问广博与否"也是"不相干的"。[1]

且听改变了教学方法,同时又规约了激进的课堂氛围,引领一师国文课堂转向的"后四金刚"代表朱自清自己的意见:他觉得"多讲闲话少讲课文的教师"是不称职的,但是也否定了之前那个勤勤恳恳"一堂灌"的自己。"就是孜孜兀兀的预备课文,详详细细的演释课文的,也还不算好教师。"中学生需要充分地讨论练习。而在当时的国文课堂中,这种练习不是太多,而正是太少了。"教师不但得帮忙学生解决他们的问题,还得提供他们所没有注意到的重要的问题,师生共同讨论解决。若是课文里有可以与读过的课文或眼前报章杂志的材料比较的,教师也当抓住机会,引起相当时间的讨论。这可以增加学生的兴趣,并让他们容易记住。"[2]

同期在一师授课,和朱自清相交甚笃,而后合著完成《国文教学》的叶圣陶也认为:"偏重于注入式是最不妥善的教育方法。"虽说这在一般教育论著差不多早成定论,而在实施方面却依然停留在注入式的阶段上。"这实在是很可忧虑的现象。"一方面是因为部分教师抱着"教师的职务便是教书,而教书的方法便是不间歇地对学生讲演"这样的信念。所以需要这部分教师考虑到教学本身是一种技术,而注入式需要被更换,虽然不易,需要下一番修炼功夫。然而真能对教育执着的人,真正为学生着想的人,则必然需要改革这种专门讲演的教学方法的。[3]

与朱自清的意见一样,课前预习,课后复习,课堂之中的活动,叶圣陶

1　曹聚仁:《我与我的世界》,第 36 页。
2　朱自清:《朱自清全集》第二卷,江苏教育出版社 1988 年版,第 37—38 页。
3　杜草甬、商金林编:《叶圣陶教育文集》,河南教育出版社 1989 年版,第 77 页。

将其统称为"讨论"。"预习得对不对,充分不充分,由学生与学生讨论,学生与教师讨论,求得解决。应当讨论的都讨论到,须待解决的都得到解决,就没有别的事了。"作为教师,是讨论的管理者。"排列讨论程序的是他,归纳讨论结果的是他。"在讨论过程中显示出来的学生的错误,予以纠正。有缺漏之处,则予以补充。倘若还有未被察觉的地方,则需要他的指示,进行阐发。唯有课堂上好好进行讨论这一阶段,学生在预习阶段的准备,才能够得到切磋琢磨的实益。如果不使用这种课前预习、课堂讨论的形式,只是教师在课堂上翻开某一篇来讲来念,直到完篇,教学效果就完全是另外一回事了。[1]

那么相较于朱自清、叶圣陶的"后四金刚"时期,振聋发聩,引起无限震荡的"前四金刚"的国文课讨论形式,到底是怎么样的呢?

"前四金刚"曾与沈仲九等国文教员合力拟订了《国文教授法大纲》,对于浙一师国文教授,分目的、教材、教法三项,详加规约:

> 目的1——形式的。使学生能够了解用现代语,或近于现代语——如各日报杂志和各科学教科书所用的文言——所发表的文章,而且能够看得敏捷,正确,贯通;使学生能够用现代语——或口讲,或写在纸上——表现自己的思想感情,而且要自由,明白,普遍,迅速。
>
> 目的2——实质的。使学生了解人生真义和社会现象。

1　叶圣陶:《论国文精读指导不只是逐句讲解》,叶至善、叶至美、叶至诚编:《叶圣陶集》第十四卷,江苏教育出版社1992年版,第11页。

教材。国文研究的材料,以和人生最有关系的问题为纲,以新出版各杂志中,关于各问题的文章为目。这种问题和文章,要适合学生的心理,现代的思潮,实际的生活,社会的需要,世界的大势,而且要有兴味。

教法。令学生自己研究,教员处指导的地位。读看,讲话、作文,都用联络的方法。

详细方法如下:

1. 说明。每一星期或两星期,由教员提出一个研究的问题,将关于本问题的材料,分给学生,并指示阅览的次序。如学生不能全阅,可指定专阅一二篇。

2. 答问。学生对于教材的文字和内容,如有不明了的地方,应询问教员。教员亦得随时讲解文章的结构,或令学生轮讲、断句。

3. 分析。学生每看一篇文章,应该先用分析的功夫。分析的次序如下:(1)就全篇意义上观察,把全篇分作几大段,每段定一小标题;(2)把一大段的大意,再分析起来,用简括的文字写出来,这是做一篇大纲的次序。

4. 综合。学生看完各篇文章,作好各篇大纲以后,应该对于一问题,用综合的功夫。综合的次序如下:(1)把各篇的小标题,比较同异,同的合并起来,异的另立标题;(2)就各小标题的同异,把全问题分作几大段,各大段又定一个标题;(3)把各篇文章对于一问题中小标题的意思,用简括的文字写出来。这是做一个题的大纲。

5. 书面的批评。学生作好一问题大纲以后,应该把自己对于这个问题的意见,用文章表示出来,作成"批评"。

6. 口头的批评。学生作好"大纲""批评"以后,教员随便取几个学生的"批评""大纲",发表出来,请各学生口头批评,教员又批评学生"口头的批评"。

7. 学生讲演。教员应请学生轮流在讲台上讲演一问题的"大纲"和"批评"。讲演时间,得由教员限定。讲演后,由教员学生,共同加以批评。国人素乏讲话的能力,从前教授国文,又绝不注意讲话,也是国文教授的缺点。现在有这一种办法,于养成学生讲话的能力,有很有利益的。

8. 辩难。教员学生得提出对于一问题的甲乙两说,请各学生认定赞成哪一说,两方互相辩难。教员应随时加以判断,并得参加意见。

9. 教员讲演。教员讲演分两种:(1)把各生"书面批评"的内容分别统计,下一总批评;(2)教员自己对于一问题的意见。

10. 批改"书面批评"。学生"书面批评"的字句,如有不妥的地方,教员应加改削。

11. 临时作文。有临时事情发生时,教员得提出关于这事情的题目,请学生用文章发表意见。[1]

以上 1 至 4 条着眼于课前预习阅读能力的习得,5、10、11 诸条涉及写

1　仲九:《对于中等学校国文教授的意见》,《教育潮》第 1 卷第 5 期,1919 年 10 月。

作能力的训练。而其中最重要因而也最占用课堂教学时间的,则是6、7、8条讨论工夫的培养。这一套具体的操作方法始终围绕着大纲拟定的国文教学改革的目的:即运用现代语表达自己。较之朱自清、叶圣陶等所主持的第三期课堂讨论,形式上并无多大的出入,与十年后胡适视作很先进的国语文教授法——如课前预备功课,课上演说辩论、质问疑难、讨论读书内容等相比[1],也极度契合。

对于"前四金刚"的课堂讨论,我们仔细辨析,倘使以其后的激烈结果而对"讨论"这种方式全盘否定,显然是因噎废食。因为"讨论"这种课堂教育方式本身,就是现代教育非常重要的部分。斯时,在浙江一师,除了国文课之外,即便是数学课也运用了这种形式。当陈望道在课堂上进行白话文研究时,代数教师也宣布改革课堂教授的一言堂方式。其出发点与标准都是基于学生的主动性。他认为先生在上面只知道事无巨细地讲,学生在下面木讷地听,纯然被动。因而,他要将课堂的形式改为以学生为主的互动形式。具体的实行措施是:学生在课前预习之后,在课堂上由学生来陈述他所掌握、理解的课堂重点,并经受别的学生的质询与反驳。所有的学生,在讨论互辩的过程中,都需要同时展开自己的论述,并以论据支撑。在这两位学生讨论的过程中及其后,其他学生也需要针对双方的意见发表自己的看法。比较激进的是,先生表示,书面考试便由此废除,学生的定分标准,便由其在课堂上的讨论表现所决定。这种形式在试运行之后,得到了学生的一致肯定。"这个法儿,真真是

1　胡适:《中学国文的教授》,《胡适文存》第一集,亚东图书馆1930年版。

好,全班的同学,统称赞他的,后来想必能够收多大的效果呢!"[1]

　　何仲英在 1920 年的《白话文教授问题》中谈及浙江一师的"讨论"教学方式,称"非常赞成"这种"可以发达学生思想"的研究的层次。然而对"以问题为主"的讨论内容则表示存疑。他认为这偏离了国文学科重技能、重美学的本质。[2] 曹聚仁回忆当时在国文课堂中所讨论的问题范围宽广,几乎无所不包:"有社会问题、政治问题、新道德问题、妇女问题、家庭问题、男女同学问题、恋爱问题、私生子问题……"当时的上海新文化书社,出版了数本新文化问题讨论集、妇女问题讨论集,"其中大部分就是一师国文课所发的国文讲义"。

　　那是否就是"问题"的错?且看曹聚仁的回忆认识。以当时一师学生差不多高中程度的学历,"就要接受这样多方面的知识",可能过于庞杂厚重,消化不了,承受不来。而且,倘使他们希望更切近一步的获得这些问题的答案,却是混沌的,不甚了了。所以"虽云讨论集中,有着论百万文字,也还是没有答案"。[3] "经过了那一年半的讨论与研究,同学们既是浅陋得很,教师呢,也只知道一些皮毛。"[4]

　　这才是问题所在。承载着启蒙的使命与意义的"问题"本身没有错,正是这些问题,使得浙一师的学生们被唤醒,成为继他们的师长之后,走在最前列的一代中国人。然而问题的症结在于,对于这些大多数直到现在都未能解答的"问题",学生们却期待在短期的课堂讨论研究中便能够制订出方

1　汪寿华:《汪寿华日记·求知录》。

2　何仲英:《白话文教授问题》,《教育杂志》第 12 卷第 2 号,1920 年。

3　曹聚仁:《文坛五十年》,第 116 页。

4　曹聚仁:《我与我的世界》,第 136 页。

案,同时在冲出校园的时候便能够获得解决。"曹聚仁们"的沮丧和反感,并非是因为问题本身,而是因为伴随着"一师风潮"等落幕而对无法解决问题的失落受挫与困顿感。因而对那曾经振奋冲击心灵的讨论与问题,对回荡着鼓噪之声的课堂与主持引领课堂的老师们产生的动摇。

然而,事实上,"问题"意识对于一师的曹聚仁一代而言,已经深入魂核,终其一生,不断回响。曹聚仁与他的同学们毕生都在试图从各种途径、各个层面去解答这些"未完成"的问题。以曹聚仁自己为例,一生踏遍山水,阅尽人物,其间的奔迁与曹聚仁本人的飘忽态度或可向这一师未解的"问题"中去探寻。他以中等师范学校毕业生的资历,任职大学教授而"免于失败"。他自认的专业精神,并非为培养文学家,而是以一般人的语文修习为导向的国文教学专业观念。他努力地写,自言一生写作不下四千万字,却素不喜以文人自居,因其"呱呱其谈"而无法身体力行,文武兼备的实干家才是他心向往之的目标对象。他在抗战时期任中央社战地特派员,以首报台儿庄大捷与首次向海外报道皖南事变内幕而蜚声业内。这是以此尝试用自己的能力解决问题的一种速效方法。对于"问题解决"的痴迷,到后来成为一种执信,使得他一直不回头地往前。

至于第二期讨论展开的具体方式,如前所述,虽然在"立"的层面并不能一蹴而就,但是在"破"的方面却"够痛快"。在讨论的各项问题中,每每简单化地作二元对立区分,以"破"、质疑、挑战、反抗为压倒性的强势一方。以课堂讨论中的一项重要形式"辩难"为例:"教员学生得提出对于一问题的甲乙两说,请各学生认定赞成哪一说,两方互相辩难。教员应随时加以判断,并得参加意见。"一问题,只做甲乙两说,简单判断"是非",取消他种可能性,简化问题的多样性与多层次。同时让其他的学生选定二元对立的一方阵营,不是拓宽、加深对问题的理解,锻炼认知与全面思考问题的能力,而是做一方压倒另一方面的互相攻讦。

这非但容易形成一种非此即彼的简单化思维方式,而且促成了尚在成长期、本就年轻气盛的学生们极度膨胀的自信,以及"非我即异类"的矫枉过正式的偏执。如魏金枝,他不无激进地参加了抵制日货的活动;参与组织"全国书报贩卖部",推销相关宣传新思想文化的书籍;投身于"打省议会"[1]与"一师风潮"。风潮之后,仍然组织学生抵制新校长到任,终因未果而离校。

去校后,犹据自身一师经历写成小说《校役老刘》。小说在怀疑主义强大的荫蔽下,体现了与曹聚仁同样的因"问题"无法速决的沉抑。受挫感使得他在为与不为两难中自戕,做冲上去与退下来之间的考量。然而他的愤怒从未停歇,火山灰的寂静黑焦覆盖的,是随时而起的熔灼。

除却二元对立的辩难形式,讨论还有教师与学生讲演,由听众评述这种形式。在《有声的中国》一文中,陈平原以鲁迅演说《无声的中国》为引子,论述"演说"对于近现代中国的意义。虽然课堂上讨论性质的讲演,与在公开场合的演说存在区别,不过在彼时,演讲与南方白话文运动的重镇浙江一师关系之密切,不言而喻。

一师学生每逢假日与晚间,各社团组织都有演讲活动。经亨颐在主持浙江教育会时,也大力推行演讲。在校内开设言论部,定期活动。无论部员或非部员以及教师都可以在活动时进行演说,同时还请知名人士进行演

1　浙省议会提出"议员加薪案",一师学生联合其他学校同学赴会旁听,与其发生冲突,最终"自己给自己加薪的议案"被撤销,此役被称为"打省议会"。

讲,亦积极促成各校学生自动自发地组织演讲团。演讲出发点是"使国民有所觉悟",所以演讲的内容也多与课堂二期讨论的内容相近。如 1918 年 11 月为庆祝一战胜利,浙江教育会就在经亨颐会长的主张之下,以大规模的学生演讲会为特别庆祝的形式。否则,"徒然热闹一场,亦何益之有!"

当时集合省会杭州各校演讲的学生共五十余人。演讲人员划分为两部分:每个学校推举一人,在教育会内讲演;其余人员编为一组,进行露天讲演。由经亨颐重点说明庆祝的要旨与演说的选题。各校学生分别选定如下选题:《欧战之结局》《大中华之国运》《世界和平之幸福》《协约胜利之公理》《今后之中华国民》《青年团之预告》《卫生礼法与国民人格》《劝用国货》。庆祝当日,"到会所听讲者,不下七八千人。湖滨一带,五六处露天演讲,每处环听者亦甚多",可谓盛况。

而此前杭城并无什么庆祝形式,"盖一般社会尚不知庆祝为何事也"。[1] 这一传统保留并延续下来,比如"五四"时期一师的社会服务团之讲演部,每逢假日出外演讲。[2] 即便多年以后,斯时的一师学生也对"演讲"这一特殊的声音散布方式不能忘情。"我的梦想是什么呢?"曹聚仁自问自答,"做柳敬亭"。柳敬亭,其人书艺颇精,在同时代的文人描摹里显得神乎其神。入清后,柳敬亭以表演古人需要为名,一直蓄发不剃,不改明代衣冠。曹聚仁心向往之里有姑且放此一言的"明朝散发弄扁舟"情致,是有时某种心下寥然的寄言,另外也是追慕这市井高人的士林风仪。曹聚仁也曾具体实施玩票。在赣州,他曾准备每日开讲半个小时,讲的内容是自己

1　经亨颐:《经亨颐日记》,1918 年 11 月 28、29 日,浙江古籍出版社 1984 年版。
2　《1919 年 5 月 16 日给石永美的信》,中共浙江省新昌县委党史办公室编:《梁柏台》,当代中国出版社 1994 年版,第 61 页。

的小说《灯》,只是突如其来的空袭警报破坏了说书计划。事实上,曹聚仁的打算倒未见得全然是说书模样,他计划结合具体时事,对大众做抗战情势的变相演讲。当众演说对于这位"五四"运动时的浙一师学生代表绝非难事,况且又是激情投入的教师,有着自己"秘本"的文人、战地记者。

汉语"演说"一词与"训育"一词同是舶自日本,是日本近代教育之父、启蒙运动旗手福泽谕吉,将这个新词语套在英语的"speech"上。从1873年起,福泽连续四年在庆应义塾与社友们一起进行针对"演说"的集中练习。他在《明治七年6月7日集会演说》中,对"演说"效用进行了某种自我诠释,认为学问的旨趣终究不只限于读书,"如果不能在众人面前阐述自己的想法,便失去一做学问之要诀"。演说固然带着启蒙的自觉意识,在福泽谕吉这里,做"学问"这种本来可以由单纯个体静默完成、通过阅读接受信息的模式,却变成了一种通过有声的语言媒介来传递构建的行为。演讲"虽以一己之身便能为之,但必须与他人共同为之"。[1]

值得注意的是,演讲这种性质的声音传达模式,或者说福泽谕吉心目中的学问构建模式,具有某种由声音表达主体到接受客体的单线性。也就是说,虽然演讲仅有说话不能成立,但是这种结构方式对于受众而言毕竟是被动的,并未形成一个双向互动的回环。福泽谕吉在此所谓学问完成的方式,其实略显尴尬的仅仅是一个把自己的思想,通过声音语言塑造成型的过程。

所以,这种语言方式从某种意义上而言是一种强势的,或者说带有霸权的行为方式。演说以其呈现思维必要的逻辑性具备说服能力。因而,

---

1　小森阳一:《日本近代国语批判》,陈多友译,吉林人民出版社2011年版,第25—26页。

"演说这一新型媒体,不仅是启蒙的手段,同时,作为产生新的政治主体的话语装置,它也已经开始发挥作用"。[1] 演说话语,被发现已经可以用来作为讨论政治军事外交等主题的专门语言,成为政治实践中的一项工具。对于新的政治主体而言,为了生存与上位,就必须要熟练掌握这个声音的武器。

曹聚仁曾发表过一篇颇为"逆耳"的文章:《五四的霉菌》。前提自然是肯定"五四"运动的时代意义,但他同时指出,在这风云变幻的时代里也有不少掌握各种技术性手段的投机分子。这类投机分子自然包括某些熟练上手新技术的"学生代表"。"那些学生代表,手法玩得高妙一点的,就做了时势所产生的英雄。""种种错综捭阖的把戏,只要我们在政治舞台上可以找到的,在学生联合会一样可以找到。"他们投机的工具,其中非常重要的一项,就是"演说"这门新技术。"自然在讲台上慷慨激昂痛哭流涕的玩意儿,也和一般政客一样的穿了各种外套扮演出来。"或可从一个侧面验证。[2]

关于"前四金刚"时期的国文课讲授,魏金枝对其只进行"思想煽动"而不授课业表示不满:"所谓国文课完全围绕的是思想问题",目的在于鼓动学生"努力冲上去";虽然愿意学生"再多胜利一次",但是在此之前,"还是应该多读点书"。同样,曹聚仁对于当时知识的浅薄也记忆犹新:"还记得某处学生自治会要成立,我们要送一副贺联,我们就在贺联中用上了'克鲁泡特金、巴枯宁、赫格尔'一串人的名词,只要西方的社会思想家,我们就

1　小森阳一:《日本近代国语批判》,第28页。
2　曹聚仁:《五四的霉菌》,《申报·自由谈》,1935年9月12日。

以为应该崇敬的,当作新圣人看待,有如先前孔、孟、程、朱一样。最可笑的,还是那个'赫格尔';我们心头所说的是黑格尔,一个德国哲学家,我们所写的,乃是赫格尔,一个德国生物学家,搅在一起,还不明白。不仅我们如此,连中华书局的新文化丛书,也闹了同样的笑话。"[1]

而"后四金刚"时期的课堂讨论正是对单方面强势、煽动性的、有破无立的"辩难"或"演说"形式的反拨。因为学问的精进,并不是简单将脑海中的想法表达出来便了事的。听众存在的意义,也并非是单向被动地接受信息。讨论,是互相交换信息,交换看法与意见,并且在交换信息、看法、意见的基础上面进行研讨,对学问进行修正、拓展与深入。从这个定义而言,学校教育中的讨论,这种双向回环的声音交流形式,已经与启蒙灌输式的演讲,报刊传媒的信息播布不尽相同了。而在此后,现代报刊上常有的就同一个问题所作出的论证,则更倾向于"辩难"而非学问的讨论。

朱自清此后实行的课堂教学模式,正是如此:"注重教室中的讨论","演说等只算辅助的方法","辩论偶一行之可已"。[2] 同时,考量学生习作之中从思想到语言再到写作的深入。因为对于读者而言,不具备面对面的现场交流,所以需要考虑文脉与语脉的不同。讨论、演说可以对语脉进行练习,但是语脉混入文脉之中,并非都是合适的。这时候需要改进作文的话,就要读给别人听,请别人看,请别人改。[3] 这种反馈交流的模式,事实上也触及之前提及的一个问题:如果说讨论沟通的双方知识储备、认知水准

---

1   曹聚仁:《文坛五十年》,第 116 页。
2   朱自清:《中等学校国文教学的几个问题》,《教育杂志》第 17 卷第 7 号,1925 年。
3   朱自清:《写作杂谈》,《朱自清全集·第二卷 散文编》,江苏教育出版社 1988 年版,第 75 页。

并不在同一个层面上，那么即便是演讲者使用的语言是通俗易懂的，事实上也不能够改变单方强势灌输的性质，相反，正坐实了这一性质。而对于教育而言，比较理想的使教育者获得学问的方式，并不是单向的信息灌输，而是反复进行交流。

四　集体主义与个人主义：师范教育模式
与新文学培养目标抵牾的调适

"五四"之后，北大学生运动波澜初静，却有浙江"一师风潮"未平。如果以此推论浙江省立第一师范学校管教学生不严、纪律松散，却是大谬不然；恰恰相反，正是由于一师律令严整，匀齐的波纹里反倒激起了特定频率下的震荡。

甲午战事之后，国人被相似背景的近邻强敌的崛起震慑，加之基于节省财力时间的考量，赴日留学生数量激增，尤其是堪称教育之础石的师范生。浙江省更以"百人师范"之规模派遣留学生公费赴日求学。浙一师的筹建，无论是师资还是课程制度，都与这一衣带水的邻邦脱不了承袭与借鉴关系。[1]

清政府仿效日本教育模式，却未曾细思日本政府推行该种模式的核心理念：在学习西方技术文明的同时，犹不失对其道德情感的融汇修正，将现

1　吴庆坻等主纂：《杭州府志》卷十七，学校志。

代的国家理念、民族理念,转换成对天皇制国家的无限忠诚。这样操作,非但抵消了西方现代文明带来的因个人个性的张扬导致的集体伦理的撕裂,乃至对于传统道德的冲击,反而借此貌似现代、法制的理念,将其巩固甚至强化。

而清政府仅将其当作一种"中体西用"的改良手段,未能放下身段从本质上将现代文明纳入自身,重新洗牌并且整合。与日本的"和魂洋才"不同,清朝的借鉴却于无意中破坏了既有封建君主体制的整一,放松了在精神统治上的钳制与麻痹。于是当日本直接以教育达到统治目的,造就帝国所需要的效忠于天皇的日本国民之际,清政府则培养了"大义灭亲"的一代。

一师培养的毕业生是按优级师范学堂的标准,但其初期所收的学生却并非都由初级师范学堂毕业。因"急于养成初级师范及中学教员起见",除将毕业年限较两级师范学堂缩短外,其余仍然按照学部颁行的优级师范学堂的课程设置。[1] 据此课程设置,"伦理"无可置疑作为通习课存在,但清政府并未作出任何统一的示范要求,具体实行可由各地各校自行运作。

伦理课教员人选的聘任过程耐人寻味。校长经亨颐想请日本教员中桐确太郎替代之前的老师教授伦理课,却被中桐确太郎反诘:难道伦理课可以由外国人教授吗?经亨颐愤懑地回答说,学校请你教授世界伦理史,而不是日本伦理。[2] 此处显现出经氏的理想化,其认为有一种普世性的放之四海而皆准的伦理道德存在,却为中桐确太郎所点破。请授不成,经亨

1　《四川教育官报》第 3 期,1908 年 4 月。
2　经亨颐:《杭州回忆》,《越风》第 2 卷第 1 期。

颐只得亲力亲为,这伦理课教员便由他在一师担任了八年,直至"一师风潮"后离校。

基于森严等级制度的传统背景,更作为创建中央集权制强国的重要手段,日本的新式学校教育从外化的制度到内在的纪律,都由上至下贯彻、体现着"整束";同样,学步东瀛的浙一师在开校初始,管理模式上亦是相当严格的。如前述许寿裳任教务长期间某日籍教员上课时因一位学生打哈欠,便上报学校要求处理,最后竟然因该班学生皆怀不满而全班记过处分之事例。[1] 这样的结果,还是因鲁迅的调停斡旋得到的温和处理。[2] 从纪律严苛的日本负笈归来的鲁迅与许寿裳,并非也一味苛求学生,所以认同整束课堂纪律,意在维护教学氛围的端正、庄严。

恒常道德伦理(包括"师道尊严")从来不是这些启蒙者要从根柢里全盘颠覆的东西。鲁迅本人,对于老夫子寿镜吾先生自始至终尊敬有加,至多是因为关于"怪哉"虫的疑问遭到斥责而悻悻,抑或是在先生拗首吟经时因寻得比念"厥土下上上错厥贡苞茅橘柚"更有趣的蒙描绣像而神游小说世界。对鲁迅精神影响力最大的老师——异域的藤野先生,他作为师长却打破规矩的密闭坚合,洞穿看似天成牢不可破的重檐固顶而出。可以以上位长者的身份对学生平等的表达尊重与关爱;为求知可以心有旁骛,向曾经问出"怪哉"问题,非但得不到解答还觉得是自己坏了规矩的鲁迅求教中国女人缠小脚的具体情形;为求真则宁陋而不可偏倚,指导曾卖画给同窗的鲁迅科学不是美术,解剖图中的血管不能因为

1　郑晓沧:《浙江两级师范和第一师范校史志要》。

2　《鲁迅先生在浙江两级师范学堂》,《杭州大学学报》1979 年第 1 期。

追求视觉效果而随意移动位置。

值得注意的是,藤野先生本身就是一个异数。在日本一般的"现代文明"层面,他是格格不入的。他遭到本国学生嘲笑,甚至被本国人疑心。作为最使鲁迅感激、给其鼓励的师长,较之一般层面的文明、启蒙,实则反映了一种更为精英的理想。但是在一般的开化与启蒙都不可得的状况下,藤野先生就成为遥远的精神性的存在。

寿老夫子迂阔的样子在年幼的学生眼中很好笑,藤野先生也因为对于形象打扮的不在意而遭人诟病。然而粗线条模糊之下却升腾出一种强大的精神念力。藤野先生形象的深刻来自注入强大精神念力的形式感,这种形式感无时无刻不存在。包括他对于每一个学生的关爱关注,上课听懂与否,笔记完善正确与否,在于他不厌其烦地为学生添改笔记,在于他为学生能够不受固有的封建文化约束而学习解剖感到很高兴。"抑扬顿挫"便如浓墨淡彩,投影出一个理想的形象在青年鲁迅视线的前方,让他想在自己的前行中将其复刻出来。

经亨颐、许寿裳、鲁迅等人所在的浙一师之严格,未必见得全是照搬日本的律治。首先,这些教育者们认为,必要的自我约束是懂事明理的体认。比如哈欠事件,守必要的礼仍然是不废古训之必然。又如鲁迅在一师时,学生蘸硫酸溶液涂抹在他人身上的出格之举更是需要矫正。而最为关键的在于一师的掌校者全力倡行的人格教育。"对于新生诸生之训练,惟服从二字。嗣后渐渐启发,期于自律,乃至毕业,始成完全人格"[1],经亨颐认为学生对于严格的纪律的服从,乃是塑造学生人格的由他

---

[1]　经亨颐:《入学式训辞》,《浙江省立第一师范学校校友会志》第 10 期。

律到自律的必要手段。

至于其中重要的步骤,即怎样在严格的集体军事化学习生活中完成由他律到自律,经亨颐没有具体说明。实质上关于人格教育的方法,由来说法众多,他也概括得相当抽象:"人格教育不外精神生活之作用",需要通过感情的作用,以艺术的方法来进行;而传授知识则应使用综合的方法,不为使知识精确明了,但求学生能综合地掌握;以直观的方式刺激学生情意的活动,使其精神感应。[1] 这些倒也罢了,可经亨颐还谈到应使用自动的方法,及个性力的发展。怎样使得仿自军国主义集体教育模式下的学生个性力得到发展?

在校学生丰子恺是经历了何等痛苦的一段"笼中"生活才得以解脱?《伯豪之死》《寄宿舍生活的回忆》等文中遍是对于一师生活严苛陋简、无情乏趣个性的描摹:被按号叱为"第十三",对伯豪"放犯人""牢笼"之类的表述深以为然,对被踢打却忍气吞声挨过的军事化操练深恶痛绝。而伯豪却以特立独行的思考,以及对刻板规程以身试法的反抗赢得了丰子恺发自内心的尊敬。丰子恺称,如不是最初相识的缘故,以伯豪的深刻不凡,年幼无知的自己绝不能攀交得上。这样一个伯豪对少年丰子恺而言,"为师为范"的意义,比诸一师中的不少授课教师,"塑人魂核"不知几多。而丰子恺在一师得到启蒙,自我在混沌中觉醒竟是因这样的机缘由斯时起。

然而伯豪这样一个充满个性与创见的学生,就因为格格不入而离开一师走了。丰子恺失掉了亦师亦友的精神同伴,颓唐落寂可想而知。"先生们少了一个赘累,同学们少了一个笑柄,学校似乎比前安静了些。我少了

1　经亨颐:《最近教育思潮》,《经亨颐教育论著选》,人民教育出版社 1993 年版。

一个私淑的同学,虽然仍旧战战兢兢地度送我的恐惧而服从的日月,然而一种对于学校的反感,对于同学的嫌恶,和对于学生生活的厌倦,在我胸中日渐堆积起来了。"[1]

李叔同救赎了丰子恺,同时也救赎了一师严苛制度下的人格教育。如前所述,经亨颐人格教育的内容除却严格地规范学生的学习生活,还强调了艺术教育与教育者的部分。于是,作为重要配套的艺术教育者李叔同出现了。经亨颐诚邀李叔同来校任教,以期能创办起一师的艺术专修科。经亨颐诚意甚笃,极尽可能地满足了李叔同对于添置各类器材大件的"奢求",以及音乐、写生教室营建所需符合的种种细节。

如果说经亨颐的诚意因此得到了相当的回报,未免看浅了李叔同的自我秉持。他的教是全身心的贯行。上课的时候他看着表,严密地掐算着时间,按照教案上预先的排布进行,直至用尽五十分钟。课堂教学之外,吃早饭以前的半小时,吃午饭至上课之间的三刻钟,以及下午四时以后直至黄昏就睡,都是学生轮流着去找先生个别教授的时间。

李叔同对于学生从不责骂,却是学生最敬畏的老师。即便是自况素来对艺术并无多大兴趣的曹聚仁,也为其身体力行之风神感染,每天一早起来便"发疯"一样地练习唱音阶。[2]

不单是学生敬畏,教师见了他也是翼翼然。几名学生向日籍教员本田利实索求书法屏条,因本田的文具没有准备齐全,学生就让他去李叔同的写字间借用,本田不肯。后来听说李叔同出去了,这才答应。学生宽慰他

1　丰子恺:《伯豪之死》,《丰子恺文集》第五卷,浙江文艺出版社1992年版,第75页。
2　李鸿梁:《我的老师弘一法师李叔同》,《浙江文史资料选辑》,1983年。

说，李先生不会因此着恼，本田却道不敢在李叔同面前随便造次，并要学生在沿路放哨，待李叔同回来时立刻通报。有学生恶作剧叫道："李先生来啦"，本田果然迅即溜回自己的房间，众学生大笑。

严格的军国主义集体管制教育能够批量制造被普及"文明"的统一国民。日本以天皇为凛然之上无可动摇的权威，行使自上而下的"启蒙"。然而经亨颐并不认为有必要无条件服从至高无上的存在，他的人格教育更倾向于一种耳濡目染的启迪感悟方式。这样慢工出细活的方式非但需要相对稳定的环境，还需要有特定的教育者与被教育对象，以及之间类似于灵光乍现般的交流，便是如丰子恺看到的那道闪光，这种启悟与批量制造忠诚国民是根本抵牾的。

如果仔细辨识经亨颐的人格教育，他所倾心不已的"严"，未必是他在一师所贯彻的"整束"，而是如同前述藤野先生形象的深刻，那来自渗入强大精神念力的形式感与仪式感。对此，李叔同堪称典范。

仪式感的具体发散因人而异，李叔同是对规矩逾数倍、数十倍地达成。这种张致做状，却耐人寻味地成为别一种模式的反辙。这样镀金色的狷介，较伯豪少许的"轻狂"更令丰子恺心折。其谓己对李叔同的崇拜更胜过旁人，因觉得自己的气质与李叔同相似。这确是以艺术感性方式展开的人格教育的成功案例。

不妨推断，经亨颐之所以将严苛的律令与人格教育相融汇，是追求一种类似于"道"的境界。在一师前期大部分教师接受现代教育的背景地日本，"道"之抽象飘渺在这里更多的与仪式感、形式感结合缠绕。真髓与深意不可言传，却能可有可无地外化。然而无充沛内敛的泛形式化却绝非正"道"，亦非真"道"。

　　由此,丰子恺正是在这样的精神模式里得到感召,获得认同,由反叛到皈依,带着艺术人生的自觉特性。而李师叔同的另一位高足刘质平,其对母校的恶评竟引起一师校长、励精图治的大教育家经亨颐的反感[1],倒也相映成趣,让人感叹这人格教育下巧合之"巧"。

　　同样的,下了拼死决心去做舍监的夏丏尊,得到学生认可却是因其"妈妈"式的本性。自然,顽劣与因强制、苛刻的规章纪律的压抑所作的反抗,存在于两个不同的层面。顽童般的宣泄荷尔蒙式的负面行为,正是需要管制规范的。他的爱徒丰子恺对他的认同尊敬,却是缘于他看似啰唆的念叨、实则发自内心的关爱。不过如是"妈妈的教育"比诸丰子恺称李叔同的教育为"爸爸的教育",可见真正起到精神指引性作用的依旧是李叔同。

　　事实上,同样留学日本的夏丏尊亦为李叔同的"形式感"所折服。曾有一次,宿舍里学生的财物被偷盗。虽然有怀疑对象,但缺少证据。夏丏尊身为舍监,为发生此等事件,又不能将其妥善解决而惭愧。苦闷之际,便向同在一师任教的挚友李叔同求教。不料李叔同竟说:"你肯自杀吗?你若出一张布告,说作贼者速来自首,如三日内无自首者,足见舍监诚信未孚,誓一死以殉教育。果能这样,一定可以感动人。一定会有人来自首。这话须说得诚实,三日后如没有人自首,真非自杀不可。否则便无效力。"夏丏尊聊以"自愧不能照行"作答。不过,后来解决问题仍旧使用了"形式感"的途径,进行慢性自杀式的绝食,终于感动了偷窃的学

1　李叔同致刘质平 1917 年书信,《弘一法师书信》,三联书店 2007 年版,第 90 页。

生前来自首。[1]

日本严厉苛刻的集体主义教育有一个明确清晰的指向,就是培育衷心恭顺天皇的日本国民,同时量化生产工业经济文明。而经亨颐的集体主义教育却不涉及具体的国家、集体以及个人利益。泛世界标准的人格教育除了兜兜转转又回到了传统的修身老路外,更失却目标所指;理想化的由养成良好人格的个人组成的国家社会不啻一种乌托邦。事实上,人格教育由严苛教条归束却不产生统一意志,只作用于个人自身,那么很有可能得到清教徒式的与凡俗人世绝缘。例如经亨颐最欣赏信赖,认为最能贯彻其艺术的整束之人格教育的教师李叔同。

但经亨颐表明态度,其人格教育的目标并非出世,同时还颁布禁令,在浙一师校内不准读佛。而随周遭局势改变演进,这不具有明确统一意志的却充满理想化的个人力量,终于集合入世宣泄。1919年一师国文教学改革,学生酝酿已久的激情被点燃,再也按捺不住,狂热地加入到各种学运甚至"打省议会"等社会事件中。

年轻的一师学生们在严格的训育下被告知这是在为一种必须做准备,而这种必须的确切答案却被悬置,迟迟不肯到来。力量被累积在原地,却不可知迈进的人生方向。周遭的风起云涌,态度与价值观该被吹向哪里,塑成何样?此时,这稚嫩敏感的感官神经,蓄势待发的无穷精力,接受了他们精神导师的暗示。

被召唤出来的并非尽然是一种创造性的力量,其中渗有无法建设社会整体文明的反向求之,认为无破无立,不立的缘由在于未曾扫荡一净。诉

1　姜丹书:《夏丏尊先生传略》,《上虞文史资料·纪念夏丏尊专辑》。

求喷涌出的是一种破坏性,首先针对一种似乎显而易见的不公正、不公义。而更深层次来自对现实经验的空白无知,对纷繁世界的晕眩无力,这些燃烧成不满与愤怒,当认为真理掌握在自己手中,那么一切的破坏在其眼里都毫无疑问地上升为对堕落世界的救赎。

调动起青年学生看似是思想上的一致、心灵上的协同,而事实并非如此。反而外在语言行为的一致能帮助自我确认群体的归属感,以一种看似理性的纪律感来掩饰混乱与非理性。除却目的明确的获利者混迹其中,那些狂热的跟从者自认为抛弃了虚弱的渺小、错误以及那个旧的不完善的自我,他们跳着叫着追随而去,汇入洪流,满以为自己便是那个充满力量、代表"真理"的"大我"。当最初的时候认为自己的行为出于自觉自愿,那么之后的顺从、跟从便被判定为自我意识与思考得出的结果。而迷失与盲从发生的同时,以我为主的优越感及排他性同样变得异常尖锐。所有不服从不按照己方意愿的,甚至只是觉得落后于己的都被视之为敌,对其进行反对、打击、消灭。

而当突然失去"大我"的托载,从腾云驾雾的恍惚迷醉里摔到现实的硬地上,被打回原形者往往无法正视孤独、软弱的真正自我。魏金枝、曹聚仁就曾经历过这样的由云端坠落,然而对力量、专权的迷恋却令其再也不能安心回到之前,"学运"的低落便成了他们人生的低落。

与自身的统治意志相一致,日本采取一种自上而下的教育开化方式,一种太阳普照、天地万物都是受我沐泽恩惠,必然无条件听令回馈于我的态度。与日本专制、严苛的训诫理念不同,经享颐信仰的人格教育是一种乐观的普世态度,认为启蒙并非是由上而下,人自身的价值借助方法与手段能够普遍地得到自觉。然而教育者通过人格魅力展现出来的规约感、仪式感却不等同于集体专制的训育,即便克服了独善其身的弊病,却无法治愈以个人力量汇聚的集体理想的空洞。为了调和、解决这一系列的矛盾,经亨颐不得不将自己也裹挟于其中,将对于未来的建构与展望,付诸对现在的否定,实质却成为一种对切实问题的回避与打压。在怒涛之中,启悟永远不及煽动乍看起来更有说服力。

第三章　润物有"声"：发出"现代的声音"

一　破空之声："浙潮第一声"

日本学者小森阳一的《日本近代国语批判》一书，从现代国语与民族国家建制的关系入手，探讨了"日本语"的生成逻辑及其越境旅行。书中，尤以对日本江户时期言文一致运动中"声音中心主义"的重新诠释，对演讲这一声音媒体如何催生了书面语言等命题的潜心探析，别开新境。受其影响，陈平原曾撰《有声的中国——"演说"与近现代中国文章变革》，也从近现代的演说入手，着重探讨"演说"如何与"报章""学校"结盟，成为推动白话文运动的重要利器。

借鉴小森阳一专书的视点与方法，本章拟取"声音"这一特定切入点，对浙江省立第一师范学校师生在彼一鲁迅所谓哑了、死了的"无声的中国"[1]，以参与社会运动、时政论辩、课堂传授、国文改革等形式而发出的"真的声音""现代的声音"，予以别一角度的寻索与关注。

"声音文化"在现代教育中对于人的启蒙、塑造之潜移默化，恰似胎教对于每个人本初的形成一般，亦如同人一出生以后，便开始用声音直接表达自我。现代教育的受教者，之后使用"声音"这已然成为自己的部分自我标志。因而对于"声音"的"发现""还原"与"审视"，或能引出现代教育的别一番丰神。

对于现代的想象，往往如同一张张黑白泛黄的老照片，至多联缀起一段斑驳且不甚流畅的无声默片；而人们却往往忽视了那照片与影片中曾与影像一样鲜活存在的"声音"。

转瞬即逝的声音，远远不如视觉的醒目与凸显，却是当时语境中不可或缺的部分，甚至融入了当时人们的身体与心灵，成为他们灵魂的一部分，导引他们选择看什么，听什么，说什么，写什么。对于这塑人魂核的至关重要部分的辨析，史家不仅提及的少之又少，即便偶有存照，也似过眼烟云，耳旁轻风，而不能声声入耳。

世界风云大势，国家民族危亡，自然是随着声音独特的渗透性，进入校园。同时，在浙江省立第一师范学校的围墙之中，更有着自己独特的校园之声。

1920年春，浙江一师因国文改革引发的"一师风潮"声势浩大，举国闻其号哭而震惊，予以声援。当局要求免除策划实行国文改革的刘大白、陈

1　鲁迅：《无声的中国——二月十六日在香港青年会讲》，《鲁迅全集》第四卷，第11页。

望道、夏丏尊、李次九这四大国文教员之教席,以儆效尤。这一指令遭到校长经亨颐的断然拒绝,当局遂将经亨颐免职。此时正值寒假,全校师生闻悉,纷纷自发返校,派师生代表赴省教育厅乃至省公署交涉抗议。这叛逆之声深深触痛了仇视新文化运动的当权者的神经,竟打算以彻底解散一师惩戒,并出动军警千余名,进行武力清校。而一师师生誓死守校,全体围坐操场。僵持至午后,警察开始强行拖拉学生。

以下这段对话,具体的字词可能不尽确凿,但在当时众多的报道通讯以及亲历者的回忆中犹历历在耳:当警察开始用强之时,学生朱赞唐质问一名警官:"你们究竟为什么做自行残杀的事?"警官回答:"我奉长官命令,不得已耳,我每月赚十块的钱,也是逼做的。"朱赞唐追问:"每月十块底钱,可牺牲吗?"警官说:"不能。"[1] 朱赞唐悲愤不过,夺取这名警官的指挥刀说道:"你不肯牺牲金钱,甘愿来摧残我辈,我肯牺牲生命,以全人格。"遂扬刀自杀。幸有救护者冲上前去阻拦,朱赞唐得免于危险。那个被质问、被夺刀的警官也张皇失措,不知道怎么办才好。[2] ……胡公冕、王赓三奋勇冲入人群护住学生,免遭警察暴力侵害。两位先生大哭道:"我们犯了什么罪,要受这种祸吗?"全场学生皆痛哭失声。警察目击此情景,也都凄惨地说:"同胞们! 这不是我们的过错,这是官长的命令。"有一巡士说:"学生横被摧残,我们难道甘心做老虎的爪牙么?"他仰天发誓道:"此后若为警察,愿遭天罚!"警察与学生相对而泣,亦可谓同声而鸣。

---

1 《杭州特约通信》,《民国日报》,1920 年 3 月 31 日。
2 曹聚仁:《我与我的世界》,第 181 页。

这时操场上哭声一片。全杭其他学校如宗文、女师、女蚕、女职、安定、一中、商业等校学生均纷纷涌入一师校园予以支援，见者莫不泪下。[1]《晨报》以《浙江学潮之一副大写真：教育界空前之悲剧 哭声震天之一师学校》为题对此进行了报道，称之为哭声震动整个杭州城，应不算诳语。[2]

人为自己代言的第一声声响，便是以婴儿身份发出的啼哭。"一师风潮"中的"哭声震天"与此又似又不似。不似在于较之婴儿一样以哭声表达自身能力的无可奈何，一师的哭声却更多一些受挫的不甘与悲戚。然而，同样是新生的啼哭，是强调自我的存在，是成长最初的标识。

婴儿在怀抱中啼哭，在踉跄跌倒中呼喊着护持自己的亲者的名字。校长经亨颐与刘大白、陈望道、夏丏尊、李次九四大国文教员最终选择了以自身的辞职来保护学生与学校。一师全体学生联名写就了一封挽留书，声声发自肺腑，悲叹与诸位先生不复欢聚一堂，唯有寄愿作为"新文化的先驱"先行一步进入林中空地的先生们，还能听得学生们的"呼救声"。[3]

在校长经亨颐去职离校之后，不得不告别婴儿状态、蹒跚学步的一师学生告白老校长道："自从你去了以后，我们连日呼号叫嚣，好像同小孩子失了慈爱的母亲一样。我们在平时除去不得已的假期以外，真一时一刻都舍不得离开你，况且现在在开校后已有好多日没有看见你，况且以后将到永远不会看见你的地步呢！回想从前的时候，我们常常问你：'这是什么？

---

1 连瑞琦：《忆一九二〇年浙江学潮》，《浙江一师风潮》，第398页。
2 《晨报》，1920年4月6日。
3 《晨报》，1920年5月20日。

这为什么？这究竟怎样？'你总常常恳切的指导我们,慰帖的爱护我们……"[1]成长便是如此地不得已而为之,又不得不为之。呼号叫嚣无果,倾诉告白不得。闻者虽然动容,然而又不得不松开扶助的双手。

"一师风潮"结束之后,浙一师的学生将那一段时间经过的种种文件、记载、评论等汇编成册,定名为《浙潮第一声》。何以是声？此次事件中辞职的国文教师刘大白,在为该书作序时解释了原因。首先,他以柏格森的时间绵延之说阐释过去、未来与当下的关系:"在无穷的不绝的瀑流似的时间当中,过去已经去,未来还没来。所以人类对于过去,只有记忆;对于未来,只有想象。过去的陈迹,往往可作未来的教训和鞭策。所以记忆过去,不能说和想象未来没有关系。"而这《浙潮第一声》之所以有付印的价值,正是因为其乃时间流中标志性的"破空之声"。所以"《浙潮第一声》不但是记忆过去,而且想象未来,未来的浙潮,第一声以后的第二声,第三声……第……声"[2]。

《浙潮第一声》正是用声音来作为时间流中告别过去、承启未来的标识,将这一段记忆的影像代之以声音记录。声音有启始,有终结,恰好在时间流中划出属于自己的一段。而在一般记忆之中大都只有影像的存在,绝少能捕捉到清晰的声音。"一师风潮"这段啼哭到呼救的成长之声虽然短暂,却以破空之势划开自己的音节,留存下自己的声轨,并昭示着蓄势待发的后进之声浪。

1　《全体学生给经先生的信》,《浙江省立第一师范学校校友会十日刊》第十三号,1920 年 3 月 20 日。

2　刘大白:《浙潮第一声》序,《浙江一师风潮》,第 141、142 页。

二 回到一师声音的现场

一师学生成长的环境不是真空，所以声音的渗透、传播也是丰富多元的。湖光山色里有着自然天籁。破空之啼声的发出，是一种人格的自觉与完善。这种养成，并非朝夕之间的电闪雷鸣的迅作，而是经年间校园内外的风声雨声、琴音歌声的孵育。

鲁迅在浙江一师任教期间便喜欢带学生出去采集植物标本。不说平日里学生在山水间的徜徉，一师还购置了两艘西湖游艇，平时停在河埠头由人照看，假日里教师、学生都可以预约借用。校方在春、秋与毕业季，都会举办"修学旅行"。一路行去，且行且听。近者在西湖山水间豪行一日，出钱塘门，经白堤、岳坟、灵隐、天竺上山，走狮子峰下，翻越郎当岭，过五云山达云栖。而后经六和塔、江干，走凤山门，穿城返校。尽一日之长，可谓豪举。远则吴山浙水，十几只乌篷大船至会稽山水，游禹陵、兰亭、柯岩等处，听绍兴戏。[1] 又或远足跋涉至东西天目，游苏轼、黄庭坚、佛印禅师胜游处。夜宿禅源寺大树堂，听朱听泉先生与方丈谈话。[2]

校园内则有琴声、歌声。风靡一时的歌曲"莺啼陌上人归去，花外疏钟送夕阳"的《春游》，或者是"晚风拂柳笛声残"的《送别》，都是李叔同在浙

1　姜丹书：《两江优级师范学堂与学部复试毕业生案回忆录》，《姜丹书艺术教育杂著》，浙江教育出版社1991年版。

2　陈刚：《人民司法开拓者：梁柏台传》，中共党史出版社2012年版，第47页。

江一师任教时所创作的。一师组织了各种文艺课外活动，如李叔同在校任教时，即设立了"桐荫画会""漫画会""乐石社"（篆刻）。学生自愿报名参加一项或数项科目。活动的方式为听讲、讨论、写作与美术写生、观摩、画展、乐器演奏、音乐会等。1912 年春，征集了许多古金石书画，开办了为期三天的美术展，观众甚多。此为浙江省首次公开举办的美术展览。同年夏，又筹办了本校师生作品展览会与音乐演奏会。此后，逐年开展，可谓将校园之声普及至社会的一种有益尝试。

课堂上，师长如李叔同不苟言笑，宁静有礼自处，他说话略微有些结巴，却丝毫不影响学生对他的敬重。上课凡需要在黑板上列出向学生明示的，他早就预先写好。黑板是可上下推置的两块，都写好，然后上块盖着下块，用时再拉出。因他上课的教室独立，不与其他教师授课冲突，所以有充裕的时间做准备，完成后便端坐在讲台后等待学生。喧哗打闹着的学生一迈入这气场，怎能不噤声？

上课时他不停踱在学生身后，却只纠正构图中不正确的位置，擦一两笔即去。他轻缓和悦地指出附点、切分音、休止符、强弱的谬误，一丝不苟，稍有不对，就马上站起来，用天津腔的上海话道："蛮好，蛮好，不过这里好像有点不大对。"却不能再跟他啰唆什么，一定要下次再来连同新课一并"还"了。

下课之后，虽规定"学生自修和用膳时及入寝后，不许讲话，不许发出响声"，然而每天晚上七时至九时之间，四五百人都在埋头自修的时候，"倘不想起这是我们的学校的宿舍，一定要错认为这是一大嘈杂的裁缝工场"。[1]

1　丰子恺：《寄宿舍生活的回忆》，《丰子恺文集》第五卷，第 172 页。

包括舍监兼教师夏丏尊的嘱咐，声犹在耳。偶然走过校庭，看见学生弄狗，他也要管："为啥又同这狗为难！"放假时学生出门，看见了便喊："早些回来，勿可吃酒啊！"学生笑着连说："不吃，不吃。"赶紧走路。走得远了，还要大喊："铜钿少用些！"[1]春风化雨，润心在声。

这些，仅仅是"大音希声"中的只言片语。但是，对于"声音"的"发现"，却让"现场"更贴近现实，"语境"更趋向于还原。

三　塑形之潜移默化："经式"训育

"训育"一词，作为外来词音形舶自日本，始见于清末对日本教育学书籍的译介。而日本的"训育"理念本身，又是近代日本学者自德国教育家赫尔巴特的教育学概念中引入。浙江一师的校长，即经亨颐东京高等师范学校的校友与继任者、著名教育学家姜琦曾在专著中详细论述过其名称与内涵源流。他强调"训"之积极意义，而弃"警戒""训诲""规谏""惩责"等消极意义。以此为依据，用英语的 discipline 来对应德文的 Diszipline（即日文的训育之词由来）。同时，姜琦指出训育涵义较广，包括品性（character）、行为（conduct）、知识（knowledge）、技艺（art）、身体（phisique）等的培育在内，但比诸智力、体格、技术等"训练"项，区别在于尤其应用于人的品性（charactor）、德性（morality）或人格（personality）的陶冶。"训育"更为内化，

1　丰子恺：《悼丏师》，《川中晨报·今日文艺》第 11 期，1946 年 5 月 16 日。

带有"人类教育"的意蕴。因而,"训"后为"育",而非"练"。这一区别,同时也相对应于英语不采用 training,德语不采用 zucht 的意味。[1] 事实上,人格教育正是经亨颐始终在一师秉持、贯彻的原则基准。

"训育"一词虽然采自东瀛,但它初渐中国便发生了一定的变异。

尽管清政府仿效日本教育模式,"中体西用"却是其固守的根本。癸卯学制所规定的初级师范学堂教育章程中便有如下两条原则:"尊君、亲亲,人伦之首,立国之纲;必须常以忠孝大义训勉各生,使其趣向端正,心性纯良","孔孟为中国立教之宗,师范教育务须恪遵经训,阐发要义,万不可稍悖其旨,创为异说",[2] 体现着晚清朝廷的政教思路——三纲五常、孔孟之道不可偏废。

这一政教思路落实到具体的科目安排,便是初级师范学堂完全科科目中列第一第二位的修身、读经讲经,以及优级师范学堂完全科科目中列第一第二位的人伦道德与经学大义。《奏定优级学堂章程》特别对本国开展的人伦道德科目做了强调说明:"外国高等学堂皆有伦理一科,其讲授之书名伦理学。其书内亦有实践、人伦、道德字样,其宗旨亦是勉人为善,而其解说伦理与中国不尽相同。""查列朝学案等书,乃理学诸儒之言论行实,皆是宗法孔孟,纯粹谨严,讲人伦道德者自以此书为最善。"[3]

清政府坚持传统儒家教育的伦理本位,自然是出于维持现有政权的稳定性与合法性之动机。自以为读经课在某种程度上可对应西方的公民道

1　姜琦:《教育学新论》,大华印书局 1946 年版,第 177—182 页。

2　《中国近代教育史资料汇编》中册,第 667 页。

3　璩鑫圭、唐良炎编:《中国近代教育史资料汇编:学制演变》,上海教育出版社 2007 年版,第 427 页。

德伦理。然则其引入为"用"的西学根底的精神魂核，自个体到国家，早已全然不同。事实上，中学为体也在如梁启超所言的"发明一种新道德，以求所以固吾群善吾群进吾群之道"中微妙地发酵。[1] 故而在清末的类训育教育中，徒有政令制度要求服从的严格，却无实质有效的训育教旨与策略。此后直到南京国民政府时期，才确定以三民主义为训育的宗旨。因此，在崩解动荡、百废待兴且直面外来的冲击的这一段时间空隙中，训育的具体方针与实现方式实际上是各校自行操作的。或者说，这才是真正现代教育训育的起步探索阶段。

浙一师从筹建开始，无论是人员师资还是课程制度，都与一衣带水的邻邦日本脱不了承袭关系。浙一师的灵魂人物校长经亨颐，从一师前身清末浙江两级师范学堂便开始任职。而他本人，也毕业自东京高等师范学校。然则"训育"一道，却与其同中有异。

日本训育的方针纲领首先要求：一切训育目的，注重发扬日本国民精神，了解国体，用至诚一贯的心理，养成生徒不屈不挠之气魄。将国家放诸一切之前。比如爱知县立一中所定纲领：作国家有用之人。须恪守下列要件：1. 忠孝（尊皇爱国，孝敬亲长）……[2] 这样的训育教旨必然要求下对上的绝对服从。经亨颐对此则有自己的主张。他举某部视学赞述日本学校里的训育为例："学监坐而办事，学生经过其后一丈以外，相向行礼，而学监不觉。"[3] 他认为如此训育，就是从前学校教训学生的样子。这种所谓的法则上的服从，是学校强制学生的服从，本质是一种压制，而非教育训练所达

1　梁启超：《新民说》，《饮冰室合集》专集之四，中华书局 1936 年版，第 15 页。

2　周瑞璋等编：《最近日本之教育》，商务印书馆 1935 年版，第 34 页。

3　经亨颐：《今后学校训育之研究》，《教育潮》第 1 卷第 3 期，1919 年 8 月。

成的良好目的。而他想通过他的训育方式达成的，则是由他律达成自律，是学生自愿的服从。压制学生的训育方式，是教师本位的；而养成学生自律能力的，才是他所要达成的学生本位的训育方式。这是从本质目的上就分道扬镳的两种训育方式。

与日本专制严苛的训诫出发理念不同，经亨颐反对包办的专制教育。"今日校长者，犹本昔日终身一师之义以施训育，以为我校之学生，由我负完全责任，唯我之训是听，不准听校外他人之训，尚可得乎？"包办训育，换言之，即专制训育。他提出训育的真意在于起到以学生为本位的陶冶作用，即人格教育。"学生本位之训育，方法上即所谓指导是也。从前训育难，今后训育易，不必负完全责任之训育，作用上即所谓陶冶是也。曰指导，曰陶冶，训练论中习见习闻。教师本位之训育，决不得谓指导；负完全责任之训育，是禁止陶冶。"[1]他认为启蒙并非是由上而下，而是人自身的价值借助方法与手段能够普遍地得到自觉。训育的本意，在于促使本性纯洁的学生进入学校，能发育出健全的人格，健康地成长为踏上社会后也能保持心性的人。

训育的"育"，在日语中作他动词是培育的意思，作自动词时则是发育、成长的意思。在经亨颐的人格教育理念中，教师与学校提供给学生的便是有利于成长的，如阳光空气雨露的健康环境和足够的健康养分以及防病措施，以待学生好好地发育成长。而这种方式，比诸为了达成自己既定目标的如马戏团的训练动物，盆景栽培的强行扭曲，全然不同。

"'一师'先后，有过许多校长，可是，我们说到'我们的校长'，只是指

---

1   经亨颐：《今后学校训育之研究》，《教育潮》第 1 卷第 3 期，1919 年 8 月。

经子渊（亨颐）先生而言，跟其他校长毫无关系。"[1]经亨颐校长推行的是带着理想主义的人格教育，训育是其教育形式中的重要部分。"使学生知学校不但授与知识，须随时注意训话；在学校，狭义之读书便是自弃。"[2]"讲错了还可纠正，比不讲终好得多。不讲是教育的绝境，讲错了纠正是教育的本务。"[3]训育包括了其作为校长时的训导，也包括在修身伦理课上的讲授。发声，是为了启蒙，为了点拨，为了沟通，更是为了培育，为了让学生如沐浴在充分雨露阳光空气中的植物一样，茁壮健康地生长发育。愿意聆听本身，则是聆听者对语境的认同，接受距离的接近，是对发声对象的信任。

进入一师的第一天，就是一师训育开展的第一天。入学议程首唱校歌，最后由校长训辞。对新生来说，唱校歌实为学唱校歌。早一天已将歌谱印发给大家。歌词是："人人人，代谢靡尽，先后觉新民。可能可能，陶冶精神，道德润心声。吾侪同学，负斯重任，相勉又相亲。五载光阴，学与俱进，磐固吾根本。叶蓁蓁，木欣欣，碧梧万枝新。之江西，西湖滨，桃李一堂春。"陶冶精神润心声，已阐明训育的主旨。而聆听校歌并唱诵同样是训育的一部分。浙江一师的毕业生，著名教育家杨贤江，受益、继承并发扬了经亨颐的人格教育，称其为"全人生教育"。他便认为陶冶人格的训育，第一就是要唱起来。[4]

这种培育的方式，需要花费的心血、精力及时间非常巨大。经亨颐的训育，包括了各种时机，且不说每一年级、每个班组的固定修身课程（其中

1　曹聚仁：《我与我的世界》，第 107 页。
2　经亨颐：《经亨颐日记》，1917 年 3 月 5 日。
3　经亨颐：《对教育厅查办员的谈话》，《浙江一师风潮》，第 122 页。
4　杨贤江：《中学训育问题的研究》，《教育杂志》1925 年第 8 期。

对于预科生,为坚其志还会加强密集训话),各种纪念日、祝贺式、始业式、终业式、入学式、毕业式甚至包括追悼会的固定训话,以及无数临时训话。其中修身课程的教授,不采用"修身教科书上面死板规矩","随时对于人生观上有感觉处和疑心处",体现修身在于个人的"觉悟"与"实践",可谓无所不包。[1] 修身课的内容包括《兄弟解说》,讲授"四海之内皆兄弟也,君子何患乎无兄弟也。兄弟二字,为亲爱扶助之代名词,又述家族制之流弊,为兄之责与为弟之道,宜思所以调剂",这是对中国传统家族血缘伦理基础的质疑与动摇。或讲《主仆》,谈"仆之起源为理性之差别,而非贫富之差别",奴性是应该被现代文明摒弃的非理性存在。又如阐释《父母之责任》,论"父母之责任非无限也,亦有限也",这主要在于人子的是否自立,也在于新教育的效能。[2] 全都拿来讨论,并注重随时与学生作问答。包括学生去找他谈话答疑。比如汪寿华提到,校内有一名学生因为偷盗被学校停学,过去半年之后,此名学生再来入学。其余的学生都表示反对,通过室长会议达成一致汇报给校长,希望让该名学生不再返校。然而当学生呈上自己的意见之后,出乎他们的意料,经亨颐的回答是这名学生如果不能入学的话,"我只有辞职,同他同回上虞去吧"。而汪寿华便想以此去质询他学校是否为此一生专办。[3] 汪寿华能够想到去与校长质疑此事,本身就说明了训育的成功之处。而经亨颐校长对这件事情的处理方式,更是一则人格训育的实例。后来在经亨颐离开浙一师后掌校的春晖中学里任训育主任的教育家匡互生,讲过类似的一个事例,亦可说明。学校对一个赌博的学生

---

1   汪寿华:《汪寿华日记·求知录》。
2   经亨颐:《经亨颐日记》,1919 年 3 月 5 日,4 月 2 日,4 月 3 日。
3   汪寿华:《汪寿华日记·求知录》。

没有进行严厉的处罚,而是让他担任了一些课外的工作。此后,这名学生自动地改正了不好的习惯。匡互生指出:"负训育责任的教师,与其疾恶如仇,使习惯行为不好的学生没有改悔的余地,不如对他们与以充分的同情,使他们得着从容反省的机会,慢慢地自动地把不好的品性行为改变过来。"[1]

经亨颐的训育是随时随地的,经常没有特别准备便即兴讲话、临时讲话,体现了较强的灵活性与现实针对性。就连放暑假期间,发生了时政大事,也想以此阐发给学生作讲话:"对德宣战之大问题,当有所闻,如不放假,亦宜集诸生施临时训话。"[2] "言宣战与教育之关系,无他……贫弱如中国,何能与联战不败之德国宣战?"内容是应时应事的,随机的,却不单纯为讲而讲,一切都最后落实到人格教育这一基本点上。学生对于训话的态度是肯定的。杨贤江记载经亨颐某次临时训话一小时而毕,"恳切"指示我学生,"不可忽忘也"。[3] 学生听讲一般虽为"立听",却颇为"精神",每每还主动要求校长讲话。

又比如在足球赛优胜之后发表的训辞。不是单纯为了嘉奖优胜,而是因为本校学生当时在赛场上,先是形势不利,被对方压制,却不泄气懈怠,反而奋起直追。胜利之后也不傲气凌人。肯定学生不在于力量的层面,而在于德行。[4] 即便在某些他人只会固定程式宣讲的场合,他也不会拘泥题材,每每变通为自己的。孔子诞辰日上,谈及修养之道,"亦以不固执为第

1　匡互生:《中等学校的训育问题》,《教育杂志》1925 年第 8 期。
2　经亨颐:《丁巳秋季始业式训辞》,《浙江第一师范学校校友会志》第 13 期。
3　杨贤江:《杨贤江全集》第四卷,河南教育出版社 1995 年版,第 60 页。
4　经亨颐:《蹴球优胜慰劳会开会辞》,《浙江第一师范学校校友会志》第 11、12 期合刊。

一要义,即道德的事项,一味坚持,亦未免流于太过而失其价值"。比如一师学生热烈提倡使用国货,然而少数学生走极端,甚至在生病之后拒绝吃西药,也不读外文。或者是因为五线谱是舶来之物,所以干脆不想上音乐课。经亨颐称,变通之道是修身之大本,也是孔子之道,需要因时制宜。固执地不听师长的劝言,那么离孔子之道,则相去更远了。经亨颐这番训辞,也可谓是对自己的这个"变通"理念的绝佳诠释。[1] 经亨颐的训育为了实践自己的理念,费尽心力谆谆善诱,他甚至还说过这样的话:"我如果真是压迫、专制,也不来对你们三番四复地解释和开导了,我要怎样就怎样做好了。所以如此舌敝唇焦地来和你们说,终要训练的效果,从觉悟的基础上收得。"[2] 可谓是苦口婆心。这份苦心,学生是懂的,"一师风潮"后,学生挽留经校长的信中,便称其为"母亲"!

陶冶、培育、指导自然也没有标准固定的评定方式。经亨颐就批驳过成绩操行评定:"负完全责任之训育,其弊之最著者,莫如操行成绩之评定。甲乙丙丁,究不知如何写得出来。某生为甲,某生为丁,非负完全责任,曷能决定。而某生某教师定为甲,某教师定为丁,则将如之何? 平均而定为乙或丙,实属儿戏。且学校中之操行成绩,与其毕业后在社会之能力及信用,多不相合。尝留意各小学校操行最优者为何如人,指而睨之,类皆文彬彬者,毁言之,即木驼是也。"以行政法令来强行规整更不可行:"指导与陶冶,无所凭藉,如何交代? 行政上所定各规程,直接所以取缔学生,亦间接所以取缔教师,使之不得不交代,以促其不得不注意也。""为教师者,必待

1　经亨颐:《丙辰圣诞祝贺式式辞》,《浙江第一师范学校校友会志》第 10 期。
2　经亨颐:《人生训练之必要》,《春晖》第 39 期。

行政之取缔,实已失其教育者之资格。"[1]

不单纯依靠政令法规,又如何做?经亨颐就以少数学生有无故旷课之事跟学生展开讨论。在法令上倘若无故旷课者达到上课时间的三分之一,便会被处罚。一些学生则利用这一空隙,不去上课。经亨颐首先指出学生的动机,比如不喜欢上这门课,这门课与自己的意愿不符,在已经能够确保升级毕业的情况下不去上,但并没有纠结于这一点,表示要对这些"钻空子"的学生进行处罚,而是话锋一转,讲到昨天下午有两个学生,请假一次。虽然说请假也不在嘉奖的范围内。请假外出,可能是因为购物,也可能是其他的原因。但是请假与旷课相比较,请假更加麻烦。因为按照现行的校规,请假需要获得学监的许可,而旷课则随性,不需要手续。有意外情况能够请假而不旷课,则为自律的行为。这最后的点明,才是经亨颐的苦心孤诣。[2] 而这一训话收效甚佳,此后学生进步,整一学期据查无一学生旷课。

不动辄惩罚,而以奖励为主,又如何说法?经亨颐谈到省里给三十五名学生每人三元的奖金时说,奖金自然是出于善意。这金钱背后的本质是品行。自然奖金的额度"岂足以当优良品行之价值"。奖励虽三十五人,但是奖励的主旨与意义,是全体学生都应该知道的。因为奖励是为了奖赏那三十五人,鼓励剩下的所有人。而对于这三十五个人而言,重点更在未来的学习与品行。[3]

如何在学校中提供现代人格培育的训练?在某次学期伊始的始业式训辞中,经亨颐谈到学生刚回到学校,其中家境较为殷富的,恐怕不免带有

1　经亨颐:《今后学校训育之研究》,《教育潮》第 1 卷第 3 期,1919 年 8 月。

2　经亨颐:《乙卯学年终业式训辞》,《浙江第一师范学校校友会志》第 6 期。

3　经亨颐:《乙卯冬季终业式训辞》,《浙江第一师范学校校友会志》第 8 期。

少爷回来的习气;而家中比较贫穷没有仆人的,回到学校因为有校役,反倒形成了少爷的态度。这两种习气都需要换回学生的面目。少爷习气本身来自社会,甚至近年社会上把学生也统称为"少爷"。而作为现在的师范生,未来的教育者,从自身为人与将来对社会的变革来讲,都需要革除这种不良的习气。所以从学期开始,除了室长外,有舍长值周生、自修室值日生、寝室值日生、教室值日生等职责的增设,由此平等的耐苦耐劳的基本做起。[1]

经亨颐的人格训育是积极入世的,因此当李叔同遁入南山时,他十分纠结,忧心以李叔同在一师学生中的魅力会给学生带来负面的作用,故特别在训话中对学生提及李叔同先生解职入山之事。首先检讨良师不能留用,是身为校长的自己的失职。然后分析李师解职的原因,本质在于"厌于人世","视学校事及一切人生问题无有是处"。鉴于这"消极"的心态,已然影响了学校,为此明确向学生说明:"在此一日,决不容丝毫有此种思想。"因为"人格,无他即人生圆满之标准",只有"圆满此标准,而后可进于佛说"。"吾辈犹是以人格为最高之标的,忽于人格,径读佛说,即是躐等。""人格尚未圆满,而超乎其上以自尊,舍本逐末,莫此为甚。"[2]经亨颐将李叔同的出家定性为"可敬而不可学",欲"禁绝此风,以图积极整顿"。[3]

而对于社会的融入不是空泛的、教条的。经亨颐在国耻纪念日的临时训话可谓切入时弊。训话开头便说:"国人无耻。"所谓国耻日,需要真正的知耻近乎勇,这才可以雪耻。经亨颐指出国耻日的存在,对于大多数国民

1　经亨颐:《乙卯春始业式训辞》,《浙江第一师范学校校友会志》第5期。
2　经亨颐:《戊午暑假休业式训辞》,《浙江第一师范学校校友会会志》第14、15期合刊。
3　经亨颐:《经亨颐日记》,1917年3月5日。

心性而言毫无影响。所以在谈国耻之前,应该先考虑养成知耻的品德才行。这才是雪耻的路径。经亨颐不仅谈国耻,还进一步论及国耻纪念日的微妙。"不道德之行为,而假道德之名以实行为大可耻。可耻之行为,皆为己私之行为,而己私之行为,明白显著,亦非尽可耻。假用名义以图己私者为大可耻。"这里的一语三关,既谈对外为国雪耻,又谈对内国耻日却不知耻,非但不知耻,还利用名义行可耻之事。又统统落实到人格教育上来,归咎其解决根本,还在于养成健康的道德品性。[1] 在另一次国耻纪念日上,则云:"不能拒不能战,国家无力之证","尸位素餐人生大可耻之事"。如此先从自身做起,与"诸教职员共同自训",因为"为校长为教员,比较为学生容易有可耻之事"。国耻纪念,口头"无补"。[2] 一耻二说,意识觉醒与从我做起的行动,才能切实串联起自我与社会的联系。

以人格塑成为主旨的训育,还展现了经亨颐本人的个人特色与人格魅力。如在毕业生送别辞中不按照常理出牌,说到关于学生本分、师范生天职、教育者责任、时势要求、社会趋向、新潮思想这些,这五年来在修身课、各种仪式中已经都说得差不多了,诸位只要能好好领悟并且精益求精就可以做一个合格的教育者了,所以在这里就不说了。而且因为平常都说了积极意味的话,今日临别则想说一些消极方面的话,想让你们不要干点什么之类的。[3] 不作伪,不套路,率真率性,也是学生乐意听且听得进去的原因所在。比如在学期末因为学生表现非常的好,喜不自胜,直接对学生说:

1　经亨颐:《国耻纪念日临时训话》,《浙江第一师范学校校友会志》第 11、12 期合刊。

2　经亨颐:《国耻纪念训话》,《浙江第一师范学校校友会志》第 14、15 期合刊。

3　经亨颐:《乙卯毕业式训辞》,《浙江第一师范学校校友会志》第 6 期。

"心慰可喜,无何等特别之训词。"[1]包括在放暑假之前跟学生讲,其实没有什么特别的训话,如果有的话,就是从各种原因上说,本人觉得暑假都可以废止。首先暑假肯定是不利于学生求学的,人生怎么能够因为炎暑而停顿?而且如果酷暑不能学习的话,为什么又有暑假补习班的存在?现在的暑假是因为教育的惯例,但是从原理上而言,是没有依据的。既称不上是教育者的福利,也不利于将来学生习惯于社会,"岂非故意使学校与社会相隔阂乎"?所以"自余思之,暑假竟可废止"。[2] 此想法听来任性、偏激,但是其立场却是为了理想主义的教育事业。而且觉得异端者,恰是因着经亨颐对约定俗成的惯性进行了思考与批驳,并切实坦白地将自己的这般想法对着全校学生和盘托出,反倒是一派坦荡天真。

经亨颐的训育之所以成功,原因在于"声音"之后的行动,在于发出声音的那个灵魂。他的理念中,能改造、增进精神事业的,除了必要的现实手段外,更为重要的还在于精神上的交流。这示范陶冶人格的重任,便责无旁贷归于教师。倘若教师与学生只存在职业上的接触,便只是职业的教师,而不是人格的教师。在经亨颐心目中,能够成就人格教育的教师,需要有牺牲而成就的精神,不仅仅只是履行到校上课的义务。

当最后当局欲解散一师以平息"一师风潮",为了保护学生与学校,经亨颐毅然选择了自己离开一师。学生回忆说:"经校长是勇于负责办事的人,他一生正直,依着自己的理想去做,不十分计较利害得失的,因而有'经毒头'的绰号。他不爱权位,不治生产,然而他并不是一个遁世隐逸的

1　经亨颐:《乙卯冬季终业式训辞》,《浙江第一师范学校校友会志》第 8 期。

2　经亨颐:《丁巳毕业式训辞》,《浙江第一师范学校校友会志》第 11、12 期合刊。

人。"[1]因为这份力量，若干年后学生对他的训话犹念念不忘。经亨颐在浙江一师的最后一次训话，就连已毕业的学生也回校聆听，"去职以后"，他"后来还到一师作过一次讲话"，"每个学生还感动得流泪，恨不得再请他来做校长呢！"[2]

四　讲出国语：白话与方言的参差

浙一师的锐意改革中，国文教育与白话文倡导最具标志性。将过去的言说的声音留在背后，而在现在、此刻发出面向未来的召唤。"所有的声音，都是过去的，都就是只等于零的。"立定面向世界与未来的人，需要"大胆地说话，勇敢地进行，忘掉了一切利害，推开了古人，将自己的真心的话发表出来"。[3] 因而，归其源头为"声音"的变革，也不为过。

经亨颐言及现时此刻"声音"的必要性，特以近代西方文明的强势波及世界为喻："当今世界交通，起于一隅之思想，顷刻间可布于数亿之人类，受其影响'广'字之势力大矣哉！思潮常越国境而侵入，竟无防止之术，闭户偷安不可得也。"若论传播、普及，没有其他比声音更能实现广泛之力。而"民国成立，八载于兹，国歌尚未产出，其原因在无可广之文字，而仅有可久之文字"。归根结底，凝聚成想象的共同体的现代民族国家的存在，需要借

1　曹聚仁：《我与我的世界》，第 109 页。
2　周伯棣：《"五四"前后在杭州》，《浙江一师风潮》，第 407 页。
3　鲁迅：《无声的中国——二月二十六日在香港青年会讲》，《鲁迅全集》第四卷，第 15 页。

助一种共同的声音；"青年发表创造之力"，需要这种声音；关键的"普通教育"，更是需要这种能够迅速普及的"广"之力。[1]

1919 年，除了已随一师共风雨多年的夏丏尊，经亨颐另邀得陈望道、刘大白、李次九加盟一师，被浙江教育界谓之"前四金刚"的一师国文教学改革阵容便自此齐集。其一边联手制订《国文教授法大纲》，选编新教材，一边便以决然成事而非试点实验的态度开始实践授课。《注音字母教授法》《国语法》之类教材爆破的，便是文言古语隔绝现代中国人倾听世界，发出自我声音的洪闸。经亨颐规定，一师包括一师附校各教员"一律研究普及"注音字母，"实行教授"。[2]

《注音字母教授法》是陈望道与刘大白合著的。陈望道本人，便是身体力行经亨颐所提出"研究普及"的教员代表。为了能够精进并指导学生，陈望道特意到上海去拜访了注音字母的主创者之一吴稚晖，请其教授注音字母及拼音法门。回到杭州之后，再将自己消化所学的注音字母与拼音法传授给学生们。学生曾绘声绘色地描写陈望道向吴稚晖学习的场景，是在西门黄家阙路一家小茶馆中，边喝边教。作为这一传授的直接受益者，曹聚仁认为：师范生对此所学，正是普及教授国语的基础法门。同时，对于写作白话文、研究国语等，以声音为入口，能够开启别一种思路。[3]

不只是曹聚仁对陈望道的回忆与国语的声音相关，汪寿华更是在其日记中记录下了陈望道教授白话文的课堂上的声音："文字的本质，完全是发表己的意思，使人家了解。既然文字的本质如此，所以不能不从容易方面

1　经亨颐：《动学观与时代之理解》，《教育潮》第 1 卷第 1 期，1919 年 4 月。
2　经亨颐：《经亨颐日记》，1919 年 10 月 11 日。
3　曹聚仁：《前四金刚》，《我与我的世界》，第 132 页。

做去,为甚么? 因文字容易,个个人自然能够晓得我的意思。他如用典古的文字,必定要有我的程度,或高于我的程度,才能了解。其余普通一般人士,决定不能够了解我的意思。"陈望道用了个体在人前发声表达,作为例证来给学生说明,"譬方一人,到这个大众面前,去发表言语。若他不高声讲话,徒是口合两合,则人家哪里能知道他来说什么呢? 用古典的文字,真如此一样呵!"以此来作为国文、文学改革的开篇绪论。

而在接下来进一步的授课之中,就传来了学生的反对之声。在陈望道询问学生学习过程中是否有疑问时,有学生直接起立呛声说:"文言是数千年传下来的国粹,白话文也是假的。"

陈望道针对"国粹"与"假"展开驳论。首先,以学习化学、物理来驳斥抱守不变的国家概念。而论及"假"的解说,称需要有标准来量度。"原来要有二种比较的条件,中间用一点物事去评定他,才可晓是真是假的。若是没有东西拿来比较,臆说这是'假'的,这是很不信的。"[1]

陈望道在《关于文学的诸问题》中引证周作人在《中国新文学的源流》中以歌谣作为文学源头的论述,展开语言声音与文学的关系问题。他认为语言是文学的基础,而文字不是文学唯一的基础。"文学所不可缺的,并非文字,乃是语言。文字是后来产生的,而文字还未产生的时候已有文学。文字是现在还未普及的,而文字还未普及的地方已有文学。文字又有时会因物质的缺乏不能行用,例如革命以后的苏联,而那文字不能行用的时候却也还有文学存在,就用口头语言在各处宣读。文字与文学并非不可分离,不可分离的只是语言。语言才是文学的经常的中介。"以此进一步为

1　汪寿华:《汪寿华日记·求知录》。

"声音"正身。[1]

如果说白话文运动最初的起点,在于精英对于现代中国人的建构与想象,那么在运作的过程之中,这种以北方官话为基础的声音,在中国南方的普及推行,尤其是在去都市城镇之远的南方乡村越界旅行,听来却是无比遥远,离国族的弥合统一又相隔何止一两层。经亨颐未必是先知能预判之后的大众语运动问题,却因浙江地属南方的特质以及浙一师的根本教育师范生的问题指出国文教育的"一主要之问题,即语言是也。如吾浙各旧府属,方言各异,甲地之师范生,往往不适用于乙地。语言之不统一,实为教育之大障碍。欲有以统一之,不得不于师范学校特加注意"。事实上,浙江一地,十里不同声,百里不同音。即便是同一属地,跨村跨乡,方言便已经迥异。读音与实指,可以天差地别。如果现代教育只是将学校分设在各处,"从乡语授乡童,则国语永无统一之希望"。

有鉴于此,浙江第一师范学校特将能讲省垣普通语,作为考查实习成绩之条件。这并非是最后为了考核业绩的一蹴而就,而是浙江一师教学改革中的重要一环,是有目的更重视过程的循序渐进。

首先集各处学生,在省垣昕夕相处,至数年之久,先以陶成一省之普通语为目的,使乡音土语潜"移"默"化",而后统一国语,易从着手。故师范学校一律设于省垣,实有融化方言、统一国语之大作用寓乎其中。因统一国语为教育上最重要问题,亦为最难问题。骤期收效,绝无方法之可言。[2]

1　复旦大学语言研究室编:《陈望道语文论集》,上海教育出版社 1997 年版,第 204—205 页。

2　经亨颐:《改革现行师范教育制私议》,《经亨颐教育论文选辑》,政协浙江省上虞县委员会文史工作委员会 1987 年版,第 31 页。

事实上,考察这种必要性,可反观浙江籍的老师给官话属地北京高校的学生们上课时的反应来推断。梁实秋谈及周作人的演讲便说:"乡音太重,听众不易了解,演讲不算成功。"[1]而周作人本人回忆章太炎在北大研究所讲《论语》情景也称,学生大多是北方人,听不懂浙江口音,所以特别等章太炎讲完之后,由钱玄同再进行国语翻译。[2]

虽然梁容若说那时候的先生以浙江籍的最多,所以北京高校学生听浙江方言的能力较大。但是他作为周作人的弟子,并不具有特别大的代表性与说服力。倒是他描述广东籍的梁启超与黄晦闻的方言,更能代表北方学生对先生们所操持的南方方言的感受。他说黄晦闻讲六朝诗,因为有详细的讲义印发给学生,所以理解起来不感困难。然而,梁启超却是口述,要学生们自行写下笔记,因而很少人能完整记下来。梁容若还特意记述了梁启超对自己官话的自信:"我因蕙仙得谙习官话,遂以驰骋于全国。"梁容若评价梁启超的官话,事实上"只会说最普通的",剩下讲书、背书都保留了广东新会音。梁容若为了进一步表述梁启超的官话水平,又插入一段近代拼音文字提倡者、"官话字母"方案的制订人王小航的记录。说的是戊戌年(1898 年)五月十五日光绪皇帝召见梁启超,因为梁启超不习京语,把"孝"说成"好",把"高"说成"古",彼此不能达意。光绪预定提拔他做文学侍从之臣的,忽然转了念头,仅仅赏了六品顶戴,教他办理人学堂译书局的事。梁容若总结说:"这时他正二十六岁,和蕙仙结婚已经七年了,可见蕙仙夫

1　梁实秋:《忆周作人先生》,《梁实秋怀人丛录》,中国广播电视出版社 1991 年版,第 272 页。

2　周作人:《周作人回忆录》,湖南人民出版社 1982 年版,第 520 页。

人所教的国语,成绩并不理想。"[1]

北来的口音对于南方的浙一师,也不能接受。北京高等师范学校校长陈筱庄(天津人)来校参观并发表演讲。学生称"演语用北京音,故听不明晰者多,只是自信力及德智体三育完全云云数语,能入耳也",其余只能靠想象弥补,"陈先生状貌和蔼,吾想见其中心亦必愉快也,乐天者不当如是耶?"[2]

事实上,学生即便绝大多数为浙江人,却也并不能通晓南方其他地区的方言。学生回忆当时一师的教员,"如沈仲九、陈望道、夏丏尊、朱自清、刘延陵诸先生,皆有文名,亦皆为江浙两省人,师生之间,语言畅通"。而"后四金刚"之一湖南籍的王祺,"虽声音洪亮,但满口衡阳土话,同学多无法听懂"。偏他教授生物学,专门的名词又多,自行想象会意都十分困难,同学皆以难尽记忆为苦。后来阮毅成转学到吴淞中国公学,生物老师恰好是一师毕业生陈达夫,这才破除对生物课的学习障碍。王祺也指导书画,幸好在这种时候,王先生亲自示范并解释。"虽彼此之间,言语不甚畅达,但见先生于下笔得意时,常手不停挥,口不停讲,同学则无不感佩赞叹。"这却是依赖于有例证可对照,又有艺术可感悟的结果了。[3] 又有浙江省教育会请梁启超演说,一时盛况,非但满座,立听者亦有不少。然而"先生之言论,因为他乡音吐故而又漠然不觉"。学生虽然早到也全程听了下来,但是也只能感叹:"此行也,于余诚无所得。"设定"梁先生必已有宏论发挥也",

---

[1] 夏晓虹编:《梁任公先生印象记》,《追忆梁启超》(增订本),三联书店 2009 年版,第 286 页。
[2] 杨贤江:《杨贤江日记》1915 年 4 月 9 日,《杨贤江全集》第四卷,第 31 页。
[3] 阮毅成:《适庐随笔》,《衡阳文史》第 10 辑《王祺纪念集》,第 40—41 页。

但也只能"取明日新闻纸一阅之"。[1]

而浙江一师的白话文教育水准究竟如何,不妨审视一下一师毕业生曹聚仁的案例。1922 年,前述一口浙音不能被北方学生明白的章太炎,应江苏教育会之邀,在上海作国学讲演。此次演讲的内容,除了曹聚仁的版本,其他笔录版本均以文言记录。《申报》《新闻报》上连载刊出的内容并不完整,而张冥飞记录,并与严柏梁共同批注的文言版本则被章太炎本人认为"不可卒读"[2],而曹聚仁的白话版本则被认可。陈平原认为除了张冥飞的文言水平有限之外,还有一个重要的原因便是曹聚仁使用的是白话,"更能传达太炎先生讲演时的语气与神态"。而对比张冥飞的记录,"章太炎很有个性的语言,以及许多精彩的表述,全被现成的套语弄得面目全非"。[3]

曹聚仁的白话版本,得其神采且不失真,不但销行数十版,为世人所知,而且借此以一个年轻的师范学生身份被章太炎认可,收入门下,适可印证浙一师的白话文教育之成功。有意思的是,曹聚仁称获得认可是缘于自己具有相应的国学功底,对章太炎的论著也做足了功课,"一面研究他的《国故论衡》《检论》,一面去听讲的"。曹聚仁说,听讲的人逐次减少,听讲的人所以这么少,一半是因为"他所讲的国学,对一般人实在太专门了。在场听懂的,并没有几个人",而另一半原因,曹聚仁特别指出,是"由于章师的余杭话,太不容易懂"。[4]

章太炎在此次演讲中,对白话诗多有质疑。而身为记录者本人的曹聚

1　杨贤江:《杨贤江日记》,1915 年 6 月 11 日,《杨贤江全集》第四卷,第 76 页。

2　沈廷国:《章太炎先生在苏州》,三联书店 2009 年版,第 314 页。

3　陈平原:《有声的中国——"演说"与近现代中国文章变革》,《文学评论》2007 年第 3 期。

4　曹聚仁:《我与我的世界》,第 205 页。

仁,当时便写下《讨论白话诗》一文表达自己的意见,后来又写《新诗管见一》《新诗管见二》进一步陈述。主要针对章太炎认为"白话诗不是诗",乃是"向下的堕落",且以有韵无韵来区分诗歌的标准来进行辩驳,与章太炎商榷。曹聚仁指出白话诗能够表现人生的"切且深",章太炎既然认同"诗言志",那么何必抱守韵律而排斥非韵,更何况白话诗也自有韵致。曹聚仁以白话文所录的《国学概论》里,在附录中就收入了这几篇"非议"正篇的文章。章太炎尔后又写《答曹聚仁论白话诗》一文,语气较为温和,亦承认"必谓依韵成章,束缚情性,不得自如"。[1]

邵力子也针对章太炎演说内容中对于白话文的否定专门撰文《志疑》,指出章太炎对于白话文的标准不一以及逻辑推论上的问题。首先是对古代"白话"与现代"白话"的标准不一:"他知道《尚书》是当时的白话文,他知道白话文能使人易解;他并非一概抹杀。""他既知道《尚书》即是当时的白话,何以古时的白话文可奉为经书而现代的白话文便无价值呢?"逻辑推论上的问题则是:"他引了《尚书·顾命篇》和《汉书》载周昌口吃的话,明明应说古书即古时的白话,而亦惟白话文方能传真,却不料他的结论偏不如是。"章太炎肯定了古时白话直写描摹讲述者当时情状的切近,然而提及当代白话,却话锋一转:"但现在的白话文只是使人易解,能曲传真相却也未必。"不说这番话记录、流传、存世,所依赖的恰是当代白话文本身,单从其本身的内容,以肯定古人的白话起始,却以否定当代白话文为推论,便不能服众成立。[2]

1　章炳麟:《答曹聚仁论白话诗》,《华国月刊》第 1 卷第 4 期,1924 年 4 月 15 日。

2　章太炎口述,曹聚仁记录:《国学概论》,泰东图书局 1923 年版。

有意思的是，一口浙音的章太炎用"白话文记述方言各异的口语，不应尽同"为据来否定当代白话文："宋代名儒加二程、朱、陆亦皆有语录，但二程为河南人，朱子福建人，陆象山江西人，如果各传真相，应所纪各异，何以语录皆同一体例呢？我尝说，假如李石曾、蔡孑民、吴稚晖三先生会谈，而令人笔录，则李讲官话，蔡讲绍兴话，吴讲无锡活，便应大不相同，但记成白话文却又一样。所以说白话文能尽传口语的真相，亦未必是确实的。"对于这段言论，当时邵力子并没有拿出更为有力的论述来反驳。

倒是在十年之后，在浙一师曾经的师长陈望道、叶圣陶等发起，并得到鲁迅支持的大众语运动中，对这种文言派精英化的思路予以了批驳，并在反文言、反欧化的同时，对章太炎之前如何理顺统一白话文与口语之间的关系，直接或间接地给出了解决方案。比诸白话文运动初起时，被认为白话做不通文言的第一种反对手段，以及之后要求用白话前先要把文言白话之间弄得精通的第二种手段，陈望道称章太炎提出的白话文为文言还要难做为"保守文言的第三道策"。章太炎所谓"现在的口头语，有许多是古语，非深通小学就不知道现在口头语的某音"[1]，事实上便是在《国学概论》上提出方言之音的进一步拓进。

对此，鲁迅的隔空回音是："中国的言语，各处很不同，单给一个粗枝大叶的区别，就有北方话，江浙话，两湖川贵话，福建话，广东话这五种，而这五种中，还有小区别。"[2]这是一个大问题。"现在正在中国试验的新文字，给南方人读起来，是不能全懂的。现在的中国，本来还不是一种语言所能

1　《太白》第二卷第七期，署名南山，1935年6月20日。
2　鲁迅：《门外文谈》，《鲁迅全集》第六卷，第97页。

统一,所以必须另照各地方的言语来拼,待将来再图沟通。"首先承认这样的一个现实,就是当代白话文的不足,放到章太炎关于方言的,特别是南方方言的具体语境里去。但是这一切只是一个开始,白话文"容易学,有用,可以用这对大家说话,听大家的话,明白道理,学得技艺,这才是劳苦大众自己的东西,首先的唯一的活路"。[1] 首先是因为其好学,好学之后才能够沟通,才能够慢慢进步。在这样的基础上,才能够完善当代的白话文。"竭力将白话做得浅豁,使能懂的人增多,但精密的所谓'欧化'语文,仍应支持,因为讲话倘要精密,中国原有的语法是不够的,而中国的大众语文,也决不会永久含胡下去。譬如罢,反对欧化者所说的欧化,就不是中国固有字,有些新字眼,新语法,是会有非用不可的时候的。"[2]

事实上,浙一师的学生早于大众语运动中师长们提出的理论之前,便已经在毕业后开始了具体的实践。经亨颐 1922 年离开一师之后,回故乡浙江上虞创办了春晖中学。恰上虞籍毕业生叶天底也在故乡春晖小学任教,便应聘来了春晖中学教务处。叶天底在业余时间创办了"农人夜校",教授乡里农人们学白话认字。他后来写了《白马湖上伴农民读书半年》记录了这段教学经历。[3]

首先关于教授的内容,叶天底本来想自编教材,而不使用市面上书坊中现成的教科书。因为现成教科书中的内容,与这些地方农人的生活、环境,距离实在太远了。"什么'童子军''脱帽一鞠躬',什么'姊姊妹妹同入公园'

1　鲁迅:《关于新文字》,《鲁迅全集》第六卷,第 160 页。
2　鲁迅:《答曹聚仁先生信》,《社会月报》第 1 卷第 3 期,1934 年 8 月。
3　叶天底:《白马湖上伴农民读书半年》,《白马湖文集》,浙江省上虞市政协文史资料委员会 1993 年版。

'哥哥弟弟拍皮球'等东西,于他们有什么兴趣,与他们有什么相干呢?'脱帽''童子军''皮球''公园'在他们底世界里,从来不曾有过,再过十几年也断不会有的。"叶天底的这种见识与眼光,是现实朴素的,也是深刻的。二十世纪之初,人们寄希望通过对语言的利用,以达成跟外部世界的沟通与学习,然而其间的媒介,如西学与语言,事实上掌握在大城市通商口岸的人手中。特别是对于偏远地方乡镇的人们,这个世界的一切本就非常的陌生,距离他们无比遥远。[1] 然而,对于不同于北方方言区的其他各方言地区村镇里的农人,不仅听着不啻一门外语发音的北方方言,而这种声音里还充斥着无数从内涵到外延他们都听不懂的新名词的时候,这种距离则更加遥远了。

虽因条件有限,自编教材的设想最终没有实现,仍然只能使用现成的教材,但叶天底自行选择、调整了讲授的内容。初级课本教授文字读写没有问题,此后则尽量选择教科书上与常识相关的课文,再选些尺牍与契票等文类的内容教他们。这便是最普及的法子了,特别是对很多"唇上已刷了簇黑的短须的,却一字不识横画"的成年农人而言。这样教育实践的反馈是成功的,"他们也很高兴这样的办法。因为他们读书底目的,除多识些字之外,最要紧的便是能写信、红帖子、契票等日常要用底东西"。

同样,衙前农民运动时期的办学,也不会选择"不经济"的方式"欣赏儿童文学"。农民问自己的孩子跟着读点什么,学生回答说是"一只猫,二只猫",说得一师毕业生们都"难为情起来"。所以只要"日常应用"。[2]

1　叶文心:《民国时期大学校园文化》,冯夏根、胡少诚、田嵩燕等译,中国人民大学出版社 2012 年版,第 11 页。

2　中共萧山县委党史资料征集研究委员会编:《衙前农民运动》,中共党史资料出版社 1987 年版,第 46 页。

　　而之前提及的方言与白话文的隔阂,在实际的教学过程中成了一个重要的问题。对于使用土话的文盲或者半文盲的农民,白话文与文言文初学起来几乎是一样困难。对于教学者而言,叶天底也觉得白话文与文言文"同样费翻译"。他摸索出来的教学方法是这样的:考虑到白话与土语的句法结构基本一致,所以,教学的重点放在先教会他们从未接触过的各种生词上面,特别是名词、代词、疑问副词与动词之类。同时,让他们能把这些生词与土话里的意思相对应起来——如"你、他"就是土话"侬、伊","你们"就是"乃","怎么、这么、那么"就是"奈格、一么、那末","好的、去了、坐着"就是"好价、去者、坐东"……这样,基本的应用,如书写、阅读便可应付。"日常写写就很可以使别人看得懂,也可以看市镇上常见的传单了。"其实,也就解决了方言区书写"普通话,还是写土话呢? 要写普通话,人们不会;倘写土话,别处的人们就看不懂,反而隔阂起来,不及全国通行的汉字"等问题。这是最基础的普及,即便只是"一种好像普通话模样的东西",既不是严格意义上的"国语",也不是北京方言,"各各带着乡音、乡调,却又不是方言,即使说的吃力,听的也吃力,然而总归说得出,听得懂"。[1]

　　而除去普及,叶天底对白话文教学还有着更深入的摸索,他曾经尝试让学生将五言绝句《蚕妇》"昨日入城市,归来泪满襟,遍身罗绮者,不是养蚕人"转译成白话文。交上来的作业完成度之高令叶天底自己都大为吃惊。其中两篇是这样的:

　　　一、昨天我到城里买小菜去,归来的时光,路里看见数多财主

1　鲁迅:《门外文谈》,《鲁迅全集》第六卷,第98页。

点王[1]。穿的都是绸缎衣裳。但是他们都不是看蚕的人。我想想就哭起来了。眼泪水流到衣裳里了。

　　二、昨日到城里头去，回家来眼泪胸前面的一块衣裳都流湿了。因为看到好些先生，通身穿的是绸衣裳，他们一个都不是看蚕的人。

　　这两篇作业，除却理解并再次表述的内容没有偏差之外，情绪的把控与拿捏也颇有分寸。不得不说，叶天底这首诗择取得恰到好处。原诗本身便是以养蚕人身份自叙，此番由农人再为转译，虽然时空遥隔数百年，而农人心境却别无二致。另外更有"买小菜""先生"这类非常现场感、地方感的生动表述在提示，重新表述这种心境情绪的是此刻的农人。此处同与异，不禁令人感慨万千。这便是鲁迅所谓的从普及到新一种的大众语的产生。

　　鲁迅说："要在方言里'加入新的去'，那'新的'的来源就在这地方。"由最基本的普及使用，到高一级的情感互通，再到更高一级的新的现时的生动的因素的注入。"待到这一种出于自然，又加人工的话一普遍，我们的大众语文就算大致统一了。"年深月久之后，"比'古典'还要活的东西，也渐渐的形成，文学就更加精采了"。[2]

　　另有一封农人学生给叶天底的信值得一读：

1　"点王"为"主"字，当地称田主为"点王"。
2　鲁迅：《门外文谈》，《鲁迅全集》第六卷，第98页。

　　叶先生：

　　　　你近来贵体康健个吗？我今日有些<u>事</u>体要拜托你，我的妹妹现在已经好读第二册了，费你的心。给我办一本来，可以吗？我很要谢谢你，还有明日吃午饭，你请得过来，我家分岁，山边的路都燥了。你千定万定要来的吓。敬祝你贵体康健。腊月廿九。赵汉元上。

　　需要传达的意思都很好地传达了。"很要谢谢你"的"很要"二字也极令人瞩目地让人感受到了感激之情。"你千定万定要来的吓"的"千定万定"与句末的感叹助词"吓"也将恳切与热忱之意呼之欲出。再有"山边的路都燥了"的"燥"，极传神。这一并吻合了鲁迅对方言与白话文乃至现代文学融合发展可能的展望——"方言土语里，很有些意味深长的话，我们那里叫'炼话'，用起来是很有意思的，恰如文言的用古典，听者也觉得趣味津津。各就各处的方言，将语法和词汇，更加提炼，使他发达上去的，就是专化。这于文学，是很有益处的，它可以做得比仅用泛泛的话头的文章更加有意思"。[1]

　　现时此刻声音的生命力，经由教育的牵引，不断地融汇化合成动态的语言，展现出文学绮丽的姿态。一师的学生在师长的引导下学习发声，然后不止步于自己发声，转身教授他人发声，及至终能听到国人一起发声，也能听懂那些独自发出的声音。

1　鲁迅：《门外文谈》，《鲁迅全集》第六卷，第97页。

第四章　审美主义：一师所标举的文艺乃至
生存层面的价值取向

一　人格教育与职业教育：经亨颐教育思想与
江苏教育会教育思想之歧异

浙江教育会与江苏教育会，乃民初具有重要影响力、力倡全国教育联合会的两璧。其比邻相接，在推进教育事业的主调上同声相应。然细辨两会之渊流脉络、思想旨归，则闻得参差两异：浙江教育会由带着理想主义色彩的教育家经亨颐一马当先，视教育为太初之力，主唱人格教育的高音；江苏教育会则集商、政、学各界群贤而聚，尤以教育为中间力量博弈，歌出职业教育的和声。此种分歧对照更为清晰地凸显出一力支撑起浙江教育会的会长经亨颐所执掌的浙江一师所奉行的人格教育的理想主义色彩。

　　沈尹默回忆"五四"风潮中北大蔡元培的请辞校长与蒋梦麟的遣代校长时,言及以黄炎培、袁希涛等人为骨干的江苏教育会对于蔡元培留任校长与否一事的背后摆布,兼及其会在此之前"已隐然操纵当时学界",而继任北大"掌门"的蒋梦麟亦无疑是江苏教育会培植的人,点出背后的脉络几重。[1]

　　被誉为"与时流提倡新诗之巨子"的沈尹默[2],"五四"时期曾以一首《月夜》一新世人耳目——"霜风呼呼的吹着,月光明明的照着。我和一株顶高的树并排立着,却没有靠着。"——意象独立不羁,折射出诗人追慕超然立场的理想志趣。然而现实中其站位却未必能如是超拔。曾在浙江两级师范学堂任教的他,何尝能尽然撇清与浙江教育会及至一师同人间的渊源。

　　纵观江苏教育会在"五四"风潮中之表现,可谓"温和两面"。对于学生运动的爱国热忱表示同情,对游行演说悉心控制、掌握局面,勉力将"五四"运动纳入新文化运动"传播新文化于全国国民"的作用中,其进行方向不仅旨在"唤醒国民,改良社会",亦毋忘"发展个人,增进学术"。[3] 对学生罢课这一激越态势则始终持保留态度,称"罢课为学生事业上之自戕,谁无子弟,而忍听其牺牲,不谋阻止,况在以扶持教育为职志之本会"[4],故多以严格纪律处置:"取消其学生资格,即日离校,以自遂其校外爱国志运动。"[5]

1　《文史资料选辑》第 61 辑,中华书局 1979 年版。
2　郭绍虞:《论沈尹默先生的诗词与书法艺术》,《尹默二十年祭》,北京燕山出版社 1991 年版,第 22 页。
3　《新文化运动解释》,天津《大公报》,1919 年 11 月 5 日。
4　《江苏省教育会对罢课问题的看法复函》,《五四运动在江苏》,江苏古籍出版社 1992 年版,第 398 页。
5　《黄炎培等关于学生上课的通告》,《五四运动在江苏》,第 401 页。

　　反观浙江省，以浙江省立第一师范学校为主体的杭州学生涌入风潮、汇集街头之际，浙江教育会会长、一师校长经亨颐面对官府压力与学生的激情，在日记中却表示："收放则可，而志不可夺"；更反对强令学生屈服，指出"应当改变的是教育当局"。

　　江苏教育会与浙江教育会各自辖下的江苏（含上海）与浙江合诸一体，大致对应着具有相近相似社会经济文化要素特征的"两浙"地域。成立于1915 年 5 月的全国教育联合会事实上是由江苏教育会代表黄炎培等与浙江教育会代表经亨颐等发起的。该会每年召开一次，由各省教育会选派三名代表参加。虽为非官方组织，但其作用与影响却实为全国性的。[1]

　　这有着相近地缘的两会看似同声相应，同气相求，却何以在"五四"风潮吐纳间带着微妙的差异？

　　清末民初地方性的教育会多由各地方的教育相关人士组成，有着各自不同的名称。1906 年清廷学部颁《奏定各省教育会章程》后，这些民间团体获得了官方承认，由此均在"教育总会"前冠以省属作为隶属官方的统一称谓。1912 年教育部颁《公布教育会规程》亦延续了此种官方认定，并将地方教育会分为省、县、城镇乡三种，均称"教育会"。[2]

　　江苏教育会由江苏学会、江苏学务总会、江苏教育总会一线而来，其前身持有立宪主张。会长张謇 1906 年在上海发起了预备立宪公会，除教育总会成员加入江苏咨议局发起立宪请奏外，更以教育总会本身的名义发起请愿。然而清廷对于立宪问题的一再延宕使得部分教育会立宪派人士不

1　高奇：《中国现代教育史》，北京师范大学出版社 1985 年版，第 24 页。
2　《中国近代教育史资料汇编：教育行政机构与教育团体》，上海教育出版社 2007 年版，第 256、260 页。

再甘于与其拉锯。即便如此，江苏教育会的主要成员士、绅、商等，作为社会中间阶级首要的考量也必然是稳定，在守护既得利益的基础上谋求新的拓展空间。于是摧枯拉朽的革命军便成为令人心惊胆战的不安定因素，支持与其有渊源的江苏巡抚程德全继续作为新政权地方执行人便成为其谋求地方稳定的举措，"国内拥袁，江苏拥程"立场便如此出炉。所以即便稍有不同于中国教育会之鲜明的政治目的，"从一开始就存在一个秘密革命核心，他们立会的意图，是想凭借当时最为风行的兴办教育的名义，以学校为培养成革命力量的基地，展开宣传组织活动，并不拘泥于发展教育"[1]；也绝非如其自称的宗旨"专事研究本省学务之得失，以图学界之进步，不涉学界外事"那般撇清[2]。

于是循序渐进至"五四"风潮，动荡中该种"保守"的政治立场又唱响主调，区别于风起云涌的激越突变。

而在 1906 年学部颁《奏定各省教育会章程》之前，浙江并没有如同江苏教育会一样可更名衍变的团体组织前身。浙江教育总会于 1907 年成立，会长频繁更替，内部组织涣散，徒有其名而未见成效。1912 年教育部颁《公布教育会规程》后，浙江教育总会改名为浙江教育会，章炳麟任会长。1912 年 4 月，经亨颐接替沈钧儒任副会长，1913 年被选为会长。在其任间，浙江教育会才终于站住一席之地，便是立于强邻畔侧，也显得出自己的声色。

经亨颐苦心治下，浙江省教育会始作的有效举措有：倡导以文学、美

1　桑兵：《中国教育会》，《清末新知识界的社团与活动》，三联书店 1995 年版，第 197 页。

2　《江苏学会暂定简章》，《东方杂志》1905 年第 12 期。

术、音乐进行国民性教育的伦理情感、心理道德建设。提倡文学革命，进行
国文教学改革。针对浙江各地教育会各自为政、状如散沙的局面组办了全
浙教育会联合会，使得省教育会能够真正行使领导、沟通与推动全省教育
的作用；创办发表传达省教育会理念信息的刊物，如刊载夏丏尊译介的《爱
弥儿》的《教育周报》，刊载胡适讲演"实验主义"的《教育潮》《浙江省教育
会月刊》；组织各种讲演，包括邀请各界名人学者赴浙演讲，举办教育会同
人与各校教职员、学生演讲，以"交换智识"来激发思想。被邀请演讲的知
名人士有梁启超、康有为、蔡元培，还有美国的艾迪等。演讲的主题如罗帕
云的"东方哲学"、章太炎的"浙江文化"、赵厚生的"浙江对于全国文化所
负之责任"等。除此之外，还开办各种提高教员素质的短期讲习班，以学促
教，特别是为了配合国文教学的改革，适应新文化运动的需要，设立国语与
注音字母讲习会，学员由各县教育会、劝学所选送。浙江省教育会还积极
组织开展文体活动，除举办省会中等学校联合会操外，还发起了全省中等
学校联合运动会，其间还有江苏、上海各校来杭观摩。而对于教育会本身
的建设，经亨颐亦耗尽心力。如浙江教育会的平海路新会所，从觅址、募款
至施工建造，无不由其全力执掌。1917 年 10 月，第三届全国教育联合会由
经亨颐为首的浙江教育会主办，在杭召开，"会场在新造之浙江省教育会，
地近西湖，得湖山之秀"。[1]

　　愈见经亨颐于浙江教育会的灵魂作用，则这样的"独"对应着江苏教育
会的"群"便愈发映照出其孤单来。江苏教育会根深叶茂，张謇曾任清末中
央教育会的会长，袁希涛与蒋维乔曾任民初教育部次长，张元济、唐文治、

1　《全国教育会联合会第三次开会纪略》，《教育杂志》第 9 卷第 11 号。

黄炎培、蒋梦麟等全国著名的教育家与实践家,亦均是江苏教育会的重要成员。该会努力运营江苏本省的教育事务,为其他地区做出示范,并通过与其他各省教育会的合作联络,发起领导各种全国性的教育联合组织。上述教育会成员各自在全国具有相当的影响,何况齐集发力。

经亨颐却徒有对己独力支撑的浙江教育的悲叹:"吾浙之风土,吾浙之人才,吾浙之物力,均不亚于他省",而关于"根本之业"教育状况却支离涣散,"有其事而无其人,有其人而无其经费,有其经费而无其精神"。[1] 经哀叹中的一个关键点是教育事业经费,教育会运营经费以自行募集为主,会员按例的缴纳侧重于象征性。清学部仅提及经考核后才予以奖励,而民初教育部亦提出教育会不得拨用地方公款,只有经地方议会议决,省行政官厅方可给予补助金。[2] 向会外人士募集并非易事,要从官厅拿到经费更是受制多多。经亨颐辞去会长一职后,浙江教育会便由于经费困难,于1926年停止了活动,连会所也被省教育厅挪用。对此,经亨颐写道:"原来省教育会到现在已经无声无息,究不应省教育会可以不必,而把他的建筑充公。"[3] 到底意难平。

江苏教育会不致在运营经费上捉襟见肘的原因需从源头追溯。其成员的组成中不乏新型的知识分子,但是有很大一部分是办学的士绅与商人,如张謇本人除涉及政界外,更具有教育家与实业家的双重身份,因而江苏教育会的自给自足并非难事。事实上,鉴于会员的人脉资源以及聚合在一起的声望影响,募集款项对于江苏教育会来说亦不成问题。浙江省在清

---

[1]   经亨颐:《全浙教育私议》,《教育周报》第3、5期。
[2]   《中国近代教育史资料汇编:教育行政机构与教育团体》,第260、261页。
[3]   经亨颐:《杭州回忆》,《越风》第2卷第1期。

末民初时亦不乏兴学办校的绅商,然而却始终没有同江苏一样,分离出一批旨趣相近、互有往来的教育界人士,抱团结社,推进全省的教育。也正因为这样各自为政的褊狭,才使得浙江没有同江苏教育会一般,拥有一个相当规模的稳定前身。即便是浙江教育会成立之后,经亨颐犹感区域之阻碍,曰浙江省有"府界、浙东西界、杭州界"牢不可破[1],这也是浙江教育会发起全浙教育会联合会的缘由。如果说浙江省内乃是划地为营的话,江苏学务亦有纷争矛盾:"江苏省有江宁提学使,有江苏提学使,一驻南京,一驻苏州,同是管辖全省学务,时时发生职权上的争执。"[2]而1905年江苏学会的成立正是为了解决这样的问题,防止学界分裂。学会选址既非苏州,也非南京,而定于上海,也是含有这样的考量,会长张謇的声誉与实力则足以服江宁二地之众。

比诸江苏教育会之会众在政治、商业、教育等各方面的实力、影响,经亨颐任职浙江教育会之初便早心有所感。振臂呼喝望人响应,孤力支撑终至精殚力竭。经"一师风潮"之役,他在回复一师学生挽留他的信中感叹自己的能力有限:"唉! 官立底学校,委任底校长。我们浙江周围这样的空气,大胆来做革新事业,这是我错的!"[3]这未见得便是心灰意懒,但多少带着些许落寞。

而江苏教育会在清末民初这一特定语境中,在兴办教育的策略下,把握住办学权力从官方向民间下移的松动间隙,合理地利用了官方权力并透过兴办教育的影响予以扩大,获得了较阔大的发展空间。及至自上而下的

1　《全浙教育私议》,《教育周报》第3、5期。
2　黄炎培:《八十年来》,文史资料出版社1982年版,第48页。
3　《浙潮第一声》,《浙江一师风潮》,第98页。

国民党党化统治开始时,江苏教育会才渐次失却了这样的自由氛围与作为改良派表达自己意图的政治空间。

一师校长、浙江教育会会长经亨颐办学,一力贯行"人格教育",从旁看来自然是与斯时江苏教育会大力倡导的"职业教育"有所抵牾,不甚和谐。便是一师弟子曹聚仁,论及校长经亨颐的教育主张时也说:"他所挂的教育目标是人格教育,和当时上海江苏省教育会派黄任之先生等所提倡的'职业教育'正相对峙。"[1]

对于"对台戏"的说法,经亨颐本人则予以否认:"谓余故意反对江苏所创导之职业教育","职业教育实何须人格教育之反对,职业教育,亦不无一部分利益,本容纳于人格教育之中。一则支流,一则朝宗"。[2] 不反对的理由是人格教育是海纳百川万法归宗的最终境界,包含职业教育。换言之,这理由昭然若揭,其实还是反对只倡导职业教育。在经亨颐眼中,这样的取舍就是舍本逐末,抛却教育的根本旨归。

他更明确地说:"近来江苏主张职业教育,余虽表示不反对,惟决不反对江苏不可行职业教育,余非江苏人,不敢断言江苏决无职业教育之必要。或者欲求中华民国之教育归一,江苏不得不提倡职业教育,而以职业教育即为中华民国教育之归一,则不可也。至于吾浙,即无提倡职业教育之必要,而所以使之归一者,敢举一端,国家观念是也。"[3] 仅将职业教育归结为江苏地方行为,言浙江所行之人格教育乃国家标举,立场相当的鲜明。

1　曹聚仁:《我与我的世界》,第 109 页。
2　《最新教育之三大主张》,《教育周报》第 229 期,1919 年 2 月。
3　经亨颐:《欢迎各师校职员学生演说辞》,《浙江省立第一师范学校校友会志》第 14、15 期合刊,1918 年 7 月。

　　经亨颐认为，教育的最终目的是塑造学生能够不断自我完善的人格。学生具有这样的人格基础，出社会无一事不行，既可成栋梁，谋求适应职业自然也不在话下。与此相较，单只为了"生计"考虑而以职业技能为内容、以培养职业人作为教育目标的职业教育，自然是褊隘狭促，仅限一隅。

　　从浙江教育会这样的理想抱负与江苏教育会实际实利的对照的角度而言，较之浙江教育会在经亨颐治下，不惜自我牺牲也要保全成就的文学革命与白话文改革，江苏教育会对于白话文推行实施的具体细节耐人寻味。1923 年 2 月 11 日，《觉悟》"通信栏"刊发了江苏教育会给各大报编辑的信："本会同人对于诸君有一个请愿；就是本会推行国语这件事，很希望诸君帮忙，在报上鼓吹一下。因为语言不统一的弊病，已经全国都公认。贵报通行各省，提倡的力量当然比同人口头劝告有效得多，而所最希望的，要请贵报逐渐的改用语体，减少文言，给全国做一国榜样。"邵力子随后在 2 月 26 日的《觉悟·随感录》对此予以点评："这次推行国语委员会上面既冠着江苏省教育委员会的字样，省教育会的诸公一定是很热心地主持这推行国语的主张了；沈信卿黄任之两先生不是省教育会底主脑人物吗？幸而他们两位都在中国第一老资格的申报执笔政，逐渐改用语体文减少文言的主张必然可在申报开始做起了。至少，别部分且不管，沈黄两先生所主持的一部分和他们自己所做的文章，必定可先改用语体了！无论提倡哪种事情，都必须先从自己做起，沈黄两先生一定明白此意，我们等着看罢！"[1] 言辞之间不无揶揄。

　　事实上，职业教育本身的提出，锋芒也直指民初的师范、中等教育的空

1　邵力子：《觉悟·随感录》，1923 年 2 月 26 日。

泛。"学而优则仕"的氤氲挥之不去,新教育下的"经世致用"仍旧跳不出职业贵贱的等级排布,读书依然是进阶的资格与筹码。不少中等师范毕业生并不能安心从教,便是被刘延陵谓为一师毕业生中"巨擘"、弄潮于"五四"的曹聚仁,一经毕业,匡时济世的铿锵骤然颓唐。而推行职业教育所秉持的实用主义"平民化""生活化"的理念不啻是对该种"官本位"执念的反拨纠偏。而曹聚仁本人,也终于悟得经亨颐师人格教育的初衷乃是塑造现代国民的底蕴,于是边做家庭教师,边潜心念书作文,一晃三年,沉潜的蓄积便有喷发。1922年章太炎在上海讲学时,年仅二十一岁的曹聚仁的整理记录在诸多版本中脱颖而出。"没有错过一句话,一个人名,一个地名",以此获得一代大儒的首肯与赏识。而追根溯源,曹聚仁早在浙江一师求学之时就已经读过《国故论衡》和《检论》,熟悉章先生的学术思路。人格教育的素养培育,令其即便不匡时济世,亦可功底深厚地做个治史鉴世的学问家。而悟得"世界平民"真意的曹聚仁,其后一生踏遍山水,阅尽人物。所事种种,难以确切定位,是教师也是作家,是学者史家也是报人记者。即便是备办杂事庶务,也孜孜以求,倾心而为,恰诠释印证了经亨颐的"患无人格"而"不患无职业"说。[1]

经亨颐也并非没有看到毕业生不升学或者赋闲的问题,但他认为这恰恰是因为职业教育的浸染,学校只是作为"贩卖知识的商店"存在才导致了这个问题。学生何以不升学或赋闲在家?经亨颐将症结指向了"现钱交易"式的职业教育,指其目光短浅,授人以鱼而不授人以渔。学生只是贩得了货架上的东西,而未习得"营业之方法、同行之规则"。至于什么是"营业

---

[1]   曹聚仁:《中国学术思想史随笔》,三联书店2012年版,第56页。

之方法、同行之规则"，经亨颐称："无他，人格是也。"[1]他认为只要拥有完善人格，便是对社会有用之人，何愁没有职业呢！

职业教育也好，人格教育也罢，论争的扞格不入时也有柢里一致：那就是立国图存、教育救国。即便是教育界人士宣称教育"独立论""无功利性"，这依然是他们作为近现代中国知识分子永远绕不开的主题，永恒的集体无意识。江苏教育会副会长黄炎培联合各界创办的中华职业教育社章程首条便开宗明义："同人鉴于吾国最重要最困难问题，莫过于生计；根本解决，唯有从教育下手，进而谋职业之改善，同人认此为救国救社会唯一方法，矢愿想与始终之。"[2]经亨颐的人格教育亦从来不是指向无功利的超然，倡导艺术教育亦是以审美陶冶性情，以美作为器用，最后完合的还是与社会相契的道德人格，是新国家公民教育的方法之一。

经亨颐更认为，教育何尝不是实业，教育家同样是实业家。关于如何由完善人格转向为合适职业，在他眼里是高成低就的关系。以他所见，社会诸事业分成固定的事业与不固定的事业。学校、工厂、商店之类作为固定事业只是其中少数，其他一切公益事业都属于不固定事业，固定事业需要不固定事业的扶持。而我国固定事业发展得不如国外，收效甚微或者失败中止，则是因为不固定事业不发达的缘故。[3] 如是说来，不去从事一定的事业，并非可称为游手好闲，如果教育能够使得学生从事不固定的事业，反倒是更为行之有效了。

经亨颐的另类"实业救国"的实现途径之一，便是青年团的发起组织。

---

1 经亨颐：《最近教育思潮》，《经亨颐教育论著选》，人民教育出版社1993年版。

2 《中华职业教育社社史资料选辑》第三辑，第24页。

3 经亨颐：《动学观与时代之理解》，《教育潮》第1卷第1期，1919年4月。

"青年团即不固定事业之最著者","吾辈创办青年团,除直接辅导青年而外,实有间接扶持社会诸事业之意","青年团成功之后,方为诸事业收效之初"。[1]

1918 年 10 月,经亨颐在浙江教育会的评议会上提出筹设青年团议案,并将此案提交第四次全国教育会联合会,获得通过;又以在全国教育会联合会上得到认可作为将其在浙江省先行实现的支持。1919 年浙江省会青年团成立,经亨颐任团长。但他并不满足于浙江省独有,在全国教育会联合会上提出本身就是为了推广这一理念,而办好浙江省的青年团更是希冀其能成为各地之榜样。

倘若说江苏教育会所倡职业教育借鉴了美国式的实用,那么经亨颐学自欧洲的人格教育则不无高蹈。经亨颐之谓如同模具纳万般有为一体的"人格"在看似无所不至时,却未免略失之抽象与空泛。虽然不达成眼下最迫切的目标,不解决最切近的问题,经亨颐却并不以其为劣。

"精神必须一定,事业本属不定",教育为"改造文化、增进文化之精神事业"。在经亨颐的理念中,能改造、增进精神事业的,除了必要的现实手段外,更为重要的还在于精神上的交流,这示范陶冶人格的重任便责无旁贷归于教师。倘若教师与学生只存在职业上的交际,便只是职业的教师,而不是人格的教师。在经亨颐心目中,能够成就人格教育的教师,需要有牺牲而成就的精神,不仅仅是履行到校上课的义务。陶冶"纯洁之学生唯纯洁之教师可以训练。欲使学生服务社会,教师亦必先服务社会"。[2]　于

1　经亨颐:《动学观与时代之理解》,《教育潮》第 1 卷第 1 期,1919 年 4 月。
2　经亨颐:《今后学校训育之研究》,《教育潮》第 1 卷第 3 期,1919 年 8 月。

是身心贯行教育、为潜移默化地教育学生可"自杀"的李叔同，为贯彻自己的职责可以拼命的夏丏尊等，便成了经亨颐眼中理想的"训育"良师。

值得注意的是，经亨颐称人格的超拔并无具体、切近的标准可参照，却是随时代与社会的演进而变化，虽无细则可对应查看，但强调的重要一面是与社会的联系。

经亨颐将美术与国文看作最能够实现他教育理想的课程："图画、国文两种可为代表，最合人格教育之本旨。"[1]艺术教育以陶冶学生的审美完善人格，感知、享受艺术是新国民养成的必要。而有机的教育，需强调"文学、美术"等对人的陶铸，因其"重视本然之机能与构造之关系精密考究，故不陷于浅薄之趣味教育"。[2]经亨颐还特别提到艺术教育对"大工业之勃兴，人间流为器械"之机械文明异化的抵御，这种"超前"便明显带着非普及的理想主义精英立场。

一师文坛之所以群星荟萃，莫不与一师之重"国文"息息相关。而经亨颐看中的不仅仅是时代变化中语言的普及运用，更包括语言背后的社会思想意念的嬗变与其传达的社会内容。1919 年，校长经亨颐聘任夏丏尊、陈望道、刘大白、李次九主持国文教学改革。多有取自《新青年》《新潮》《每周评论》的课文篇目则使由此贯入的新思潮激荡，激变的结果便是浙江一师的国文课凝聚现在、当下、时代一刻，成了近乎不再课堂讲授，而以学生争辩社会人生问题为主要形式的研讨会，最终冲破校园，走上街头。

"五四"学潮稍事平息之后，各方便谈到对学生的整束。经亨颐力排众

1　经亨颐：《最近教育思潮》，《经亨颐教育论著选》。
2　经亨颐：《最新教育之三大主张》，《教育周报》第 229 期，1919 年 2 月。

议,偏是说"五四"引发的学生问题确实应当研究,只是该改革的是教育者本身。他谈及蔡元培说的"恢复原状",谈及开校上课,表示当然赞成,而教育当局不可恢复原状,应反躬自身,即时调校。他反对强令学生服从,坚持学生本位的立场:"平心而论,今日社会中,谁能以纯洁二字超过学生?即校长教员,亦观之不及,其他政客污吏无论矣。"这未免过于理想主义,但偏颇外也有自知:"虽然,学生纯洁之精神,斯时犹不在个人品性之上,不过在抽象学生之名词上。"[1]

经亨颐这种"相信绝大多数年轻人是好的"的论调,糅合着性善论与片面的理想主义:"今日之所谓卖国贼,何莫非当时慷慨激昂之留学生?"[2]而纯洁学生进入社会后便与社会同流合行,那么教育当局所该做的就是完善人格训育,使其完善到即便涉足肮脏污秽的社会之后仍能继续保持纯洁。做好学校与社会的衔接,使得学生有机会与社会联系,以其积极纯洁面改进社会之举措岂非不该禁止,而应大力提倡?一切归咎于学校有着勇于承担的气度与魄力,但是缺乏直面细辨看似光明下阴影的理性,不对诸锋相汇的社会语境做出冷静的判断,是无法帮助复杂而敏感的学生解决真正现实问题的。

这种"护犊"式的宠溺与放任,还伴随着扩大学生的权利。一师学生自治会便有着自治甚至罢免教员的莫大权利。而身为自治会主席的曹聚仁却说,正是由于这地位权利,他荒废学业竟各科都占得高分,才有毕业后升学不成对着长江大哭一场的悲怆。

---

1   经亨颐:《今后学校训育之研究》,《教育潮》第 1 卷第 3 期,1919 年 8 月。
2   同上。

　　经亨颐的教育观念既提到"动"字，便应知"与时俱进"倘若没有一定的价值指向，没有一定的根本规约作为仪范的话，很容易被鼓荡起浮嚣的泡沫。这便是他明知"教育对象之被教育者，生存于环境之中，以未成熟之人，受其影响而发展，于现代文明之底，必有潜伏之潮流。若贸贸然不洞察而无正当之判断，则中心思想，必致盲目的移动"[1]，却无法沉潜的肇始。

　　经亨颐本身作为天下大同式理想主义的知识分子，表面拒绝明确的因势利导，但是内忧外患之下没有他贯彻执行人格教育理念的空间，在各方的挤压之下（包括江苏教育会的保守改良主义），他下意识地靠近了略显粗放的激进主义，而这也多少使得浙一师成为新文化运动时期的南方重镇，社会革命与文学革命起伏激荡。

　　在浙江教育会会长经亨颐执掌并用以贯彻其教育理念的浙一师中，大多数教师并非一开始就抱持从事教育的职业志愿，但这丝毫不影响他们以强烈的使命感投入启蒙觉世的角色。这便是经亨颐之所以不屑斯时兴起的为工业生产输送技术工人的职业教育，而倡导人格教育的重要资源。人格教育在生存层面激扬"文学审美主义"，其立人的核心在于标立新的价值与道德。倘若将启蒙喻为刀耕火种，教师特有的人格魅力可谓助燃星星之火的东风。他们在泥沼里托起学生们，欣然迎向各种价值与世界观。

　　从"一师风潮"的得失成败中均可见出浙江教育会影响下的浙江学界特有的精神激越境界与氛围。而由江苏教育会培植的北大代校长蒋梦麟在援手斡旋调停"风潮"时之矫枉过正言行，恰从另一向度透露、印证了两会文化立场的同中之异。

1　经亨颐：《动学观与时代之理解》，《教育潮》第 1 卷第 1 期，1919 年 4 月。

　　经亨颐执掌的浙江教育会所秉持的教育思想带有精神高蹈的意味,其将文学教育、艺术教育作为现代中国语境中启蒙与立人的实践手段,不乏理想主义色彩,也因此于潜移默化间成就了"少年浙江"的别一种人格的确立,推动了浙江文学的现代性转型。

　　以浙江教育会的理想而言,彼时教育的根柢,在于对现代国民的启蒙塑造。可写文、能绘画外,更为重要的是其行事为人,底蕴与背光皆由人格"大我"成就。

　　身体力行的经亨颐,全力贯行的夏丏尊,皆是以身示范。其中,李叔同的特异另行自有一种风仪,这成就于他对规矩逾数倍、数十倍的达成。他这种绝非墨守刻板成规的张致做状,成为别一种模式的润心无声。学生们因为感召追慕而生的自我塑造,是对先生人格风仪缕细刻深的遵从确证。其嫡传弟子丰子恺的《缘缘堂随笔》译介入日本,为该书做翻译的吉川幸次郎评价丰子恺"是现代中国最像艺术家的艺术家",谷崎润一郎看了说,"有一种风韵,殊不可思议"。

　　而刘延陵的浙江从教经历回忆中,记忆最为深刻的便是初遇学生曹聚仁时他所呈上的那张端写着"世界平民"的名片。[1] 刘延陵深谙"教诗与人生接近",关于真善、爱美等价值确立直指"人生",同样也为"文学"。

　　浙江教育会秉持的人格教育,造就狂飙突进的少年勇士,成就"晨光""湖畔"的青春诗文,而归根结底,是希望铸就一个个面目生动且有力度的人。不一定是英雄或是才子,却绝不庸碌卑琐,以此汇集成少年中国。

1　葛乃福编:《刘延陵诗文集》,复旦大学出版社 2002 年版,第 121 页。

二 感精神之粹美：作为美育的音乐教育

现代教育初兴之际，力纠传统教育"重虚文"而"轻实学"之弊端，矫枉过正之余，课程设置中一度剔除文学一科，更遑论艺术科目中的音乐课了。此后参照西方学堂章程，文学有幸复归，音乐却缘于种种主观理念与客观条件的限制，大都流于旁骛杂技，不被重视。然而考诸浙一师，却分外注重艺术教育。其教学条件与设施，便是置于现今一般中学或师范学校亦挺然翘楚。

1914 年黄炎培到浙一师考察，在其《考察教育日记》中称，是时一师"专修科的成绩范视前两江师范专修科为尤高。主其事者为吾友美术专家李君叔同（哀）也"。[1] 一师的艺术教育因李叔同主事，从无到有，渐次欣欣向荣，直至超越当时国内艺术科教育整体水平，卓然而立。

1911 年 3 月，曾留学于东京美术学校临摹油画，又从音乐家村上音二郎研习西洋音乐的李叔同负笈归来。适逢有心改革教育，识得艺术陶冶人心之美育意义的经亨颐主管浙江一师教务。彼时国内师范院校的音乐课教学条件与质量尤为薄弱，教师一般都由日本教习充任。故此，经亨颐诚邀李叔同来校任教，以期能创办一师自己的艺术专修科。

有说接到经亨颐邀请后，李叔同却提出要为每个学生配备一架风琴，

1　《黄炎培考察教育日记》第一集，商务印书馆 1914 年版。

否则难以从命。这便将其索要条件之切近状演绎太过,闻之似妖。需知对于教学硬件品质的高要求,又何尝不是经氏内心所期,聘约双方自是两厢投契。

音乐教室的选址在花园里,是专门建造的,四面临空。彼时学校有两架钢琴,五六十架风琴。风琴每室两架,给学生练习用;钢琴一架放在唱歌教室里,一架放在弹琴教室里。

李叔同所教授的音乐课程,学生格外尊崇,看得比国文、数学还重。毋谓先生喧宾夺主、小题大做,这是因为在李叔同及其支持者经亨颐心目中,音乐被赋予了独特的美育功能与意义:"盖琢磨道德,促社会之健全;陶冶性情,感精神之粹美。"[1]因此,"先生的教授音乐是这样严肃"。加之他有丰厚的知识学养做背景,教音乐、图画,可懂得的不仅是音乐、图画。他的诗文、小说比国文老师的好,他的书法比习字老师的好,他的英语比英文老师的好。好比是一尊佛像,背后有光,故能令人心悦诚服。

李叔同深知传授文艺,旨在陶冶人格,不能单纯地留于"技""术"论,但又必须由"技术"入手。所谓大处着眼,小处着手。除教唱歌之外,他还教学生弹奏风琴或钢琴,传授作曲的基本方法。为让学生自己悟得自己的经验,成就不被教师强行合一之才,李叔同从早到晚,都在进行着不教授的教授,适可谓中国早期"第二课堂"教学的开拓者与践行者。

浙一师音乐课正式的授课课时并不比国文、数学来得多,但早饭以前的半小时,午饭至上课之间的三刻钟,以及下午四时以后直至黄昏都是课外修业时间。李叔同照例每星期的正课上先把新曲弹一遍给学生听,指导

1　李叔同:《音乐小杂志序》,《李叔同全集》第六卷,哈尔滨出版社2014年版,第149页。

了弹奏的要点，便让学生各自回去练习。一周后须得练习纯熟再去弹给先生听，这便叫作"还琴"。

忆及"还琴"课，其入室弟子丰子恺"只感到艰辛与严肃"：

先生并不正面督视我的手指，而是斜立在离开我数步的桌旁。他似乎知道我心中的状况，深恐使我心中慌乱而手足失措，所以特地离开一些。但我确知他的眼睛是不曾离开过我的手上的。因为不但遇到我按错一个键板的时候他知道，就是键板全不按错而用错了一根手指时，他的头也会急速地回转，向我一看，这一看表示通不过。先生指点乐谱，令我从某处重新弹起。小错从乐句开始处重弹，大错则须从乐曲开始处重弹。有时重弹幸而通过了，但有时越是重弹，心中越是慌乱而错误越多，这还琴便不能通过。先生用平和而严肃的语调低声向我说："下次再还。"于是我只得起身离琴，仍旧带了心中这块沉重的大石头而走出还琴教室，再去加上刻苦练习的功夫。[1]

经此严格教学，以致丰子恺毕业离校后犹须得用"如临大敌"的态度弹琴，用"如见大宾"的态度听人演奏。上述回忆，乍看似丁崇敬侧畔现出几分"畏"字的代沟；然细细品味，却能读出印象中乃师如何严守雅俗文化之界限，一丝不苟地拒斥敷衍、拒斥"消闲"乃至拒斥流俗之苦心。

难得篇末弟子幡然领悟：世间或有一种所谓"娱乐的音乐"，唱奏"可

1　丰子恺：《甘美的回味》，《丰子恺文集》第五卷，第187—188页。

以全不费一点心力而但觉鼓膜上的快感", 赢得"片刻的陶醉和舒服", 但事后却经不起回味, 甚至颇感"恶腥", 远不及那艰辛严肃的音乐回味的甘美。[1]

恰是缘于这样的规训、濡染, 学生的艺术才华多被激发出来, 丰子恺、吴梦非、刘质平、李鸿梁、傅彬然、李增庸、黄寄慈、金恣甫、吕伯攸、王平陵、蔡丐因等堪称李叔同的入室弟子, 都跟先生情深谊笃。

常人知晓李叔同, 大半缘自"长亭古道"之《送别》。不过先生取的是约翰・P. 奥德威的谱, 起的是改良的意, 是谓中外合璧之始。时过境迁, 几番起承转合, 而今中国元素大行其道, 甚至在某种碎片意义上存在着输出物性质, 向内看时, 华语通俗歌曲中哪里不是秦时明月瓷分五彩? 时曲《稻香》追念童年老屋河川田野"情""景", 便似足先生这首歌曲《忆儿时》:

> 春去秋来, 岁月如流, 游子伤飘泊。回忆儿时, 家居嬉戏, 光景宛如昨。茅屋三椽, 老梅一树, 树底迷藏捉。高枝啼鸟, 小川游鱼, 曾把闲情托。儿时欢乐, 斯乐不可作。儿时欢乐, 斯乐不可作。

李叔同创作的另一首名曲《春游》发表于 1913 年第一师范学校校友会发行的刊物《白阳》上(李叔同作为主编, 手书石印, 惜乎只出版了一期), 词曲都出自他。这是一首三声部歌曲, 属于国人采用西洋作曲方法谱写的

1　丰子恺:《甘美的回味》,《丰子恺文集》第五卷, 第 191 页。

第一首多声部合唱曲。它代表了"学堂乐歌"时期最高的音乐创作水平。歌词为七言律诗："春风吹面薄于纱，春人妆束淡于画。游春人在画中行，万花飞舞春人下。梨花淡白菜花黄，柳花委地芥花香。莺啼陌上人归去，花外疏钟送夕阳。"一时春花、夕阳与晚钟声交融，音画合一。

李叔同填词深得中国古典诗文传统的格律与韵味，而其作曲却偏爱采用西洋作曲方法谱以新声，抑或直接选取欧美曲调。诸如研究者所梳理的："意大利的贝里尼、德国韦伯的歌剧选曲，英国的麦肯齐、胡拉的合唱曲，美国的福斯特、奥德威、海斯的艺人歌曲，乃至欧美的赞美诗、儿童歌曲、民歌等都成了他的选择对象。"[1] 如此微妙的词曲组合，恰恰折射出彼时西方文化与东方文化、现代审美意识与传统情趣的矛盾、冲突关系。难得的是，先生自有其学贯中西、连通古今之胸襟、功力，多能弥合审美裂隙，使之渐入化境。

如是填词编曲的中西合璧境界，影响所及，惠及一代人。自然，也包括唱着他的歌成长的柔石，李叔同的《送别》《悲秋》《忆儿时》等作，都是柔石极其喜欢的歌曲。《二月》中，萧涧秋所弹唱的那首主题曲《青春不再来》（应是柔石自己谱写的），语词中西参半，似不及乃师的古雅，但那伤春悲秋的意象、意境却"仍其古调"，于西洋歌曲的形式下，追随乃师，依依不舍地"送别"（又何尝不是追怀、挽留）那青春不再的古老文化的魅人"落霞"。

即便后来李叔同摒除尘缘，离开一师，浙一师的音乐教育依然特色鲜明，秉承着没有李叔同的李叔同教学传统。

随着浙一师一届又一届毕业生散布于全省的各个中小学，整个浙江终

1　陈星：《说不尽的李叔同》，中华书局 2005 年版，第 185 页。

于有了自己真正的艺术教育。

一师毕业生曹聚仁一度着意撇清与李叔同的师承关系，声称丰子恺、刘质平、吴梦非诸同学才是他的入室弟子，而"我们都是走向社会革命的路子，和佛法正相背向的"，恰可谓"河水不犯井水"。他"教我们关于艺术课程，包括音乐、图画、书法、雕刻在内，这一方面，除了戏剧，我对于李师，实在没有什么印象"。然而，师承关系又岂能截然断得如此泾渭分明！即便政治上道不同，他未能成为曹聚仁所谓的"指路人"，但在艺术方面，李师的启蒙却于潜移默化间开启了曹氏的心灵。曹聚仁多年后说："李师之于人，不以辩解胜；微笑之中，每蕴至理。在我们熟习的歌曲中，《落花》《月》《晚钟》三歌，正代表他心灵启悟的三个境界。"[1]如此会心之见，适可印证师生心灵之神会冥契！

恰如丰子恺在其所执笔的《中文名歌五十曲》序言中所说：因着"李先生有深大的心灵"，"我们自己的心灵曾被润泽过，至今还时时因了讽咏，受到深远的憧憬的启示"。[2]

三　改变世道人心：以"美"育人的薪传

浙一师美育的旨归与其人格教育始终一致，"美"在于"育"，在于立

1　曹聚仁：《我与我的世界》，第 146 页；《听涛室人物谭》，三联书店 2007 年版，第 220 页。经亨颐：《全浙教育私议》，《教育周报》第 5 期，1913 年 4 月。
2　裘萝痕、丰子恺：《中文名歌五十曲·序》，开明书店 1939 年版，第 1 页。

人，而非仅仅在于习得"术"。

　　一师校长经亨颐之大力提倡美育，则是为"改变世道人心"。变革之始，"非先去社会心理上腐烂之秽膜不可。其法为何？莫如提倡美育，倘能稍知美意，即可脱离恶俗之污秽，一如栽植草木，已除其蔓芜，去其污秽矣"。[1] 这一脉与蔡元培提出"以美育代宗教"，将美育视作斯时国家之症患的疗救之药相通。蔡元培称："我以为吾国之患，固在政府之腐败与政客军人之捣乱，而其根本则在大多数之人，皆汲汲于近功近利，而毫无高尚之思想，惟提倡美育足以药之。"[2]

　　曾任一师前身两级师范学堂教师的鲁迅即提出进步的美术应有着高于技工之上的要求："美术家固然须有精熟的技工，但尤须有进步的思想与高尚的人格。他的制作，表面上是一张画或一个雕像，其实是他的思想与人格的表现。令我们看了，不但欢喜赏玩，尤能发生感动，造成精神上的影响。我们所要求的美术家，是能引路的先觉，不是'公民团'的首领。我们所要求的美术品，是表记中国民族知能最高点的标本，不是水平线以下的思想的平均分数。"[3]

　　一师之美育，绝不止于开设的美术、音乐、手工科目。李叔同在校期间编辑的文艺杂志《白阳》的诞生号上，文学内容即占据大量的篇幅，其中诗集便收录了夏丏尊等人的十一首之多，另外还有词五首，文章包括西湖夜游记、写生日记等。值得一提的是，李叔同本人撰写的《近世欧洲文学之概

1　经亨颐：《全浙教育私议》，《教育周报》第 5 期，1913 年 4 月。
2　《蔡校长辞去校长之真因》，原载《晨报》，1919 年 5 月 13 日，收入《蔡元培全集》第三卷，浙江教育出版社 1997 年版，第 630 页。
3　鲁迅：《随感录四十三》，《鲁迅全集》第一卷，第 330 页。

况》,文中多有将文学、美术囊括于心、不拘于一境的表述。"Dante Gabriel Rossetti 及 William Morris 共于绘画界受 Pre-Raphaelitism 派之感化。其抒情诗篇,写中古之趣味及敬虔之信念。""Pater,精于修辞,其文体足冠近代。著有《文艺复兴史之研究》,关于文学美术,研究精审,颇多创解。""Symonds 与 Pater 同精于文艺复兴期之研究,著有《意大利文艺复兴论》。Symonds 于评论文学美术外,兼及于政治宗教之方面。"跨境论述纵横开阖,游刃有余。[1]　这种不拘一界的对于"美"的综合性体悟、思路与理念,便如同李叔同撰写的《白阳》杂志的诞生词:"技进于道,文以立言。悟灵感物,含思倾妍。水流无影,华落如烟……"

之后一师的毕业生,李叔同的亲传弟子丰子恺、刘质平、吴梦非,创办了中国第一份专门的《美育》杂志,便贯彻了《白阳》这种大美育的办刊与编辑思路。杂志中刊载的,除却音乐、绘画的内容之外,还包括了文学、诗词等等。如吴梦非作的《李叔同先生小传》,所编辑的《弘一上人诗词集》;夏丏尊作的《近代文学概说》;胡怀深作的《中国文学溯源》《诗学研究》《写景文》《中国诗乐变迁小史》;杨介夫翻译的《大戏曲家莎士比亚小传》;张志彭翻译的《十六世纪时代的英国剧》,等等。欧阳予倩也担任了杂志的文艺编辑主任,在《美育》上发表了《民主的文艺与贵族的文艺》《甚么是社会剧》等文章。

不将美育的教授、涉猎领域狭隘地拘束于音乐、图画一域,美育的最终目的终究是摆脱形式技艺的外在,立人于精神魂核。在致晦庐的信中,李叔同写道:"世典亦云:'士先器识而后文艺',况乎出家离俗之侣! 朽人昔

---

[1]　李叔同:《近世欧洲文学之概观》,《李叔同全集》第六卷,第 139—141 页。

尝诫人云：'应使文艺以人传，不可人以文艺传'，即此意也。"[1] 对此立论，其弟子丰子恺作如是阐发："'首重人格修养，次重文艺学习'，更具体地说，'要做一个好文艺家，必先做一个好人。'李先生平日致力于演剧、绘画、音乐、文学等文艺修养，同时更致力于'器识'修养。他认为一个文艺家倘没有'器识'，无论技术何等精通熟练，亦不足道，所以他常诫人'应使文艺以人传，不可人以文艺传'。"[2]

浙一师的美育大师李叔同是"美"的。关于其美，叶圣陶有记载。与他相处时，"晴秋的午前的时光在恬然的静默中经过，觉得有难言的美。""靠窗的左角，正是光线最亮的地方，站着那位弘一法师，带笑的容颜，细小的眼眸子放出晶莹的光。"[3] 事实上，李叔同身上绽出的这种光芒何其熟悉，令我们想起丰子恺对于李叔同授课时的描述："钢琴衣解开着，琴盖开着，谱表摆着，琴头上又放着一只时表，闪闪的金光直射到我们的眼中。"[4]

美育大师李叔同之"美"，绝非叶圣陶与丰子恺的盲信。李叔同何以"美"，丰子恺解释得真灼："我崇仰弘一法师，为了他是'十分像人的一个人'。凡做人，在当初，其本心未始不想做一个十分像'人'的人；但到后来，为环境，习惯，物欲，妄念等所囹碍，往往不能做得十分像'人'。其中九分像'人'，八分像'人'的，在这世间已很伟大……在最近的社会里也已经是难得的'上流人'了。像弘一法师那样十分像'人'的人，古往今来，实在少

1　参见林子青编：《弘一大师年谱》，宗教文化出版社1995年版，第205页。
2　丰子恺：《先器识而后文艺——李叔同先生的文艺观》，《丰子恺文集》第六卷，浙江文艺出版社1992年版，第535页。
3　叶圣陶：《两法师》，《叶圣陶集》第五卷，江苏教育出版社1988年版，第292页。
4　丰子恺：《为青年说弘一法师》，《丰子恺文集》第六卷，第144页。

有。所以使我十分崇仰。"[1]学生对他教育的信服,在于他的身体力行。李叔同"在杭州师范的宿舍里的案头,常常放着一册《人谱》,书中列举古来许多贤人的嘉言懿行,这书的封面上,李先生亲手写着'身体力行'四个字,每个字旁加一个红圈,我每次到他房间里去,总看见案头的一角放着这册书"。[2]

以人格、身体力行来贯彻美育的李叔同老师是令人折服崇仰的,这样的美育是能真正改变人的。丰子恺在遇到李叔同之前,并不明确自己未来的路径,困惑迷惘着。"三年级以后,课程渐渐注重教育与教授法。这些是我所不愿学习的。当时我正梦想将来或从我所钦佩的博学的国文先生而研究古文,或进理科大学而研究理化,或入教会学校而研究外国文。教育与教授法等,我认为是阻碍我前途的进步的。但我终于受着这学校的支配,我自恨不能生翅而奋飞。"[3]

而当李叔同对其绘画的进步表示肯定的时候,少年丰子恺做出了一生中极为重要的决定。"当晚这几句话,便确定了我的一生。可惜我不记得年月日时,又不相信算命。如果记得,而又迷信算命先生的话,算起命来,这一晚一定是我一生中一个重要关口。因为从这晚起,我打定主意,专门学画,把一生奉献给艺术,直到现在没有变志。"[4]

丰子恺是一师美育立人教育下的一个典型例证,却绝非特例。又如另一位一师的毕业生,曾任浙江美院院长的大师潘天寿"一生的淡泊,寡欲,

---

1   丰子恺:《〈弘一大师全集〉序》,《丰子恺文集》第六卷,第 240 页。
2   丰子恺:《先器识而后文艺——李叔同先生的文艺观》,《丰子恺文集》第六卷,第 534 页。
3   丰子恺:《旧话》,《丰子恺文集》第五卷,第 182 页。
4   丰子恺:《为青年说弘一法师》,《丰子恺文集》第六卷,第 149 页。

宁静,超脱,洁身自好。固然是出于先天的本性,但更重要的是出于后天的颖悟。他从这些可尊敬的师长身上,尤其是从李叔同身上,解悟了世俗虚荣的浅薄,精神寄托的久远。"[1]

丰子恺为人之"立",不在于被人"画成"慈眉善目的老爷爷。这泰半是缘于他的几笔儿童画,以及与佛教的一些渊源才被想当然耳地简化甚而脸谱化的类归。丰子恺的儿童画里,寥寥无"忽闪忽闪大眼睛"一类的贩卖之处。他的"童心",本质是想借"天真"隔绝大人庸常身份的狷介。事实上,即便年事渐增,那把标志性的长须花白,亦不会增些低眉顺首。老人有张照片,姑且称之"帽顶顶猫图",只见一向性情自肆乖张的猫儿却甚是在意丰子恺的行措,小心翼翼,大气都不敢出。倒是与猫儿同留胡须的丰子恺依然酷我,蹙眉横向。

丰子恺特特写一篇散文《鹅》[2],可以与前述他对李叔同师崇信理由的那篇"十分像人的一个人"论参照起来读,见其为自己设立的"真人"标准。首先是鹅的外形,"好一个高傲的动物!""凡动物,头是最主要部分。这部分的形状,最能表明动物的性格。例如狮子、老虎,头都是大的,表示其力强;麒麟、骆驼,头都是高的,表示其高超;狼、狐、狗等,头都是尖的,表示其刁奸猥鄙;猪猡、乌龟等,头都是缩的,表示其冥顽愚蠢。鹅的头在比例上比骆驼更高,与麒麟相似,正是高超的性格的表示。"而其举止形态,亦不与鸭狗类辈相似。"狗的狂吠,是专对生客或宵小用的,见了主人,狗会摇头摆尾,呜呜地乞怜。鹅则对无论何人,都是厉声呵斥,要求饲食时的叫声,

1　潘公凯:《潘天寿评传》,商务印书馆香港分馆1986年版,第12页。
2　丰子恺:《沙坪小屋的鹅》,《丰子恺文集》第六卷,第161页。

也好像大爷嫌饭迟而怒骂小使一样。”“鹅的步态，更是傲慢了……鸭的步调急速，有局促不安之相。鹅的步调从容，大模大样的，颇像平剧（京剧）里的净角出场。”耐人寻味的是，丰子恺并非不知这骄傲不屈的生物的软肋，特意指出，最容易捉住的无过于鹅：“我们一伸手，就可一把抓住它的项颈，而任意处置它。”而即便如此，丰子恺也独爱鹅之傲然冷执。因为“一切众生，本是同根，凡属血气，皆有共感”。寓人之立意于此禽鸟，可见丰子恺之志。

　　同理，丰子恺对儿童之爱也是如此。印证前述人生之初的“真人”之说。他本人并非是童心，却是想借儿童的赤子状态来警示世人长大之后的离“人”之远。“我企慕这种孩子们的生活的天真，艳羡这种孩子们的世界的广大。或者有人笑我故意向未练的孩子们的空想界中找求荒唐的乌托邦，以为逃避现实之所，但我也可笑他们的屈服于现实，忘却人类的本性。”[1]《向孩子们学习》一画便非常直白地指出，任楼下两家家长争吵，楼上两个孩子却是你好我好。又如《阿宝两只脚凳子四只脚》中孩子给凳子穿鞋的一派天真，一视同仁。丰子恺的这种超越“世俗理性”的审美观照与思考，灌注于其绘画与散文作品之中。所以即便不是儿童画，亦带有这样的特征，将自己隔离开来从容构图观人间世。比如《爸爸还不来》中，出离自己的父亲、丈夫的身份观照妻子携儿女在巷口的等待，倏忽间通彻万千人家的聚合离散，“化身为二人。其一人做了这社会里的一分子，体验着现实生活的辛味，另一人远远地站出来，从旁观察这些状态，看到了可惊可喜

---

[1]　丰子恺：《谈自己的画》，《丰子恺文集》第五卷，第468页。

可悲可哂的种种世间相"。[1] 从而贯彻了自己的人生态度与思考,也形成了自己的个人风格与艺术蕴藉。

除却为人、作文、绘画之外,丰子恺亦传承了李叔同美育教育的魂核:"我教艺术科,主张不求直接效果,而注重间接效果。不求学生能作直接有用之画,但求涵养其爱美之心。能用作画的一般的心理来处理生活,对付人生,则生活美化,人世和平。此为艺术的最大效用。"[2]

丰子恺毕业之后,与一师同门吴梦非、刘质平一道,于1919年创办了中国第一所专门培养艺术师资的上海专科师范学校(后扩展为上海艺术大学)。同年,三人与姜丹书等共同成立了中国第一个美育学术团体——中华美育会。

而中国第一份美育刊物——《美育》杂志便是该会所编写出版的。《美育》杂志创刊号开篇的《本志宣言》,便可见其宗旨:

> 现在中华民国的气象,比较"五四"运动以前,觉得有点儿生色了。一辈已经觉悟的同胞,今天在这儿倡"新文化运动",明天在那儿倡"新文化运动",究竟这个运动是不是少数人能够做得到吗?我想起来必定要多数人合拢来,像古人说的"铜山西崩洛钟东应",去共同研究发挥,才能获得美满的结果。
>
> 我们美育界的同志,为了这个缘故,所以想趁着新潮流,尽力来发展我们的事业,你道我们的事业是什么呢?就是"艺术教育

1　丰子恺:《谈自己的画》,《丰子恺文集》第五卷,第470页。
2　丰子恺:《教师日记》,教育科学出版社2008年版,第41页。

运动",这个运动的基础就在"学校教育"和"社会教育"的里面。

我国人最缺乏的就是"美的思想",所以对于"艺术"的观念,也非常的薄弱。现在因为新文化运动的呼声,一天高似一天,所以这个"艺术"问题,亦慢慢儿有人来研究他,并且也有人来解决他了。我们美育界的同志,就想趁这个时机,用"艺术教育"来建设一个"新人生观",并且想救济一般烦闷的青年,改革主智的教育,还要希望用美来代替神秘主义的宗教。[1]

该会有鉴于彼时中国"艺术教育尚在幼稚期"这一现实,勉力通过讲学、研讨等活动,提升中小学艺术师资的教学水平。不难发现,这一宗旨亦传承了浙江一师美育改变世道人心的初心,表明美育与"新文化运动"的同声共气,欲沉潜到学校教育及社会教育中,以美来建设"人"。

四 理想主义的文本:抒情审美与现实实践

浙江一师的师生,对于现代教育,以及现代教育达成社会的进步有着虔诚的信赖。他们秉持着理想主义的审美愿景,激扬文字,砥砺前行,以天真、热忱来完成认知营构、文学创作、生活美化乃至政治实践。

王德威认为,晚清、"五四"语境下的"抒情",含义丰富深远,其"不仅

---

1 《本志宣言》,《美育》1920 年第 1 期。

标示一种文类风格而已,更指向一组政教论述、知识方法、感官符号、生存情境的编码形式"。未必就一定得局限于诗歌文类里,也可以扩展为一种叙事以及话语言说模式。除此,"也可以把抒情当作是一种审美的视景或者愿景——在现实人生之外,我们借用不同的艺术创作媒介,所投射的对于个人乃至群体的审美的观感,以及实现这样的一种审美观感的心志及行为。再扩而广之,我们也可以把抒情当作是一种生活的模式,一种实践日常生活的方法或姿态","乃至于最重要也最具有争议性的,一种政治想象或政治对话的可能"。[1] 据此,或可将浙江一师师生这一理想主义的认知营构、文学创作、生活美化、政治实践,视为生动的抒情审美的创作与现实实践文本来读解。

首先,考察一下俞平伯、朱自清、叶圣陶这三位年轻的一师教师的小说创作。有意思的是,俞平伯与朱自清这两位大家并不以小说显。两人一生所创作并发表的小说不过三四篇,却差不多都集中在一师从教或相近时期,恰好是1919年前后。比如朱自清的《新年底故事》,就首发在1921年1月1日浙江省立第一师范《十日刊》新年号上。而俞平伯刊载在《新潮》上的三篇小说,则发表于1919年和1920年。这三位当时或者其后的至交,是新文化运动的践行者,一生与教育事业不可分割。尤其是叶圣陶,他是一师师生中为数不多的小说家,然而其小说创作却恰好显示了我们要探讨的这种理想的抒情主义。

鲁迅将俞平伯的《花匠》选入《〈中国新文学大系〉:小说二集》,称小说"以为人们应该屏绝矫揉造作,任其自然",认为与俞平伯一道的"新潮"

1　王德威:《抒情传统与中国现代性》,三联书店2010年版,第5、71、72页。

作者们写小说虽然"技术是幼稚的,往往留存着旧小说上的写法和语调;而且平铺直叙,一泻无余;或者过于巧合,在一刹时中,在一个人上,会聚集了一切难堪的不幸",但是,却"有一种共同前进的趋向","没有一个以为小说是脱俗的文学,除了为艺术之外,一无所为的。他们每作一篇,都是'有所为'而发,是在用改革社会的器械"。[1] 此评价言之确凿,亦同样适用于背负责任站上讲台的朱自清与叶圣陶。

俞平伯的三篇短篇小说《花匠》《炉景》《狗的褒章》皆以女性为主体,对这三个场景断片出离旁观,哀其不幸。作者虽然出身江南名门大族,在其一师学生的记忆里俨若浊世王孙公子[2],三篇小说却篇篇掷地有声的"有所为"。同样的,朱自清《笑的历史》亦是哀愁的扼腕;叶圣陶在同时期较为知名的《这也是一个人》,则更是一番人性的控诉了。

有意思的是,我们发现这几位年轻作家在对角色进行旁观描摹时,能相对较为冷静地"控";而当小说主体较为接近自我时,却往往不由自主地陷落于"诉"的抒情感伤之中。比如朱自清的《别》,基本就是脱胎自个人的亲身经历,教书为生的主人公迫于生计,无法与妻子、孩子久聚,不得不生生分离。这种真实的个人情绪的裹挟,使得朱自清也自省:"《别》的用字造句,那样扭扭捏捏的,像半身不遂的病人,读着真怪不好受的。我觉得小说非常地难写;不用说长篇,就是短篇,那种经济的,严密的结构,我一辈子也写不出来。"这其实并非他不能写小说的主因,而是在于他会过于自陷于亲历的现实之中。这种情绪的纠结,才使得他"不知道怎样处置我的材料,

---

1   鲁迅:《〈中国新文学大系〉小说二集序》,《鲁迅全集》第六卷,第 239 页。
2   曹聚仁:《忆俞平伯师》,《听涛室人物谭》,第 282 页。

使它们各得其所"。[1]　识者认为,叶绍钧的早期作品中同样充满着"自我关注和感伤情调"。之后虽然努力消除这些因素,或者说求得现实主义的"成熟",但是由于这种抒情性的早期美学特征,他也付出了相当大的代价。而在他较为公认的成熟之作中,仍然以其"虚构性自我"——倪焕之展现了他的理想主义色彩的教育理念:"强调应该'知行合一,修养和生活合一',他还认为社会的进步实际上依靠的是学校中'健全的个人'的培养。"[2]

除却抒情审美之中遭遇现实的自我陷落,这几位年轻师长亦多少抵不过时间的惘惘。"对抒情的期盼不同,结论有别,却都是在时间'惘惘的威胁'下,有感而发。这惘惘的威胁可谓古已有之,于今为烈。在'现代'的语境里,我们对历史,对时间的焦虑和期望、抗拒和想象,成为切身的日常的考验。"[3]

俞平伯的《花匠》《炉景》《狗的褒章》,分别写了少女、中年女性、老年女性的一瞬,却恍如是同一人,转瞬已老,然人世依然。虽然俞平伯单篇的基调较为冲淡,但将其贯穿来看,却是刹那悚然。

而朱自清则在单篇中已经浓墨点出时间的关键:《新年底故事》的"新年";《别》中接站的不至,到不期而至,到不得不别;《笑的历史》更是直指"历史"。

叶圣陶《这也是一个人》恰似俞平伯《花匠》《炉景》《狗的褒章》三篇尽于一篇。这篇小说在收入作者子集时曾易名为《一生》,也很能说明问题。即便质问"这也是一个人?"却也是无数"一个人"的"一生"!《苦菜》耕耘

1　朱自清:《朱自清全集》第一卷,江苏教育出版社1988年版,第33页。

2　安敏成:《现实主义的限制》,江苏人民出版社2011年版,第42、83、92页。

3　王德威:《抒情传统与中国现代性》,第17页。

空地期待收获,时间在远景中似乎充满了希望的价值。然而,种菜帮工的现实插入却令此获得了相对的真实呈现:"我夜夜做梦,梦见我不种田了。真有这一天,我才乐呢。"这种赋予时间远景的期待,本质上是虚妄的。转换别的向度便能轻易地令其显露真相。"那些夸远而僭越的忧虑便在我心里风轮似地环转"[1],抵挡不住的时间、现实、理想的幻灭。故而抒情不外于历史,在现代语境中,更不外于当下,而这种抒情表征则特别容易出现在对于变革、对于未来有着急切焦虑与渴望的青年身上。

时间与现实对理想与抒情的摧枯拉朽,如同幽灵一样隐伏在年轻师长们的抒情文本之中。而就读时的学生在一师理想主义氛围以及师长们的刻意保护下,离阴霾相对较远。"五四新文学虽然以打倒旧文学为职志,但对抒情传统其实频频回顾,而且屡有创见。正因为'现代'意识的介入,这一辈的文人更有勇气解散过去一以贯之的传承法统,将不同时期、学派、风格的抒情论述或实践罗列在同一时空坐标中比对品评。"[2]而浙江一师学生的抒情白话诗正是作为新文学创作的前沿破空而出,被推到幕布之前的。其中,湖畔诗社成员汪静之应该是最亮的新星。

汪静之本身的单纯清浅,浑然便是啼出第一声的抒情材料。汪静之出身于徽商传统之地,不愿做生意。他六岁受旧学启蒙,在私塾与家塾里读过些《千家诗》《唐诗三百首》,自己也会作些旧体诗。对万般下品、出世隐逸之类的人生价值观,怀着懵懂的浪漫主义幻想。他认为做生意的是俗人,只有念书作诗才是清高之举。而父母却不理会他的理想,"很有远见"

1　叶圣陶:《苦菜》,《叶圣陶集》第一卷,江苏教育出版社1987年版,第153页。

2　王德威:《抒情传统与中国现代性》,第35页。

地如是瞻嘱：读书做个穷秀才，开蒙馆在乡下教几个小孩子，是最糟糕的前途，总还是做生意生活会好些。于是，汪静之先是经过一年不大称职、吊儿郎当的学徒生活；之后又去了屯溪的安徽省第一茶务讲习所学习。家人考虑，与其读无用的古书，不如学习些实务，可能还有些前途。从该校毕业的胡浩川、方翰周等，赴日学习，归国后都成为可堪一表的专业人才。汪静之在校时最好的朋友，便是后来成为中国茶叶总公司总技师的胡浩川。然而，心底里作诗著文成达人的价值观烙印甚深的汪静之还是执意另择他途。他仅凭一篇表观尚佳的作文而被浙一师录取。此后不久便顺遂所愿，借时代之风潮站定"湖畔"，扬名全国。

汪静之的诗，大都是以本事纪传。比如少年时爱上早夭的未婚妻的姑母曹诚英，便以诗传情。待曹诚英结婚，仍继续不依不饶地写情诗表达委屈与苦闷，称："爹妈替我们议婚，／据瞎算命的说，／又是八字不合，／又是生肖不合，／于是我们失望了：／我的爹妈替我许了我不爱的伊，／你的爹妈替你许了你不爱的他。／现在我孤旅在西湖，／归家会见你，／不能与你亲热了；／要讲些做作的礼节，／不能像从前那样不避嫌疑了。／回想起来，／多么悲伤呀！"

汪静之虽然称旧诗词对其产生了深刻影响，但其修为实质较为浅稚："闷极骑骡城外游，／蓼红芦白满天秋。／无人能识心中恨，／唯有湖山解我愁。"（《出游》）不在意措辞，更未能跳脱出袭用套仿所带来整个诗境、旨趣的惯常窠臼。不过正因为汪静之从古诗词中所得有限，反以这样的天足之势恰逢其时。

新诗，是新的话语方式，最佳处当然是用来表达新的思维方式与智慧。但如果仅以其新鲜配以洁净透明的底色，两厢里结合便成就了斯时的汪静之。充沛的无知无畏,随意拈来断绪残片以未被习用的方式任意组合,反倒显出而今看来具有语言天赋的闪光来。比如胡适之在《蕙的风》序中称道"稚气里独有的新鲜风味"的《月夜》末章:

> 我那次关不住了,
> 就写封爱的结晶的信给伊。
> 但我不敢寄出,
> 怕被别人看见了;
> 不过由我底左眼寄给右眼看,
> 这右眼就是代替伊了。

　　情书是一样的情书,"代替"一下便焕然一新。便是要这样的无知无畏才好,这样的不知天高地厚让他的新诗诗才"关不住"。他的成功正是由于这样的一帆风顺、肆无忌惮,就连写诗成名的经历也是相当的迎刃直上,误打误撞。汪静之写信附诗受到胡适、鲁迅、周作人这三大家的热情鼓励与悉心指教;投稿至《新潮》《晨报》《小说月报》《诗》等刊,每投即登。也发在一师周遭的刊物,钟爱新文学的同学朋友才得以认识汪静之。大家才聚集在一起,在潘漠华倡议下发起组织了晨光社,请当时一师的三位老师:朱自清、叶圣陶、刘延陵担任顾问。

　　叶圣陶到一师任教,汪静之递上一册诗稿请他指教,他在归还时说,你写得这样多,可以出一册诗集了。于是把诗稿寄给了亚东,就有了《蕙的风》。朱自清是汪静之的国文老师,汪静之请他作一篇序,刘延陵听说了,便主动要求给《蕙的风》写序。

《蕙的风》的扉页上，有汪静之女友"放声的唱呵"的题辞，内容、表达一样是磅礴无忌惮的情感流溢，在斯时自然会备受质疑。《蕙的风》出版后，曾引发过一场声势浩大的上升至诗作道德与不道德层面的论争。而卫道者愈是贬抑，就愈发激起由上述诸位文坛巨星打前阵的维护与褒扬。恰因争议反倒成就造星之势，令汪静之名动天下。

破旧立新，本身便带有政治实践性。汪静之诗歌的被肯定，除却文学意味的审美之外，更是含有理想主义的主体革命。正是这种变革获得了群体性的精神力量支持，以及万千个体对个人、主体获得自由的憧憬与认同。"这是'五四'前后，许许多多的文化人以及知识人，希望借着革命重新树立审美主体的前提。"[1]

汪静之的诗自成于某种纯稚的少年喜感，若干年后，他的回忆文字还是那样满满的在于自己说的，仍旧是《蕙的风》诗人式的自说自话，洋溢着不作为任何复制存在的存在感。一师的同学回忆说，有一回，他买了一本夏丏尊译厨川白村的《近代恋爱观》回来，汪静之刚好过来，翻了一翻说："这书看他做甚？"同学以为他一定是读过了这本书，就问："这书为什么不值得看？"汪静之说自己并没有读过，但在看了第一页节引圣勃朗宁的《废墟的恋爱》之后，又说："好极了！"同学不无揶揄地笑起来，对汪静之说："他是比你更伟大的诗人呢！"汪静之听了，并不生气。这段插曲，可谓是汪静之抒情文本的某种注解。他曾如是以诗言志：

假如我是个诗的人，

1　王德威：《抒情传统与中国现代性》，第 135 页。

一个"诗"做成的人，

那么我愿意踏遍世界，

经我踏遍的都变成诗了。

《诗的人》

　　如果说，汪静之堪称"诗的人"，那么前述他的同学曹聚仁，恰是另一个值得解读的抒情主义文本。与汪静之的自始至终葆有天真理想的抒情不同，曹聚仁的理想诗情却是经历了被抛掷而下的落差，然后又在重挫、离乱的现实中被磨砺，在时代风云之中起伏调和。

　　就读一师，曹聚仁说："这件事，对于我的一生，关系实在太大。"综其一生，女儿曹雷概述为："执过教鞭、当过记者、办过报纸……对国学也有研究。"[1]其身心的漂泊无定与立场的彷徨，使得定论难以遽然而下；至于被称为"谜样的人物"，泰半由其人与两岸两党间的错综复杂关系而起。然则，这多向谜面织就的端倪，或皆可向这与一师"关系实在太大"的理想主义根柢里探寻，往其内心的政治家式豪情与思想家式纠结中辨析，细考与其诸种身份相关涉的深切蕴藉。

　　若干年后，"后四金刚"之一的刘延陵应邀写一师回忆，早就不幸患上脑疾的他，记忆大多模糊了，而最为鲜明的竟是对学生曹聚仁的印象。那时他初来一师，一日晚饭后与一位顾姓同事散步，不期遇到两个学生："短小的一位大约十八九岁，却从他的蓝灰色制服胸前的袋里掏出一张白色名片来，捧着呈给我看。在它的中央，纵列着宋体的'曹聚仁'三个字；它的右

1　曹雷：《曹聚仁作品系列·总序》，三联书店 2007 年版。

边是一片空白；它的左下角上也没有照例列出他的籍贯，却印着双行纵列的四个较小的仿宋体字'世界平民'。我不觉立刻露出欣赏性的笑容来，并且递给顾先生看，他也不禁微笑着赞美曹君的开明与创新精神。"此后刘延陵与同事谈及曹聚仁，便称"世界平民"，这个"著作很丰富的，毕业时已博览群书的，在教育界、新闻界很活跃的，一师毕业生中的英才"。[1] 足见这位少年"英才"的理想与志向。而文学、新闻、教育这些单一的领域，并不是他想要实现"世界大同"的舞台。

曹聚仁自称一生写了不下四千万字，往还的一干师友也多半是文人，却素不喜以文人自居。不愿混为一谈或羞于为伍的个把宿因，还是在于这"呱呱其谈"群体的地位之飘零、力量之单薄以及无法独善其行。在其眼中，文人倘若自我飘摇倒也罢了，投机依附则更不堪。入幕张道藩的同班同学王平陵是中华全国文艺界抗敌协会的"老管家"，曹聚仁在《悼王平陵》中讥刺说：有人建议改绍兴为鲁迅县自然未获通过，改绩溪为胡适县的提议也没有通过，倒是江苏溧阳却有了一条平陵路。不过以史人自命的曹聚仁却没有想到，时至今日，浙江兰溪市也已有条聚仁路，还有一所聚仁学校。

现代文人与报刊、出版的关系自然是千丝万缕。曹聚仁除主办《涛声》《芒种》，与陈望道等合办《太白》，主持《正气日报》，任职《新疆日报》《前线日报》外，1950年赴港后主要是依靠办报、写稿谋生。而曹聚仁本人更是抗战时期中央社战地特派员，以首报台儿庄大捷与首次向海外报道皖南事变内幕而蜚声业内。战后他开始在大学里教授新闻学专业课程。若以著

1　葛乃福编：《刘延陵诗文集》，第121页。

述四千万字计,平均每天成文三千字,依托于这背后的脉络,散见于报纸、刊物以及通讯专栏。

"报人"履历始于在一师求学时的"勤工俭学"。他帮《之江日报》写点新闻稿子,这新闻业生涯之始虽以赚外快为初衷,却也开展得有声有色。而与"五四"密切相关的那场"一师风潮"里,曹聚仁写的通报电讯被《申报》《新闻报》《民国日报》作为重要新闻刊出。而继刊登施存统《非孝》,由查猛济、夏衍等合作编刊的《浙江新潮》被查禁后,曹聚仁开始主办《钱江评论》,承袭狂飙突进的潮流。投身报刊新闻,恰是其从文论史的一种方式,以此证明自己能力的一种速效方法。曹聚仁一师学生代表出身,对自己的能力颇为自恃。媒体新闻的操作,需要对于大局的衡持以及细微处的敏感变化,这种适时适地而命的八面玲珑,曹聚仁于其间确能张弛有度。自然,他也特为"报章文学"作文正其名目,论及除却实用时效之专,何不是新文学发展的重要一支?但是这于他也只是一种才能的不完整过渡,一种未完成时态显现。

文学、历史、新闻间的剪不断理还乱,在曹聚仁这里,也是现实与其表达的渊源关系。他说自己练就一身能够在多家媒体对同一事件的纷繁报道中寻到真相的本事。他用春秋笔法引出媒体之"不可信":话说有一老农抗战期间天天候着报纸来,一边看却一边摇头叹道不可信。老者谓媒体从业者知情却不报,曹聚仁却另点一层透:首先,即便是在事件近处的记者,他自以为得的真相却或许是鳞爪,抑或是骨架,又或是血肉满满不见魂核。至关重要的是,这文史千古里受种种主客内外的偏移毋庸置疑且无可厚非,新闻怎可能透析不沾纤毫?真实需要拆解开种种的遮蔽与束缚,吐纳间融汇通达,完成自我编译,那么新闻媒体业的操作即是一种技术表达。

父亲"修齐治平"的训诫，虽然之后遭到了少年曹聚仁求学应"格物致知"的揶揄，而"得道行其志"却是烙透所谓新旧之隔膜，留在了深处。以少年青涩便挥斥"五四"风云，有如梦幻般甜蜜；毕业醒转时"五四"风散云淡，而曹聚仁两手空空，无所依傍。荒废学业的代价除了本来的振臂突然空乏，还有投考高等学校的落榜。在跌落的虚妄里自顾前程，不禁大哭一场。即便如此，他心里还有最后一个光明的去处——全国学生联合会，但得知学联会会所已被关停后，只得去川沙教小学谋生。做过学生代表的他到底意难平，一年后便毫无留恋地回上海，边做家庭教师边潜心念书作文，一晃三年，是沉潜的蓄积，是因着不甘的再次自我确认。

同学少年都不贱，一时多少豪杰，况且是他曹聚仁。最不济的抱负也是要功底深厚地做个治史鉴世的学问家。而弄潮于"五四"，自负如他，自认有匡时济世之才，即便真治学为业，也是不甘。这亦是何以他在暨南大学备办杂事庶务、做报人的一揽子全能，孜孜以求，倾心而为的缘故。

"五四"运动时站在如此前沿的青年代表，以他之见闻给予"五四"这样的拆穿：杭州学生联合会就是新市场的头等建筑——小洋楼一所；全国学联代表往来沪杭气派豪奢，宿为新新饭店，食则聚丰园，交通用包车解决……然而，这里并非是对"政治"的真正厌倦，两年"政治"生涯的暂时终结还是要闻听得全国学联会关停才作罢。他所勘破的，是一些政客的把戏。在他眼中，那些不过是钻营作态的低劣政客，自己的旨趣与他们何曾真正相同！只是那些"代表"（罗家伦、傅斯年、方豪、潘公展、程天放、狄侃）却借此资本爬了上去，而他曹聚仁却飘萍蹀躞，无处可投。

缺乏背景而欲搅搅江海，自然乏力困难。这继发出对自己人生路径的另外一番思考与行动——独善、经营自身之外，再谋资本。曹聚仁让儿女诵读体味《儒林外史》，甚至反复誊抄关于季遐年、王太、盖宽、荆元的部分，谓这四人虽是读书人，却都以一技谋其职，自食其力。"脱下长衫，莫做文人"，哪怕卑贱地讨生活也胜过做软弱无能的文人，这便算是他的家训。这"入世"的虚无带有拆解迎面打击的权宜，也透露着自己的无可奈何，他又何曾真正甘于抱关击柝？柳敬亭之符合他的理想境界是既旷世风雅，又大大不必为一般生计忧，而关键是更要有家国之怀。"隐士"之意，是求出远胜于隐，"独善其身，乃是不得已而处之"。

如果说"一师后"给热血少年兜头泼上冷水的话，那么抗战烽火又点燃了他心中从未寂灭的星火。虽说处于危难之际，但他的兴奋雀跃无法掩饰。他不用避讳踏入他自己设定的政客间的泛泛争夺，因为抗战是结结实实的保家卫国，天赋正义。他何曾真正甘于教书写文办报或是"写史"，此番他纵然是"记者"，却赫然是"战地特派员"。

赣南入幕时也称明白蒋经国的"新政"无非是经营政治资本，但是其举动毕竟产生了积极的效果。既然"政治"说到底无非如此，那么动机可以稍加忽略。曹聚仁亦以自己为蒋经国之解人的宾主之谊而自豪，只是说后来自己又慢慢地"触到政治斗争的核心"，才又索然。而若干年后的"悔"往事，只是悔未尽"士大夫"的"良责"，对于"入幕"为"参议"，忆峥嵘壮年，则何悔有之？

曹聚仁身上至关重要的特质便是自我执信，令伤口也愈合得快些。五十年代独自赴港后，又屡次转身回来成为中共的"座上宾"。"多少人在那儿谈鲁迅，可是真正了解鲁迅的人实在太少了"；蒋经国之神秘亦然如此。

以曹聚仁之自负，为此二人作评传，作得好评传，知其人而又说得出，作得客观公允且传神，传主由神至人，又舍他其谁。

　　而另一面，他之所以为鲁迅、蒋经国作传，何尝不是托为知己的自况！这处于各自巅峰的二人，恰恰一个是"文人"，一个是"政治家"。即便要说这是巧合，道出的多少都是深意。除却这二人的"顶端"，认同感更是他书写的动力。人人都不完美固然是自标很高的曹眼看众生的基准，但这里的不完美却流露出亲近，竟而略带狎昵。"中国的哈姆莱特"，如此感性的描摹里很难不看出"毒舌"曹聚仁对蒋氏的感情来；而专门写信对鲁迅解释《海燕》相关事宜，也是因为在意。

　　至于与一师校友丰子恺交恶的根结，缘于斯时的曹聚仁尊崇的是此时此地的"现实主义"，崇拜那些被命运掌握的同时也掌握着命运的人物。文化与文学对他或许是好的，事实上亦是他不能分割的一部分。在插着翅膀的梦幻少年时代，曹聚仁也会被李叔同的极少言语、只一意贯行所感，但是逼蹙的现实与时间令他开始梦寐执信背后的那个力量。

　　夏衍回忆，周恩来对他说，曹聚仁终究是一个书生，把政治问题看得太简单，将来是会碰壁的。[1] 这番洞见信然。殊不知曹聚仁已经折壁曲行多次。周恩来说曹聚仁想去台湾说服蒋经国"易帜"，这不是自视过高了吗？

　　文人的理想天真，裹挟着执信。是理想天真导致执信，还是执信在别人看来显得天真？事实上，其文有时失之偏颇，但主观言说却又正是曹聚仁记叙性杂文之长。放眼天下，几人眼中；便在眼中，得失亦判然。喜恶强

[1]　夏衍：《懒寻旧梦录》，三联书店 1985 年版，第 363 页。

烈,少些仰视俯瞰,不只是他所站的特殊位置,而是他心眼里自己位置的不一般。

而曹聚仁正是以他的自我执信,实现了虚无里毋须突围的自足。他主办的《涛声》,宣扬"乌鸦"主义,不唱赞歌、质疑一切。在他周遭始终的虚空里,无有实体的唯一存在便是自我。那么,在与"疑"一切的虚无纠结中,自我执信是唯一的自我确定救赎。"疑"于他而言是一种终极两端的渐变,曹聚仁的怀疑纠结于疑他与自疑,但如果无有回守自身,那么无从抵抗,将堕入虚空于无地。这便是其谓己"新现实主义"的哲学,乱世哲学,在动乱的时代中,体会得到的社会与人生。怀疑却无有立,所以只得一直不回头地往前,却不是万卷书、万里路之类的考证。

曹聚仁晚来极推崇日本自由主义政治家鹤见佑辅的杂文,不过反复强调不清楚鹤见的政治观。他将自己晚近最得意的文章辑起来,用了与鹤见一样的书名——《山水·思想·人物》。鹤见文字里文人轻政治家,政治家轻文人,曹聚仁深以返还的两难为然。周作人称许曹著《鲁迅评传》里文艺观、政治观的部分,是缘于曹聚仁自身纠结之深乃有所得。曹聚仁之着墨鲁迅的"看法",文艺与革命时时的冲突中,"倒有不安于现状的同一"。而有意思的是,鹤见的《山水·思想·人物》却正是鲁迅的译著,"他的社会观,感动了鲁迅先生,也吸引了我"。

曹聚仁说这本集子是为自己作的文章,无所惭愧,心安理得。看了一路山水,接触了一些人物,有一点想法贯穿于其间,自我总结。斑驳里,还是会看到这家那家的影子,未必成大家之言,但足以为己印证一直保持的理想。这里的真诚令人唏嘘,理想主义在挫折语境中经历转向而始终不渝,且山高水长。

五　大美之境界：舍监夏丏尊的人格教育个案探析

夏丏尊自浙一师初创起留校十三载，在教职员更迭相对频繁的浙江一师可谓异数。浙江一师从无到有，与时渐进。和一师共进退的夏丏尊恰与这个知识共同体一起凝成了"无我之境"至"有我之境"的特别风景。

提起一师时，夏丏尊说这个学校有一特别的地方，那便是不轻易更换教职员。事实上，与其他走马流水般迁徙经过一师的现代文人相比，这番描述可能更多的是夫子自道——夏丏尊由两级师范学堂始，前后在此任职长达十三年之久。倘使将他人的一师之旅比作泛舟游湖船桨掠起的涟漪，情致宛然，但荡漾开去起伏渐息，那夏丏尊便稳健泰定，凝成一师一处风景。

南宋宫廷画家马远、夏圭虽只取湖山一簇入画，得"马一角""夏半边"的称呼，然"一角半边"以个人化的意趣成全"西湖十景"之名。便如同贯注个人情志、以细节见长的"一角半边"，连接起注重整体感的"无我之境"与凸显主体兴味的"有我之境"。[1] 教育者夏丏尊始终秉持操守、精绘细作，于启蒙时代完合了人格教育的整体，在风潮鼓荡之时铺垫起个体张扬的写意，他本人便是溶合在一师水墨中的自在风景。

风景自然不会泰然自得，不经一番长时间的历练维护，甚至为之厮斗砍杀，怎得"无"中生出"有"来？

1　李泽厚：《美的历程》，广西师范大学出版社 2000 年版，第306—311 页。

夏丏尊因学费无以为继,不得不从日本辍学回国。受浙江两级师范学堂之聘,于1908年来杭任通译助教,为教育科的日本教员中桐确太郎做翻译。他曾援引同业教师所作的诗句"命苦不如趁早死,家贫无奈做先生",表述"家贫""做先生"的"无奈"。释然的是,他认定无奈有主客观之分,基督上十字架、列宁革命便是发自主观初衷,与其困顿烦闷,不如奋起,虽仅是心机一转,却焕然万千气象。

以精神念力超越过"既来之则安之"的不得已之境,生发出来的努力,便让"立地成佛"的向往也映射出"斗战胜佛"的背光。十三年以及此后更长的"无奈"坚守中,夏丏尊最为昂扬,也是区别于他人、标志于一师不寻常处的,便是他除却教师身份,另有一项专职——舍监。夏丏尊在之后的回忆里自认,最像教师的生活,便是这身为舍监的七八年间。

当时校中教员与职员的职责地位不同,教员便是负责教书,管理学生则是职员的分内事,如饭厅、宿舍里出了乱子,做教员的即便在现场,也可以视若无睹。而职员又有在事务所与在寄宿舍的分别,其中舍监一职,因其卑微而多被学生轻视,狡黠的学生甚至敢戏弄之。前任舍监正是因着忍受不了学生的气,愤而辞职。

是时,夏丏尊恰有一个做教员的朋友,被学生打了一记耳光后抑郁不已,病发而死。虽然夏丏尊与一师奉行人格教育的诸多同仁一样,常常作为教育者反躬自身、省察自心;然而一体两面,他认定此时此刻一味恭谦避退既不可得亦不可为。真正要做教育事业需无畏,或者应不惜拼死。他向校长自荐,去兼任了这个在旁人(亦是自己)眼中屈辱的职位。

舍监之职实非一介书生能轻而驾驭。年龄最大的学生,与夏丏尊相差无几,因为授课识得的又不过十之二三,加之旧舍监又撑不下去刚辞职,学生的气焰正盛。因而新任舍监的夏丏尊最初自然受到了种种挑衅试炼，但他是抱着置之死地之心去应对的，以豁出去的不计较，拼来决不迁就。如学生企图闹事，他便骁勇地去寻那始作俑者；或风潮要发动了，他就逆流而上地宣言："你们试闹吧！我不怕。看你们闹出什么来。"倘是喊"打"了，亦挺拔悍然："我不怕打，你来打吧！"

这怒放在外表的强硬于他，真不是件易事。举一例便可知：杭州五月中的一日，夏丏尊穿夏令时节才着的夏布长衫出门，而不是漂亮朋友们应节换季时的纺绸衫、春纱衫、夹纱衫、熟罗衫[1]，自觉一路上被人大以为怪，尤其是经过绸庄门口时，竟遭到店员的嗤笑，无法释然，于是作文得论：天气热应真正相时而动，嘲笑人者自行赤膊，却不屑贫寒不时髦的夏布长衫打扮，实属可恶鄙浅的行止的一派申论。特特作文强调，可见其心结积郁，证明颜面与眼光是自认知识阶层，亦确属这派心态的夏丏尊不可能无视的。这类于"夏布长衫过街"的情境，夏丏尊又在与叶圣陶合著的《文心》中提及，不过此番是主人公去参加殡丧喜事的一身自由布单袍，夹在衬绒袍子与哔叽夹袍里自惭形秽。弃颜面形象不顾作咆哮状，夏丏尊逆个人心性而为之，乃是顺应着作为教育者的意志。

但与之相较下，他认为如果教育者只是教员而不是教师，一切问题是无法解决的。教育毕竟是英雄的事业，是大丈夫的事业，够得上"师"的人才许着手，仆役工匠等同等地位的什么"员"，是难担负这大任的。要以这大担当令学生自觉。自己俨然以教育界的志士自期，而学生之间却予他以各种各样的绰号。据他所知，先后有"阎罗""鬼王""戆大"数个。

1　夏丏尊：《学说思想与阶级》，《夏丏尊文集》，浙江文艺出版社1983年版，第37页。

这样的"冥顽不灵、无法教化",还有由一师毕业的"巨擘"曹聚仁的口诛笔伐为"佐证"。曹聚仁就是当时夏"阎王"舍监监管下的一个"小鬼"。而曹聚仁在进入浙一师之前曾就读于金华七中,后以"志趣卑下、行为恶劣"的考语被校方开除,直接原因正是数次触犯该校舍监威仪的缘故。所以在曹聚仁的心里,天下的舍监与训育主任,都是令学生头痛的,夏先生自然也不例外,他也是曹聚仁的"死对头"。曹花了一年时间,攒钱买了一部《水浒传》,就在晚自修时间看看,却还被夏没收了去;又有一星期日,曹托了一位远亲写了封信,说是初到杭州,要曹陪着上街,以夏丏尊"凡事讲合理与否,不讲感情"的原则衡量,认为曹聚仁理由不充分,因而不许假。恨极时,曹聚仁说"真想杀了他",自然这是一时气话。除却"阎罗""鬼王""戆大"之外,曹聚仁还另提供了一个夏丏尊适时的外号——"木瓜"。"木瓜"之说,在杭州话里,是骂人头脑呆板不灵,相近的有"木佗",用"瓜"字则更见一种无用的傻相。甚至还有更孩子气的行为:学生特地物色了一个替身来对舍监夏先生出气,刚巧有一个同学长得与夏丏尊非常相似,众人就把所有的怨气都往他身上发泄。而直至后来曹聚仁自己做了中学部主任之际,方知"舍监""训育主任"一类的职务,实在是难以既讨好又称职的。

而事实上,一个如夏丏尊般温和中正的人,欲予学生慈爱的师长,做到这样的昂扬,于他本人可能已算是声色俱厉的极限了。夏丏尊自己念起这一段来,也称是"紧张气氛的回忆",足见其坚了心不惜与潜在的自己为敌的执拗。不过这样的执拗从未因时间世事而被消磨,之后离开自己投注心血几甚的白马湖畔春晖中学,也是由了坚持自认,竟与相交多年的经亨颐校长相悖。

夏丏尊毛遂自荐舍监之初，就打定主意不做一个因为怕学生而跟学生讲感情的"屈辱的"舍监，他原是预备去挨打与拼命的。如是励志图新一连做了七八年，终于什么都很顺手，差不多可以"无为卧治"了。这固然是缘于经过"五四"运动，中学舍监制度与操行评分方式有了很大的改变，夏丏尊律令自己奉行的苛严尽瘁的教育观起了成效；也因着学生已渐次领受了夏丏尊拳拳之心的结果。后来凡学生有什么要求请愿，大家都说："同夏木瓜讲，这才成功。"而夏丏尊听到，只要是请愿合乎情理，他就当作自己的请愿，便去想方设法。[1] 而这"木瓜"的绰号，似也暗地里转变了所指，成了昵称。

不过，"无为"是某种风骨量度，背后总是假作出世之人的放眼向内。"无为"底下的绵密张力，仍充溢剑拔弩张的气势。太平景象仍是拼出来的软硬兼施。

论及杂务细则的身体力行，夏丏尊令人感佩：每晨起铃声一作，他就到宿舍里检视，将未起者一一唤起；晚间自修时，如有人喧闹或干扰他人，便一一制止；熄灯后有学生私点蜡烛，便赶进去将蜡烛没收。除严格按律令执守外，有违规者却不记学生的过，有事不告诉校长，单凭自己的一张嘴与一副神情去直面应对。记得全部的学生的功夫是向教务处取了全体学生的相片来，叠放在桌案上，像认字卡片般不断温习，以期识得所有学生的面貌、名字、年龄、籍贯、学历等等。他亦颇努力于教育学的修养，研读教育的论著、宋元明的理学书类，又自己搜集相关青年研究的著述文章，非星期日不出校门，整个身心埋于舍监与授课之职中。

1　丰子恺：《悼丏师》，《川中晨报·今日文艺》第 11 期，1946 年 5 月 16 日。

　　夏丏尊认为,自己与李叔同两人此时从少年名士气转向道学气,虽以教育自任,一方面又痛感到自己力量的不够。他们所想努力的,还是儒家式的修养,至于宗教方面则是并无关心的,不过执彻到某种境地多少与宗教气息虔诚相近。

　　而夏丏尊与弘一的倾心相交在某种程度上亦多少含有信仰的成分:"我担任舍监职务,兼教修身课,时时感觉对于学生感化力不足。他的力量,全由诚敬中发出,我只好佩服他,不能学他。"[1]至于前述李叔同曾让夏丏尊广而告之,偷窃学生若三日后不来自首,誓以自杀殉舍监职责的那番建议,夏认为这话在一般人看来是过分之辞,而李叔同提出来的时候,却是真心的流露,并无虚伪之意。后来对弘一的言行风采,钦敬到了近似崇拜的地步:描述弘一进食简单的青菜萝卜,说弘一见了菜肴,欣喜得简直"几乎是要变色而作",而他自己在一旁作陪,看得也"几乎要流下欢喜惭愧之泪了!"[2],视作令其抚而长叹不及的艺术化禅意生活。

　　夏丏尊受弘一的影响很深,不过,他更多的是从佛教教义中求得一些对社会问题的解释,中国文人化的禅意态度也正好吻合他感性的一面。仅仅谓其"妈妈的教育",反倒是不见在夏丏尊眼中心中皆证菩提花叶世界,有声亦同样化雨润物。琐细的事情,夏丏尊做得井然并自然,这亦是他生就的纳朴入世所致。

　　"无奈"向"无为"的进阶,归真间便是他提出的物质主义与精神主义应两相彻底[3],即做有与报酬相当或以上的热心与知力提供于学校或学生

1　夏丏尊:《弘一法师之出家》,《夏丏尊文集》,第 245 页。
2　夏丏尊:《〈子恺漫画〉序》,《夏丏尊文集》,第 49 页。
3　夏丏尊:《彻底》,《春晖》第 36 期,1924 年 11 月 16 日。

的教师。夏丏尊眼中，假教化之名行商业之实，藉师道之尊掩自身之短，都拖累教育。不如就当教师为一份普通职业，尽受报酬无愧的分内之事。做舍监，夏丏尊秉这番白话所说，足足倾注了非报酬可计的热心与全力。为"普通职业"倾之而出，无愧"彻底"。

无奈，是被命运的巨手放置在棋盘中的固定位置的兵卒，既无退路，注定前行；"无为"后支撑的不是机械强力的惯性，不是按部就班放弃行为自主的惰性，而是必然的"有为"。水穷之处，未必云起，困顿突围是自我抉择。能在波澜壮阔中面露平静，动用的是脚下的着力。

夏丏尊入一师始，便同鲁迅、许寿裳等一起发起过"木瓜之役"，不惜罢教以向当时的新任监督夏震武抗议，迫使其辞职；而十年后又在参与"一师风潮"后离开浙一师。时人有鉴于"一师风潮"中的省教育厅厅长夏敬观也是一个"木瓜"，故将此役称作二次"木瓜之役"。有意思的是，夏丏尊的一师生涯，经历两场"木瓜之役"，而他本人也因最初做舍监做得严苛称职，学生不分青红皂白地也给他安了"木瓜"这个外号。但他这个"夏木瓜"对其余两个的战绩，却几乎是完胜。

科举制度废除、新学堂开办后，与当时其他科类相较，国文科的不变动，是维固"中学为体，西学为用"的底线，而这正是"五四"企望撼动的。校长经亨颐聘入陈望道、刘大白、李次九三人，与夏丏尊一道，进行国文课由学习内容至教授方法的彻底改革。陈望道回忆说，四人中表现最为温和的是夏丏尊。[1] 如上文"无为"之说，不显得急进并非是"软"，贯彻始终的绵密乃是滴水不漏。与夏丏尊"两立"日久的曹聚仁，直到代表学生自治会

---

[1] 陈望道：《"五四"时期的浙江新文化运动》，《浙江一师风潮》，第 354 页。

去挽留夏丏尊时，在他摆摆手阻止他们的静默间，才恍然明白夏丏尊的胸襟为人。"急进"亦因国文课改革中，课文多有取自《新青年》《新潮》《每周评论》的篇目，授课往往以学生争辩社会人生问题为主要形式。而夏丏尊在"五四"之前便延贯下来并坚持的关于"现代"的"文"终究便显得"温和"了。他所强调的作文不用典，不牢骚，抒发真正自我感触抱负的主张，同样唤醒往向千年回环去的青年，这是他的个人用心，亦是时代体悟。"文学并非全没有教训，但是文学所含的教训乃系诉之于情感……文学之收教训的结果，所赖的不是强制力，而是感化力。"[1]相对的"温和"，既非"软"，更非"过时""陈旧"，正是源于这样的"人文主义""理想主义"，聚拢气味相投在白马湖畔，与作为后一辈"金刚"的朱自清等人相交甚笃。

　　必须夯实的基础与墨守成规的因循不同，夏丏尊在一师教授的中等国文典课是语文学的入门功夫。就是这十三年的累积，才有了之后与刘薰宇合编的《文章作法》，跟同是基础教育出身的亲翁叶圣陶从《文心》开始，合著的《文章讲话》与《阅读和写作》，合编的《开明国文讲义》《国文百八课》及《初中国文教本》。而夏丏尊深谙国文一词宽泛广大，无数次提及国文课无绝对值标准可鉴，那么怎样量度传授，令初学之学生可缘标柄入理法上就成为难于拆解的推手。但在这里，无论是文章读法、作法，或是选本释义，皆是落到具象微处的平实，不含混。比如论及国文课外应读些什么，也是先言明国文课本只是一时之选本，是达教养目的的材料，教师学生不可迁拘于此，把其余的摒斥于外。夏丏尊且将"国文科"解作"整个的对于本国文字的阅读与写作能力的教养"，据此来为中学生介绍书籍，具体为三类：

1　夏丏尊：《文学的力量》，《夏丏尊文集》，第 148 页。

一，关于文字理法的书籍；二，理解文字的工具书籍；三，文字值得阅读，内容有益于写作的书籍。而如第一类关于文字理法的书籍里，也分甲，语法或文法；乙，修辞学；丙，作文法这三种。只甲类中，亦分得单个词之间的，词组与词组关系的，句与句关系的。另考量各种版本优劣及适用于何种程度的学生。这样条理分明的立项叙来，足见夏师拆解开国文"玄幻"，化传道授业之哺雏赤心。

这种教育家的天性，使得之后夏丏尊为开明书店确立了以青少年读物为重点的出版方向，作为教育活动的延续。青少年，尤其是那些中学生们，正是昔日身为舍监、教师的夏丏尊朝夕相处的对象。他关注着他们的成长，熟知其困惑与需求。这种精神上的牵绊与维系，便如相濡以沫，不可分隔。

此前陈望道用来形容的"温和"，语态暧昧，夏丏尊由此掉落车尾而在风潮的电光火花中面目不清。事实上，在对一师攻击的罪状"废孔""非孝"的言之凿凿中，夏丏尊即便不是"罪魁"，也可担"祸首"之诉。"废孔"之说来源于一师学生拒绝参加当时全国春秋二季实行的"丁祭"。学生受了新文化运动的开蒙，觉得非但不该去祭拜孔子，这样的偶像更应该打倒才是。当学生向校方提出不欲祭请的想法时，夏丏尊微笑着投上赞成票："牛痘苗发作了！"[1]

直接点燃"一师风潮"的导火索是《浙江新潮》上一师学生施存统发表的《非孝》。刊物的通讯处虽然是"浙江贡院前第一师范学校转"，但参与

---

[1] 傅彬然：《"五四"前后》，中国社会科学院近代史研究所编：《五四运动回忆录》，中国社会科学出版社 1979 年版。

《浙江新潮》创办编辑的并不只一师的学生,还有杭州一中等几个学校的学生,其中包括了当时就读于浙江甲种工业学校的夏衍。正是由于《浙江新潮》,夏衍得以初识夏丏尊,若干年后他仍旧记得夏先生所说"要象北大学生一样去闯破沉闷的空气"。[1]

至于施存统本人,更可称得上夏丏尊的高足,师徒二人因感情甚好,还被其他同学在背后非议,以至于后来其他先生同学认为施存统"自高自傲的态度"是被夏丏尊惯成的,群起责备夏。夏丏尊在教职员会议上为施存统辩护,受气不少。但施存统说夏丏尊"不是一味奖励我的人,他也常常规劝我,责备我"。[2] "温和"老师的"私淑弟子"震惊天下的《非孝》一文,又正是经过夏丏尊审阅而未经删改原文发表的。"温和"并非"无为",不"急进"绝非"无坚守"。

夏丏尊为师育人,端的是真灼。他言道,教育的背景有三,一是人本身,二就是境遇与时代,三则是教育者的人格。如果说第一、第二带着"无奈"的成分,那于这第三,他却始终有加无已地奉行贯彻,有进无退地行走在时代中,延展出无限可能的张力。

1　夏衍:《忆夏丏尊先生》,上虞县文史委员会编:《上虞文史资料·纪念夏丏尊专辑》,1986 年。

2　施存统:《回头看二十二年来的我》,《民国周报·觉悟》,1920 年 9 月 21—23 日。

第五章 读书与济世:"一师风潮"论衡

一 一师"挽经运动"与北大"挽蔡运动":

慢半拍生出的微妙意味

浙江"一师风潮"的亲历者陈望道有言:"'五四'前后的新文化运动,从全国范围来讲,高等学校以北大最活跃,在中等学校,则要算是湖南第一师范和杭州第一师范了。"[1]"五四"运动后复有"一师风潮"余波,"一师风潮"无疑是由"五四"思潮鼓荡而生。其间因有蔡元培、蒋梦麟之穿针走线、斡旋调停,北大与浙江第一师范学校愈加息息相通。

细考一师校长经亨颐在"五四"运动后的姿态,"对于新潮流与际情趋

---

1 陈望道:《"五四"时期浙江新文化运动》,《杭州地方革命史资料》1959 年第 1 期。

势,在大体上唯北京大学的旗帜是瞻"[1];其拟施行的几项教育改革:职员专任,学生自治,改授国语,学科制,亦大抵是效仿北大试验而行。若深究差异,则是放大了先行者的激进与幼稚。

1917年蔡元培在北大即酝酿学制改革,易年级制为选科制,允许学生在规定范围内自由选课,修满所规定学分即可毕业;两年后该项改革在蒋梦麟协助蔡掌校期间日趋落实。此为一师拟试行的"学科制"之范本。而该项改革在经亨颐任上其实尚在筹划阶段,至姜伯韩继任校长期间方得以实行。

一师试行"学生自治"之本意,初在于易"他律"为"自律",其职权起先亦仅限于禁止恶习、主理膳厅、学生节假日离校考勤之范围[2];然而"五四"一役胜利之后,伴随着北大学生权力的扩张,加之"一师风潮"愈演愈烈,一师学生自治的权力亦日趋膨胀,直至作为学生自治会的代表,出席校务会议,过问学校决策,对校方聘任教职员亦有表决权[3],甚至组织了学生法庭,自行审理学生之间的积愤乃至思想纷争。

经亨颐的"人格教育"主张与理想,与力倡"中学校学生,当以科学、美术铸成有自治能力之人格"的蔡元培之教育理念亦多有契合。综上所述,经亨颐被时人称作"小蔡元培"并非徒有虚名,故而此后的"挽经运动"亦自可视为"挽蔡运动"之续曲。然而,何以对待"五四"运动与"一师风潮",蔡元培、蒋梦麟之姿态却有着极其微妙的差异? 与其说是于北大学运"只缘身在此山中",于一师则旁观者清,不如说因着"一师风潮"的"慢半拍",

---

[1] 姜丹书:《我所知道的经亨颐》,《浙江文史资料选辑》第四辑,1962年12月。

[2] 经亨颐:《对教育厅查办员的谈话》,《浙江一师风潮》,第120页。

[3] 曹聚仁:《我与我的世界》,第124页。

造成了蔡、蒋言说语境的事过境迁。

据罗家伦回忆,蔡元培"发表'读书不忘救国,救国不忘读书'的名言",正是"到'五四'以后学生运动发现流弊的时候"。识者在此基础上又作引申,称"'读书'与'救国'看似并置兼重,但在蔡的思路中无疑有所侧重:如果说'五四'前他更看重上句的话,那么,'五四'后他显然更强调下半句"。[1]

"五四"运动后,蔡元培主动请辞校长职务。获悉北洋政府决定、担心查办校长令下、学生风潮又起,固然是其辞职的重要原因,但唯恐北大"学生气焰过盛",甚难"纳之规范"这一忧虑亦未尝不是其选择全身而退的一个因素。

蔡元培送出辞呈的次日便悄然离京,先到天津,后至上海,最终栖居杭州。住处便在西湖畔的杨庄,依山傍湖。查此时日记,其清晨六时许即外出,步玉泉观鱼,度西泠桥、锦带桥散心,或往飞来峰、冷泉亭览胜……真想仿效古代文人骚客,功成即退,从此归隐山林,"寂如止水"?[2]

然则树欲静而风不止,1919年5月12日,受"五四"运动的影响,以浙一师为主体的杭州学生也走上了街头。一师校长经亨颐在其当天的日记中如是记载:"六时余,先到校,学生尚未发,略授以保守秩序,切勿妄举。即至教育厅","分别与军警接洽,免致误会。九时,全城中等以上学生三千余人,自公众运动场出发,先过教育会,气甚壮,余出助呼万岁,直至下午三

1 陈平原、夏晓虹编:《触摸历史:五四人物与现代中国》,北京大学出版社2009年版,第68页。
2 蔡元培:《蔡元培全集》第十六卷,日记(1913—1936),浙江教育出版社1998年版,第77、78页。

时始回原处,秩序甚好"。日记中可见,经校长虽与学生一起上街游行,并高呼口号,却仍勉力"保守秩序"。杭州的学潮波起浪涌,蔡元培岂能充耳不闻,其 5 月 29 日的日记中,便有"闻浙吏因学生将罢课,已宣布提前放假"是类记载。心仪德国之教育独立理念的蔡元培,对于学生参政的态度始终是有所保留的;相形之下,读罢卢梭便"立志爱弥尔,就学江户川"的经校长似更多了些许法国大革命的浪漫气息。[1]

而在北京,当获悉蔡元培请辞的消息后,群情惶惑,终于酿成"挽蔡运动"这新一波学潮。蔡元培最终出于对北大的责任与情感同意复出,并接受由蒋梦麟代理、辅助的方案。在蒋梦麟专程赴杭州面晤时,蔡元培说了如是一席话:他从来无意鼓励学生闹学潮,但是学生们示威游行,反对接受《凡尔赛和约》有关山东问题的条款,那是出乎爱国热情,实在无可厚非。至于北京大学,他认为今后将不易维持纪律,因为学生们很可能为胜利而陶醉。他们既然尝到权力的滋味,以后他们的欲望恐怕难以满足了。[2]　蔡元培这一对待学潮的态度,出于彼时蔡氏将委以全权、"代表"其主持北大的蒋梦麟的传达,应不致曲解误读;自然,内中不免融入了蒋梦麟的心声。

北大一波未平,"一师风潮"又起。1920 年 2 月,对经亨颐及其主持的一师敢为人先、锐意拓进之改革新潮一直心存不满的浙江省当局,终于发文免去了经亨颐的校长之职。其时虽是寒假,但经徐白民、宣中华等留校同学中的骨干分子奔走呼告、联络发动,一场名为"挽经运动"的学潮依然

1　经亨颐:《六十叙怀》,《颐渊诗集》,浙江古籍出版社 1984 年版。
2　蒋梦麟:《西潮·新潮》,岳麓书社 2005 年版,第 150—151 页。

有声有势地爆发了。

当局频频以勒令一师"暂行休业"、学生"一律离校"，派警察进驻学校"保管校舍"等强硬之举相逼。当局的极端保守、倒行逆施，激起了一师学生的激烈反抗，罢课、集会、演讲、通电、请愿……渐成学潮漩涡中的学生的日常课业。

3月28日，一师学生至省署请愿，遭军警凶殴；29日，政府又悍然出动军警，包围一师，强行驱逐学生，解散学校。当局越"压迫过甚"，学潮的反拨越激烈，直至喊出"留经目的不达，一致牺牲"之口号，有学生甚至抽出警长佩带的指挥刀欲自刎。就在这学生们急欲孤注一掷、无惧玉石俱焚的危急时刻，是蒋梦麟乃至始终站在其身后支持着他的蔡元培等力挽狂澜。

二　蔡元培、蒋梦麟遥控一师船舵使之重归学术港湾

3月30日蒋梦麟致电一师云：将来浙。此行系"受蔡先生（蔡元培）之托来调处这场风潮的"。

对于彼一时代波叠不绝的"学潮"，蒋梦麟认为主要是出于"十八世纪以自由、平等、博爱为口号的法国政治思想的影响"，加之学生的爱国忧国之心，故深表理解与同情；然而作为一名职业教育家，他却独有一份对"学潮"失控、学生权力过于膨胀的忧虑，尤其担心"这种学生反抗运动终至变质而流为对付学校厨子的'饭厅风潮'"。他曾以浙江一师的一次"饭厅风潮"为例："杭州的一所中学，学生与厨子发生纠纷，厨子愤而在饭里下了毒

药,结果十多位学生中毒而死。我在惨案发生后去过这所中学,发现许多学生正在卧床呻吟,另有十多具棺木停放在操场上,等待死者家属前来认领葬殓"[1]……竭力渲染"学潮"失控、畸变而可能导致的惨剧。

1923 年 3 月 10 日,浙一师学生晚膳中毒,死者二十四人,中毒者达二百五十余人。经警察厅侦查,判定系两名校厨投毒所致,而所用砒霜则为一师学生俞昌衡、俞章法从理化室窃取。俞昌衡遂被判处死刑;两厨工因在侦缉队刑讯伤重,未及初审,便已死于狱中。然究及投毒原因与目的,遍查相关历史档案与彼时有所报道的报章,仍晦暗不明,至今仍为"疑案"。有人曾当面追问校长何炳松是否知悉其中内幕,何校长亦一再恳切地回答"不知道"。

蒋梦麟因与一师之深厚渊源听说些许秘不相告的内情自有可能,但实难判明真相,他却按下提供毒药的学生不表,径自判定为学生与厨子矛盾引发的"饭厅风潮"所致,未免主观臆断、缺乏证据。恰是平日里平正客观的蒋梦麟在言及"学潮"时似有矫枉过正之嫌,从别一向度透露了立足教育家本位、学术文化本位的蒋氏对"学潮"(包括"五四"学生运动、"一师风潮")的抵触心理与必要的反省。

4 月 6 日,蒋梦麟到一师演说,先"代表北京学界",慰问一师学生;继而肯定一师的"学生自治",称"思想发达,非权力所能压服";最后点明"校里的内容,复杂万分","不得不以复杂方法解决之"[2],怀柔中却不失刚执。

---

1   蒋梦麟:《西潮·新潮》,第 147 页。
2   《浙潮第一声》,转引自《浙江一师风潮》,第 162 页。

　　尽管"一师风潮"中的激进者如徐白民等拒斥蒋梦麟的调停，称"同学为此如簧之舌所迷惑"[1]；尽管魏金枝等少数学生坚持"留经目的"，反对一切"新来的校长"；尽管有人指责蒋梦麟的精神后盾蔡元培"委曲求全"；平心而论，蒋的立场、理念、方案应不失为平息学潮、重振一师的最佳选择。故而，不仅蔡元培之介弟蔡元康（谷卿）提名蒋梦麟任一师校长[2]，据时任校学生自治会主席的曹聚仁回忆，一师学生亦"独行其是，由学生自治会选举蒋氏做我们的校长"[3]。蒋梦麟婉拒了校长一职，而称已与蔡校长（蔡元培）商量，推荐姜伯韩为人选。为此，蒋数度往还于杭州与南京，牵线搭桥。

　　4月10日，蒋梦麟特到杭州火车站迎接姜伯韩到任，姜校长任职致辞云："我此番来，很快活，因为能和诸君相处，与黑暗社会奋斗。原来本校在杭州地位，提倡文化运动，是极困难的。不过我们的提倡文化运动，正须在极困难的地方做起。""提倡文化运动的效果，未必一时一地能奏效的，譬如经校长在我校是一个文化运动的中坚分子，现在已为黑暗环境所不容了，但是以后我想总有受他感化的一日。所以我今后做校长，当极力的贯彻经校长的主义，不过方法上或有和他不同的地方，愿诸君与我合力共谋进行。"[4]

　　大部分学生渐渐接受了姜伯韩校长，一师复课。魏金枝在所撰《柔石传略》中提及："那时柔石拼命读书，弄得两眼非常近视，他的目的是想成为一个学问家。……有一次，学生们反对一个新来的校长，我是反对

1　徐白民：《浙"一师风潮"经过》，《浙江一师风潮》，第382页。
2　《浙潮第一声》，转引自《浙江一师风潮》，第161页。
3　曹聚仁：《我与蒋梦麟》《哭朱自清先生》，《听涛室人物谭》，第280、282页。
4　《浙潮第一声》，转引自《浙江一师风潮》，第163页。

新校长的,而柔石他们却是新校长的拥护派。我们之间的思想距离竟有如此之远。"[1]魏金枝虽试图组织学生再掀学潮,倾力反对姜伯韩到任,终因寥无几人响应而孑然出走。

三　社会革命与文学革命的交相辩驳与补正

"五四"后第一个新学年伊始,蔡元培曾寄语北大学生,"能动"亦应"能静"[2];而"一师风潮"后,理性的学生虽则一时仍未能摆脱"运动"惯性,却已渐次沉静,一度欲将其所撰风潮纪事命名为《思痛录》便是一例。为此,"序"作者刘延陵师在"序"中高度肯定了学运后学生不自以为是、不得意扬扬、不起名《志欢集》的可贵。[3]

风潮中忝列学生领袖行列的曹聚仁忆及学潮,痛定思痛称:"当年,我们参与'五四'运动的年轻人,正如身在庐山中,其实也并不了解这一运动的真正意义。""到了秋凉开学,整个学校的风气都变换过了;先前那几位国文教师:陈子韶、单不庵、刘毓盘都走了,来的乃是陈望道、刘大白和李次九,说是提倡新文学的。从那个秋天起,老是罢课游行,很少有一星期完整的课可上;即算是上课,也只是讨论讨论人生问题、社会问题,课本上的事,

---

1　魏金枝:《柔石传略》,丁景唐、瞿光熙编:《左联五烈士研究资料编目》,上海文艺出版社 1981 年版,第 218 页。

2　蔡元培:《北大第二十二年开学演说词》,《蔡元培全集》第三卷,第 343 页。

3　刘延陵:《〈思痛录〉序》,《浙江一师风潮》,第 143 页。

反而搁开了。我还记得,第一次从北京到杭州来发动学生运动,乃是方豪,痛哭流涕演讲了一阵子,大家就跟着他走了。又有一回,我们罢课罢得实在厌倦了,学生自治会通过了复课的决议;晚间,北大来了一位代表,要我们召集紧急会议,经他一番演讲,又全场通过罢课的决议了。"[1]……无休止地沉浸于"罢课游行"的激情中,难免意兴阑珊;此时任是学生领袖人物继续煽风点火,乃至愈加迷信"改造社会要用急进的激烈的方法"[2],大部分学生旷久思学。

陈望道后来亦反思:"这场斗争中,我们现在检查起来是过于急进一点的,有的界限也不很清楚,旧的一概否定。不过在当时情况下,不这样搞也不行,许多守旧的人物在向经校长围攻,是非不清,不急进点就不能团结同学。我们四人(指一师教习国文的前'四大金刚'夏丏尊、刘大白、陈望道、李次九——笔者按)比较温和的是夏丏尊(他是信佛教的),其次是刘大白,我那时很年轻,较急进,李次九则比我更急进。"[3]而蔡元培、蒋梦麟等更是着力于对"五四"运动、一师教育改革及风潮的反拨。浙江省省长齐耀珊进京,曾特意将一师的国语教材带给蔡元培,指望其亦会予以否定,未料蔡元培看后回信,虽则认为"这种教材,选得不成系统",却表示"不过备学生底参考,也未始不可的"。然而,随后蔡又致信经亨颐说,"这种文章,都从现在杂志上选出来,是学生所习见的,何以编入教本?"又说,"这到底是伦理教材?是国文教材?"与其说这一姿态暗含蔡先生一时"委曲求全

1　曹聚仁:《五四运动》,《文坛五十年》,第 114 页。
2　语出一师学生领袖施存统。转引自彭明:《五四运动史》,人民出版社 1984 年版,第 522 页。
3　陈望道:《"五四"时期浙江新文化运动》,《杭州地方革命史资料》1959 年第 1 期。

的苦衷",无意激怒省长,"所以一面对他说国文讲义有点不对,一面请他维持一师"[1],不如说尽显蔡一贯平正稳健的风格,欲以"渐进"替代"激进"的教材改革。

针对时人谓北京大学"已尽废古文而专用白话"之指责,蔡元培曾谈及彼时北大预科国文教材使用情况:"大学预科中,有国文一课,所据为课本者,曰模范文、曰学术文,皆古文也。其每月中练习之文,皆文言也。"[2]这或可作为一师国文教材的比照。一师国文教授尽"改文言为白话",不免矫枉过正;故至姜伯韩主校后,则易为"教员视学生程度,得酌授文言"。[3]

此外,一师所推行的国文教授改革,亦不无偏至:讲授方式多取"道尔顿制","所讨论的有社会问题、政治问题、新道德问题、妇女问题、家庭问题、男女同学问题、恋爱问题、私生子问题,范围就是那么广大,几乎无所不包"。然而,恰如曹聚仁所反省的:究竟什么是新文化? 可说是非常模糊;对于新文艺的理解,实在浅薄得很。[4]

对于彼时一师所编国语教材一味"好新立异",教学方式放言空论,学生渐渐"有点厌倦了"。曹聚仁便曾针砭"教材不从语文本身去找",形同社会学讲义之"贫乏可怜"。恰在学生心中不无惶惑之际,朱自清、俞平伯等老师适逢其时来到一师。

蒋梦麟不仅提议姜伯韩继任一师校长,还特意推荐北大学生朱自清、

1　季陶:《蔡先生委曲求全的是非》;同期报纸另以《浙江学潮底动机》为题,论及蔡元培对一师国文讲义的评价,并责问:"不知蔡君何以对齐耀珊说他们不成系统?"

2　蔡元培:《致〈公言报〉函并答林琴南函》,《蔡元培全集》第十卷,第378页。

3　《浙潮第一声》,转引自《浙江一师风潮》,第32页。

4　曹聚仁:《我与我的世界》,第135页。

俞平伯等去一师,任复课后的国文教师。

朱自清为一师带来了新文艺的清新气息。偏偏一师学生方历学潮,思想、言行解放,却亦不免轻慢纪律;多思善问,却又不时剑走偏锋。朱自清但以勤勤恳恳的待人、规规矩矩的言说化之,有心无心地纠正着"那时一师脱略的风气"。然一师学生之放任不拘已成定势,一时很难接受朱氏严谨得近乎拘谨的言传身教;心"野了",一时很难领会并复归老师之"实心"。那温润无声的新文学雨露,短时期更无以点化顽石,蓄芳唯有待来年。据曹聚仁回忆:朱自清倾心播洒新文艺气息,"并不知道我们在教室里玩了一年多道尔敦制,国文课便是社会问题讨论会",故学生的"反应,非常'淡漠'","徘徊于大而无当的社会问题讨论与一本正经的文艺研究之间",无所适从。[1]

如果说,朱自清对课间学生频频发问那毕露的锋芒犹能包容,那么,师生难以倾心交流、"融洽"默契,则使他倍觉心灰意冷。学生们适逢花季,青春年华的所有错失都是可谅解的;于是朱自清便唯有自剖自责,尽管身为教师的自己与学生几近同龄,仍聊以"学识不足"离职。

他写信给蒋梦麟,称欲辞去教职,离开一师。不无成见的蒋梦麟自然以为是一师学生作梗,便致函校长姜琦,责怪说:"假如像朱自清先生这样的教师,还不能孚众望的话,一师学生的知识水准,一定很差的。"[2]

1921 年暑假,朱自清辞别一师;当年 11 月,似心有不甘,又复归一师。春风终化雨,一师的学生运动在朱自清、俞平伯、刘延陵、王祺等国文"后四

1　曹聚仁:《哭朱自清先生——其作品、风格与性格》,《听涛室人物谭》,第 222 页。
2　曹聚仁:《我与我的世界》,第 136 页。

金刚"的悉心引领下,渐次向文学革命引伸、转移;中国新诗史上最早的诗歌团体晨光社、湖畔诗社应运而生。"朱师渐渐为同学们所认识,成为信仰中心的新人物了。"

一师前国文"四大金刚"之一的刘大白,去职后即去杭州萧山,会同另一"学生运动的精神上的支持者",曾"帮着第一师范学生自治会跟政府当局斗争的前驱战士"沈定一筹办衙前小学。[1]"一师风潮"中的学生领袖宣中华、徐白民、俞秀松等也相继加入。他们以衙前小学为据点,发动农民运动,分田分地,勉力实践着空想社会主义的理想。运动中,他们还培养了一名农运领袖李成虎,他带领农民与地主斗争,终被囚禁,凌虐至死。

与此同步,刘大白写下新诗《卖布谣》《田主来》《成虎不死》;沈定一亦以"玄庐"为笔名写下了《十五娘》《农家》等诗作。被朱自清称为"新文学中第一首叙事诗"的《十五娘》,全篇十一节,与刘大白的诗相仿,也拟歌谣体,但叙说农家夫妻的悲剧却更一波三折、缠绵动人。上述创作活动,与其说是"一师风潮"痛定后的弃政从文,不如说仍是那凌厉浮躁的"冲力"未尽消停,由学运而农运,继续社会革命的余绪。作品中刻意凸显诗的教化作用,恰是试图借诗文启蒙、宣传社会变革的明证。

如果说,"一师风潮"中的骨干师生惯于涛头弄潮,以其为主体所组建的《浙江新潮》社,其刊名、社名中皆透露出社会弄潮儿的特有钟情,那么,与此照映,汪静之等四人成立诗社时将其命名为"湖畔",亦未尝不可视作一种站位。"湖畔"不仅是诗中常见的核心意象,更于不自觉间已衍为四诗

1　曹聚仁:《我与我的世界》,第 171 页。

人所取相对边缘的文学姿态的一种隐喻。

史家或将湖畔诗人的歌哭称作"天籁",仅以其诠注"此曲只应天上有"、令人耳目一新之意自无妨,切忌因此误读为四诗人无师自通,横空出世。

朱自清师最懂得这几个生活在诗里的孩子,面对闻一多等妄断"《蕙底风》只可以挂在'一师校第二厕所'底墙上给没带草纸的人救急"一类的求全责备之声[1],他却撑起手,守护着已然有了成人之心者难解的湖畔诗形式上的天真烂漫。恰是有了这份适度的纵容,汪静之等得以放纵自己,这种放纵从心灵延展直至诗的形式,以童言无忌、怡然自在来化解新格律派的戒律,而非削足适履。

如果说,俞平伯师的作品"对汪静之诗曾有着极大的暗示"[2],沈从文早在当年便已道出了湖畔诗对俞诗格调的传承,那么,另一位老师刘延陵却一生寂寞,其对湖畔诗人创作的深刻影响亦一直为学界忽视不计。刘诗风格清新,字质透明。代表作《水手》以一水手在摆舵的黑暗处一人向隅,偏遥想着家乡"石榴花开得鲜明的井旁,／那人儿正架竹子,／晒她的青布衣裳"……意象极其清丽可喜。在湖畔诗人的诗作中,分明习得了刘师以《水手》《新月》等作为表征的那种天真自然的神韵(连同其诗的清浅稚气),感染了刘延陵诗特有的"那么单纯,那么鲜气扑人"的风格。

1　闻一多:《致梁实秋·1922年11月26日》,《闻一多全集》第十二卷,湖北人民出版社1993年版,第127页。
2　沈从文:《论汪静之的〈蕙的风〉》,《沈从文文集》第十一卷,花城出版社1984年版,第159页。

如上所述,四诗人自是"天足",但赤足奔来全赖师长们的一路铺垫;四诗人自有天赋,却很难想象能离了"五四"、浙一师这些特定的时间与空间的孕育。虽则"一师风潮"对文学心境的扰攘自不待言,但恰是赖有风潮对旧秩序的破坏,恰是循着这世事动与静嬗递变迁的节奏,方意外见出这雨过天晴的"晨光",这浴火涅槃后的异样宁静,赢得"湖畔"风流云散去的清明澄澈空间。这是文学觉醒、萌生的最佳时空,湖畔诗人们得以"无所为而为的做诗"[1],字里行间不时透露出浙一师别有的青春气象。风潮中,这份青春驱力,曾推动了学运狂飙突进;此时,却激发了何其浪漫率性的诗坛解放、诗体解放。

识者称:"在'前四金刚'的气氛中,同学中有了宣中华、徐白民、施存统、俞秀松和周伯棣那些参与社会革命的战士。由于'后四金刚',乃产生了张维祺、汪静之、冯雪峰、魏金枝这一串湖畔诗人,一时风尚所趋。"[2]以"一师风潮"为界标,前后一师在新文化运动那段特定的历史时期恰构成了一种耐人寻味的互文性关系,社会革命与文学革命互有侧重,彼此补正,又交相辩驳。史家却往往局限于开掘"一师风潮"与"五四"精神相通的社会革命价值,而疏忽了其后一师那更有声有色的文学革命同样应属"五四"新文化运动的题中之义。

在勉力将深陷于学生运动漩涡之中的一师之舟划归学术港湾的姜伯韩、朱自清等一线教师背后,隐约可见蒋梦麟乃至蔡元培悉心遥控着船舵。

---

1   废名:《新诗十二讲》,辽宁教育出版社 2006 年版,第 108 页。
2   曹聚仁:《我与我的世界》,第 137 页。

四　北京女高师"驱许迎杨"风潮参读

无独有三。此厢北大"挽蔡运动"、浙一师"挽经运动"学潮方平，那边北京女子高等师范学校"驱许迎杨"风潮又起。尽管后者与前者有着本质性的区别，但互为参照对读适可再次印证、深化前述蔡元培、蒋梦麟对学潮的辨证性思考。加之事件之主角又为许寿裳，故对其作延伸性探讨或能更立体地呈现其作为掌校者的复杂面向。

鲁迅常担忧许寿裳"老实有余，机变不足"。前述浙江两级师范学堂"哈欠"事件，幸得有鲁迅巧妙譬解；十余年后许寿裳执掌北京女子高等师范学校时，却终于在学潮萌动后，难度劫波。彼时，我国的教育取向已渐次从崇尚日本经验转向学习欧美，这亦未尝不是北京女高师"驱许迎杨"风潮的背景或契机。

许寿裳于 1922 年 7 月出任女高师校长，1923 年 7 月，女高师学生自治会以"溺职务，害教育"之责致函许寿裳，请其辞退[1]；8 月 2 日，该校学生自治会发布宣言，再次表示谢绝校长许寿裳[2]。1924 年 2 月，许寿裳请辞。

虽然女高师 1924 年 5 月才正式升格为女师大，此时在任的已是杨荫榆校长，但许寿裳的着力筹划奔走之绩不容不彰。许寿裳治校期间多有作

1　《晨报》，1923 年 8 月 4 日。
2　龚育之等主编：《中国二十世纪通鉴》第二册，线装书局 2002 年版。

为，如对女高师组织管理层面推行改革，改部科为学系，变学习单位时量，并以教授治校的"评议制"来代理校长治校实现"民治"。此外，还致力于提高师资力量，多方聘请马裕藻、周作人、沈尹默、沈兼士、沈士远等在北大、北师大授课的名家教员兼课，鲁迅亦来校讲授中国小说史及文艺理论。许广平追忆，尤感念许寿裳竭尽全力置办图书与仪器等设置设备，不惜借债为学生安装热水汀御寒，可谓不遗余力，鞠躬尽瘁。

然而，既如此多有建树，一个于学校有功、与学生有义的师长为何却屡遭学生"逼宫"？时为女高师学生的许广平将此归因于"许先生人太忠厚了，容易被伪善者的假装所蒙蔽"。例证之一便是他委以女附中主任的那一位，"在女师大风潮发生的时候，坚持拥护杨荫榆暗暗反对许先生"。女附中主任即欧阳晓澜，也系留日学生，作为新旧交替时代的教育者，尽管不乏拒绝剪发女生报考之类的保守之事，却自 1917 年 9 月率教师数人创校始，十年如一日地对该校教学认真督责指导，故深受女附中学生拥戴。这便解释了，"女师大事件"中，从女附中转入女师大的那部分学生受其影响，拥杨的立场、姿态。[1]

然而世纪回眸，无论是 1923 年至 1924 年间女高师学生自治会的"驱许迎杨"风波，抑或时隔半年后的驱杨事件，均牵涉价值范式、知识谱系之争，自然亦渗入了若干文人团体（所谓"某籍某系"与"东吉祥胡同派"）间的纠葛，却无关人品人格。特定时代，却倾向过于鲜明地扬此抑彼，甚至将杨荫榆等的人品亦刻意丑化，理由很简单，除却鲁迅与之对立外，更因广大学生的群起反对。然则却难以圆说 1923 年至 1924 年间的学潮中，女高师

---

[1]　许广平：《读后记》，收入许寿裳：《亡友鲁迅印象记》。

学生何以驱许的行为;为尊者讳,只得八十余年来隐而不彰、避而不谈。

事实上,"驱许迎杨"风波中传布的杨荫榆与女高师渊源深厚,曾任该校舍监,"严谨质朴"、办事认真等说并非纯粹妄言;杨荫榆还兼有留学日本、在东京女子高等师范学校理化博物科学习与 1918 年赴美国哥伦比亚大学攻读教育专业之经历。即便许寿裳,也一度"以为办女校最好是用女校长",倦勤之余推荐负笈学成归来的杨荫榆继任,以引入最新教育思想,并"很替她鼓吹了一阵子"。[1] 始料未及的是,使得许寿裳"洁身自退"的继任者、中国首位女性大学校长杨荫榆,之后却并未受宠多久,终是作为又一波女师大风潮中的风口浪尖人物黯然退场。更有适成序列的女高师前二任校长方还与毛邦伟,都因无法很好地介入学运而遭淘埋。

浙一师学生因哈欠而处分的小闹也好,女高师自治会的"逼宫"亦罢,在社会思潮、政治风潮、教育新潮鼓荡下激奋不已的学生,认为握拳高扬间便可踏平前行中的一切障碍与不顺心,横亘在前的或是诚意扶植的轨道对其而言都是阻碍其突进的落后存在。然而,"进步与倒退"与否本身是一种价值观的认定,莘莘学子心中并没有一种固定的价值范式,追问其所认定的核心价值必然是一无所得。正因为如是的变动不居,而形成纯然以反对表达唯一的主张——不满,亦不论不问这不满缘何而生、为何而来,推翻的成就以及自我印证感强烈浮躁地成为目的与旨归而被运行,无视之前既定的价值。倘若说,许、杨更替的标准是由向日本革新借鉴看齐终不敌杜威实用主义以及女权主义的张扬,那么,"五四"激进主义的血火更于瞬间甚

1　　周作人:《知堂回想录·女师大与东吉祥(一)》,香港三育图书文具公司 1980 年版;另参阅周作人:《女师大旧事》,《亦报》,1950 年 7 月 18 日。

嚣尘上。如斯对各种各样的主义认同，其实空乏得甚至不如仅只一张药方。

老子言道："失道而后德，失德而后仁，失仁而后义，失义而后礼。礼者，忠信之薄，而乱之首。"礼已是最末之守。当孔家店被打翻，克己复礼的"礼"之皮层倾覆后，行为失范之下的莫衷一是，便是随意可以卷地而起的暴政。如果在经验域里只剩下暴力反抗而得逞的喜悦，是丝毫无助于是非问题的解决的。见仁见智固然不错，但怎样才算是大公无私的行为宗旨？便是在自身质疑掌校者的权威时也要警惕，夸大的言辞与浮泛的激情本身是鼓动与麻醉的一种自信力。作为教育者本身，在以所谓"反封建"的矛攻击突围时，应该同时省慎其破坏性的副作用。

当教育者与受教育者之间的关系被"启蒙""民主"而演进的思潮世俗化之后，那么管理者确应放下身段，考虑学校教育去神圣化后的另一层面——与被管理者的相处。同时，作为教育者的管理者更应抛却阶级的位差，赢得不建立在神圣化与极权上的服膺。学校作为一种具体社会化的建制，其不受社会政治影响，纯然象牙塔式的存在是理想化的。斯时的教育家，想要独立于形势潮流之外经营起"新村"教育，本身便是作为教育者的不成熟。便是蔡元培，虽被学生相挽，却也屡屡请辞。然而不可全然间隔，并不表示不可以保持一定的疏离，反执某种不求完美但愿守真的理念以退为进。

许寿裳治校的捉襟见肘，并非无抱负不勉力，而缘于其在如何应对被管理者方面仍是具体手段盲。对许寿裳相知甚深的周作人论及许的管理范式时如是说："他是一个大好人，就是有点西楚霸王的毛病，所谓'印刓不予'，譬如学生有什么要求，可与则与，不可便立即拒绝好了，他却总是迟疑不决,到后来终于依了要求,受者一点都不感谢,反而感到一种嫌恶了。他自己教杜威的'教育与民治',满口德谟克拉西,学生们就送他一个徽号叫'德谟克拉东',这名字也够幽默的了。"[1]

又有一事亦可从另面佐证其"人好"但"手段盲",却被论者拿来充作许"善于育人"的例子:"1937 年,许寿裳出任北平大学女子文理学院校长时,也曾遇到学生罢考的风潮,当他在会上提议开除一个学习成绩甚好的学生时,眼泪直流下来,口中连说:'我实在不愿意开除她,可是不能不开除她。'学生知道后大受感动,情愿考试,而那个学生也竟未开除。"[2]这或许可以用以说明许寿裳理想炽热,却实在不能保证泪水一类的以情动人能在整肃学风时屡试不爽。

学校内的学生风潮指向与内里运作,其实相当的复杂。政治社会原因固然是一码事,而其后代表的各方利益则波谲云诡,或者学生亦出于个人利益闹事,甚或只是为了闹事而闹事,那么有人煽动之下,必然大有人盲从。管理者若顾虑下彼时的"造反有理"说,便该噤若寒蝉。

只是更应思虑的是具体的运动中裹挟了怎样的利益与力量,以怎样的说辞将何方摆在了风口浪尖之上。学生难免成为各方力量博弈中的运作筹码,如是,管理者本身就该端正,信守自己作为教育家的立场。

---

1 《知堂回想录·女师大与东吉祥(一)》,第440 页。
2 姚锡佩:《教育家的悲哀和骄傲——纪念许寿裳先生有感》,《中华读书报》,1998 年 8 月 19 日。

第六章　课堂上下与校园内外的现代文学时空与场域

一　春风终化雨：晨光社的成立与《诗》的孕育萌生

　　1920 年 5 月，朱自清修满学分，提前一年从北大哲学系毕业。彼时适逢浙江省立第一师范学校"挽经运动"风潮平息，被称为国文"四大金刚"的夏丏尊、刘大白、陈望道、李次九等教员辞意颇坚，皆随经亨颐校长离校，一时师资缺乏。继任校长姜伯韩为此特向曾援手调停"一师风潮"的北大校长蒋梦麟求助，蒋梦麟遂推荐北大学生朱自清、俞平伯等去任教。朱自清便于是年初秋，携妻儿来到一师担任国文教员。

　　俞平伯与朱自清一道从北大到一师，彼此切磋诗艺，创作了不少新诗。俞平伯曾以小诗形式留下了初到一师时的朱自清的剪影：

微倦的人，

微红的脸，

微温的风色，

在微茫的街灯影里过去了。

《小诗呈佩弦》

10月，朱自清得到俞平伯的《忆游杂诗》十四首，受其感染，亦写下了《杂诗三首》，诗体小而精致。以后他陆续写下一些小诗，意境与技巧上益趋成熟。试读下列小诗：

"闻着梅花香吗？"

——徜徉在山光水色中的我们，

陡然都默契着了。

《香》

年方二十二岁、初出校门的朱自清，教态方正而略显拘谨。对于"小先生"朱自清的教态，学生魏金枝描述如下：

他那时是矮矮胖胖的身躯，方方正正的脸，配上一件青布大褂，一个平顶头，完全像个乡下土佬。说话呢，打的扬州官话，听来不甚好懂，但从上讲台起，便总不断的讲到下课为止。好像他在未上课之前，早已将一大堆话，背诵多少次。又生怕把一分一秒的时间荒废，所以总是结结巴巴的讲。然而由于他的略微口

吃,那些预备了的话,便不免在喉咙里挤住。于是他就更加着急,
每每弄得满头大汗。[1]

　　偏偏一师学生方历学潮,思想、言行解放,却亦不免轻慢纪律;多思善
问,但又不时"剑走偏锋"。如果说,朱自清对课间学生频频发问那毕露的
锋芒犹能包容,那么,师生难以倾心交流、"融洽"默契,则使他倍觉心灰意
冷。其诗作《转眼》依稀折射出现实中师生关系的些许投影:

　　　　　　他打了几个寒噤;

　　　　　　头是一直垂下去了。

　　　　　　他也曾说些什么,

　　　　　　他们好奇地听他;

　　　　　　但生客们的语言,

　　　　　　怎能够被融洽呢?

　　　　　　"可厌的!"——

　　　　　　从他在江南路上,

　　　　　　初见湖上的轻风,

　　　　　　俯着和茸茸绿草里

　　　　　　随意开着

　　　　　　没有名字的小白花们

　　　　　　私语的时候,

1　魏金枝:《杭州一师时代的朱自清先生》,《文讯》第 9 卷第 3 期,1948 年 9 月 15 日。

他所时时想着,也正怕着的

那将赐给生客们照例的诅咒,

终于被赐给了;

还带了虐待来了。

羞——红了他的脸儿,

血——催了他的心儿;

他掉转头了,

他拔步走了;

他说,

他不再来了!

……1

同学们见他辞职,顿时慌了,都热情地挽留他,劝他不要离开他们;他的脸于是酸了,他的心于是软了:学生们适逢花季,青春年华的所有错失都是可谅解的;于是朱自清便唯有自剖自责,尽管身为教师的自己与学生几近同龄人,仍聊以"学识不足"离职。

1921年暑假,朱自清离开一师回扬州,担任母校江苏省立第八中学的教务主任,当年9月旋辞职。

是年秋,经刘延陵介绍,朱自清去地处吴淞炮台湾的上海中国公学中学部任教。到了那边,刘延陵便告诉他:"叶圣陶也在这儿。"朱自清读过叶圣陶的小说,好奇地问道:"怎样一个人?"刘延陵回答:"一位老先生哩。"

1　朱自清:《转眼》,《踪迹》,亚东图书馆1924年版,第48—50页。

　　一个阴天，朱自清跟随刘延陵去拜访叶圣陶。见了面，觉得叶圣陶的年纪其实并不老，只那朴实的服色与沉默的风度与平日所想象的苏州少年文人不甚契合罢了。朱自清见了生人照例说不出话，叶圣陶似乎也如此，彼此只交谈了几句关于作品的意见。

　　相处久了，朱自清发见叶圣陶始终寡言。大家聚谈的时候，他总是坐在那里那么有味地听着，自己却一言不发；至于与人独对时，自然免不了要说些话，却决不与人辩论。每每觉得要引起争辩了，便以"这个弄不大清楚了"一句话息事宁人。

　　他的和易出于天性，并非阅历世故、矫揉造作而成；他的和易又是有原则、有底线的。不久，中国公学陡起风潮。叶圣陶不仅赞成朱自清强硬以对的办法，更对着那些风潮妥协论者勃然发怒。

　　风潮结束后，叶圣陶回了甪直的家，朱自清、刘延陵则复归浙江一师。

　　1921年11月，朱自清回到一师。不出半年，辗转三校，归去复来，不免生出世事如转蓬之叹。

　　校长马叙伦托他邀约叶圣陶来任教，朱自清便欣然去信，信中谈及一起在上海吴淞炮台湾中国公学教书时，以为空闲，许多话尽可以在海滨散步时细说，未料学校风潮陡起，甚是扫兴。但不知能否在杭州西湖边重拾余兴，只可惜天已经凉了，乘划子恐怕不甚相宜了云云；叶答应了，并在回信中称："我们要痛痛快快游西湖，不管这是冬天。"在朱自清印象中，叶圣陶像小孩子一般天真，也像小孩子一般离不开家人。不得不离开家人时，他也得找些朋友伴着，他畏惧孤独。故而，叶圣陶11月来杭城时，朱自清特意到火车站去接，生怕他在车站一类地方会感到离家的寂寞。

　　浙江一师的教师宿舍构局是：一位教师一间宿舍，兼具书房、办公室、客厅、卧室的功能。在"一进"校舍的二楼,鲁迅曾独居西头,李叔同曾栖居东首;朱自清与叶圣陶的宿舍则并排于中央。朱自清与叶圣陶相交甚洽,索性把两间宿舍,一间作了两人的卧室,一间辟为书房,两人各据一桌。

叶圣陶初到学校,校方来看过他。朱自清提醒他要不要回访,他皱眉道:"一定要去么? 等一天吧。"后来始终未去。叶圣陶"是最反对形式主义的"。

12 月 14 日(阴历十一月十六日)夜晚,月色正好,朱自清乃约叶圣陶与另一友人泛舟西湖。已是冬日晚上九点多了,湖上唯余他们一叶划子。有点风,月光照着柔柔的水波,一溜儿寒光,像新砑的银子。湖畔的山只剩下淡淡的影子,山下偶尔有一两星灯火。叶圣陶口占两句诗道:"数星灯火认渔村,淡墨轻描远黛痕。"大家都不大说话,均匀的桨声中,朱自清渐入梦乡。忽听船夫问要不要上净寺去,那天适是阿弥陀佛生日,净寺分外热闹。于是,一行人系舟上岸到了寺里,但见殿上香烛辉煌,满是佛婆念佛的声音;而那晚钟虽已声去远壑,似仍有余音共鸣,震醒如梦中人。

朱自清与叶圣陶常促膝相谈,"抒发的随意如野云之自在,印证的密合如呼吸之相通"。即便一时意会难以言传,任话语混沌无序,不牵强附会,硬求逻辑化;即便彼此见解偶有分歧,任观点相反相成,不强作个结论。

是年除夕之夜,两人酒酣耳热说文章。电灯熄了,又点上了一对白蜡烛,躺在床上有聊无聊,意犹未尽……烛光中,朱自清赋得一首小诗:"除夕的两支摇摇的白蜡烛光里, / 我眼睁睁瞅着, / 一九二一年轻轻地踅过去了。"小诗"当景恰情",那"两支摇摇的白蜡烛",适是大时代中两位诗人感时伤逝心境的显影。(注:彼时叶圣陶受朱自清、刘延陵影响,写作新诗甚勤。)

二十年后，朱自清犹作《赠圣陶》诗，追念当年一师居室意境："西湖风冷庸何伤，水色山光足仿佯。归来一室对短床，上下古今与翱翔。"

在浙江一师，叶圣陶开始写童话，下笔若有神，快的时候一日一篇。在一师不过两个月，却写了不少。因常被学生缠着讲故事，更缘于他寄愿少年人永怀赤子之心。童话的材料有旧日的蓄积，亦不乏片刻的感兴，如《大喉咙》。同室共灯的朱自清曾见证了那篇童话的萌生："那天早上，我们都醒在床上，听见工厂的汽笛，他便说：'今天又有一篇了，我已经想好了，来得真快呵。'那篇的艺术很巧，谁想他只是片刻的构思呢！"（朱自清《我所见的叶圣陶》）在杭州不过两个月，叶圣陶却写出了不少童话，还完成了《火灾》集里从《饭》起到《风潮》这七篇小说。

彼时的童话多发表于郑振铎创办的周刊《儿童世界》上。作者悉心勾画一个美的人生，一个儿童的天真乐园。1923 年，所作童话以《稻草人》为名结集交上海开明书店出版。十余年后，鲁迅在译毕苏联作家班台莱耶夫的童话《表》后，犹感念叶圣陶这部童话集的开拓之功，誉之为"给中国的童话开了一条自己创作的路"。是的，恰是叶圣陶在浙江一师勉力开掘儿童乐土的第一锹，为中国现代童话王国奠基。

还在上海中国公学中学部任教时，朱自清、叶圣陶、刘延陵便联络时在北京的俞平伯，酝酿办一个新诗刊物。他们的想法得到了诗人左舜生的支持，应允由中华书局发行。1921 年 10 月 20 日，他们在《时事新报》副刊《学灯》上，刊出了一则以诗体撰写的《〈诗〉底出版预告》：

旧诗的骸骨已被人扛着向张着口的坟墓去了，

产生了三年的新诗，还未曾能向人们说话呢。

但是有指导人们的潜力的,谁能如这个可爱的婴儿呀!

奉着安慰人生的使命的,谁又能如这个婴儿的美丽呀!

我们造了这个名为《诗》的小乐园做他的歌舞养育之场,

疼他爱他的人们快尽你们的力量来捐些糖食花果呀![1]

叶圣陶还用笔名在《文学旬刊》上发表短文《盼望》,称在报纸上看到《诗》行将创刊,盼望这一刊物能让人们清楚什么是诗,能唤起一代新诗人。为《诗》的诞生造势。

同年 11 月,相聚在"一师"的朱自清、叶圣陶、刘延陵开始着手《诗》的筹备与编辑工作。

1922 年 1 月 15 日,中国新诗史上的第一个诗刊——《诗》终于在"一师"这一母胎中孕育而生。

创刊号由中华书局印行。《诗》初定每半年一卷,每卷五期,每期 63 页,16 开本。第一卷前三期的"编辑兼发行者"均是杜撰的"中国新诗社",第一卷第四号起,因叶圣陶、朱自清、刘延陵与俞平伯都是文学研究会的成员,遂在封面上改署"文学研究会定期出版物之一"字样。至第二卷第一、二号,编辑兼发行者又恢复为"中国新诗社"。1923 年 5 月 15 日出版第二卷第二号后终刊,共出七期。叶圣陶、朱自清、俞平伯、刘延陵自不待言,汪静之、潘漠华、冯雪峰、魏金枝等一师学生亦多有诗作发表。

朱自清后来回忆说学生们之所以在新文学上有所成,多半还是因为自身的阅读与努力,与国文教员无关。这样的言说像是朱自清式笃实谦逊的

1　《〈诗〉底出版预告》,《时事新报·学灯》,1921 年 10 月 20 日。

一则注脚。然而即便是骄傲自尚的一师学生如曹聚仁者,也由衷感慨:"挽经运动"领头的"我们那一级同学,如蒋梦麟先生所说的,已经野了心的,不大收得回来。朱自清、刘延陵两先生所熏陶的文艺空气,直到后一级才开花"。一师的学生会逃了读经的先生的国文课去旁听朱先生讲课,魏金枝亦如是说。[1]

亲近他的爱好诗文的学生里,最早崭露头角的是汪静之。最初发起晨光社结社建议并努力付诸实行的,是汪静之的同班同学潘漠华。这两人又邀了魏金枝与赵平复一起做发起人,除却把一师的新文学同好如冯雪峰、周辅仁、程仰之、张维祺等聚拢来之外,还联络了蕙兰中学、安定中学、女师的文友,另外还有一师个别的教员以及当时在杭报社的编辑参加,社员总共有二十余人。朱自清、叶圣陶与刘延陵担任了晨光社的顾问。朱自清即便自己不居功,学生都没有忘记,"尤其是朱先生是我们从来文学习作的热烈鼓舞者,同时也是'晨光社'的领导者"。[2]

社名"晨光",寓意清晰可见。由汪静之写有一首题为《晨光》的诗:"我浸在晨光里。/ 周围都充满着爱美了。/ 我吐尽所有的苦恼郁恨,/ 我尽量地饮着爱呵!/ 尽量地餐着美呵!"事实上,拟定社名的潘漠华本人也有同题的《晨光》诗一首[3],一反他沉郁顿挫的调子,扎实地迎着诗题的昂扬。"晨光"初沐,还未及照射到的一侧虽然仍留有黯灰的阴影,但感受着奔去的方向,必然是熠熠生辉的。

---

1   曹聚仁:《哭朱自清先生》,《听涛室人物谭》,第 222 页。
2   冯雪峰:《应修人、潘漠华选集·序》,《应修人、潘漠华选集》,人民文学出版社 1957 年版。
3   宣平旅杭学会编:《晨星》创刊号,1921 年 11 月 25 日。

1919 年 10 月 10 日,指导老师朱自清等与社员们一道,在平湖秋月、三潭印月、葛岭抱朴道院等处游览、座谈,晨光社宣告正式成立。作为浙江省最早成立的新文学团体。晨光社还订立有章程。[1] 约定每月聚会一次,评判近期的诗作,或交流习诵诗文的心得体会,或以一经典名著为具体文本例证进行讨论。出版《晨光》周刊一份,登载社员的作品。社团活动的形式是灵活多样的,可以是听演讲,或是游览留影,或是座谈聚餐。在这样融洽轻松的氛围中,不仅可以方便社员自由交流,亦让常常因为认真拘谨而局促不安的朱自清能更好地担任其"盟主"一职。[2]

顾问们对学生鼎力扶植,《诗》上屡有晨光社员的作品发表便是明证,而隐匿于光鲜背后的耕作灌溉,是多少次"批改"的切切。回应这样呵护的光芒的,便是成长。晨光社中相当一部分成员由此启程,踏上新文学之路,过处遍有花草相生。而由晨光社中几位骨干连同应修人集成的湖畔诗社,卓然是其中一葩。朱自清认得且懂得这几个住在诗里的"孩子","他们住在世界里,正如住在晨光来时的薄雾里"[3],他撑起手,守护着少年的清新烂漫;又扬起声,要引已然有了"成人之心"者的了解,令这不曾覆上现实颓唐的坦率可喜不被障壁不见。

朱自清努力恳切地做着这样的沟通,然而低下头去,他自己的当下也亟盼解答。长诗《毁灭》写于 1922 年冬,诗前有小序,言及写作缘由,称:"六月间在杭州,因湖上三夜的畅游,教我觉得飘飘然如轻烟,如浮云,丝毫立不定脚跟。当时颇以诱惑的纠缠为苦,而亟亟求毁灭。情思既涌,心想

1　潘漠华致沈雁冰函,载《小说月报》第 13 卷第 12 号。

2　魏金枝:《杭州一师时代的朱自清先生》,《文讯》第 9 卷第 3 期,1948 年 9 月 15 日。

3　朱自清:《读〈湖畔〉诗集》,《文学旬刊》第 39 期,1922 年 6 月 1 日。

留些痕迹。"

虽为挚友，但衡量间总有参差。与俞平伯之寓情于"俗物"不同，朱自清的闲情生不出别一番偶寄来，杭州城站与清河坊喧阗的市声只会让他"头昏"，他只爱向湖上去。他本人在《新诗杂话》里界定："初期的作者，似乎只在大自然和人生的悲剧里去寻找诗的感觉。"然而，泛舟三日而沉淀的《毁灭》里一气地撇去了湖山！不可得兼的悲剧果然是由人生生发出的喟叹。

似乎啜嚅的唇齿音却在游移间开始切割金石，将人生不可能绝缘的纠结层层斩去。"毁灭"之谓，有此一说。这便是魏金枝描述一师时"想诚惶诚恐的坐在家里不敢问世"的朱自清的真相。朱自清只是不想做"冒充浪潮"的泡沫，而真正意义上的"问世"则并非不想，绝非不敢。以何问世？这才是朱自清追问的。

外界的浮沫、诱惑无干、无关，然而那些内省的情感呢？那些曾经执着的信念呢？那些网罗、渊源同样无法把握，无法进行一以贯之的价值审判。不是遁于外物，也不能从所谓普世价值里获得赎救，只是倘若撇去外部的那些还谈来容易，那么动摇了曾经的砥柱该是怎样莫衷一是的苦痛。"毁灭"之苦痛，有此一道。

然而朱自清真正的"背时"不在天下见者有份时独守隆中，亦不在撇清一切而以怀疑抱残守缺；反之，这两项亦是他要撇去的。他之"背时"在于明省自己除"读书""卖文"外别无可为，却还是要"问世"。"毁灭"之后生，有此一执。

因为执着，所以要撇去；既然有撇去，就不能不有所执。这里给自己的支点，便在于"刹那"。在无法得出刚好的办法之前一定还要"问世"，那么

"刹那主义"绝不是消极怠懒,更非模棱折中。在没有得出"刹那"之前焦灼,在得出之后依然焦灼,这是因为朱自清的认真恳切。因为真要实践"刹那"不可不全神皆注,而忠厚于人于己的他何尝不明白"刹那"终究也只是暂时的答案。

二　"湖畔"学生社团:《浙江新潮》之后
"无所为而为的做诗"

湖畔诗在民初的风景如花草之春。

"五四"新文化运动波及浙江省立第一师范学校,社会革命与文学革命一时此起彼伏。前者以"一师风潮"为表征,后者湖畔诗社的萌生或可视作一个缩影。引人注目的是,施存统无疑是鼓动"一师风潮"的学生领袖,以其为首组建的"浙江新潮"社,从所起社名或刊名中即已透露出社会弄潮儿的独有钟情;而与施存统同班的汪静之,彼时却无心弄潮社会政治的风口浪尖,但将那少年意气、青春激情挥洒、寄寓于诗。难说作为诗社发起者的他与同道当初将其命名为"湖畔"时是否已有意标明立场,但有鉴于学生社团中"浙江新潮"社赫然在前、绕不开之史实,取名时或多或少应有所比照,如是,"湖畔"之意义便显然不止是诗中复沓吟咏的风景与意境;而可引为少年诗人所持疏离政治"新潮"、相对边缘的站位的某种象征。

传统史观每每过分强调历史的应然性、必然性,无视或忽视一些偶然性因素的存在;而现代史学却将历史的偶然性因素一并置于研究视阈。这一耐人寻味的转变移至文学史亦然,恰是那些看似日常、琐碎的情节乃至细节,某种程度上竟然有可能决定了一部文学史的衍变、发展。故此,以下对湖畔诗社史实的探微烛隐,其意义应不只限于史料层面的钩沉考订,时而也兼及诗社相关观念的重新定义与辨析。

在《湖畔》印行之前,潘漠华写信给应修人,建议封里印两行字:"我们歌笑在湖畔／我们歌哭在湖畔"。应修人看了之后,即被这两行字的涵蕴震慑。并非归纳的表征,而是自我意识的本质——那无可摆脱的生命价值——青春。这四个其实性格迥异的年轻人的诗,凝成一集,就是因着这个特质:青春正好,恰可率性歌哭歌笑。

就是这样的因缘际会,不早一步,也不晚一步,紧候胡适等诗人"尝试"之后。事实上,对于文白结合过渡而言,湖畔诗不承前,不启后。中国古典诗歌的高屋建瓴之下,白话诗歌的演进臻至也应是形式与心绪的巧思合一。这发展过程中,未必需要有"湖畔"这样一个带有"不衔接"的异质性的诗派出现,但因为湖畔诗人的脱颖而出,其他的假设性便不复存在。

已是夏天出的湖畔诗第二集《春的歌集》[1],便没有第一集《湖畔》来得好,与《蕙的风》修改后不如初版的道理一样。什么时候就应做什么样的事情,也不纯然因为有相似心境就可以做,但无论如何,切忌强作。这与鲁迅评价汪静之的诗是同样的道理。幕布永远欣然为一个新人开启,即便是第一声号哭也是动听的。

缘起是 1920 年汪静之就读浙江省立第一师范学校,在《新潮》《小说月报》上发表了新诗,当时在上海中国棉业银行工作的应修人注意到了,就开

1　《春的歌集》,湖畔诗社 1923 年版。

始给汪静之写信,两人就此书信往来,从斯年 1 月到 3 月底,各写了十几封。

1922 年 3 月底,应修人请了一个礼拜的假,决定去一次杭州。既是会晤诗友的湖畔春游,心情自然是兴奋的。临行前,他特地去拍了一张照片寄给汪静之,好让他能按图索骥,在火车站顺利地接到自己。但这照片何尝不是为自己这雀跃心情留的纪念。在相片里的瞬间,应修人身着长袍,左手拎着手提箱,右手执礼帽,头向右侧微倾着,似是要摆出一种行游客者的随意潇洒来,但微上扬的嘴角窃窃的已经沉不住气。照片背面他自己写的三个字更是昭然:西湖去!"西湖"下面是添了横线的,"去"字后更加了叹号! 在诗集《湖畔》里,我们固然翻捡到漫是那年春湖边四人的游踪,却总不能亲见那一时的大好,但这静态的室内未达的一瞬,却陡然乍现。

果然,3 月 31 日,汪静之在城站月台上,不费什么气力就接到了从相片里扑面而来的应修人。汪静之陪着应修人到了湖滨的清泰旅馆安顿下,下午就开始游览。据汪静之晚年回忆,乘小船去了三潭印月等处;但应修人的日记记载,当天是去了孤山与西泠印社。应修人提出第二天游湖时要汪静之再携两位诗写得好的朋友同来。为什么是二人而不是三位或者更多?这湖畔社的四人之契一却是因着西湖里的划子。关于西湖的划子之小且不稳定,叶圣陶也提到过[1],在不大的西湖里置几只这样的划子却恰好,四人相坐对谈的位子也相宜。于是第二天一早,汪静之就带着应修人去一师见了冯雪峰与潘漠华。但汪静之的回忆说是此时才决定介绍这二人似是漫漶;冯雪峰谈及这段结识,却说之前已由汪静之介绍,与潘漠华一道同应

1　叶圣陶:《三种船》,生活书店编译所编:《三种船》,生活书店 1935 年版,第 1 页。

修人开始书信往来了。[1]

　　毋论哪种肇始,4月1日,四个人在一师碰面了。陪应修人参观了校园之后,就此开始了水里路上的湖畔行程。穿柳浪闻莺行至雷峰塔,沿南山到苏堤、花港观鱼,再由岳坟登栖霞岭。本是志趣相投,又兼得山色湖光,怎样行行复行行也是不为过的。即景而萌的诗,仅在收录六十一首的《湖畔》中,就占得七首。一切流达浅畅的话语便是景语,便是情语。如应修人的《我认识了西湖了》白描素摹的那般:

　　　　　　从堤边,水面

　　　　　　远近的杨柳掩映里,

　　　　　　我认识了西湖了![2]

　　换个角度看这湖山变着层次,追逐着各个不会轻易为认知者驻留的湖山层影侧面,投入其中,又跃然其外,就是这样的意思。旧时,年不足二十的柳永作咏钱塘的一阕《望海潮》,词中一句"重湖叠巘清嘉",便是与应修人的小诗同样的山外青山之况。铺陈赋比,即是少年才子的华彩盈然,不同于修人布衣长袍一袭的朴质清新。

　　诗兴游兴皆盎然的行游间歇,他们也传阅着彼此的诗作。应修人即提议从众人的诗稿中择出一些,由他编选成一册出版。这便是诗集《湖畔》的由来。

1　冯雪峰:《应修人、潘漠华选集·序》,《应修人、潘漠华选集》,人民文学出版社 1959 年版。

2　《湖畔》,湖畔诗社 1922 年版,第 3 页。

关于湖畔诗社成立的时间与地点，即使是当时的四人，也有着不同的说法。汪静之回忆说是 4 月 4 日在位于孤山的西泠印社四照阁，四人边喝茶边起的兴；根据应修人的日记则是 4 月 5 日因为下雨未能出游，于是四人就聚在投宿的清泰旅馆，因为要出版《湖畔》，修人便有成立湖畔诗社的倡议，大家一致同意；而冯雪峰的讲法则更决绝，据他说，"湖畔诗社"的名义就是为了自印出版而用上去的，当时并没有要结成一个诗社的意思。[1]

另外，《湖畔》中原本只选了应修人、潘漠华、冯雪峰的诗作，但考虑到诗社四人缺一即不完全，便从汪静之已交上海亚东图书馆准备出版的《蕙的风》的底稿里，又抄出六首小诗加入《湖畔》集。自然这一举动，象征意义要大于选编的意义，以至于不明这情势就里的评论者有这样的慨然："静之君太不用力了，只做得几首小诗；并不见得怎样的出色，不免叫我失望！"[2]

4 月 6 日，应修人的访游圆满结束，乘火车返沪，汪静之三人在城站月台相送。应修人趴在车窗口对三人说："想起一件要紧的事，《蕙的风》最好也作为《湖畔》诗集之一。"这句话是随风而至的，因为此时火车已然开出。三个人的回应就写在信里，要修人去亚东图书馆洽商：《湖畔》诗集也由亚东图书馆出版，而汪静之的《蕙的风》则作为"湖畔诗集"系列之一。应修人回信提议，《蕙的风》的装帧印行格式应与《湖畔》一致。然而亚东并不接受《湖畔》的出版，也不同意将《蕙的风》与《湖畔》统一一式排印。于是应修人便想将《蕙的风》从亚东处撤回，终苦于无法筹得经费而作罢。

已经出过白话诗集《尝试集》《冬夜》，并正准备出版汪静之的《蕙的

1　冯雪峰：《应修人、潘漠华选集·序》。
2　旭光：《读了〈湖畔〉以后》，《虹纹》1923 年第 1 期。

风》的亚东图书馆,是当时专出新文学著述的机构。作为中国近代出版业
颇具影响的一家业者,不肯接受《湖畔》的出版,销路问题后的潜台词还是
因着"湖畔诗社"的名号乍现江湖,仅仅以出版者的身份还吃不准这样上门
自荐的品质,所以不能回报像湖畔诗人们一样的青春激情。而斯时的汪静
之毕竟已受过周氏兄弟与胡适的肯定、指教,诗名在外;此外,还有一层关
系,亚东图书馆由安徽绩溪人汪孟邹与其侄汪原放经营,供稿者很多是绩
溪同乡,如陈独秀、胡适、蒋光慈、陶行知等,作为小同乡的汪静之受点帮扶
也无可厚非。错过《湖畔》是亚东有意无意之损失,所幸湖畔诗人的青春盛
大无敌,些微的顿挫怎挡得住她的自在开放!

而事实上,湖畔诗人自己亦已考虑并从细部落实营销问题。这自然是
关乎诗集的影响、读者的回响,而不纯属收入利益方面的考量。比如《湖
畔》封面共用五色,成本大约是八分,整部诗集按照潘漠华三人的建议定价
两角,应修人却一度担心诗集的定价高了,"身价不大高贵的人们"可能就
买不起;但为了《湖畔》的整体品质,"不能不如此"。书尚未出,都已在商
定登告白时"湖畔诗社由杭州第一师范汪静之或上海河南路 2 号修人转"。
考虑到有人在别处见到诗集想买,却无处寻找,所以要注明发行或代售处,
而联络各处代售,亦是劳心劳神。

不过《湖畔》之幸在于,诸位新文学大家不仅亲切热忱地认定提携,甚
至琐碎杂务都躬身亲为。比如周作人以笔名"仲密"为其在 1922 年 5 月 18
日的《晨报副刊》杂评栏发了一则《介绍小诗集〈湖畔〉》的推介。而作人此
番可谓是自销自赞,他本人即是《湖畔》在北京的"代售主理":湖畔诗人们
寄来的一百本诗集,就是他托了北大出版社与新知书社寄售的。对于这一
层,周作人并不讳言:"至于广告这一层,我想也没有什么要紧;即使是自己

的著作,只要自信还有一点价值,便是自责自赞,在或一范围内也是人情之所容许的罢。"

远的如北京的周作人,邻近的便是"湖畔"一师学子的老师们——朱自清、刘延陵几位了。潘漠华告知应修人已请朱自清作文评议后,修人又回信叮嘱再多说几次;并提出"能求延陵先生在《诗》上批评不?"刘延陵时任《诗》主编,修人要求漠华等"或者自拟一小段'国内诗坛消息'去",好刊入《诗》上。又在之后信中第三次追及:"自清先生文已投寄否?最好能揭载这期,《诗》里呢?"潘漠华回信说自己已经把朱自清《读〈湖畔〉诗集》一文寄出,但可能因为郑振铎搬家的关系,没有当天及时收到,所以就不能在当期的《文学旬刊》登出来了。

《湖畔》由应修人筹资一百九十五元,于1922年4月出版,初版印刷了三千本,寄售处为北京:北大出版社、新知书社;杭州:问经堂、有正、商品陈列馆;上海:亚东、泰东、中华;各省:各大书坊。上海《时事新报》副刊《学灯》、《民国日报》副刊《觉悟》与北京《晨报副刊》上,都登上了《湖畔》的出版广告:"《湖畔》诗集,诗六十一首,小本,横行印,一百页厚,实价二角,寄费一分。"

虽然晓东在《"湖畔诗社"始末》一文中说,"《湖畔》的出版,在社会上引起了强烈的反响……得到了广大青年读者的热烈欢迎"[1],但至少应修人5月14日致潘漠华的信中还说:"一年内恐销不完。定价方面似乎有些关系。"而潘漠华在信中也为《湖畔》的销路郁郁:"《湖畔》销路底迟疑,真出乎我们初意之外。杭州至今才一共卖去廿本,写信来买的一本也没有。

1　晓东:《"湖畔诗社"始末》,《西湖》1982年第4期。

我们底《湖畔》这样不被人欢迎,几乎使我怀疑到诗底好坏上来。"接着,应修人谈及来他处邮购的,不过两本。干练如他,也多少有些颓唐,不再坚持销路不佳是因为定价太高,"价贵"只是"小因",而推论出的"伟因"竟是"我国爱好艺术的太不多了"。这样径自责怪受众,实在是因为压抑失望的缘故。到 6 月初,书在上海销出了两百本。应修人以陈望道的《作文法讲义》也不过门售一二百本之例,聊以自慰。6 月中旬写信嘱与周作人联系代售《湖畔》事宜的潘漠华,如果北京要添售,尽可写信来,"还有千把本堆在我房里"。第二年再出《春的歌集》时,就只印了一千本了。"强烈反响""热烈欢迎"的价值,也未必"销得很快"。

封面是应修人托上海美专的朋友令涛(亦是《蕙的风》的封面画者)画了两幅备选,封面的印色也考虑单色、彩色两种。"它只是一本比手掌稍稍大一点的小册子,封面上装饰着一小条横幅的三色图案,象征地也写实地描出白云、青山、湖光与苇影的景色;两个小黑字体标出它的书名《湖畔》,下面用更小的字体印着它出版的时间:'一九二二年,油菜花黄时'。"[1]应修人的妻子曾岚回忆,当时她正在湖北省立女子师范就读,同学们都喜欢《湖畔》《春的歌集》的小巧玲珑、装帧精美。这样小小开本、清隽可人的风格,确是形式与内容的吻合统一。

1922 年 4 月下旬,汪静之、潘漠华、冯雪峰参加了一师的春假旅行团,游览湖州、苏州、上海。在上海逗留的三天,四位诗友湖畔小别后重又聚首。据汪静之回忆,1922 年时通信往复得最勤,1923 年之后渐缓,"五卅"惨案之后就稀了,四人的通信总数可能有几百封。

---

1   楼适夷:《诗人冯雪峰》,《诗刊》1979 年第 7 期。

"湖畔诗集"第二辑《春的歌集》,在 1922 年《湖畔》出版时便已开始商讨编选的问题。原本计划还是出四人的合集,应修人让一师三位同人自己选定诗稿寄他,潘漠华、冯雪峰照办,汪静之却迟迟奉欠。缘由是他 1922 年暑假始直至下半年都在上海学英文,没有写诗;1923 年春回一师后,又起了学写小说的念头,诗写得很少;而《蕙的风》出版带来的名气,亦让他起了爱惜羽毛的念头。应修人一再劝勉不成的遗憾也就保留到了成册时。《春的歌集》集三人诗一百零五首、冯雪峰文一篇,仍旧由应修人出资,于 1923 年 8 月编成,岁末出版。《春的歌集》比《湖畔》厚上一倍,定价却只作两角五分。虽然此番的结集只是三人作品,但还是有着汪静之的参与——汪当时的女友、后来的妻子符竹英画了《春的歌集》的封面,画的是"花冢",下一新坟,上缀一些深蓝色的流云——"虽不大好,终是自家人画的"。

1924 年,魏金枝与谢旦如加入湖畔诗社。魏金枝的诗集《过客》原拟作为诗社的第三集,后因缺乏经费,未曾付印。谢旦如自印了《苜蓿花》出版,作为第四集。至此,再未以"湖畔诗社"之名出过诗集。诗友赵平复(柔石)去世后,被追认为诗社成员。另外,还借湖畔诗社名义出版过以发表新诗为主的小型文学月刊《支那二月》。1925 年 2 月创刊,同年 5 月休刊,共出四期。

《支那二月》创刊号以"本社同人"名义发表《致读者》:"我们四散地生活着,生命都在一种黄昏的紫雾里辗转地前进;我们有时不能不叙录我们的遭际。主张出版这《支那二月》,一方面固然想多结些人世的法缘,一方面也不过想减些我们挣扎路上的寂寞罢了。"[1]嘤其鸣矣,求其友声。除却

1　《支那二月》第 1 卷第 1 期,1925 年。

诗社成员,在其上发表作品的还有建南(楼适夷)、何植三等人。

之后所见的评述中,大都强调湖畔诗人吟咏的爱情,这大抵不差。但此处的爱情是与青春不可分提的,是独特青春期时的爱情。归结所有的物象、情绪、语言、颜色、跳动,一切的一切都还是因为哭而笑复始的少年青春。

> 杨柳弯着身儿侧着耳,
>
> 听湖里鱼们底细语;
>
> 风来了,
>
> 他摇摇头儿叫风不要响。
>
> 《杨柳》[1]

这是四人中最年轻的冯雪峰作的。当杨柳侧着身时,我们恍然能见到同样专注着侧着身的孩子,望见他的入神,于是我们也被引起兴味来走近湖畔。他发现了,对我们作嘘声的表示,就像对诗句里的风,沁嫩的杨柳都是他的稚气,因为"摇摇头儿",还居然"叫风不要响"! 这五个字口语化得太有趣。

冯雪峰是追着小黄狗、迷着小红鱼的孩童,他的天真自不待言;即便是最沉郁顿挫的潘漠华,苦痛眼泪自然不一定会明朗,却也是青春的哀伤怅惘:

1　《湖畔》,第14页。

稻香弥漫的田野，

伊飘飘地走来，

摘了一朵美丽的草花赠我。

我当时模糊地接受了。

现在呢，却很悔呵！

为什么那时不说句话谢谢伊呢？

使得眼前人已不见了，

想谢也无从谢起！

《稻香》[1]

"却很悔呵！"道白一句，总结懵懂少年的情窦初开，恰作骑墙派时的讷讷无语。

湖畔四人中最年长的，当时唯一不是学生身份的应修人，处事最为细致停当：

不能求响雷和闪电底归去，

只愿雨儿不要来了；

不能求雨儿不来，

只愿风儿停停吧！

再不能停停风儿呢，

就请缓和地轻吹；

1　《湖畔》，第44页。

倘然要决意狂吹呢，

请不要吹到钱塘江以南。

钱塘江以南也不妨，

但不吹到我的家乡；

还不妨吹到我家

千万请不要吹醒我底妈妈，

——我微笑地睡着的妈妈！

妈妈醒了，

伊底心就会飞到我底船上来，

风浪惊痛了伊底心，

怕一夜伊也不想再睡了。

缩之又缩的这个小小儿的请求，

总该许我了，

天呀？

《小小儿的请求》[1]

诚然，这样"缩之又缩"的请求，到了后面简直是孩童的娇嗔了。却吻合那"西湖去"照片中人还在相中、心已先跨一脚的感觉。撒撒娇也不为过吧？

自然、情爱、母爱，还有友爱，还有人间百态，抒写什么也是彼时的青春文学。

---

1 《湖畔》，第 70 页。

不过湖畔少年们也会在爱情之置诸一切而罔顾与道德无形的枝蔓捆绑中纠结。特别是当反对者祭起此部分开刀,那么在驳斥时就会立足于此。湖畔诗人的青春之爱就是简单说我爱,想见;说我喜听你说你爱,你亦想见——直白的美好与圆满。而对比庙堂之高或是山林之远,是硬要把这样的简单拖入暗黑、赘重与猥琐,或矫饰作林林总总的意象象征,说些"曲终人不见,江上数峰青"的昏话。这样的偏着两极,才会让"狎妓"与"访僧"成为两道不可或缺的文化盛事。主流文化中的边缘,又或挣扎在民间文化中出现,陋、俗、浅不可避免。

西子湖畔素是情之所至,但多的是衣袂飘飘,旁人事不关己的仰慕风雅即可。道这梅妻鹤子的不食烟火,冯小青对影成恋的隔绝封闭。杳远羸弱,凭波荡至,任风吹散。即使凌厉激越如白娘子,也在雷峰塔下挣扎,更只是游人赏玩的一道风景。东方的残忍是镇压都要深埋地下,西方人还给一方城堡住焉。而这单纯的镇压爱情不是最悲惨的,最悲惨的在于就连解救都是带有东方伦理色彩的孝子救母路数。白蛇之子非去过朝廷镀金,才得以感天动地救娘亲。归根结底,为爱情被镇压的,拿什么来给爱情救赎?

时过"五四",延续至今,不仅在某些特殊年代里,无论是诗作者本人还是评论者都还需要这样的"反封建"傍依,似乎不借此名义便不能赢得爱的合法性。但如果我们以现时的褊狭回到现场,最初听到的是朴质实情:"他们是不求解放而自解放,在大家要求不要束缚的时候,这几个少年便应声而自由的歌唱起来了。"[1]事实上,湖畔诗人不带沉重镂刻的文化记忆,只是他们这时兴高采烈露出的天足正好被看上,拿去与缠脚摆在一块儿。但

1　废名:《湖畔》,《新诗十二讲》,第110页。

天足怎么会非得是反抗缠脚而来的呢？就比如被胡适赞过的汪静之《月夜》末章：

> 我那次关不住了，
>
> 就写封爱的结晶的信给伊。
>
> 但我不敢寄去，
>
> 怕被外人看见了；
>
> 不过由我的左眼寄给右眼看，
>
> 这右眼就是代替伊了。……1

这里的新鲜是爱得痴了冒出的傻气。

《蕙的风》面世之际，正逢闻一多、徐志摩等新格律诗人崛起。如果说，郭沫若的《女神》因其强调诗只是一种"自然流露"，"不是'做'出来的，只是'写'出来的"主张，而遭致闻一多"自然的不都是美的，美不是现成的"这一针锋相对的抨击2，那么，缘于湖畔诗人更率性的"自然流露"，更稚嫩的诗歌语言，自然成为新格律诗派祭旗的牺牲。闻一多不无偏激地贬损"《蕙的风》只可以挂在'一师校第二厕所'底墙上给没带草纸的人救急"。然而，与胡梦华之流有别，闻氏主要针砭的乃是汪诗的艺术形式，他声明："但我并不是骂他诲淫，我骂他只诲淫而无诗。"3那其实是出于"中西艺术结婚后产生的宁馨儿"与赤着天足的乡间女孩之审美隔膜。相形之下，废

1　汪静之：《月夜》，《蕙的风》，亚东图书馆1922年版，第66页。

2　闻一多：《〈女神〉之地方色彩》，《创作周报》第5号，1923年6月10日。

3　闻一多：《给梁实秋的信》，《闻一多全集》庚集，开明书店1948年版，第26页。

名更看取湖畔诗形式的"自由自在"、诗格的"诚",而认为"新月一派诗人当道,大闹其格律勾当,乃是新诗的曲折"。[1]

沈从文则于道德观念层面为湖畔诗人进行辩护。与其他支持者的韦莫如深迥然不同,他在《论汪静之的〈蕙的风〉》一文中揭示了"情欲",言及《蕙的风》"在男女恋爱上,有勇敢的对于欲望的自白,同时所要求所描写,能不受当时道德观念所拘束,几乎近于夸张的一意写作,在某一情形下,还不缺少'情欲'的绘画意味"。[2] 按照他的意思,《蕙的风》的成功恰恰就在于其表现的欲望、引出的骚扰纯在于幼稚的心灵与青年人对于爱欲朦胧的意识。

沈从文接着提到了与汪静之同龄的胡思永的诗并与其对比。说胡的诗充满"幼稚的不成熟的理知",只是一般年轻人心上所蕴蓄的东西;而汪静之将"青年人对于男女关系所引起的纠纷,引起纠纷所能找到的恰当解释与说明,一般人没有做到,感到苦闷,无从措手,汪静之却写成了他的《蕙的风》。他不但为同一时代的青年人,写到对于女人由生理方面感到的惊讶神秘,要求冒险的失望的一面,也同时把欢悦的奇迹的一面写出了"。[3] 凑巧的是,早逝的胡思永,正是当时汪静之女友符竹因的另一追求者,沈从文这样作比较,是否知道这段渊源而另有深意,却未可知。但此番评述,颇有沈从文的风格特质。

在基本公允一致的事实上,每一个评论家多少都是出于自己的品位要求而待,发乎自己之情、止乎自己之理的。朱自清看重潘漠华诗的稳练缜

1　废名:《湖畔》,废名:《新诗十二讲》,第122页。

2　沈从文:《论汪静之的〈蕙的风〉》,《沈从文文集》第十一卷,第154页。

3　同上,第155页。

密,恰是应修人之或缺,所以评述时略以"纤巧""浮浅"贬之[1];不同于朱自清的厚此薄彼,胡风却表示对潘漠华与应修人一样的喜爱;废名则重视湖畔诗的意境趣致,浅寥几笔,出入成画境。事实上,即使是变相的蒙纱覆帜,维护《蕙的风》道德正统性的评论者们,难道看不到沈从文强调的?沈从文连接着情欲意识的肯定才是对《蕙的风》最为自然呈现的褒扬。不坦然地承认与赞美汪诗发见与表现情爱的本真,岂非吊诡地呈现了另一种阉割?

如果仅将青春参照为一个泛时代论的现象,作一个平面上自然、天真的评述,以解释"湖畔"派诗童心与稚气的特殊意义,以及它为什么会对读者产生如此吸引力,是不能解释二十岁青年的天真稚气为什么不是每一个时代都能欣赏的原因的;唯有辨析出这孩童般的稚嫩已具体沉降到中国文学现代转型的特殊性里之际,才会令人喜欢并且谅解。

三　风静人定:刘延陵的谦卑躬耕

1920 年 5 月,刘延陵至浙江省立第一师范学校教授国语与英语;次年 9 月赴地处上海吴淞的中国公学任教;1922 年初又回到一师。其间作为文学研究会早期成员的他,主编了中国第一份新诗刊物《诗》。其后考取官费留学,至此他的诗歌生涯也渐告一段落。

1　朱自清:《读〈湖畔〉诗集》,《文学旬刊》第 39 期,1922 年 6 月 1 日。

刘延陵的留学因为他的脑疾发作而中断。据研究者考证，刘延陵在南通师范学校念书时，曾与一位绣花大王的千金相恋，并私自订下婚约，后刘延陵患了天花，小姐毁弃婚约，刘深受刺激，此后常年患脑病与神经衰弱。[1]

身体层面的病痛延续得这样旷日持久，而伊始的心灵创伤在一师其间又何曾平复过？想此昔日南通师范各科学习成绩优异、后考入复旦公学继续深造的优秀少年，风华青春却从粉饰般的童话里坠入现实，断裂的刀一直插在创口，隐痛便不由人地不绝贯出。铅华经此洗净后，虽然不至于瑟缩，却是发出一声叹息的灰色的自卑。

新文化运动那种激荡的怒流冲刷而下，裹挟着触碰到的断裂物带来变化。世界与现实自然并非焕然一新，甚至因为在恒常与变化之间的颉颃赐人以前所不知的痛楚，便如刘延陵所经验。即便这样，刘延陵也未曾闭上眼睛不愿正视这既定的困厄，或怨天尤人偏激质问为何独谴我一人。经由这样与现世的互相穿透，他平静地站在那里，更近一层，体味着认同"五四"觉醒所带来的可以在人前发泄的冲动情感，以及在背后落泪的感伤理解。因而作为启蒙者本身，他却更能体味被启蒙者的遭际与创痛，体味那种现实现世中无法扭转的个体命运。将自己沉潜，以感同身受的切肤之痛，联系贯穿起需要唤醒、需要更好地爱己以及爱人的被启蒙者，这便使得他在"五四"启蒙大潮之中，吟咏出了自己的声音。新文学的启蒙本是以对人的启蒙为始，却由于国族启蒙的强势话语而未能坚守旨归一以贯之；抑或说在中国现代语境之中，对人的启蒙本来就是受国族启蒙话语挟持，并拿来

1　郑子瑜：《刘延陵诗文集·序》，葛乃福编：《刘延陵诗文集》，第1页。

器用的一支。然而即便是边缘，最终难免泯于时代的宏声之中，刘延陵对于个体、自我，仍以拳拳之心赋予关爱；对于启蒙，有着由自身的痛楚悸动而醒觉的领悟，有着将自身代入众人以感念的关注。凡此种种，使得其相较于怒目金刚或贵胄精英辈，皆另有一派丰神。

不同于俞平伯带着贵胄公子勉力向下的气度，刘延陵关于新诗的"平民化"一贯是自觉体认的，这不是衣服而是如皮肤般的熨帖。他在论述美国新诗运动援引惠特曼的原话时是如此共鸣："那个最普通、最廉贱、最相近、最易遇到的就是我。""平民化"于他，是一种由己及人的认同，铲平差别的意义反倒是其次的，是从自己出发的自我"认清"，延至他人的正面"肯定"。作为关键词的"平民化"，意味着作为个体的人的觉醒与自认。

刘延陵曾回忆，在新文化运动蓬勃之秋，他到一师任教时邂逅的一些人事。多年以后回顾，多少带有旧梦依稀的哂然，唯独学生曹聚仁及其名片上印着的"世界平民"之记忆刻骨铭心。[1] 即便时过境迁，对于"大同"的理想已产生某种距离，但是此情此景乃至细节依旧入微如斯，令人慨然。一师毕业生人才济济，而谈及能文之士，刘延陵独独谓曹聚仁为"巨擘"。

刘延陵的平民化态度里，并非带着偏执一端的情绪渐行渐远。其曾与陈独秀就"自由恋爱"有一辩。[2] 因刘延陵撰文赞成"自由恋爱"，反对"极端之自由恋爱（即堕胎、溺儿以及独身主义）"，陈独秀有为着主义的缘故将堕胎、溺儿的主因归作贫苦而非男女的只顾个人逸乐，指出刘既然已经赞成，那么有何限制可言，这多少说明"觉醒"的分歧。刘延陵由己出发的

1　刘延陵：《忆旧兴感》，葛乃福编：《刘延陵诗文集》，第 122 页。
2　《新青年》第 4 卷第 1 号，1918 年。

有关恋爱婚姻温和构想,或可以说是保守的不彻底,但确是现世里考量后果的可行。关于"自由主义",刘延陵在介绍、论述法国的象征主义诗与自由诗时谈到,自我的伸张是不要执守传统或新的种种主义,即便是真实相信其中的一种,"也只能为缓和的暗示与理智的解说""此外皆不当为"。[1]

刘延陵的努力,是在现世里求得真实。在触手可及的活着的人生里寻找更好的办法,而不是想象中的、彼岸的救赎。这种惠及大众、救赎自我的构想带着祛除激情障蔽、雕琢矫饰后的朴实。他在《浙江第一师范十日刊发刊辞》中强调这样的宗旨:一要赤条条地发表实况,二要切切实实地说出自己的理想。凡是虚无的、不切要的、能力不能达到的事,不说。在他看来,以小小的"自我"说出许多大得不能容的宗旨,似乎世界之前永远昏睡在黑暗中,"自我"的存现就带了灿烂的光明之类的表述,不说荒谬可笑,至少与他不能相容。

取材于日常是当时《诗》月刊同人群议定的不争事实,但真正平民的路向在刘延陵心中还远远不够。刘延陵在《现代的平民诗人买斯翡耳》中对"平民诗人"的肯定在于"教诗处处与活的人生相处"。即便知道这样表述的褊狭,他还是要指出最好的诗人目的"不是描写新奇的东西,而是记录生活的历史。诗固不仅有这样的一种,但这一种诗却是现代之所最爱"。这里的生活书就绝非和合一气的宏大体的诗,生活与人生是每一个人自己切实深湛的生活与人生,各自自我醒觉后的参差交互,这样的个体化才是平民化、大众化的升级版本,才称得上"现代之所最爱"。[2]

1　刘延陵:《法国诗之象征主义与自由诗》,《诗》第 1 卷第 4 号,1922 年 4 月 15 日。
2　刘延陵:《现代的平民诗人买斯翡耳》,《诗》第 1 卷第 3 号,1922 年 3 月 15 日。

郑重地说出这样的话,回报以真实的世界的是认真的生活。汪静之在回忆刘延陵师时谈道,因为刘延陵念书时非常用功,将英文字典一页一页的背得烂熟,背熟一页就撕掉一页,一师的学生便有仿效者用刘老师的办法读辞源。[1] 关于《诗》月刊的创办,他除了承担编务、撰写诗稿外,还是论介西洋诗歌的主力。朱自清提到:"这是刘延陵、俞平伯、圣陶和我几个人办的","几个人里最热心的是延陵,他费的心思和功夫最多"。[2]

若说"教诗与人生接近""文学为人生"乃是文学研究会成员一致认同的宗旨,那么他们关于"血与泪底文学"/"爱与美的文学"的论辩其实已透露刘延陵与郑振铎、沈雁冰等在何谓"为人生"的阐说中产生的歧异。貌似"相近"之间实则"相远",某些自命为进步的下层人群代言者,某种程度上是看低了人生与大众,仍旧倨傲地滞固在士的立场上吟唱变调的悯农诗,抑或不无片面地过度强调"为人生"文学"诅咒批评"现实的功能。为此,刘延陵针锋相对,直陈"为人生"文学的另一层题中要义:"非攻"——即"能启迪人的美感,宣达人的感情,而非诅咒批评的文学,既也能助成人的善美的生活,所以也就与人生有关系了"。[3]

《诗》作为中国新文学史上的第一份新诗专刊出版时,最初用的是"中国新诗社"的名义,直至第一卷第五号才注明"文学研究会定期刊物之一"。原本这份刊物的起兴在刘延陵的回忆里就是况味十足的:他与朱自清、叶圣陶聚于滨海的吴淞,从久居都市喧阗至朝晚相对于自然,这别一境

---

1 汪静之:《回忆刘延陵师》,《汪静之文集·回忆杂文卷》,西泠印社 2006 年版。
2 朱自清:《选诗杂记》,《中国新文学大系·诗集》,良友图书公司 1935 年印行。
3 刘延陵:《诗神的歌哭》,转引自解志熙:《现代诗论佚篇选辑》,《中国现代文学研究丛刊》2005 年第 6 期。

地的新颖与兴奋化作跳动的情绪,终于在一日结伴海滨步行谈到新诗时成型为实体,《诗》便由此而来。

倘若说现代意绪是在现代工业文明代表的都市中生成,过惯城市生活,日日在那"拥挤紧张"中摩肩接踵,间或龃龉横生,对那人与人之间紧张尖锐的矛盾冲突,对无形之中的异化自是感慨良多。但要别开一局,做出全新的以现代新诗为主题的刊物,如此想法却又是受到了跳跃出此境的宏阔自然风物的启悟:"我们便像生活在另一个世界里面,而有一种新颖而兴奋的情绪在胸中激荡。"[1]这不简单等同于对初现的现代文明的厌弃后,转而向自然归真,而是将现代的视野与本初流露的心绪情感所作的融合,在"天海一际"的优美壮阔陶冶下带着对中国现代新诗理想的起桨。在此,"从学校里的国文课谈到新诗,谈到当时缺少专载它们的定期刊,并且主张由我们来试办"。获得涤荡的胸襟更为开阔,更能兼容并蓄,包容反思,对美有着更敏锐的感知与珍视。

而"中国新诗社"这个实际并未正式成立的社团的名称,以及《诗》刊物名称本身的"一即是全",则推展开主编人员开另一天地不拘隅的"恢宏阔大"的愿景。所以可以有徐玉诺的悲苦,也可以有标举"血和泪底文学"的郑振铎的诗,而更充溢着《诗》主编者刘延陵那更宽广的"善美"人生追求,充溢着其学生——湖畔诗社诸诗人的青春尽兴。作为《诗》除主编人员外最得力的撰稿者,同为文学研究会重要成员的周作人则思辨着人生与艺术的交错,反对"以艺术为人生的仆役"。在《诗》刊物中他所着力引介的主题是日本的和歌、俳句,要为新诗开另一方境界,以此来成全他心中"艺

1　《〈诗〉月刊影印本·序》,《新文学史料》1990 年第 2 期。

术"那种确实存在人世间,本意却不是为什么助力,也无需助力却能贯通彼此的弹性。《儿童的世界(论童谣)》的译文表达了文艺与人生、政治种种间带有分隔线的微妙的纯粹:儿童并非成人的不成熟阶段。[1] 虽然周作人在《诗》上还特别撰文,以法国的俳谐诗对日本诗歌的借鉴生发为例,希望引得一衣带水的东方共感;然而即便是此后的小诗盛极一时之际,他所推崇的以悬停之感而无限生发的理念,依然没有被真正地领悟。

对于狭隘功利主义的"为人生""平民化",俞平伯沉吟,朱自清两难。刘延陵的主张则是要由"伸张""表现"个人的"自我"出发,这样的自由、发展、变化是无穷的,这样的充实平等才是所谓"平民化"。他强调"已成的主义有限,将来的主义无穷",用单一绝对的信条来规范无穷的自我是不可行的。"因为光明之处与到光明之路都是很多",所以,"我们断不能在一条道路上竖起'他路不通此路可行'的木牌"[2];断不能简单地将文学套上偏至的链锁,如此才是对人生的无穷意义的深情企望,是广义向"为人生"的重要注脚。刘延陵为数并不太多的诗作中有数首散文诗,其中一首《海客底故事》还被朱自清收入了《中国新文学大系·诗集》。散文诗是否为诗,刘延陵自己在《论散文诗》里所作的辩护从打破"不韵律非诗"等层面看,亦是当时诗家之大同;然而他要本只偏属刹那的情绪美感的诗意贯注全部生活的执意,却令人动容。这便是他"平民化"的最理想所在。

平民在刘延陵这里从来不是庸碌卑琐、千人一面;大众亦绝非那种面目皆无、受摆布的无能人群。每一个有力量的人汇集在一起,组成的是有

---

1   柳泽健:《儿童的世界(论童谣)》,周作人译,《诗》1 卷 1 期,1922 年。
2   刘延陵:《法国诗之象征主义与自由诗》,《诗》第 1 卷第 4 号,1922 年 4 月 15 日。

力度的群,而且各自神情生动,不作瑟缩一角、只顾舔舐创口并且被代言的怯懦之人,认真凝神的时候,就是无畏向前的英雄。他在为钟爱的学生曹聚仁编次的汇集"一师风潮"相关文章的《思痛录》写序时说,可贵的不是"知",是"知"后而"行";而最可贵的,是继续不息的"行"。"'思'底目的,就是应当悬在将来的。"若干年后,在海外撰写回忆录的曹聚仁,在手边无原本可参照的情况下,还清晰地记起刘延陵文中关于"思痛"应当起而行的两则譬喻。"给爱人咬了一口,越痛越想送给她去咬",曹聚仁认为此喻颇富诗意;"思痛正如身经百战的老将,抚着身上的创痕,英气勃勃,依然想跃马上沙场去"[1],如果前者或是带有自我揶揄的俏皮话,那么后者便是绝不甘心被挫败的壮士的满腔少年豪气了。虽个别字句的出入难免,但时隔数十年还能确切如此,回想刘延陵对曹聚仁的"世界平民"感赞一节,这师徒二人倒也真是心心相印。

除却勇敢思痛向前的日常英雄精神外,生活与艺术的趣致也绝不可抹杀。刘延陵在《诗》月刊的编辑余谈中称这份刊物并非是因为自信满满才办的,甚而至言,与席勒的文艺游戏说同道。刘延陵提出了办《诗》刊本身的"满足兴趣""满足游戏"的动机。把一份刊物办好很"有趣",为自己的刊物撰写文章也是为了"兴趣"与"游戏",归根结底,"我们(或者只是我)编辑本刊也是因为满足游戏的冲动"。他指出,尽管有些喜欢"唱高调的人"反对这样的文学态度,但他本人却不敷衍苟同,认为"不当一概而

1　曹聚仁:《后四金刚》,收入《我与我的世界》。刘延陵原文为:"'思痛'应当像英雄看见他身上底刀痕枪痕,越觉得痛,越想去上马杀贼。'思痛'应当像无意之中,被情人咬了一口,越觉得痛,越想去送把他咬。"刊于《浙潮第一声》,1920 年 6 月。

论"。[1] 作为晨光社、湖畔诗社的指导老师,刘延陵打趣谓汪静之君值得佩服的是到了杭州没过几个月就以新诗出名,过了一年多后就出版了一本诗集;而更可佩服的是,他在出版诗集之前早就结识了杭州的女学生了! 不同于对光芒四射的曹聚仁的欣赏,对青春烂漫的学生汪静之则是另一种喜爱,暑假里还借给汪静之自己的教员宿舍住,使得汪不至于与恋人因为假期而暂分两地。

　　汪静之引人争议的诗集《蕙的风》出版时原本只请朱自清作序,而未受邀的刘延陵却偏偏自告奋勇,要求写序。他这样贴上门去的原因在序言里说得明白了,他之所以力挺汪静之,是因为"太不人生"与"太人生的"之两极都不能以牺牲生趣为代价,人生需要并且应该充满诗意。"太不人生"的几千年文学道统一脉自是不消说,新文学之谓"新"便是立意要在此与其撇清。比诸胡适同为《蕙的风》所作的序中,还在将诗作为题材、形式尝试的自由反复强调,刘延陵却"似是而非"地将矛头重点指向了与文以载道的道统审判微妙近似的、"近三四年来""太人生的"倾向。此种流弊无论是对自然还是爱情题材的作品,都以内容不上品而斥之。而何为"上品"、正典? 便是无关风月的"血泪的控诉"。

　　刘延陵以其羸弱之体质,在三篇同题《蕙的风》序中却显得最为坚持。朱自清在文中表示"我们现在需要最切的,自然是血与泪底文学,不是爱与美底文学;是呼吁与诅咒底文学,不是赞颂与咏歌底文学",以恭请他人上位自甘其次的姿态方式使《蕙的风》取得末席[2];而刘延陵却毅然为自然、

1　《诗》第 1 卷第 5 期,1922 年,署名 YL。
2　朱自清:《蕙的风·序》,《蕙的风》。

爱情乃至"享乐"正名:"因为我们是为的善良的生活而生,义务与享乐皆所以'善'我们之生。"他又进一步地说,关于文学之"为人生"与"为艺术"的价值虽然受时代的影响,不过相对的轻重却没有固定的标准。[1]

刘延陵诗作的一大主题(尤其体现在他的散文诗与其他篇幅较长的诗歌中,如《铜像底冷静》《旧梦》《海客底故事》等),是时间推移中的无力感。原本的花好月圆,在永无可逆的必然中凋衰。这自然是古今中外诗歌共通的一大主题,但刘延陵自有他的块垒,此类诗作在他那里都获得一个类似故事讲述的表达,空间别设时间却推进,无论怎样的温情脉脉还是浓情深重,最后还是无可留存的怅惘。存在至消亡的不可逆转、不可撤销便是神话,是故事,是普遍人类与特殊刘延陵情感的原型。由个体价值而始亦是创造社诗人的出发点,但是在夸张的豪情与歇斯底里的自怨自艾中看不到有放眼开外的淡定。而刘延陵尽管也不掩饰自己的苦痛,却不怨尤,简单的因为孤独而发出的自我暴露的悲鸣不是他写诗的情衷。他认为自己的凋零是常态,是每一年必须落下的秋叶,明年会有春。新生长的,固然可能是自己,但是更有可能是他人。要做到保持这样感而不伤的真诚远眺,背后必然有一种庞大的感情支撑,这便是他的天下大同。

具体到诗作中的细部,可以看见他对于光影变幻里,角落、幕后、阴影中的迷恋。他总是不由自主地流连,或者走向暗处,与最盛大的日光底下昂首挺胸的站位保有距离。比如他那首广为人知的《水手》:

---

1 刘延陵:《蕙的风·序》,《蕙的风》。

月在天上，

船在海上，

他两只手捧住面孔，

躲在摆舵的黑暗地方。

他怕见月儿眨眼，

　　海儿掀浪，

引他看水天接处的故乡。

但他却想到了

石榴花开得鲜明的井旁，

那人儿正架竹子，

晒她的青布衣裳。[1]

　　全诗仅两诗节，分别描绘了水手以及由水手的思绪构象的"她"——
凝成舞台灯影感极强的两幅定格。比对水手"两只手捧住面孔""躲在摆
舵的黑暗地方"的实在，"她"所在的醒目却是虚拟，却偏是虚构的场景晃
眼的"鲜明"，是人物景物形象鲜明，是色彩鲜明，是月下花开的清明。定
格里却更有动作，满是情绪！正因为定格里有这样的悸动，所以才"怕
见"。可是"怕见"又怎能"不见"，务实怎能不追梦？水天交接处正是破
开暗翳之所在，怕见处因不可得，而心中的投射终归逾越障蔽，月照
两端。

　　又如《蔷薇与夕阳》，夕阳与蔷薇在厮守一天之后，终将分离。命定这

───────────

1　刘延陵：《水手》，朱自清编选：《中国新文学大系·诗集》。

样的分别,所以在相守的时候便带着哀伤。就连作为发光体本身的太阳,无论怎样的不舍,也不得不与他的蔷薇相错,行向不同的另一方,一步一步,沉入不可知的夜的暗影之中。可是,恰是因着那如死一般强的依恋,在太阳一步步倒退去时,在他隐落树梢之下后,犹能努力地翘首,目光穿越树叶的阻隔而再一次窥见了她;犹能使她那一度"苍白得如同石膏的造像一般"的脸上,因感染着"他临别所赠的爱"——那经由叶隙投射下的"细碎闪烁的金光"复熠熠生辉。

不曾陷身于黑暗,自会差几分对光明的渴求。因着光明与黑暗之间的彷徨交错,才有了属于自己的向隅而歌的诗美剪影。

四　晨光里的"罪之花":潘漠华诗歌创作个案探析

没有潘漠华,便没有晨光文学社,基于晨光社核心基础上的湖畔诗社也会有所或缺。而潘漠华却是湖畔晨光、青春辉映里的一个"异数"。与他人青春的明丽或偶有浮云的忧郁不同,对潘漠华而言,与青春共生的是他无法切割的罪恶感,在那爱情萌醒之时注定不被原谅;而诗便成了他深味人生痛苦,试以超越与救赎那注定无望的情感宿命的唯一途径。那偏于一隅、背负沉重的个人吟诵,于湖畔的青春重奏中,遂鸣响出别一种音色。

潘漠华十五岁时,自浙江宣平县立师范讲习所毕业,执教于本村小学。二哥潘详考入浙江省立第一师范学校之后,心眼开阔,常常会寄一些传播新思想的报刊回乡。时值"五四"前夕,潘漠华受此影响颇深,未入学先受其教。

1920年夏,十八岁的潘漠华也考入他心向往之的浙一师,由此开始新诗的创作。潘漠华恰与汪静之同班。因为自己写新诗,一看汪静之也在作,便生出亲近感,结成了好友。随后,柔石、魏金枝等也因共同的兴趣志向而加入。

漠华有了一个想法,何不以此为根底组织一个新诗社团呢?浙江第一个新文学社团——晨光社就在他的提议下,渐渐有了雏形。参加者除了经常一道谈诗论文的潘漠华、汪静之、冯雪峰、魏金枝、柔石等一师同学外,还有惠兰中学、安定中学与女子师范学校的新文学爱好者,共二十余人。至于指导者,潘漠华更是请了时任一师国文教师的朱自清、叶圣陶、刘延陵来做晨光社的顾问。

社名"晨光"二字是潘漠华拟定的,除却字面容易生出如光明、希望、未来这些引申之意外,据说还缘于汪静之曾写有一首题为《晨光》的诗:"我浸在晨光里,/周围都充满着爱美了。/我吐尽所有的苦恼郁恨,/我尽量地饮着爱呵,/尽量地餐着美呵!"但事实上,潘漠华自己也有同题的《晨光》诗一首:

> 晨光从云托着的太阳里射出,
>
> 透过迷茫的大气,
>
> 照映在每一个底身上手上,
>
> 跳着在每一个胸膛里底热血:
>
> 紫薇也点头了,

　　乌桕也欠伸着摇伊底红衣了，

　　玉兰也揉着伊底眼睛了，

　　蔷薇也高兴得舞起来了，

　　呵一切，——一切都从梦里醒来了！

　　于是诗人微笑了！

　　从久愁着的枯湿的脸上，

　　涌出欣悦的有希望的笑的花了！[1]

　　此诗作的特例，竟一反他沉郁顿挫的调子，扎实地应和着诗题的昂扬。特别是最后的自抒，"笑"与"花"这样正面的表情在这位"久愁着的"诗人"脸上"真不多见。2002 年潘漠华百年诞辰时，他的家乡浙江武义县委宣传部编的纪念集名为《永远的晨光》。这"晨光"不知是否含着对诗人英年早逝的唏嘘，如果有，那么以其自己的诗名命名，就带着些许反讽的宿命感了。

　　关于"湖畔"时期的诗作，先生朱自清说，"咏人间的悲哀的，大概是凄婉之音……这种诗漠华君最多"。[2] 读《湖畔》诗集，应修人也说，"漠华的使我苦笑"；在《湖畔》印行之前，潘漠华写信给应修人建议，扉页上要印："我们歌笑在湖畔 / 我们歌哭在湖畔"，"哭"者，颇似自况。小作统计一番，《湖畔》集中共收入潘漠华诗十六首，诗中无不渲染着哀伤、孤寂、怅惘的情绪，出现决绝的"泪"字眼的就有九首。

1　潘漠华：《晨光》，《晨星》创刊号，1921 年 11 月 25 日。

2　朱自清：《读〈湖畔〉诗集》，《文学旬刊》第 39 期，1922 年 6 月 1 日。

　　境由心生,当汪静之在湖畔因爱情之欢畅淋漓而"放情地唱呵"之时 1,潘漠华正因爱情受状如炼狱的自我磨折。即以此种情绪的直接磅涌爆发的《若迦夜歌》组诗(收入《春的歌集》)为例: 若迦,潘漠华的笔名; 夜歌,不言而喻的长夜当哭的哀歌。从字面况,就是晨晚间、朝暮间、无时无刻间潘漠华与情人的相聚离别,是哀婉的诉衷情,是绝望的伤离别。

　　若只是一般的聚散,不至于要置己先于自悼而后决里。

　　　　我心底深处,

　　　　开着一朵罪恶的花。

　　　　从来没有给人看见过,

　　　　我日日用忏悔的泪洒伊。

　　　　　　　　　　　　　　　　　　　　　　　《隐痛》2

　　这"隐痛"的源头便是罪之所在,这样的隐秘不得轻易示人,只能向知己好友告解以求慰藉。同样收录于《春的歌集》里的冯雪峰《秋夜怀若迦》一文中,为好友切切的思虑表明冯显然是知情人。应修人日记中:"来漠信,说他恋人事……"(1923 年 6 月 16 日);"得漠信,说他底妹要他把《夜歌》大部分改用秋田名"(1923 年 8 月 31 日);"夜复雪信,说漠事,说我愿望他和他底妹妹逃亡……"(1923 年 9 月 10 日)。3 只是说"恋人事"未必尽然,但好端端的不同于寻常恋爱男女要宣告全天下的态

1　参见《蕙的风》初版本扉页上汪静之的恋人符竹因的题词。
2　潘漠华:《隐痛》,《湖畔》,第 62 页。
3　上海鲁迅纪念馆编:《应修人日记》,上海书画出版社 2003 年版,第 347、365、367 页。

度,却要改名,似有隐情;既然劝到要逃亡这般离经叛道,是想其所想,痛其所痛之举了。关于1922年4月15日应修人致潘漠华信中的一句"说你品格居第四,我就不信你一切话",汪静之为其注释说:"漠华为什么说他自己在湖畔四诗友中品格居第四呢? 因为他所爱的姑娘是封建礼教所不许可的,他心里一直觉得有愧,所以他自卑自责。1921年上半年他曾和我谈过他这个秘密……"[1]在后来的访谈中,汪静之掀开了最后的面纱:"漠华诗里的'妹妹',其实就是他的堂姐潘翠菊。他们俩从小感情很好,后来就相爱了。"[2]

潘翠菊本人在潘漠华纪念文集中,写有《参加革命,不盼长命》一文[3],文中罗列了一些她保存的潘漠华的遗物,除亲笔书信外,还有手稿。其中有未完成的《深山雪》一篇,是潘漠华记叙1922年寒假回乡,参加了水灾调查救济工作,深入山乡,无意中与家里以前的染布工人施火吒重逢这一段,即最终成型的《人间》。[4]

小说讲述"我"在查访灾民的时候,恰好来到施火吒的家中,见得了他的妻女以及家中的窘迫,在离去的路途中碰到了睽违多年的施火吒。文章的旨归,自然还是要落到天灾人祸、底层大众的疾苦上去。但值得注意的是,咀嚼之下,小说中还有潘漠华关涉自我的更深一层含义,在"我"碰到施火吒、跟他拉起家常时,先是"我"宽慰施火吒"境况虽不好,但请你得过也且过吧。妻子固累人,也总是妻子",为他稍稍宽一下家庭带来的心理担

1　楼适夷、赵兴茂:《修人集》,浙江人民出版社1982年版,第241页。

2　贺圣谟:《论湖畔诗社》,杭州大学出版社1998年版,第161页。

3　吴国平:《永远的晨光:纪念潘漠华诞辰一百周年》,浙江武义县委宣传部2002年版。

4　潘漠华:《人间》,《小说月报》第14卷第8号,1923年8月10日。

责,接下来是施火吒的应和转我的意思:"妻子虽累人,但无妻子,这样的深山中,更难久住了。"也就是说,施火吒并不以妻女为负累,反是当作支撑扶助。这想法让"我"深深感怀。直至尾声,"我"把这层理性感性的逻辑关系又重理与强调了一回:"他底肩上,是挂着一串一串,由人间给他的苦恼;他底棕包里,当装满人间底忧虑了。他说,'妻子虽累人,但无妻子,这样的深山中,更难久住了'。这种由苦恼丛中细细尝出的滋味,是几回使我低泣了。爱着人间,穿过痛苦去爱着人间!"

凭着"爱"活在苦痛"人间",并且借着爱,体味出这苦痛"人间"的滋味来,便是这逻辑关系所在。如果从小说本身来看,这逻辑关系只是在两人语言意念中出现,显得单薄与苍白。但于当时的潘漠华,施火吒的这番言说,是他流着眼泪微笑着去信奉的终极!不难想象,这一层情理也是潘漠华留得这手稿在潘翠菊处的缘故了。

同手稿一起交给潘翠菊保管的,还有潘漠华自小佩挂的一块银制长命锁与一对包金的银手钏。在长命锁正面下端,有潘漠华亲手镌刻上去的八个字:"参加革命,不盼长命",银手钏上则是:"包办婚姻,信物不信",不啻象征着将生命与情感的全权相委!

洞悉了这一层,就不难理解潘漠华本人与他反映在诗文中的纠结:渴望相伴守但又碍于礼法与至亲家人的感受;有破除一切的新风尚、先进理论支持,但是无论从遗传进化的科学还是单纯直观的人伦来讲,自己都觉得无法直面突破。这样无从跳脱的自我困顿与抑制,便让他首先成了哀伤的重坠,掉入水中,自我放弃浮力的下沉,感伤的波纹推衍开去,即使水面本无痕迹,但由他的视角中心观望,何处不沾涟漪?皆是小我的心情,全部是大我的描摹。"我"是不幸的,那么怀着悲悯的心来看人间遍地哀苦,这

是一种常态,也是一种善意。比如《罪徒》:

> 河边柳树下的石道上,我逢着他们。
>
> 热闹的大街上,我又逢着他们。
>
> 城脚寂静的冷巷里,搭在水面的浮桥上,我又逢着他们了。
>
> 他们推着独轮车,腰间系了铁链。凶严背着枪的警士们,三三五五地跟着。他们只能面面相觑,望得大家苦笑了,各个得了一些无聊的慰藉。他们不知青碧的天宇下,有红灼灼的杜鹃花从山脚开到山顶。他们不知静妙的夜里,有朗月和明星浴在清澈的湖心。在他们荒凉的心田上,只长满了愁闷的乱草。
>
> 我每次逢着,我咬牙蹙足走过去。
>
> 我归来后,每次想起他们来,即合十字在胸前,每次都低头歔欷着了。

这样的屡屡"相逢",自然不是一般的相逢。他的悲哀外化与自我定论已然成为一种由己及人的常态,成为一种自我判罪、自定角色的哀者见哀、自哀自怜的惯式。

他的爱是幸福与苦难的原罪,这是他已经接受的命运现实。他只能将自己置于劳燕分飞与道德评判的双重煎熬中,无法再多迈出一步去成全哪一方而抛却另一方。这就又可推衍出斯时潘漠华推崇白居易的新乐府诗的某种基准情绪和脉承渊流:《新丰折臂翁》是不舍亲情,为与家人相守而自残身体以避从军戍边却至暮年仍保持欣喜的老翁；《缚戎人》则是无论胡汉都驱逐排斥的没有归属、莫衷一是的可怜人。潘漠华又特特地注明两篇感人最深的，《李夫人》是无视白居易主观带有的"尤物惑人"想法，却只悼这死生相隔、永不聚首的情人；以劝诫"止淫奔"为主旨的《井底引银瓶》更是潘漠华引来戚戚，与奔出去找到幸福的人悍然为敌的标的物。[1]

我们除却望见诗人当时及之后在作品中的遥相致敬外，也完全可以发见诗人早为自己情感决定的终程，与为自己的心划定的牢矩。身陷情感漩涡的现在时，却已对他感情的唯一善局——为情抛却一切出走的结局——做出判断：失败。既然一定是失败，自然没必要选择，应修人后来建议的逃亡之说在潘漠华心中最初就已经被否决了。

对于潘漠华来说，完美的图景莫过于：

> 明天呵，我愿光明的天宇下，
>
> 故乡的乡南，乔仰着一株
>
> 苍老的高松，——那是我的母亲；
>
> 在那高松底荫阴下，开放着
>
> 我那羞怯的花蕾，——那是我底妹妹。
>
> 　　　　　　　　《若迦夜歌·三月八日晚途中》[2]

如何能两全其美？"撕碎""分裂"的意象充满了潘漠华的诗。他与

1　潘漠华：《白居易底"新乐府"》，《晨星》创刊号，1921 年 11 月 25 日。

2　潘漠华：《若迦夜歌·三月八日晚途中》，中国现代文学原本选印《湖畔 春的歌集》，人民文学出版社 1983 年版，第 194 页。

"妹妹"的爱,是"有缺陷的完全",与融合着"母亲的爱,家的爱,乡的爱"的
"全般的爱"终是不可兼得的。

> 终生都左手牵着母亲,
>
> 右手又舍不下妹妹底手:
>
> 我将分裂我底生命。

虽说"舍不下",但终生的左手在先排序已经决定了最终的结果:分
裂。但是又怎么能放得下,怎样终结彻骨相思,到底要有怎样一个图景才
能在现世达成彼岸的希望? 他没有真正放弃过反复追问,一直在踯躅蹀
躞,才会在闻听有岛武郎与波多野秋子死讯时,受到极大的震动。[1] 有岛武
郎,日本白桦派作家,受唯物主义学说与社会主义理论影响颇深,将自己北
海道农场所有的土地分给佃户,把庄园住宅分给农民居住,并变卖私产,作
为工人运动的经费。1923 年,他与有夫之妇、记者波多野秋子一同自缢于
日本轻井泽别墅。事件发生的现时与当事人的永不可恢复性决定了真相
的暗哑,而只可能是各人自见自在。

日本当代通俗小说作家讲述不伦之恋的畅销书《失乐园》里自耽于这
样靡靡的形容:"两人是上吊而死,从六月中旬到七月中旬的一个月梅雨期
间,没被人发现,等到发现时两人遗体已经腐烂。发现他们的人说:'他们
全身都生了蛆,就像从天花板流下来的两条蛆的瀑布一样。'"或是日本
"国民导演"深作欣二的影片《华之乱》,借有岛武郎故事努力再现大正时

1　韩劲风:《潘漠华年谱》,《漠华集》,浙江文艺出版社 1984 年版,第 348 页。

期风貌,特别是 1901 年至 1923 年关东大地震期间日本社会的发展变迁。大正年间,正是最为激越变化的年代,政治风云变幻,文艺风潮跌宕。那么,革命与爱情,以及革命与爱情的无法终局脱卸,都应该是跟世俗告别的理由。周作人说:"有岛君为什么情死的呢? 没有人能知道。总之未必全是为了恋爱罢。秋田雨雀说是由于他近来的'虚无的心境',某氏说是'围绕着他的四周的生活上的疲劳与倦怠',大约都有点关系。……我们想知道他们的死的缘由,但并不想去加以判断:无论为了什么缘由,既然以自己的生命酬了自己的感情或思想,一种严肃掩住了我们的口了。我们固然不应玩弄生,也正不应侮蔑死。"[1]

探寻爱、光明、理想的有岛同时深陷与虚无的颉颃,于潘漠华,这样多重的对应映现令其几乎崩溃。以冯雪峰《秋夜怀若迦》里的话来说,"凭吊有岛武郎,并凭吊你自己",让不能牺牲母亲与故乡的爱而做不到逃亡,"结合不得",但又"撒开不能"的潘漠华想到这样毁灭性的出路——"趁我俩能结合时,毁灭了我俩!"

　　　　我们杳杳地逃亡呀,

　　　　你我都舍不得家乡去;

　　　　故乡底夜的南野,

　　　　当天长地久有我们底夜泣:

　　　　你我都愿接受全般的爱呀![2]

1　周作人:《有岛武郎》,《晨报副镌》,1923 年 7 月 17 日。
2　潘漠华:《若迦夜歌·爱者底哭泣》,《湖畔 春的歌集》,第 215 页。

这是《若迦夜歌》组诗的《爱者底哭泣》的终结，"夜泣"的"全般的爱"实在隐现着不祥的气息。这想法是让湖畔诗友们两颊"立刻紧张"、喉咙"立刻哽咽"的"天大的恐怖"，但要如何开解安慰可得？这便是为什么湖畔诗社的诗辑《春的歌集》要特特收这么一篇冯雪峰致潘漠华的《秋夜怀若迦》文，跟在《若迦夜歌》组诗之后，压在卷末。

潘漠华翻译出版过俄国作家阿尔志跋绥夫的长篇小说《沙宁》。冯雪峰还就此事与他争执。[1] 因为沙宁是一个虚无主义者，所以冯雪峰有点质疑译介过来的意义；潘漠华说自己并非是沙宁的崇拜者，翻译这部小说是因为小说里的个性解放可以冲击中国封建伦理的禁锢。说到后来，都还有点愤然了。冯雪峰是一以贯之的简单为该小说定性，而事实上，关于虚无、颓废、绝望是否曾打动过潘漠华，引起过他的共鸣，引发了他最初的阅读与翻译的兴趣，确是微妙的表征。潘漠华在《沙宁》译序中指出沙宁以虚无与享乐主义构建了个人主义，以及这样状况的反动性与没有出路。他在最后一节说："我希望读者，能用了以上的观点来读本书。不然，我们怕没有权利可把它当作文学遗产而接受吧。"这不坚定的口气让人不禁又翻回文中，潘漠华选择了一些人物的言行，来为他这一小段却不容忽视的话作明证："郁里时代与沙宁时代，都是以个人主义为基调的。但这有点不同，一是想革命，却因为阶级根性和没有明白的政治理想之故，而不能革命，而烦闷；一是爽爽快快否认一切政治，否认一切社会改造运动，明目张胆地宣扬个人主义的反动的生活。"这应该是潘漠华忠于自己内心理解与感悟的表现。

---

[1] 江天蔚：《我与雪峰往还二三事》，《冯雪峰纪念集》，人民文学出版社 2003 年版，第 81 页。

冯雪峰与潘漠华,浙一师的同窗,湖畔诗社的好友,又分别是南北左联的领导人物,却在这共性上充满了差异性。两人曾在同游时作过相同题材、主旨的诗作。与冯雪峰的《灵隐道上》同是"同情"轿夫之作,潘漠华的《轿夫》则是在轿夫身上交融着"我"的移情:

> 倦乏了的轿夫,
>
> 呆呆地坐在我底身边,
>
> 俯首凝视着石磴上纷披的乱草与零落的黄叶。
>
> 倩笑的姑娘,
>
> 烂漫活泼的童子,
>
> 赤裸裸卧在海边号哭的妇人:
>
> 这些可使我笑可使我流泪的,
>
> 尽在我膝头展开的画册上鲜明地跳跃。
>
> 但这于他有什么呢?
>
> 他只从纷披的乱草里,
>
> 看出他妻底憔悴的面庞;
>
> 他只在零落的黄叶里,
>
> 看出他女儿底乌黑的眼睛。[1]

冯雪峰天真投入,只瞥得一眼便倾怀同情轿夫与轿中的年轻妇人,一径地在为"人间的苦痛"定性。这显然与潘漠华无论是自我本身的纠结,还

1　潘漠华:《轿夫》,《湖畔　春的歌集》,第12页。

是自我与外界之间抵牾的痛楚不同。两位诗人也同是两位革命者的些许不同是耐人寻味的。潘漠华的投入显然带着某种现代性：

> 脚下的小草呵，
>
> 你请饶恕我吧！
>
> 你被我蹂躏只一时，
>
> 我被人蹂躏是永远呵！
>
> 　　　　　　　　　《小诗六首》之一

救赎大众，在某种程度上亦是获得自我救赎。

潘漠华，学名潘训，漠华为其笔名。虽因"罪"被贬出伊甸，即便在不被赋予的沙漠中，仍要努力绽放出自己的花来——那"藏在那罪恶之下的真正的洁白"的诗魂。[1]

五　赤子之魂：冯雪峰一师时期诗歌创作个案探析

作为知交，冯雪峰对聂绀弩的评价是："他有着儿童似的天真，也儿童似的狡猾。"[2]物以类聚，雪峰虽不同于聂氏孩童似的泼赖狡诡，却有着赤

1　鲁迅：《陀思妥夫斯基的事》，《鲁迅全集》第六卷，第411页。
2　王培元：《感受绀弩》，《上海文学》2006年第8期。

子一样的天真热忱。

1919 年,时年十六岁的冯雪峰开始筹措自己的道路。他离家八十多里到了金华,以第一名的成绩代人考入了金华中学,此举的报酬是给自己赚到这趟出行的旅费,而这趟出行的目的,则是替自己考上浙江第七师范学校。1921 年春,浙江七师发生了驱逐学监顾中华的事件,带头"闹事"的便是冯雪峰。因此,他被学校开除了。

当时的浙江一师是颇负开明、兼容之誉的学府,冯雪峰怀揣同学为他筹措的 17 元钱,来到了杭州,考入了浙江第一师范学校。一师的活跃气氛,不仅令冯雪峰得以尽情释放早露端倪的激情,也成就了他的文学之路。事实上,冯雪峰一生创作的诗歌绝大部分写于浙江一师就读时期,也就是说,他的诗歌生涯始终是与他一师学生、湖畔诗人的身份吻合的。

童年家庭生活多少存在着压抑。父亲的专横、包办婚姻的苦涩熔铸成"地狱","有无论怎样也想不到的黑暗的苦楚"。[1] 但是一旦脱离那个现实的境地,悠游徜徉在西子湖畔受一师自由之风的薰习,沐承师长朱自清、叶圣陶等新文学开拓者们的教诲,孩童般天真热忱、渴慕真理的心性便完全蹦跳起来了。

现今能够寻找到的冯雪峰最早发表的诗作,是《时事新报·学灯》上的《到省议会厅旁听》。一次学校组织学生到省议会厅旁听,冯雪峰有感于此番经历的"文明"与"纪律"而作:

---

1   冯雪峰:《柳影》,《支那二月》第 4 期。

他们的意见真多啊!

六七个一齐发言。

他们真自尊而尊人啊!

击桌骂,蹬足叫,

侮辱别人的言词,直可与流氓比赛!

我又记得在小学校的时候的事来了:

有一次我们只有半数人到班,

——还有几个迟到。

今天他们一百五十个也有七十多人

不到——也有迟两点的到。

但是——不呀!

我们到班后就不能说一句或动一下,

不像他们能够自由行走自由谈笑呀!

我们睡觉——教师便敲我们的头,

他们睡觉——是能够安安逸逸地自由呀![1]

　　诗作不炫示高明的诗技,不擅于含蓄的表达,只是少年人假想中民主的神圣神秘与所见所闻的真实败坏情况的落差,"直可与流氓比赛!"——这是何等愤愤不平的直抒胸臆。"我又记得在小学校时候的事来了",开骂之后,冯雪峰忍住火气,开始摆事实,讲道理,直举出自己小学校里做学生

1　冯雪峰:《到省议会厅旁听》,《时事新报·学灯》,1921 年 11 月 22 日。

时的实例来跟议长议员大人们的行为举止作对比,说看看你们啊,竟还远远不如我们!即使要作一点小讽刺,却仍憋不住鼓着腮帮子瞪着眼睛的,这是何等的孩子气!这样带着稚气理想的观想,这样天真的不平之鸣,在他今后人生中一直延续着。

在许广平回忆中,冯雪峰央鲁迅工作时,两人间经常会出现"韧的比赛"。[1] 雪峰会直接说:"先生,你可以这样这样地做。"先生说:"不行,这样我办不到。"那么,冯雪峰就又说:"先生你可以做那样。"先生回答:"似乎也不大好。"冯雪峰还是坚持:"先生,你就试试看吧。"先生松口:"姑且试试也可以。"这固然是鲁迅的责任感使然,但冯雪峰孩童般的质直坚持还是颇为动人的。

冯雪峰早期还有题为《小诗》的诗一首:

> 我爱小孩子,小狗,小鸟,小树,小草,
> 所以我也爱作小诗。
> 但我吃饭偏爱大碗,
> 吃肉偏要大块呵![2]

对着这直白,只能莞尔了。1923 年 3 月 10 日,一师发生了投毒案,晚膳中被下了毒,师生两百余人全体饭后中毒。[3] 汪静之当时住在校外未回校;潘漠华吃的时候就觉得有异味,当即就吐了,所以中毒较轻,第二天便

1　许广平:《鲁迅和青年们》,《文艺阵地》第 2 卷第 1 期,1938 年 10 月 16 日。

2　冯雪峰:《小诗》,《诗》第 1 卷第 2 号,1922 年 2 月 15 日。

3　阮毅成:《一师毒案》,《三句不离本"杭"》,香港未来中国出版社 1993 年版。

没事了;而喜爱大碗吃饭、大块吃肉的冯雪峰就显然没有那么幸运了,他的状况比较严重。应修人 13 日接到汪静之的信形容说,"医生也保不住他底命","只有求诸神呵护"。[1] 应修人自然是紧张万分,跳上火车便来杭州,在一师调养室中终于见到"危险万分"的冯雪峰。福兮祸所依,祸兮福所至,或是正由着大块吃肉、大碗吃饭成就的体质,冯雪峰此时已有知觉。湖畔诗社三诗人便凄中带乐地在调养室里守着冯雪峰过了一夜。这时还谈起每个人各出一部诗集的打算来。一个礼拜之后,冯雪峰就能步行去灵隐寺了。

以诗见人。我们来看看这样的一幅意象:

> 月亮底下的草场中,
> 三只狗面对面地坐着;
> 看看月亮怪凄凉的。
>
> 有个人走到那里,
> 他们向他点点头,
> 仍旧看他们的月亮,
> 而且亲亲嘴摇摇耳朵。
> 他呆视了一会,
> 说,"他们相恋着吧。"
> 他流流眼泪回去了。

1　《应修人日记》,第 327 页。

月亮底下的草场中，

三只狗面对面地坐着；

看看月亮怪凄凉的。[1]

《三只狗》

三只狗。就写这个。不管是旧体诗还是白话诗，都是新鲜的东西啊。这就是童眼看世界。前后两段复沓，无论是对主体——面对面坐着的三只狗特写，还是草场的场景，或者月亮下这一对比鲜明的层次色泽，完全可以直接视像化为一幅迪斯尼电影短片的海报，片名便是《三只狗》。当然还不乏与人类的互动：向他点点头。试问狗真的会与人这么点点头打个招呼吗？接着，三只狗照旧相亲相爱地看它们的月亮，人只能流着眼泪回去了。首尾呼应的两段里，冯雪峰有个小小的、隐秘的举止。如果顺势念下去，自然是以断层的感觉来理解：狗狗们面对面地坐着，看着月亮怪凄凉的。三只狗之间相互慰藉，未免还是有点寥落寂寞啊。但是注意到这里的分号，实质上分号之前是狗狗们的爱恋，分号之后却只是诗人的情绪了。或许正因为狗狗们顾自亲亲嘴摇摇耳朵，无视了那个形单影只的人，他才心有不甘呢！这里的嫉妒才要用曲笔狡猾一番，用个分号接——"看着月亮怪凄凉的"。可这狡猾的手法太纯稚天真！

这样孩童眼中的浑然一境与掩不住的天真表述显然不乏例举。即使如《花影》这样借点小怨情的诗：

1　冯雪峰：《三只狗》，《湖畔》，第 46 页。

憔悴的花影倒入湖里，

水是忧闷不过了；

鱼们稍一跳动，

伊底心便破碎了。[1]

这无非也是与前述无二致的孩子似的出神关注一处。只是为了点这静境中最后的破水一霎，便稍有点刻意的披一层幽情。但即使有点残销的花影入湖中，水自不动，却有凝然的风绰。冯雪峰本来要为已造出的"老成"再推进一程，以"碎"来表现终极，却不成其真髓，随鱼跃的同时，不是碎裂了水的心，而是有笑纹波漪呢！

再来看《灵隐道上》：

在到灵隐去的那条路上，

我们碰到许多轿子；

但我只留眼过一把。

轿夫底脸还没有洗，

可见他们底早餐也不曾用过了；

但这时太阳已很高了。

轿内是一个年青的妇人，

伊虽坐得很端正，

却睨着眼儿看看我们；

1　冯雪峰：《花影》，《湖畔》，第15页。

> 伊虽打扮得很美丽,
>
> 却遮不住满心的悲苦。
>
> ——于是我们知道
>
> 苦痛的种子已散遍人间了[1]

　　这是一首相当有意思的诗。我们来看,"轿夫底脸还没有洗,可见他们底早餐也不曾用过了","伊虽打扮得很美丽,却遮不住满心的悲苦"。轿夫的脸洗没洗谁看的出?早饭吃没吃过谁知道?可爱的是,还要特特加一句"这时太阳已经很高了"来凸显轿夫们的不幸。而她打扮得美丽,我们知道,他看到了。但谁又知道她内心苦不苦呢?既然"我"只是"留眼过一把",强调只一把,是不屑吗?但这一把未免也看得太仔细了吧?是被美丽吸引的?但注意到这个妇人对"我"的态度是个"睨"字,就不难理解处于低位、自尊受挫,却定要抬头的高昂了。而他秉着自己内心的嫉妒拉了众人,大声的一句:"苦痛的种子已散遍人间了。"

　　纯然以自己的心情来定周遭世界的色调,是太过明显的以己度人。他义正辞严的表述与不自觉的欲盖弥彰,这自知不自知的两者无不带着一厢情愿的天真,简直可以称这样的臆想为任性的、孩子气的"妄断"。

　　抑或直接来看雪峰诗中的儿童:

> 在杭州最寂静的那条街上,
>
> 我有一个不相识的小朋友。

1　冯雪峰:《灵隐道上》,《湖畔》,第58页。

一天我走过那里，

他立在他底门口，

看着我，一笑。

我问他，"你是那个？"

他说，"我就是我呵。"

我又问他，"你姓甚？"

他说，"我忘却了。"

我想再问他，

他却回头走了。

后来，我常常去寻他，

却再也寻不到了。

但他总逃不掉是我底

不相识的小朋友呵！

《小朋友》[1]

　　这个不知名姓、不知所踪的小朋友，无非是冯雪峰的镜像。他这么真挚地问询，也并非是想知道小朋友确切的名姓状况，只是想表示并得到一种亲近，同一种交流层面上的亲近，同一种相通相体恤层面上的亲近。但事实的状况很可能是，小朋友根本是怀着戒心而模棱两可不作应答，又或者是看着冯雪峰的认真，狡黠地认为小小可欺一下。果真，冯雪峰丝毫不以为忤，反倒是把这样的以不答为作答还至透明色，自觉得颇深一层的蕴

1　冯雪峰：《小朋友》，《湖畔》，第 10 页。

意：逃不掉是不相识的小朋友。不过这也算是皆大欢喜的结局，只是他的认真地钻入自己的壳中，旁人看来不禁会被打动而莞尔。

如出一辙的还有《两个小孩》：

一个卖花生的小孩，

得罪了一个强暴的汉子；

巴掌来了，

从强汉底手里；

小孩却默默地受着，

而且微笑着。

第二个巴掌又来了，

小孩还是默默地受着，

而且微笑着。

于是强汉表示得胜的样子，

扬扬地过去了。

我当时心里觉得很不忍；

但继而思之便很快乐了，

因为小孩已知道人生底真义了。

小孩在马路旁边顽耍，

将许多的玩具都排在地上。

我走过那里，

粗莽地把他踏碎一个泥人儿；

他却笑着说,"不要紧,不要紧。"

我愿意赔他,

我取出铜子给他;

但他却不受铜子拿着玩具跑开了,

而且笑着嚷道,"不要你赔的呵!"

我当时觉得很惭愧,

但继而思之便很快乐了,

因为他已知道人生底真义了。[1]

　　所谓"知道人生底真义"的两个小孩,根本就是冯雪峰本人这一个"小孩"。所见如此是两个小孩,而因果逻辑这般的是冯雪峰。他代入"小孩"进行思考,进行价值判断。而我们发现,代入"小孩"思考的他,其实本身也就是一个小孩。第一个小孩也许是素来习惯而秉行的一种生存法则,也许是强忍怨怒,而在心里大声咒骂;第二个小孩或是腼腆羞涩,或是觉得这个小大人赔钱的行止与常人不同,有些怪怪的。但是只要进入了冯雪峰的"孩童"模式,便会一如既往地呈现出天真哲理化的面目来。他以这样的孩童化思考方式还原,本想显出成熟,却铰之本原更为积极盎然。

　　聂绀弩作《雪峰六十》中道:"言下挺胸复昂首,自家仿佛即冯翁。"[2]雪峰这赤子气质,居然感染了老年绀弩。

1　冯雪峰:《两个小孩》,《湖畔》,第64页。
2　聂绀弩:《旧体诗二十首》,《冯雪峰纪念集》,第41页。

第七章　弃文从政复又弃政从文：建党
宏业中的风生水起

一　由文人结社而渐次演变成的君子群而党之

二十世纪初叶，新知识界社团以"开智""合群"两大主义作为目标与意愿相凝聚。从某种角度而言，1920年在上海筹建的中国共产党早期组织，便是由文人结社而渐次演变成的君子群而党之。

细考勉力宣传社会主义、为中国共产党的成立奠定思想与组织基础的先驱者谱系，浙江省立第一师范学校的教师与学生无疑是不容忽视的重要组成力量：1920年5月，陈独秀发起成立上海马克思主义研究会，成员有陈独秀、杨明斋、戴季陶、李汉俊、沈玄庐、陈望道、施存统、俞秀松八人；8月，中国共产党上海发起组成立，参加会议的除共产国际的代表维经斯基外，其余十人分别是：陈独秀，李汉俊，沈玄庐，陈望道，俞秀松，陈公培，杨明斋，叶天底，袁振英，金家凤。而延安中国现代史研究会于 1947 年编撰的《中国现代革命运动史》则称：共产国际派维经斯基来华，"首先找到了陈独秀，遂于一九二〇年在上海发起组织中国共产党。当时，首先加入组织的有陈独秀、戴季陶、李汉俊、施存统、陈望道、俞秀松、李达、沈玄庐等八人"。[1]　其中，陈望道、沈玄庐、施存统、俞秀松、叶天底皆系一师师生。

自从近代中国废除科举制度、兴办新式教育以来，学校便具有了某种不完全依附于国家建制的独立性，并渐次孕育构建出一种替代昔日士林交谊中同门、同年关系的人际网络。同一学校背景所赋予的校园文化、人格教育、师生关系[2]，天然地成为近现代知识分子思想归属认同、情感投向汇合的先决意识。

浙江省立第一师范学校是斯时南方天幕中最引人注目的星座，连接起无数闪耀的星辰，交相辉映。值得注意的是，创校时期担任教师的鲁迅、许寿裳、经亨颐、沈玄庐、陈望道、刘大白、夏丏尊等都曾负笈日本。甲午战争之后，国人被相似背景的近邻强敌的崛起震撼，赴日留学生数量激增。浙江省更以"百人师范"之规模派遣留学生赴日求学。日本向来被视为师法天朝的臣属，却因"脱亚入欧"而船坚炮利，这不能不使留日学生肃然，而日本国人对中国留学生不无歧视的态度更是令弱国子民羞愤痛切，这便使得留日学生较之留学英美学生姿态更为激进。此外，革命派孙中山，维新派

1　原载延安中国现代史研究委员会主编：《中国现代革命运动史》，香港新民主出版社 1947 年版；收入中国社会科学院现代史研究室选编：《"一大"前后》（二），人民出版社 1980 年版，第 450 页。

2　许纪霖等：《近代中国知识分子的公共交往》，上海人民出版社 2008 年版，第 11 页。

康有为、梁启超等,都曾流亡日本,留日学生即便未曾加入其政治组织,也多少受到影响。故而,尽管一师师长中的大多数并非一开始就抱持从事教育的职业志愿,却丝毫不影响他们以强烈的使命感投入启蒙觉世的角色。这便是校长经亨颐之所以能不屑斯时兴起的为工业生产输送技术人才的职业教育,而倡导人格教育的重要资源。

一师的人格教育不仅在艺术层面,同时亦在生存层面激扬"文学审美主义",其立人的核心在于标立新道德。这一辈的教师们在思想意识的深处永远有着新旧二者的颉颃。摒弃儒家道统与伦理,却不能将植根于人格深处的某些传统道德禀赋一并弃绝。可以不忠君不缛节,但是岂能不孝不义?事实上,承担家庭的责任或履行包办婚姻的义务正是他们归国返乡的一部分原因,如鲁迅、夏丏尊。

这才是那一辈知识分子以"疯狂"为契机、为缘由觉醒,最终每每昏睡去的苦痛与无奈,于是裹足寄望,发出"救救孩子"心声,努力肩住黑暗的闸门。正是由于先生们用自身的牺牲积垫起来的平台,在泥沼里托起学生,使其不复因深陷被根缚,更欣然地迎向各种价值与世界观,新一代的知识分子方才得以少去"弑父"的苦痛挣扎,得以惊世骇俗地直陈"非孝"。

为着施存统《非孝》买单的便是其精神父亲——《浙江新潮》社的幕后支持者、一师的教师与掌校者。施存统等学生写出如此"不伦"文章、做出这般"离经叛道"举动,即是一师力主各项教育改革的自然之果;特别应归结于时任国文主任教员的"四大金刚"夏丏尊、陈望道、刘大白、李次九所推行的国文改革,热衷于将文学课上成社会问题讨论会,指点江山,放言无忌,时文兴趣与济世激情同其升腾。"四大金刚"中被陈望道称之为最温和的夏丏尊,正是《非孝》的审阅者与保护伞。施存统回忆称,在教职员会议上，夏丏尊挺身替他辩护，受了不少气，被责备说施存统桀骜不驯的态度是由夏惯成的[1]；而沈玄庐虽则认为《非孝》观点"没有锻炼成熟"，却仍将其视为一篇"雷霆风雨的文章"[2]。

沈玄庐在 1916 年任浙江省议会议长之前，曾接浙一师聘；任议长后，依然给予一师相当的支持与关注。在"一师风潮"时期，他不仅是学生背后"有力的策士"，更难得的是俨若"最勇敢的炮手"。[3] 而之后一直追随沈玄庐直至国共分裂的一师学生宣中华对其异常崇拜、亲近，同学称："宣中华和沈玄庐先生两个人就像一个人一样，仿佛是用的同一个脑子。"[4]

当自由主义、个人主义的言论遭遇禁锢，当社会矛盾益趋尖锐，启蒙话语不得不向更大的半径辐射，学生们青春昂扬，在急进的社会实践中纷纷将"个人"的相加诠释为"大我"。师长们便开始考虑介入社会改造的必要性与可能性。以大致的脉络而言，师长多受传统教育的陶养，之后又留学海外，虽然有着两厢都无法彻底认同的苦楚，但这痛苦的迎拒却令其获得不在任何一山中的视野，带着精英自我的审慎，"任个人而排众数"。然而，血脉相亲的牵引与对于"进步"伦理的无法抗拒，师长辈的启蒙者亦终于被裹挟进了"革命者"的"群"中。除却因"一师风潮"被迫离校与先生们在上海汇合的施存统、俞秀松，1920 年至 1921 年间，叶天底、宣中华等亦跟随而至，加入上海外国语学社，成为中国社会主义青年团的组建者与成员。

1　施存统：《回头看二十二年来的我》，《民国日报·觉悟》，1920 年 9 月 23 日。
2　转引自宋亚文：《施复亮政治思想研究 1919—1949》，人民出版社 2006 年版，第 29 页。
3　曹聚仁：《我与我的世界》，第 119 页。
4　萧邦奇：《血路：革命中国中的沈定一（玄庐）传奇》，周武彪译，江苏人民出版社 2010 年版，第102 页。

　　师长也好,学生也罢,作为知识分子,最初的社会构想都别无二致,充满了理想主义,甚至带有空想社会主义的色彩。施存统与俞秀松曾北上参加蔡元培、陈独秀、李大钊、胡适、周作人等联合发起的工读互助团,希望达到"工即是学,学即是工"、教育与职业工作合一的理想。而沈玄庐早在"一师风潮"时便提出,倘若当局要就此解散一师,便请师生们去他的家乡萧山衙前另起炉灶,为此他甘愿献出田产房子。之后一师部分师生云集于衙前发起的农民运动,确是含有玄庐力倡的"组织农学互助团"的实验性质。[1]

　　"风潮"后,曾"帮着第一师范学生自治会跟政府当局斗争的前驱战士"沈玄庐会同弃职去萧山的刘大白等筹办衙前小学。[2] 风潮中的学生领袖宣中华、俞秀松也相继加入。兴学之所以成为衙前农民运动不可或缺的重要组成部分,则归结于运动的领导者们,对于农民之所以被压迫、被奴役缘由的思考与认定。启蒙,这一带着知识分子精英色彩的旨归揭开了现代农民运动的帷幕。沈玄庐斯时发表的诗文频频提到了"愚民"这一概念,在其与刘大白直接以《愚》为题完成的组诗中便有"智人吃尽愚人饭"的指认。[3] "愚"是被侮辱与被损害的症结所在,开启民智是疗救之方,而兴办教育则是施救的具体途径。

　　耐人寻味的是,沈玄庐的启蒙意识并非仅仅停留于此。他在诗中进一步反诘:"受人鱼肉自然愚——鱼肉他人便不愚?""农愚"被愚弄是基于未被启蒙的愚昧,而鱼肉乡间的人何尝不是愚人,亟待启蒙! 作为精英型启蒙者,玄庐将这矛盾的双方并置于同样需要开蒙的彼面,试图借此促成非

1　陶水木编:《沈定一集》,国家图书馆出版社 2010 年版,第 234、269 页。
2　参阅《"一师风潮"论衡》,《文学评论》2010 年第 6 期。
3　陶水木编:《沈定一集》,第 543 页。

暴力解决社会矛盾的可能性。而他提出的"非地主不能组织新村"正是这一中间途径社会改良的体现。[1] 知识分子的精英意识同样体现在沈玄庐对"精神劳工"价值的反复肯定，认定精神劳工同样适用于"劳工神圣"口号的标举。

"农学互助"式的社会主义改良，虽然与施存统等北上参加的"工读互助团"带有同质的知识分子理想化色彩，然而正如沈玄庐在混沌经验间日益认识、醒悟的："中国最大多数的生产者就是农民"，在以农民为基础人口、以农业为基础产业的中国，由"农作劳动的组织"入手进行社会改良，较之工读互助，显然具有更为现实、更为重要的意义。而衙前小学便是"农读互助"的标志性所在。它不仅成了重新集合"一师风潮"后部分离散师生的或一结社形式，更衍为知识分子与农民结合这一实践的必要中介与纽带。

与此适可并读，在此期间刘大白写下新诗《成虎不死》以及《卖布谣》《收成好》《田主来》《挂挂红灯》《渴杀苦》《布谷》《割麦插禾》《脱却布裤》《驾犁》《各各作工》《割麦过荒》《泥滑滑》等《新禽言》一组；沈玄庐亦写下了《种田人》《哀湘江》《忙煞！苦煞！快活煞！》《除夕》《年初一》《各人自扫门前雪》《钱》《农家》《雨》《你嫌醒眍么？》《答佃工"工具"》《十五娘》《吃饭》《纤夫》《水车》《愚》《衙前农民协会解散后》等诗作。

上述诗歌上承黄遵宪、梁启超等所力倡的"熔铸新理想以入旧风格""以旧风格含新意境"的诗界革命余韵（如《新禽言》组诗恰是黄遵宪《五禽言》的翻新重构），下启新文学乡村写实主义风格的创作精神。

1　沈玄庐：《新村底我见》，《民国日报》"批评"第 5 号，1920 年 12 月 26 日。

"五四"同侪中,"康白情氏和周启明氏都说诗是贵族的";而沈玄庐、刘大白的诗作却力倡别一向度的平民化形式追求,以其俗白浅易的风格呼应了"白话诗"反拨"旧体诗"的语言革新:从乐府词曲化出,偏能冲破词调曲谱的种种束缚。虽处转型时期,在白话、口语化与文言,大众化与文人化,革命与改良的相搏相融中,生成了雅俗兼备、左右逢源的特定状貌,自然毋须讳言也包含了半文不白、亦新亦旧的局限;但内容多古人未有之物、未辟之境,着实让人耳目一新。

其反映农民痛苦的数量之巨、同情之深切,其表现阶级意识的启蒙意旨,在新诗主题开拓意义上引人瞩目。尤为难能可贵的是,在新诗史上,第一次笔涉农民运动,赫然为反抗地主压迫而壮烈牺牲的农运领袖树碑立传。

作为"二十世纪中国第一个号召农民起来与地主精英斗争的政治领导人"[1],沈玄庐虽首开发起农民运动的先河,却仅止于"扶助农工"的站位,而无意如中共二大党章所倡,达臻"建立劳农专政(即无产阶级专政)"的最终目标。这便是当萧山绍兴各县八十多个农民协会成立,农民运动如火如荼之际,玄庐的姿态却略带叶公好龙式暧昧的原因。更耐人寻味的是,后来他在撰写农运领袖李成虎的传记时,还借成虎之口,不无微妙地撇清了自己农运幕后鼓动者的身份。

以上史实,已然彰显此后玄庐等与其他政治家在建党思想方式范畴,是旨在创建一个以知识阶级为主体、更多地体现其自身利益要求的组织,还是建立一个以农工为主体、"劳农专政"的政党的深刻分歧。

---

1 萧邦奇:《血路:革命中国中的沈定一(玄庐)传奇》,第107页。

二　"合群"理念的最高旨归：从浙江汇聚上海

忆及中国共产党成立初期的一些状况，陈望道说："上海本来有一个《星期评论》，是在'五四'运动的影响下办起来的，负责人是戴季陶、沈玄庐、李汉俊。戴季陶那个时候，也看一些马克思主义的书，写文章也引用一些马克思主义。后来孙中山先生叫他到广州去，他们就叫我代替戴的位置，参加《星期评论》的编辑工作。我于一九二〇年四五月间到上海，在此以前，我被一师赶出来，在家翻译《共产党宣言》，这书是《星期评论》约我翻的"，"我们几个人，是被赶拢来的"。[1]

"一师风潮"之后，陈望道、沈玄庐及刘大白几经周折，最终都来到上海；1919 年 3 月，施存统、俞秀松参加北京工读互助团失败，也辗转来到上海。不独是施、俞，之后陆陆续续有大量的浙江省立第一师范学校的学生流入上海，包括曹聚仁、柔石、魏金枝、叶天底、胡公冕、杨贤江等等。

"赶拢"道似狼狈且不经意，群贤齐聚上海，"赶"与"拢"背后皆耐人寻味。迫不得已启程之后的驻足生根，乃至育芽破土，正是由上海的无限可能性凝结而成的生机。

尽管各人离开故地的原因不同，但踏入上海的第一步必然先要考虑生存问题。现代文人用以谋生的手段，通常是教育、学术、媒体，或者学幕而

1　陈望道：《回忆党成立时期的一些情况》，《"一大"前后》（二），第20页。

仕进，或者作为其他的专门职业人。简单狭隘的乡村地方，即便是发展变动如江浙，经济以及社会模式也并不能够提供如此多的就业选择给这个人群；再者，从文化氛围而言，也不能满足这群人的自我精神期许与社会价值认同。只有在上海这个经济最为繁荣、商业最为发达的大都市内，才具有中国最发达繁荣的教育文化产业，才具有各种潜在机遇的最大可能性。

当然一切并非唾手可得，要想在上海立足，还需依赖各种主客观因素。文人之间的交际网络成为其中相当重要的一环，如浙一师师生的同校同门等私人交谊，还有同乡关系，以及文学社团、出版传媒所放射开来的诸种联结。曹聚仁初到上海之时只识得一师的老师，在浦江码头下船之后用仅剩的一块多钱作为车资投奔陈望道，得以在三益里先生的家中歇了脚。彼时与陈望道时常往来的，有沈玄庐、刘大白、夏丏尊诸位师长，他们都集聚在邵力子主编的《觉悟》等刊展开阵容[1]，曹聚仁借此结识了在上海更有人脉的邵力子。而之后延展开的这一整张网络助曹聚仁成为游弋其间、俯仰自得的自由文人。自然，这与个人际遇、交际能力等也有着一定干系，比如同为一师同门，柔石与魏金枝初抵洋场时却处处碰壁。

就政治环境而言，是沪上地方层面时有权力更迭，但因为各方势力纵横博弈，反倒让上海成为一个没有绝对一统高压的均衡力场。故而共产国际事实上一开始就选定上海作为其在东亚的组织中心，在此设立共产国际东亚书记处。[2] 这种不可能自别处获得的言行自由便如在沉霾压顶的棚障上开启天窗，让雨露阳光为这最发达繁荣的教育文化产业加力，亦令避入

1　曹聚仁：《文坛五十年》，第 3 页。

2　《利金就中国工作情况向共产国际执行委员会远东处提交的报告》，《党的文献》1996 年第 6 期。

其间沐风栉雨的文人们得以喘过一口气。对于现代文人来说，上海便是斯时中国大地中最为宽阔的生存空间所在，无论文人们的目的是谋生立命还是出人头地，是革命造反还是大隐于市，是政治避难还是以退为进。

1916 年，沈玄庐在杭州遭政治软禁后于次年逃至上海遁入法租界，与戴季陶一同创办了《星期评论》。玄庐早在日本留学期间，便曾用心钻研社会主义理论；执编《星期评论》期间，与同人齐力将该刊办成了上海宣传社会主义思想的三股重要力量之一。舶自西方的马克思主义经由一群学汇中西的文人率先标立在这兼容并包的远东之港。这个都市的特质在于能以异质的新鲜为养而生长，而不断然拒斥混血的刺砺。

北京作为新文化以及"五四"运动的发源地，始终如投石深潭，初有水波溅起，渐随深入而无声息；上海虽然并未在"五四"时拔得头筹，却是实实在在转入此中的关键。从知识分子的落足点来看，北京以政治中心的地位出现，而工商业等并不发达，这样的城市性质决定了知识分子的两种路向：一种即是大多数在京的知识分子的安身立命之策——占据大学资源；二是更为传统的途径——入仕朝中。陈独秀正是因着这般的居京不易返回上海，固然在北大时形成的《新青年》群体由是分裂，但正因此挫折，使得回到自由之地的陈独秀有意愿也有可能构想出立体的新篇章。

作为中共诞生之地的上海，经过诸种思潮与行动的熏习，整个社会基础与氛围都优于北京。北京小组的着手组建，正是响应上海为中央的党组提出在各地建立党的小组的号召而发动的。而早时发起石破天惊的新文化运动的居京文人们，师者居停在以大学为中心的精英层面里，低首品味各自的苦甘；同学少年亦凝滞了青春激情里的向周边延展的摩拳擦掌,所谓"人与山遇,不足成好文章;佳好文章,终须得自于街市中生活也"[1],则终成另一番解读。在分化中,有入幕者,亦有不堪而离开者,但"天子脚下"终是"化外之境",居京知识分子的主体在日益精英化的同时亦自我边缘化了。

从马克思主义研究会到上海共产主义小组的主要成员,大都是浙籍先进知识分子。除却之前所说的浙一师谱系的缘由外,地域一直是中国文人间相当重要的维系。中国文化中的同乡关系,在这里亦发挥作用,作为一种文人相交的较为基础的手段,或者说是方式。不过,出身浙籍从来不是其固守抱团的内在因素,反倒是更上一层的离心与推动力。在中国现代文学、文化、思想、革命诸领域,浙籍知识分子的群星荟萃毋庸置疑,而这正与其相对"边缘"的地域文化属性相关。

浙地自古以来便处中原文化的边缘,即使宋朝移都杭州,也只是被认定为"偏安"一隅。正因如此,浙江的地域文化性格才始终保持谦逊与自省,始终以一种忧患的心态包容且进取,回首内陆与面向海洋自是浙人的同时站位。

小桥流水、弱柳扶风的"江南"气质也只是以中原之眼对边缘"异"地的褊狭印象,浙地虽不宽广,但除却北部杭嘉湖平原,更有南部山地、中部平地、东部海岸,"断发文身"之刚猛又何尝不是越人之本相?虽然各自的路径不同,或敏于言而拙于行,或言不尽而行补足,然而苦痛与觉醒是必然的先决。

这批对社会主义发生兴趣并投入自己实际行动的浙籍文人纷纷走出

---

1   傅斯年:《中国文艺界之病根》,《新潮》第 1 卷第 2 号,1919 年 2 月。

浙江,曲折迂回,终汇集于上海。这已不仅仅是吾土吾乡的集合,他们摆脱的是浙江地方政治的压制和边缘地域的框拘。集合他们的是"合群"理念的最高旨归,是在求得民族独立、国家强盛的基础上的一种超越国家民族观的升华,以一种理想的、最终目标为凝结全人类的四海一心的情怀走到了时代中心。

三 求同存异抑或党同伐异

现代传媒业与知识分子的命运休戚相关。首先,传媒作为一种产业,为文人提供了一种全新的生存方式;其次,传媒成为知识、舆论生产与反馈的场所,不仅对思想界的接收传播整体进行了重构,其波及的范围也是以往传统文人无法触及的。由此,知识分子其实获得了某种类似无冕之王的影响与权力。此外,传媒同人群体最初的形成,本身就是知识分子之间相互认同结交的结果;而随着刊物的影响,对于内容的认同以及编写的往来使得结识更多的志同道合者成为可能。

对于中国文人而言,结社是一项比较自然随性的事情,兴之所至便可与三五同道结成一社,诗文唱和,思辩互见。即便是同一刊物的同人,其组合仍具有一定的自由性。前述被打散了的一师文人,彼时大都汇聚于《新青年》《星期评论》《民国日报》社以待重整旗鼓;在此前后,他们还曾组建、参加过另外一些文学、社会团体。如 1920 年 11 月,沈玄庐与刘大白、俞秀松一起在杭州创办了"悟社";1922 年 11 月,沈玄庐又与宣中华等一道组织

"任社",创办《责任》周刊,反省衙前农民运动失败的原因,鼓动革命。

　　1915 年在上海创刊的《新青年》,刊物前两期的撰稿人几乎皆为陈独秀周遭的同仁以及包括胡适在内的安徽同乡;而当 1917 年《新青年》随陈独秀迁往北京发刊之后,刊物的同人群则转由北大师生、周氏兄弟等文化界、教育界进步知识分子构成,《新青年》也自此成为新文化运动中的标志。1920 年陈独秀返沪,此时陈望道、沈雁冰、李汉俊、李达等则相继成为《新青年》的编辑撰稿人员。

　　创刊于 1919 年 6 月 8 日的《星期评论》周刊在"五四"时期曾是与《新青年》齐名的致力于新文化运动及文学革命的重要阵地,却一度因其国共杂陈、多元复义的政治色彩,为既有文学史叙事隐而不彰。该刊由沈玄庐等主编与主撰,辟有纪事、评论、小说、诗等栏目,除单独发行外,还随《民国日报》赠送。

　　该刊开宗明义,其任务之一便是通过"对于哲学、文艺、社会、政治的自由批判","发挥'五四'、'六五'两大运动的精神"("六五"指是年 6 月 5 日上海工人举行罢工,声援北京学生的爱国运动)。[1] 此外,沈玄庐还以《新旧文学一个大战场》为题,高张刊物倡导文学革命的宗旨:"这一片干净土上,已经被旧思想的旧文学占领许多年了。现在我们要在这片土地上下种子","要散布新种子,就该用新思想新文体的文学"。为此,先驱者不但应"似马克思几个大著作家"传播思想革命的火种[2],也理当以诗人的姿态撒下文学革命的种子。沈玄庐更是身体力行,常在同一期上发表多篇新诗或

1　《〈星期评论〉半年来的努力》,《星期评论》第 26 号,1919 年 11 月 30 日。

2　《新旧文学一个大战场》,《星期评论》第 24 号,1919 年 11 月 16 日。

杂文。与前述玄庐发起农民运动并率先在新诗史上为农运领袖树碑立传相呼应，刊物不仅以殷殷探讨劳工问题为特色，而且发表了大量为工人境遇鼓与呼的诗文。沈玄庐的《爱》《工人乐》《富翁哭》《工读互组团》《起劲》《三色花》《怎么样？》诸诗堪称典范。《爱》憧憬将来世界，"工场""学校""中间涌现一个极大的字——爱"，工学合一[1]；而《起劲》则疾呼"切断工人颈上的锁链，打破资本家所建筑的牢笼"。[2]

值得注意的是，沈玄庐在摒弃传统文学观念的同时，却未能尽然摆脱文以载道与宣导之志。他无视作为新文化运动之两翼的思想革命与文学革命各有其独立价值与意义，而自觉或非自觉地将文化运动等同于社会改造运动。他的诗作自觉贴近现实政治与社会问题，甚至直接从中汲取灵感与诗情：陈独秀入狱，他即占《入狱》诗一首，激赏其"我不入地狱谁入地狱"之精神；《湘江评论》被封，他作了一首《哀湘江》的诗；《每周评论》被禁，他又以"光"字为诗题，取其光明犹在遮不住的含义……如此热烈激切的社会参与意识乃至功利色彩，其实亦是《新青年》、《民国日报》副刊《觉悟》等刊文学创作的共同症候。恰是上述社团刊物在新文化运动中"应时而出，扬葩吐艳，各极其致"的急进政治倾向，引起了共产国际代表维经斯基的关注。

1920 年，维经斯基在考察、访问了上海的一些社团媒体之后，提出了以《新青年》《星期评论》《民国日报》《时事新报》社为基础，组建中国共产党的思路。[3] 他不苛求这个基础联盟绝对纯粹，而看重其无论派系归属，均对

1　陶水木编：《沈定一集》，第 150 页。

2　同上，第 281 页。

3　《包惠僧谈维经斯基》，《维经斯基在中国的有关资料》，第 438 页。

"五四"新文化思潮及新文学运动表示了支持,均引进、介绍了马克思主义与社会主义之特点。自然,虽是同一刊物的同人,其思想理念也不尽相同,遑论这几个本就各有背景的群体。随着新文化运动渐行渐远,各方政治力量重又占据舞台抢夺话语权,分歧随即暴露出来。

这分歧日渐扩散,终于延展成同人群内部分化的裂痕。而随着中共建党的推进,更促使《新青年》这一同人群的重新组合:从最初的报刊联合体,衍变为马克思主义研究会,进而明确强调"党不是研究会",上升到关涉党派信仰的上海共产主义小组,直至中共一大。这一线路的演进日渐见其大势。

文人结社这种初期形态逐渐式微;经过在现实政治运作里的重新整合渐次过渡到成熟的党派,乃是一个必然的进程。君子群而党之,部分知识分子又不堪"党之"而最终分化、边缘化。能否明确身份并且坚定贯行自己的政治目标,适应在集权化的组织与体制中生存,面对现实斗争的严苛,承受对抗与压力,这便是文人与职业政治家之间的重要区别。这同样属于现代的职业分化,表明仕文一体的文人形象的崩解,出现了职业革命家后,半吊子的业余者很难再厕身其间。

知识分子不得不摒弃特立独行的思想情感与行为方式,代之以集中的纪律与意志的规约。若继续执守书斋,坚持以文人特质与习气来面对实际问题,便会产生歧异,以致"因意见不一,常有开会无结果不欢而散的事"。[1]

在政言政,任何的言行现象都需要从政治角度给出相应的解释与维

---

1   王会悟:《建党初期的一些情况》,《"一大"前后》(二),第76页。

护。然而,事实上诸多浙一师同人们似乎具有更为明显的"文人面目"与名士脾性。翩跹不定如沈玄庐,传奇色彩的一生可以被冠以各种身份或政治头衔,然而似乎如何定义都不能将其纳入彀中。其诗作适是夫子自道:"镜中一个我,/镜外一个我。/打破了这镜,/我不见了我。/破镜碎纷纷,/生出纷纷我。/我把我打破,/一切镜无我。/我把镜打破,/还有破的我。/破的我也破,/不知多少我。"[1]这分裂的镜像令人莫衷一是。

　　文人始终崇尚特立独行,结社却需要一定的妥协与忍让;上升为党派更意味着要放弃自由主义行事,增强自我约束的能力,要求对权力中心绝对服从。众口无二、众行一致是规范,是纪律,每一步的言行除了显示对其权威的服从外,还必须成为对于权力中心运行范式的合理阐释。由此标尺衡之,便不难理解"个人英雄主义较强,不大接受领导",后来"在国民党时,也不大接受孙中山先生的领导"[2];"并不相信无政府主义",却"有无政府主义倾向"的沈玄庐[3],何以会由上海"共产主义小组的发起人之一"身份,沦落至众叛亲离、孑然一身、左右皆欲杀的境地。1925年,刚参加过中共第四次党代会的沈玄庐,却又去参加了国民党的西山会议[4];1928年,已从共产党、国民党左翼演变为极右翼的西山派身份的沈玄庐,又辞去了其在国民党浙江省党部的一切职务,独自在萧山衙前进行农村自治实验,以一种让人欲笑不忍、欲哭不能的堂吉诃德式的孤军奋战姿态,完成了其政治生命的最后定格。

1　《读大白的〈对镜〉》,《民国日报·觉悟》,1920年9月20日。
2　邵力子:《党成立前后的一些情况》,《"一大"前后》(二),第69页。
3　陈望道:《回忆党成立时期的一些情况》,《"一大"前后》(二),第23页。
4　《杨之华的回忆》,《"一大"前后》(二),第28页。

　　无独有偶,建党过程中,在面对是否"建立严密的组织,过组织生活"等一系列问题时,"好静,喜欢搞研究工作"的陈望道亦"不习惯于经常过组织生活"。[1] 关于陈望道离开党组织的原因,史学界每每归因于其"不满陈独秀的家长作风"[2],遂提出脱离组织的请求,并因此未出席中国共产党的第一次代表大会。实际上,这只是他退党事件的一个导火索,根本原因还在于不认同党组织的集权制领导方式。[3] 1927 年,经时任复旦大学文科主任的陈望道帮助进入复旦中文系学习,后又因参加革命活动被捕入狱,得到过陈救援的中共早期党人夏征农,当谈及陈望道退党原因时却并不为尊者讳,直陈"因主张不要发动斗争,研究研究"。

　　由陈望道、沈玄庐等一师师长引领而参与建党宏业的施存统,曾有志将"学问家"与"革命家"合一,但这在日益专业政治化的道路上是注定无法走通的。1927 年施存统因对迷失于血雨腥风中一时晦暗不明的革命前途作出错误判断以至悲观迷惘的情况下,发表了《悲痛中的自白》,声明脱党,于 1928 年至 1936 年间潜心学问,著译有《中国革命底理论问题》《日本无产政党研究》《社会科学的研究》《工会运动的理论与实际》等。比诸当年从北京工读失败后回到上海,称"学问"与"革命"不可兼得,从此要专心投身革命的情境,这又是怎样的激流勇退?

　　而宣中华虽一向追随沈玄庐,如影随形,但在沈玄庐转向后却能与其势不两立。后沈玄庐在浙江主持清党,宣中华便逃亡至上海,被捕后英勇就义。

1　邵力子:《党成立前后的一些情况》,《"一大"前后》(二),第 69 页。
2　《我走过的道路》,《茅盾全集》第三十四卷,人民文学出版社 1997 年版,第 265 页。
3　蔡和森:《中国共产党史的发展(提纲)》,《"一大"前后》(三),第 80 页。

　　1927 年国共分裂之后，非但政治、军事层面的阵线急剧变动，知识分子内部也因为重新思考、站位，使得各种阵营产生新一轮的聚散离合。

四　退而结网："用马克思主义的锄锹"
掘通文学与社会科学领域

　　大江书铺遂于 1928 年 9 月开业，陈望道自任为经理，施存统则担任编辑部主任。

　　陈望道筹建大江书铺，主要是缘于斯时左翼思潮运动的低迷。作为文学研究会的早期成员，《共产党宣言》最早的中译本译者，中国共产党的创始人之一，即便此时他已因文人的自由态度与集权体制的扞格而脱党，但以思想启蒙为己任的初衷却从未改变。即便不再介身其中，或者说正是因着不再介身其中，他才纯然以文人本色，采用了著译、出版这样的手段"播火"。除修辞专著外，他另有文学、美学方面的著译多种。谈到书店的志向时，他说"最好范围略宽，为科学、思想、文艺的传播机关"。[1]

　　与老师陈望道相类，以"非孝"之石破天惊姿态横空出世的少年斗士施存统，在 1927 年分叉丛生的思想路径里开始彷徨。作为中共日本小

---

[1]　陈望道 1928 年 3 月 4 日致汪馥泉的信，转引自邓明以：《陈望道传》，复旦大学出版社 1995 年版，第 103 页。

组的创建者,亦是中国社会主义青年团的第一任中央书记的他,曾经何等忘我地投入实际的组织工作之中,此刻却面临不厘清自己的思绪、不明晰自己的理论支撑就无法前进的困境。关于这样的"不切实际",他坦承自己是个"书呆子",那么退回书斋看书译书出书,则是他展现自己努力的选择。

所以,大江书铺的创办,从某种意义上而言绝不只是退守,而不失为陈望道、施存统以文人身份所做的一种主动积极的进击。明白这一点,方能体味了解同是一师出身的曹聚仁对昔日的老师、学长筹建大江书铺的如是表述:"陈望道和施存统二先生,以万丈雄心","要办一家像像样样的书店","他们不重念生意经,而注重译著的内容"。[1]

大江书铺还创办了《大江月刊》《文艺研究》等刊物。《大江月刊》由陈望道编辑,1928 年 10 月创刊。主要撰稿人中,陈望道、鲁迅、刘大白、叶圣陶、施存统、汪静之、张维祺、丰子恺等皆为一师校友,其余作者也与一师多有关联。《文艺研究》为季刊,1930 年 2 月发行,鲁迅编辑,仅出一期,皆为译文。在刊首例言中,鲁迅开宗明义地指出刊物的倾向,即"在究明文艺与社会之关系"。[2]

尤为引人瞩目的是,大江书铺以丛书的形式——"文艺理论小丛书""艺术理论丛书"对域外文艺理论尤其是马克思主义文论的绍介。1928 年至 1929 年间,鲁迅相继译出日本片上伸著《北欧文学的原理》《现代新兴文学的诸问题》,苏联卢那察尔斯基著《艺术论》;1930 年,冯雪峰译匈牙利弗

1　《大江书铺》,《曹聚仁书话》,北京出版社 1998 年版。
2　《〈文艺研究〉例言》,《鲁迅全集》第八卷,第 302 页。

理契著《艺术社会学底任务及问题》、玛察著《现代欧洲的艺术》，陈望道译日本冈译秀虎著《苏俄文学理论》，均由大江书铺印行。

　　大江书铺的主事者陈望道与鲁迅同为一师校友，关系甚为密切。1920年春，陈望道所译《共产党宣言》一出版，即托周作人赠送鲁迅。据作人回忆，鲁迅收到译著后，"当天就翻阅了一遍"，并说："现在大家都在议论什么'过激主义'来了，但就没有人切切实实地把这个'主义'真正介绍到国内来，其实这倒是当前最紧要的工作。望道在杭州大闹了一阵之后，这次埋头苦干，把这本书译出来，对中国做了一件好事。"[1]同年其出任《新青年》杂志编辑，又曾去信约请鲁迅写小说。陈任教复旦大学后，曾两次登门邀请鲁迅去复旦大学及附属江湾实验中学校演讲；1928年至1930年间，为大江书铺事宜，更是与鲁迅频繁往来。查阅这一时期的鲁迅日记，其中有记载的与陈望道的交往多达二十余则，内容大多牵涉创办大江书铺及编辑"文艺理论小丛书"诸事。

　　鲁迅十分珍视、用心翻译的苏联作家法捷耶夫的名作《毁灭》，译成之后一度因被官方严行查禁，出版计划屡屡胎死腹中，而终于在1931年9月，经陈望道等人的多方努力，由大江书铺首次出版面世，译者所称这"新文学中的大炬火"因是才得以光扬播撒；卢那察尔斯基的《艺术论》可谓中国左翼文学思潮的又一重要源泉，当时也是由陈望道约请鲁迅翻译的。因此，书的学术视野除关涉美学与科学社会主义，还兼及"生物，生理，心理，物理，化学，哲学"诸范畴，鲁迅曾有所顾虑，陈望道为之激励："我们把它译

1　余延石：《鲁迅与〈共产党宣言〉》，《鲁迅研究资料》第一辑，文物出版社1976年版，第300页。

出来，就是一个胜利。"鲁迅遂知难而进，"他采取直译的方法，极其慎重、认真和精心"。[1]

施存统在一师读书期间，虽因鲁迅早已辞去教职而无缘亲聆一代宗师授课，却有幸在其思想彷徨之际结识前辈师长。鲁迅1928年9月15日日记中有如是记载："雨，下午陈望道来。晚存统来并赠《目前中国革命问题》一本。"[2] 身为大江书铺编辑部主任，施存统此行的目的大抵是邀稿编辑事务，然而特别呈上所著《目前中国革命问题》一书，却显然带有某种迫切寻求认同理解的深意。《问题》收录其发表在《现代中国》《革命评论》上的《对于今后革命的意见》等十一篇文章，包含了施存统对既往革命的种种困惑与反思。施存统投石问路，鲁迅却默然以对，这是否意味着鲁迅对此一系列政治问题也未及深思熟虑，故一时无从作答，抑或可视为一种有所保留的态度甚或针砭？

有意思的是，此后不久，鲁迅在给施存统的一师同学柔石的作品《二月》作序时[3]，含而不露地兼及施存统一类文人的尴尬处境：

> 浊浪在拍岸，站在山冈上者和飞沫不相干，弄潮儿则于涛头且不在意，惟有衣履尚整，徘徊海滨的人，一溅水花，便觉得有所沾湿，狼狈起来。这从上述的两类人们看来，是都觉得诧异的。但我们书中的青年萧君，便正落在这境遇里。他极想有为，怀着

1　陈望道：《关于鲁迅先生的片断回忆》，孙郁主编：《编辑生涯忆鲁迅》，河北教育出版社2000年版，第255页。

2　施存统：《目前中国革命问题》，复旦书店1928年版。

3　《柔石作〈二月〉小引》，《鲁迅全集》第四卷，第149页。

热爱，而有所顾惜，过于矜持，终于连安住几年之处，也不可

得……

　　然而，较之小说中的知识分子形象萧涧秋，曾经的革命弄潮儿施存统的站位却更复杂。借用鲁迅的喻象描述，他于共产革命的风口浪尖激流勇退后，一度"徘徊海滨"，在短短的数年间历经了赴广州作说客未果，成立走"中间道路"的"本社"，加入国民党改组派，因"打右不打左"的中间路线招致左右夹攻，终于幡然悔悟，发现自己"一九二八年所发表的政治见解和经济认识底错误及参加'中间运动'的失败"[1]，宣布从此不再对中国政治问题直接发言，如是一波三折。而他又并未成为纯粹的"站在山冈上者"，与其隔岸观火，临渊羡鱼，不如选择退而结网这一姿态。

　　面对施存统（亦包括陈望道）这样一类坦承政治运作的复杂性，"认定自己底性格和能力不够做一个革命的政治家，决定永远做一个'书呆子'，希望从学术上有所贡献于社会"的知识分子[2]，自况是"落伍者"的鲁迅给予了同情的理解。因为显然区别于栖身"革命咖啡店"里大而化之地空谈主义的"沙龙社会主义者"，施存统、陈望道这些"书斋社会主义者"（姑且如是命名）那更切切实实的"纸上谈兵"不无意义。适如鲁迅所称，"新潮之进中国，往往只有几个名词，主张者以为可以咒死敌人，敌对者也以为将被咒死，喧嚷一年半载，终于火灭烟消"。[3] 文艺思潮如是，政治思潮亦然。在这主义盛行、理论匮乏的时代，难得陈望道、施存统这样几个书呆子，既

1　施存统：《中国现代经济史》，良友图书公司 1932 年版。
2　施存统：《一个诚实的声明》，《民主抗战论》，上海进化书局 1937 年版。
3　鲁迅：《现代新兴文学的诸问题·小引》，《鲁迅全集》第十卷，第 291 页。

取相对低调的政治姿态，又不失致力理论准备的"万丈雄心"，锲而不舍，渐次"用马克思主义的锄锹"掘通了文学与社会科学领域，为不无浮躁峻急的左翼文学与文化运动奠定了坚实的理论基石。

第八章　一师作家群选题与创作风格烙有的现代教育职业标记

一　教育小说：现代文学与现代教育结合的产儿

　　浙一师作家群催生新诗、散文的贡献引人瞩目，而其在现代小说草创阶段诸种尝试、耕耘的实绩亦不容小觑。长时期以来，史家却对此疏于相对集中的考察。

　　夏丏尊、朱自清、俞平伯以及学生辈的张维祺、汪静之等小试锋芒，便已有佳作载入新文学第一个十年的史册。《新文学大系》小说一、二集中，夏氏的《长闲》《怯弱者》、朱氏的《笑的历史》《别》、俞氏的《花匠》、张维祺的《赌博》[1]、汪静之的《伤心的祈祷》诸篇赫然在目。至第二个十年的《大系》，又有潘漠华的《冷泉岩》、曹聚仁的《亚父》入选。如果说上述一师校友的小说大抵系偶而为之，那么鲁迅、叶绍钧、柔石、魏金枝在小说创作方面的投入可谓专心致志了。值得注意的是，其中有相当一部分被作者自况为"教育小说"，或被识者称为以教员为主要描写对象、叙述校园生活的题材，体现了作者身为教师特有的"眼光、趣味、职业心理"。[2]

鲁迅的《端午节》（1922）、《高老夫子》（1925）所针砭的主要对象皆为教员，而借用作者评点清代小说时的价值标尺度之，前者尚可谓"感而能谐，婉而多讽"，后者则多少有点"辞气浮露，笔无藏锋"。[3]《高老夫子》中的高尔础本应写作教师皮、流氓骨，作者却"由于愤怒而失去了常有的含蓄"，以致将他漫画化为流氓皮、流氓骨了：高尔础打牌、看戏、喝酒、跟女人……如此行径，女学校校长岂有可能聘他去授课？

《高老夫子》写作时，正值"女师大风潮"，因此遍览"'教育界的面目'的丑态"的鲁迅[4]，移情于笔下时难免辞锋失度；相形之下，作于1924年的《在酒楼上》则极好地印证了"小说是回忆"的美学旨趣。鲁迅化身为二——"我"与吕纬甫，两人皆曾从事现代教育，从中折射出作者的浙一师从教经历与绍兴府中学堂以及山会师范学堂经验。

遥想绍兴光复那年，出任学堂监督的鲁迅身着灰布棉袍，头上却戴一

1　张维祺，曾就读浙江省立第一师范学校。著有二十多篇短篇小说，还出版了一部中篇小说《致死者》。小说脱稿后，即送至其师俞平伯与刘大白手中，请他们作序；刘大白作《序一》，俞平伯作《序二》。刘序中有"作者从第二人称的方式中，曲曲折折缠缠绵绵地写出他的哲理的热情的恋史"云云。

2　赵园：《艰难的选择》，上海文艺出版社1986年版，第245页。

3　鲁迅：《中国小说史略》，《鲁迅全集》第九卷，第220、282页。

4　《鲁迅全集》第三卷，第79页。

顶陆军帽,以教员、革命党集于一身的身份发表就职演说,英姿焕发;而学生"欢迎新校长的态度,完全和欢迎新国家的态度一样"。[1] 而曾几何时,当年致力于教育改革与社会改革的激情已然灰飞烟灭,鲁迅在小说里只剩下"连日议论些改革中国的方法以至于打起来"一类的余烬。"我"虽一度犹追怀旧梦,特绕道寻访曾执教的学校,却见"改换了名称和模样",物是人非,终致意兴索然;至于吕纬甫,更是改教"子曰诗云","先是两个学生,一个读《诗经》,一个读《孟子》,新近又添了一个,女的,读《女儿经》",莫说ABCD,"连算学也不教"[2],聊以模模糊糊、随随便便、敷敷衍衍之姿态度日。

如果说鲁迅的《在酒楼上》,教育改革一类的理想、践行只能在吉光片羽的记忆中觅得,那么叶绍钧的《倪焕之》则堪称更宏深地描述民初以来近十年历史进程中,新学堂、新教育萌生发展的教育史诗。

所谓"教育史诗",一则标明它毕竟是小说家笔下的校园叙事,不无诗化了的"教育想象";二则提示其兼具丰富、厚实的"教育"属性。作者明言:缘于"李石岑周予同兄主持《教育杂志》,他们要在杂志中刊载一种长篇的教育小说,我才作《倪焕之》"。[3] 小说陆续在《教育杂志》的"教育文艺"栏刊出。[4] 夏丏尊为其作序时称誉此作"十余年来中国的教育界的状

1　蒙树宏:《鲁迅年谱稿》,第 76 页。

2　鲁迅:《在酒楼上》,《鲁迅全集》第二卷,第 24 页。

3　叶圣陶:《杂谈我的写作》,刘增人、冯光廉编:《叶圣陶研究资料》(上),知识产权出版社 2010 年版,第 201 页。

4　《倪焕之》陆续在《教育杂志》第 20 卷第 1 号至第 12 号的"教育文艺"栏刊出。《教育杂志》系商务印书馆的朱元善主编,"办得相当有生气,因为它及时介绍欧美新的教育学说,教育改革情况","读者以中学或师范学校的老师为多"。茅盾:《商务印书馆编译所生活之二——回忆录(二)》,《新文学史料》第二辑,1979 年。

况","如实在纸上现出"[1],应非"个人的僻见"。因而,该著不仅能作"小说史视野中的校园叙事"观,也未尝不可变换角度,置于"现代教育史视野"中予以审视。

有感于"史家之描述千年书院,可供引述的,只有坚硬的学规、章程及若干'书院记',而无鲜活的文学想象"识者特设想引入"以诗证史"的方法,调遣丰富多彩的文学性史料辅之,以期使不无枯燥的教育史叙述变得郁郁葱葱。[2]《倪焕之》问世后,也确曾有一些从事教育学研究的学者"将其当作有价值的现代史料看待,尤其是作为现代教育史料看待"。最典范的例证,莫如潘懋元所撰论文《从中国现代教育史的角度看〈倪焕之〉》。[3]

参考上述思路及方法,笔者拟交替运用小说史与教育史的视角、方法及材料,以诗证史,诗史互阐,关注《倪焕之》中作者的教育观念与理想,梳理小说所展现的民初这十年新旧教育理念转换、教育改革一波三折之艰难进程。

1912年,年方十八岁的叶绍钧囿于生计赴苏州干将坊言子庙初等小学任教,至三十年代中期加盟立达中学,十余年的中小学教师生涯,养成了他不无独特的职业习性与审美情趣。其中,供职角直小学与浙江省立第一师范学校的经历与经验,在其人生与创作中烙下了极其深刻的印记。如果说前者衍为叶绍钧撰写《倪焕之》时的实践经验与素材,那么后者则不仅使他

1　夏丏尊:《关于〈倪焕之〉》,《倪焕之》,《中国新文学大系·小说集(六)》(1927—1937),上海文艺出版社1984年版,第4页。
2　陈平原:《文学史视野中的大学叙事》,《大学何为·大学叙事》,北京大学出版社2006年版,第52—53页。
3　潘懋元:《从中国现代教育史的角度看〈倪焕之〉》,刘增人、冯光廉编:《叶圣陶研究资料》(下),知识产权出版社2010年版,第427页。

熟谙师范学校的"教授法"等教学技艺与方法,更助其奠定以人为本的教改理想,铸成"身正为范"的"师魂",支撑着倪焕之、蒋冰如等人物对日常乃至平庸的小学教员生活的抵拒。

论及叶绍钧创作的职业烙印,赵园慧眼别具,称:"中国现代小说史上,把教员(尤其是小学教员)作为独特的对象,而以对这一对象的持久的观察和多方面的表现作为自己小说艺术的重要标记的,叶绍钧几乎是唯一的一个。"诸如《饭》《校长》《前途》《城中》《搭班子》《抗争》《潘先生在难中》……"由叶绍钧笔下,这些小知识分子,执拗地、沉默地走出来,在人们尚未留心到的当儿,聚集成了坚实的一群——一个完整而具相当规模的'教育者家族'。"[1]

恰如识者所敏感的,上述小说中的"知识者总要让人清楚地看出某些最缺乏浪漫气息、最缺乏诗意的小学教员的职业标记"。原因无他,应归咎于叶氏切身体验过的那些充满"人间的苦趣,冠冕的处罚"的中小学教员生涯之记忆。耐人寻味的是,《倪焕之》却是例外。在倪焕之身上犹存罗曼蒂克气息,他与他的同道力主"改革教育",推行"理想教育"。即便在其身后,犹保留着作者极其现实主义的目光的审视;即便临了每每印证:"理想当中十分美满的,实现的时候会打折扣!"[2]即便那"教育梦"最终还是破碎了,也依然令那灰色的人生不失理想的异彩,留存了一份憧憬与念想。让读者倾慕不已!

究其渊源,应溯及叶绍钧任教浙江一师这一段重要履历。饱览"社会

1　赵园:《艰难的选择》,第245、246页。
2　《倪焕之》,《中国新文学大系·小说集(六)》(1927—1937),第128页。

的黑暗、教育界的黑暗",一度使叶氏过早地步入中年情怀,意兴阑珊,而此时在一师新结识的朱自清、刘延陵、夏丏尊、陈望道诸位新文化同道,以及汪静之、潘漠华、魏金枝、赵平复(柔石)等晨光社的学生,却驱其寂寞,令他的中年情怀濡染了"五四"青春激情,在他那灰色的人生里,投射几缕希望的"晨光"。受朱自清、刘延陵影响,叶绍钧甚至兴致勃勃地写起新诗来,借想象的翅翼,"上下古今与翱翔"。

缘于清末民初以兴办新教育为突破口的维新变法时潮之深远影响,《倪焕之》中,焕之及其同道一度也乐观地认为,救国在学。一个健全开明的社会的形成,首先有赖于每个人懂得了怎样做个正当的人,而"养成正当的人,除了教育还有谁能担当?",故而将"一切的希望悬于教育"[1],夸大了其转移社会、变革社会的伟力。为此,虽亦浪漫却依旧不失清醒、冷隽精神与平实、谨慎态度的作者,终究还是忍痛予以针砭(也未尝不是一种自我批判),宣告了"教育救国"理想的幻灭。

值得注意的是,研究者每每混淆小说中"教育救国"思想与"教育改革"理想的同中之异,未曾厘清:幻灭的只是"教育救国"乃至延展至"社会革命"的空想,过于盲目"相信光明境界的立刻涌现",而非含有职业的具体性的"教育改革"理想。后者不仅在其创造《倪焕之》时,得以最集中地激扬,而且执着不舍,衍为叶绍钧一生的追求与践行。

"教育事业是要养成'人'的——'人'应该把他养成怎样? '人'应该怎样把他养成? ——这非有理想不可。"[2]小说中,倪焕之以人为本的理想

<hr />

1   《倪焕之》,《中国新文学大系·小说集(六)》(1927—1937),第37页。
2   同上,第9页。

教育,分明连通着浙一师"教育的最终目的是塑造学生能够不断自我完善的人格",力倡人格教育这一渊流脉络。

"教育的学说虽然深奥万端,也可以一句概括,就是要学生'生'。"

"学校里不只教学生读书;专教学生读死书,反不如放任一点","游戏该同功课合一,学习该同实践合一"。学生都要种田,做工。为了实现这些教改理念,学校里应增添种种设备,营构适宜的环境,诸如图书馆、医院、商店、报社、工场、农场、舞台……使其成为"一个世界的雏型"[1],一个社会的模拟。

其中,最引人注目的教改举措,自然应数开辟农场了。恰如一石激起千层浪,展开了"全学校的新的心境"。这里的一切规划,"像分区,筑路,造亭子,种这种那种的植物",不单是教员的意思,"完全让学生们一同来拟想。其间的意义是:理想的教育应该是'开源的'。现在一般的教育却不这样,只是'传授的';教师说这应该怎么做,学生照样学会了怎么做。那末何不从根本上培养他们处理事物应付情势的一种能力呢?"[2]

"学校即社会",然而,"学校到底是要转移社会还是要迁就社会"?在倪焕之及其同道心目中,答案显然是前者。"如果教育永远照老样子下去,至多只在名词上费心思,费笔墨,费唇舌,而不从实际上、生活上着手,让学生有一种新的生活经验,岂不是一辈子都不会有健全开明的社会?"故而,应"把它改变成个模式的乡镇"[3]——创造一个比学生任其自然、迁就世俗时可能接触的更开阔、更理想化的环境。

1　《倪焕之》,《中国新文学大系·小说集(六)》(1927—1937),第25、73页。
2　同上,第99、125页。
3　同上,第108、50页。

　　值得注意的是,上述"改革教育""理想教育"宏图的规划与践行,相当程度上赖有博采西学之作用。"五四"以后,西学东渐。罗素、杜威、孟禄等西方哲学家、教育家曾相继来华,传播其哲学观与教育观。诸如"民本主义""教育即生活,学校即社会"等实用主义教育理论。杜威还到苏州作过多次讲演,叶绍钧特地从吴县赶到城里听讲。[1] 毋庸讳言,杜威等西哲的哲学观念与现代教育思想对中国旧学以及教育体制的变革产生了极其重大的影响。特定年代的教育史却对此讳莫如深,不仅如此,面对《倪焕之》中小说家展现的那段历史真实还横加批判。前述潘懋元所撰教育史论文在歪打正着地揭示了《倪焕之》描写的教育改革留有杜威等"外来的教育理论同方法"的影响印记后,随即给其贴上"资本主义的'新教育'""资产阶级的'教育改革'"等标签,称小说之历史价值在于"成功地反映了实用主义教育学说及其方法在中国推行的失败命运"。[2] 所以一厢情愿,甚至幸灾乐祸地宣判中国教育界二十世纪上半叶引入、践行的实用主义教育理论之死刑,盖缘于五六十年代盛行的庸俗阶级斗争理论与阶级分析方法。

　　西方现代教育观不仅有其特定的阶级属性,也有其普适性价值。以杜威教育思想为例,不仅留学美国哥伦比亚大学,曾师从杜威的胡适、张伯苓、蒋梦麟等多有传承,而且对蔡元培、毛泽东等一代学界、政界领袖人物也深有影响。纵然时移世易,六十年代毛泽东纵论教育革命之际,于激流勇进、大浪淘沙之余,犹保留杜氏教育理论印痕。

　　而潘文却误读了作者的本意。诚然,小说初始蒋冰如草成的教改方案

1　刘增人、冯光廉编:《叶圣陶研究资料》(下),第429页。
2　潘懋元:《从中国现代教育史的角度看〈倪焕之〉》,《叶圣陶研究资料》(下),第435页。

确似"一幅仙山楼阁",然而教育即成长,先砌"第一块砖头,慢慢儿一块块堆垒起来,将成巍巍然的新房子";又如"海洋中一块小石的投掷,动荡的力扩散开来,将是无穷地远"。[1] ……随着教改思路的付诸实践与进展,倪焕之及其同道付之极其严正、认真的态度,不畏困难,不懈努力,"那怕极细小的处所,极微末的成就,决不肯鄙夷不屑",渐次确立根基。

五六十年代,正当批评家将《倪焕之》的教育改革思想斥为"仙山楼阁"时,叶绍钧却百折不挠,继续着他在《倪焕之》中初绘蓝图、一波三折而壮志未酬的教改实验。

有意思的是,一身兼为小说家与教育家的叶绍钧每每有跨学科的思考,以及角色换位、越位的创举。作为小说家,叶圣陶将其如何实验、运演他的现代教育观念的众多想象赋于《倪焕之》的叙事中;而作为教育家,在他的教育思想,尤其是语文教育思想里,则尤为重视阅读小说的作用。

在他的倡导下,初中语文课程曾被一分为二,按语言部分与文学部分分科教学。更富有创造性与想象力的,还数他引领、推动的如下教改:上海某重点中学初中语文课的教学,每学年仅用极短的时间学习统编教材,且课外不布置作业,而腾出大量时间导读四大名著。对于此类教学改革,教育界及家长一度普遍抱有疑虑,未料一学年下来,该中学的语文成绩竟赢得全市第一。与其说这是一场教改,不如说是一次对传统教育思想的冲击与反叛。

以上更多地将《倪焕之》置于现代教育史视野中予以考察。自然,读者不妨另辟蹊径,聚焦学堂同人交往、爱情纠葛、经济困境以及师生身不由己

1　《倪焕之》,《中国新文学大系·小说集(六)》(1927—1937),第108页。

卷入的社会风潮诸情节,捕捉校园背景下诸多微妙的生命情境,从而发现既有教育史"史所不书"处的丰饶意蕴,进而审视学堂空间、校园叙事如何折射出一个大时代的思想变迁。正如茅盾在《读〈倪焕之〉》一文中所指出的:小说"第一次描写了广阔的世间。把一篇小说的时代安放在近十年的历史过程中的,不能不说这是第一部;而有意地要表示一个人——一个富有革命性的小资产阶级知识分子怎样地受十年来时代的壮潮所激荡,怎样地从乡镇到都市,从埋头教育到群众运动,从自由主义到集团主义,这《倪焕之》也不能不说是第一部。在这两点上,《倪焕之》是值得赞美的"。[1]

二　诗史互阐:一位教员的心灵史

较之《倪焕之》的史诗性,柔石的中篇小说《三姊妹》《二月》则以抒情性见长。前者客观见证、反映了民初新式学堂萌生、现代教育推行之曲折艰难的进程,堪称"教育小说";后者则可谓一位教员的心灵史。

有意思的是,细考《三姊妹》与稍后完成的《二月》,前者恰可谓后者的毛坯、雏形。试比较以下两个片段:《三姊妹》中男主人公章先生以邻里的资格来邀请姊妹三人去平民女子夜校上学,女孩的姑母遂问:

> "蘋姑,这位章先生叫你们到他校里读夜书,愿意么?"

---

[1]　茅盾:《读〈倪焕之〉》,《中国新文学大系·小说集(六)》(1927—1937),第275页。

　　蘱姑随便一点头说："愿意的。"

　　于是他说，"好，那末到开课的那天再来接她。"

《二月》中：

　　萧涧秋走到她底身边，轻轻地将她抱起来，在她左右两颊上
吻了两吻，又放在地上，一边说："现在我要回校去了。明天我再
来带你去读书。你愿意读书么？"

　　"愿意的。"女孩终于娇憨地说出话来。[1]

　　两篇小说中不仅诸多场景、细节似曾相识，主要情节亦多有重合。

　　《三姊妹》描写章先生在个人奋斗的历程中，邂逅了如花般美好的三姊妹：莲姑、蕙姑、蘱姑，他奢想通过教育与婚姻彻底改变她们的命运，然而却因其一再犹豫、延宕，终至错失花季。对此，杨义《中国现代小说史》曾作如是评判："章先生三到杭州，转换地追求三个贫家姐妹，却反映了一个追逐势利之徒缺乏道德责任心的猎艳心理。"[2]

　　上述判语之谬在于忽视了《三姊妹》与作者同年梓行的《旧时代之死》《二月》相类，应属主我的"精神自传体小说"；小说结尾，章先生的自审——"他似乎是个过去时代的浪漫派的英雄"，这才是一针见血的自我界定。

1　柔石：《二月》，《柔石选集》，开明书店 1951 年版，第 58 页。
2　杨义：《中国现代小说史》第二卷，人民文学出版社 2005 年版，第 284 页。

是的，章"是个过去时代的浪漫派的英雄"，但显然有别于孤傲反抗社会的"拜伦式的英雄"，而更近似叶甫盖尼·奥涅金、毕巧林、罗亭、奥勃洛摩夫一类"多余的人"（耐人寻味的是，莱蒙托夫亦将毕巧林命名为"当代英雄"），或谓多情多感仍多病的中国的零余者。

莱蒙托夫曾有一首题为《帆》的诗，适可借作"多余的人"的精神剪影：

在大海底深蓝色的浓雾里

一只孤孤的帆儿闪着白光。——

它在寻求什么，在这遥远的异地？

它抛下了什么，在那自己的故乡？

波涛在汹涌着，海风在呼啸着，

桅竿弓起腰来发出轧轧的声响，

唉，——它不是在寻求幸福，

它也不是逃避幸福！——

它下面是澄清的碧色底水流，

它上面是金黄色的灿烂的阳光：——

而它，不安的，在祈求着风暴，

仿佛是在风暴中才有着安详！[1]

1　莱蒙托夫：《帆》，《莱蒙托夫诗选》，余振译，时代出版社 1951 年版，第 202 页。

小说中,章先生似乎也在寻求着什么,却又逃避着什么;多情,却不专情;富有思想,却怯于行动或懒于行动;倦怠于精神漂泊,却又惯于漂泊,仿佛唯有在漂泊中才能获得片刻安详。

较之异国兄弟,章先生其实身心更羸弱,更"孤冷",加之患了彼一"时代的忧郁症",他自然更渴望人爱与爱人。他不仅广为"吸收"三姊妹的"幸福和美丽",吸收她们的爱,同时,又于不自觉中高估、夸张了自身爱的能力,甚至将其升格、混同为某种启蒙与救世的人道主义伟力。故此,他兼爱,泛爱,在其心目中,"四年前的蕙姑,就是八年前的莲姑;而现在的藐姑,就是四年前的蕙姑。一个妹子的长大,恰恰替代了一位姊妹的地位和美,好像她们三姊妹只是一个人,并没有三姊妹"。……不无反讽的是,纵然如三姊妹那样的"天使"也激活不了他对生活的激情,可见其"病"已无可救药。而愈是虚弱便愈加虚荣的他竟然还开出了什么双美姻缘乃至三美姻缘之普度众灵药方,结局自然是沦入谁都无力爱的悲剧。

前述《三姊妹》可谓《二月》的毛坯、雏形,惟其毛坯、雏形,其构思较为浅显明了,便更易于穿透底蕴。借助《三姊妹》的题旨与人物关系等设置,《二月》中为学界争议不休的萧涧秋情之所属问题的诠解,应有启示。

点检相关《二月》研究,有说萧涧秋爱陶岚,同情文嫂;或说萧涧秋不爱陶岚,爱文嫂;而专注于"症候式分析"的蓝棣之则更标新立异,臆断萧氏既不爱陶岚,也不爱文嫂,其潜意识中所爱的其实是文嫂那七岁的女孩采莲。[1]

《三姊妹》里莲姑—蕙姑—藐姑那三美合一说,在《二月》中则化身为

1　参阅蓝棣之:《现代文学经典:症候式分析》,清华大学出版社1998年版,第31—46页。

文嫂—陶岚—采莲这一波三折之诱人感情漩涡。而章先生面对莲姑、蕙姑一再说出"你真美啊",却不愿驻足"停留一下"之谜面,也可与萧涧秋似乎已寻索到芙蓉镇这一世外桃源,临了却还是孑然一身出走对读。

文嫂—陶岚—采莲,犹如晚秋、初夏、早春之意象,表征着那命定的漂泊长旅不同时段呈现的人生风景,蕴含着各自不可替代的价值取向。然而时过境迁,不变的仍是漂泊者"有所顾惜,过于矜持",惯以自我为中心(或曰自恋)的指涉。

据鲁迅《柔石小传》所记,柔石1917年赴杭州,入第一师范学校;1923年毕业后,曾在慈溪等处当小学教师;1925年春,担任镇海中学校务主任,是年秋,力助宁海青年创办宁海中学;后任教育局局长,改革全县教育。以上师范学历与教师经验无疑会在其小说创作中烙下印记,即便是偏重写意的《二月》,也不免于自觉非自觉间留下了一些写实的笔触。其中,尤为引人注目的是关于一师记忆的实写。

史家有言:新小说初兴之际,时人多有将舶来自西方小说的"写实主义"误读为崇尚"实写""实录"。[1] 此种风气,及至"五四"时期犹有遗韵。然而,柔石《二月》中的"实写"显然不属此列,而是一种有意为之的纪念。

一师不仅是柔石师生在彼一动荡年代的托身所在,更衍为他们实践社会理想、培植生命信念的场域。在一师,他们曾谈学问道,交友结社,读书济世,于电光石火般的思想交流碰撞间,助成了教育改革与文学革命。如此刻骨铭心的经验,注定会让他们此生不断地回忆、反刍乃至遥向敬礼。

如柔石一师时的老师夏丏尊,其小说《长闲》叙说主人公厌倦了多年的

1　陈平原:《二十世纪中国小说史》(中),河北教育出版社1997年版,第858页。

教师生涯,回到白马湖家里,想把一向当作副业的笔墨工作改为正业,做湖上诗人,不料却做了"湖上懒人"。临了,忽念及畏友弘一和尚(系夏一师同事)书赠的"勇猛精进"四字,心中不免一激灵。[1]

如果说李叔同在《长闲》中的现身犹如惊鸿一瞥的精神符号,那么浙一师在《二月》里则是定格人物人生长旅出发点的界标与基石。小说中,特意交代萧涧秋与其应聘的中学校的校长陶慕侃系"同在杭州省立第一师范学校毕业"的同学[2],还透露文嫂的丈夫,那个壮怀激烈、投笔从戎,在北伐的征程中不幸牺牲的李先生,也是一师的学生。是一师赋予了他们"忠心于教育事业"的远大志向[3],烙下了曾经"美育"的深刻印记。

萧涧秋"于音乐有研究",钢琴"在校时"就弹得好。什么"泰西名家的歌曲"、进行曲、舞曲,"浪漫主义的作家底歌",无一不通晓。真不愧为浙一师的毕业生!

更有意思的是,小说中描写萧涧秋与陶岚从相识到相知再到相爱那曲折起伏的情感交流时,均是借助音乐来推波助澜。

相识之初,萧涧秋为陶岚弹唱了一首自己谱写的歌《青春不再来》:

荒烟,白雾,

迷漫的早晨。

你投向何处去?

1　夏丏尊:《长闲》,《中国新文学大系·小说一集》(1917—1927),上海文艺出版社 2003 年版,第 539—540 页。

2　柔石:《二月》,《柔石选集》,第 36 页。

3　同上,第 47 页。

无路中的人呀！

洪蒙转在你底脚底，

无边引在你底前身，

但你终年只伴着一个孤影，

你应慢慢行呀慢慢行。

记得明媚灿烂的秋与春，

月色长绕着海浪在前行。

但白发却丛生到你底头顶，

落霞要映入你心坎之沁深。

只留古墓边的暮景，

只留白衣上底泪痕，

永远剪不断的愁闷！

一去不回来的青春。

青春呀青春，

你是过头云；

你是离枝花，

任风埋泥尘。[1]

1　柔石：《二月》，《柔石选集》，第 65 页。

萧涧秋那"真实的生命底哀音"便唤醒了"总将自己关在狭小的笼里"的陶岚,极力想追随着萧连同他的歌声冲出笼去,放飞自己蒙昧已久的青春。

结尾分别之际,萧无从回答陶岚的倾情挽留,又翻开谱弹奏 Burns 的《我心在高原》以明志:

> 我心在高原,
> 离此若干里;
> 我心在高原,
> 追赶鹿与麇。
> 追赶鹿与麇,
> 中心长不移。
>
> 别了高原月,
> 别了朔北风,
> 故乡何美勇,
> 祖国何强雄;
> 到处我漂流,
> 漫游任我意,
> 高原之群峰,
> 永远心相爱。
>
> 别了高峻山,

山上雪皓皓；

别了深湛涧，

涧下多芳草；

再别你森林，

森林低头愁；

还别湍流溪，

溪声自今古。

我心在高原，

离此若干里，

…… 1

如果说，在某些小说中，音乐只是一种点缀，一种细节，那么，在《二月》里，作者连同其笔下人物萧涧秋却深觉"艺术不能拿来敷衍用的"，如同上述一首一尾两个场景所凸显的，作者不仅将音乐描写升格为情节，升格为人物情感演进的重场戏，而且力图借助音乐形式、旋律的糅合重构叙事，于无声（文字）有声（音乐）处，达臻某种"叙事讲述"与"音画图式表现"相辅相成的境界。

柔石之所以能使叙事达臻音乐之境，缘于就读浙一师后，音乐始终是其"情之所喜"。在宁海中学，柔石担任国语课程，也教音乐课。他曾给学校谱写了校歌。为上好音乐课，曾自编了一本《音乐理论讲义》。第一章

1　柔石：《二月》，《柔石选集》，第188页。

“怎样叫做音乐”，认为“用音乐来涵养高尚的品性，犹之平素住在新鲜空气中”。在讲授乐理的同时，还教学生识五线谱与弹奏风琴的指法技艺。[1] 难怪其笔下的陶岚能“听出婴记号与半记号的半音来”。

三　毕竟是书生：校园叙事与学堂想象中的一师情结

叶绍钧的《倪焕之》曾专辟一章，描写教改初兴、农场破土动工之际，劣绅蒋士镳散布流言，谎称该地皮是他家私产，引得镇上守旧势力“霎时群起而攻”：或抨击像蒋冰如那样占夺地产、盗掘坟墓的人，哪里配做学校校长；或指责改革者将学校办得乱七八糟，煽动“子弟在里边念书的应该一律退学”。[2] 无独有偶，在其一师弟子魏金枝的中篇小说《七封书信的自传》（1924）中也有类似情节。小说叙述某乡村小学教员彬哥经办新学，而族长等老顽固却“反对学校”，欲“把学校改为私塾”，彬哥据理力争，却因族长“自伤生命”而被诬为“杀人”“吞灭公产”，蒙冤入狱。

在狱中，彬哥收到学生来信：

先生！你为什么还不回来呢？莫非你真果服从他们了么？

我们的父母都在这儿提议，要去另请个先生，坐个私塾了！我们

1　王艾村：《柔石评传》，第 126 页。
2　《倪焕之》，《中国新文学大系·小说集（六）》（1927—1937），第 105 页。

都不愿,私塾的苦处是我们受够了的。先生! 如果你不能回来,

我们宁可不再读书了……1

两篇小说异曲同工地见证、反映了民国初年现代中小学校萌生、现代教育推行的曲折艰难。

相形之下,叶绍钧连同其笔下的蒋冰如、倪焕之的性格"平平正正",远不及魏金枝及其化身彬哥那般激进、嫉愤。同样出身农家的彬哥,如同其自谓的,满蓄着祖祖辈辈忍气吞声的积怨,以致在养成"耿介,勇敢这点私德"之余,派生了"深的愤恨与怨毒的心"。

因此,同样状写"社会的黑暗、教育界的黑暗",较之《倪焕之》,《七封书信的自传》却更自觉、更鲜明地凸显了"无产者""阶级"一类的意识与站位,只可惜受早期普罗文学的负面影响,加之每每为一己的嫉愤扭曲,终流于以主人公会同难友越狱,落草为寇,打家劫舍,甚至滥杀无辜(如算命的瞎子、抓来当人质的才"五六岁光景"的小孩)如此残虐的叙事,以暴易暴地"发泄愤懑"的境地。

如前所述,魏金枝曾是"一师风潮"中的激进派,"挽经运动"式微后,新校长姜伯韩到任,他却执意抵制,试图发动学生再掀学潮,终因无人响应而孑然出走。

平心而论,在当时的情势下,姜伯韩不失为继承经亨颐校长未竟之业的难得人选,他承诺将"贯彻经校长的主义",尽管方法上或有所变通。然而,激进如魏金枝者却缘于某种"固执的成见""板滞的思想"之束缚(此乃

1　魏金枝:《七封书信的自传》,人间书店 1928 年版,第 23 页。

《七封书信的自传》中彬哥及其作者的用语。耐人寻味的是，如此自命，与其说是某种自省，不如说是一种自得、自诩），遂将浙一师代代先贤前赴后继所推行的新教育范式定格在经亨颐掌校这一时段，进而将此神格化。以此为框限，抵拒、否定此后一切没有经亨颐的教改思想与举措。

那段孤独去校的经历在魏金枝心目中一如被学校放逐，故此，对新校长、"新校长的拥护派"乃至没有了经亨颐的浙一师的拒斥与怨恨，对经亨颐力挽不能的追怀，加之对印刻着青春记忆的校园生活的潜意识的依恋，纠结、叠合在一起，遂凝成其写作时剪不断、理还乱的一师情结。即便时移世易，如1949年后忆及同窗柔石，依然恨难解，坦承当年风潮后，自己执意"反对新校长，而柔石他们却是新校长的拥护派。我们之间的思想距离竟有如此之远"。

那贯自"一师风潮"抗辩到最后的极端自信与孤愤，在他的小说中每每延续至与化身主人公出现的"浙一师"的纠缠、驳诘，只是作为"非我即异类"的对立面的一师始终保持着缄默，而魏金枝滔滔不尽的声讨中却尽显矫枉过正的偏执。

小说《校役老刘》毋庸置疑取材自一师的生活细节与背景。且不说老刘在校的一段日子恰与魏金枝同步，也不论结尾处太过鲜明的影射，作品中西洋画室也好，校园里窜着的狐狸以及相关传说也罢，紧贴着学校的那条河，一门到二门间绵延一里的松柏……这风不平浪不静里展开的校园生活，与其说属于老刘，不如说出自魏金枝本人的一师经历与体验。作者如此不吝笔墨，将老刘视野中绝不可能看到的学生打将上去抗议停止半官费事件等细节一一铺陈。纵然是带着怨气，记忆中流徙的差不多就是一幅长长的风情画。客观地说，学生偷盗西瓜、与看守老刘数次交锋一节不免写得漫溢而流于谑;老刘代人敲钟被责、农业课教师率学生在菜园实习时与老刘就插秧起争执等事件所叙主旨亦颇有雷同。是作者执笔疾书时没有意识到,还是在心底与笔下都不忍删除? 是现实里被强行割裂的另一种到底意难平,还是不忍心切断记忆中情感深处这样一个春夏秋冬丝丝牵连的"失乐园"?

自然,情感上不经意的流露只是作者作此文的附属品,在这里的一师生活被反刍式地吞吐,其意义在于魏金枝以此标志脑海流沙中的"断"与"启"。首先我们来观照他对学校活动的主体——"师生"的态度。对于"师长",否定的态度是彻底的,不仅仅是针对其中识见不深者、态度倨傲者,他为"被侮辱与被损害"的"校役"代言,所对应的是他强行划定的类阶级属性的知识者的根本立场。对学生的评判则相对微妙,"我们为什么读书呢?"回答是"识得字明白道理"。话虽如此,实际上在魏金枝的衡量中,"明白道理"是压倒一切的,"识得字"的意义几乎微不可见,遑论与"明白道理"并列。据此价值取向,他论及学生得出的"真的在你们里面是很少好人"的判断也不足为奇。对于这些顶着发热头脑、自以为是,甚至"本质很坏"的年轻人,他颇尽挖苦揶揄之能事;对于他们的"神圣爱情"自然也不会放过。里面也许亦有自嘲的成分在,但出发点却是今非昔比的划清界限。"新学堂"里的"看"与"被看"绝非乍进大观园里那"老刘"式的平易,而是俯瞰众生的超然。回想之前所述他若干年后对青年人的全盘肯定,与此颇成耐人寻味的对照。

接着便是他对学校这一存在的质疑。他对知识传授这一学校职责与功能的态度是暧昧的。以他文中表现出的反智主义衡之,"道理"不等同于"知识",应该是自明的,很少能够通过授受得之。甚至可以发现其潜台词是：学校教育的狭促反而妨碍了道理的通达。

　　既然如此，那么学校似乎只有启蒙这一立场。然而，他又对国文课上仅进行"思想煽动"、不授课业表达了不满："所谓国文课完全谈到的是思想问题"，"目的在于努力奋斗冲上去"；又说"愿意他们再多胜利一次"，但是在之前，"还是应该多读点书"。这似乎也是魏金枝对自己的要求，毕业一年后他又回到杭州，住在浙江图书馆附近，希望能多读点书。如果多读点书是意指道理经过自我选择思索自明的话，那么依照他的界定，在被奴役的学校体制下，在被定性的知识分子矩定下，只通过学校教育获得自身救赎的可能性是不存在的。

　　而被种种因素促动的学生运动，在这个昔日狂热的活动家笔下，充斥着荒诞、幼稚的色彩，其不知就里的盲目破坏，只能引发旁人的嗤笑与顺应另有所谋之人的险恶用心。意气用事容易被煽动，参加运动的学生间派系倾轧，不少学生自治会高层只是未来政客。

　　在怀疑主义强大的荫蔽下，他在为与不为两难中自戕，做"冲上去"与"退下来"之间的考量。怎么能说他不再是那个充满激情的、锋芒毕露的少年？他的愤怒从未停歇，火山灰的寂静黑焦覆盖的是随时而起的熔灼。当小说中所有的人都出于这样那样的不单纯动机"承认""接受"了宣布要实行民主改良的新校长，只"除那个窗外蠢笑者"老刘和合着魏金枝给了自己"不顺浊流"的"出走"最为神圣的界定（也是魏思考得出的学运的正确方向）——对于行动的自我思考、自我选择。这同时也加着重号般的说明，魏金枝仍然如此在意被一师——这个铸就他的地方所摒弃这一表面形式（无论是出于何种原因），仍然需要不断自我肯定、自我激励来得到确认治疗。事实上，这里的"出走"仍旧如一切"出走"一样不见前景。老刘最后在走出校门时贬斥那些试图挽留他的人:"在你们里面没有好人",新校长固然坏,但"将来会变得比他还要坏",即便是不能排除那些人中的某些别有用意,但唾骂出"禽兽""奸臣"这样的决绝,却如困兽自陷于荆棘之刺,亦伤到了自己。

如果说,《校役老刘》借助一位"神圣劳工"的视角,俯视乃至鄙视学校中扎堆的知识者之人生,那么,《奶妈》则以循规蹈矩、不无平庸的中学教员鹏飞先生为叙事者,仰视一位以"奶妈"身份作掩护的革命者的传奇生涯。

引人注目的是,"奶妈"就义前犹毋忘怒其不争地宣判鹏飞先生们那"颓败的生活"的死刑,将希望寄托在孩子那一代身上:"像你们,难道还有希望么? 让他们长大起来! 你们呢,哼,恐怕完了。"[1]

一俯一仰间,与其说印证了作者业已脱胎换骨,俨然无产者阶级,不如说恰恰因其唯恐不激进而过于倾向化、概念化的叙事方式,泄露了其毕竟是书生的微妙的职业心理。

"五四"时期学潮频起时,蔡元培曾寄语北大学生,"能动"亦应"能静"。[2] 对于效仿"挽蔡运动"而生的浙一师"挽经运动"学潮,此方显然可对症下药。然而,魏金枝等学潮领袖人物却一味"能动"不"能静",即便"风潮"后,依旧未能摆脱"运动"惯性。

与魏金枝一样,"一师风潮"后无心再读书的同学叶天瑞(肄业后乃改名为叶天底),也选择了"出走"这一极端行为。

---

1   魏金枝:《奶妈》,中国社会科学院文学研究所现代文学研究室编:《中国现代短篇小说选》第三卷,人民文学出版社 1980 年版,第 27 页。

2   蔡元培:《北大第二十二年开学演说词》,《蔡元培全集》第三卷,第 343 页。

叶天底于 1916 年秋考入浙一师,受一师艺术空气感染,曾是"头发总是留得很长",绘画、弹琴无一不精的艺术青年。"风潮"中与同学集队前往省公署请愿时遭卫队殴打致伤,为"挽经"骨干。1920 年夏离开一师,来到上海,经乃师陈望道介绍,给《新青年》杂志做校对,从此走上革命道路。

受上海共产主义小组"收罗左倾及有革命性质的青年,组织社会主义青年团"之委托,他与一师同学俞秀松等发起成立了中国社会主义青年团。筹建该组织者计有俞秀松、李汉俊、陈望道、叶天底、施存统、袁振英、金家凤、沈玄庐等八人。[1] 一师的师生占了一大半。

次年春,叶天底因猝发伤寒而回老家养病,其间曾在上虞县立第一小学任课。他不仅在教学中勉力践行新国语运动,一度弃文从政的他在课余还重拾文学。自然,笔下依旧波澜不止,有着唯恐天下不乱的亢奋。

更耐人寻味的是,政治上的反叛激发并改造了他艺术上的反叛,革命与艺术皆具先锋性。

彼时所撰短篇小说《男校里的一日》,描述的是以浙一师为原型的某校的普通一日,由几个非线性、印象式的片段拼接而成。虽然发生的皆为校园生活中最日常普通的事件,但每一个片段都是视觉冲击力极强的狂欢场面,读来如超现实的梦魇:清晨,揭示板上通知数学、英语两位教师告假,学生闻此皆喝彩、"奇喜",现出各种异象,某君甚至"把室内地板都跳断,膝上满染红了一腿子的鲜血";才上第一节课,忽闻教育部视学下午要来学校视察,即停课回宿舍手忙脚乱地清扫积污;午间,震亚姊来校看"我",不一刻,

---

1 华汝国:《中国社会主义青年团创建始末》,《中国档案报》,2014 年 9 月 18 日。

会客室外便"同学成环","点缀满半截的面孔,每只圆黑的眼睛,都射红了震亚姊底颜面一部分";晚膳时,四年级同学大闹食堂,继而联合绝食,因监学同厨头串赚膳食费而借题发挥……小说以夜课下课收尾,教室外一片漆黑,唯闻众声喧哗,或喊"教室火起!"或喊"地震""触电!"。乱乱杂杂,便是"一日"。[1]

"现实如梦境",与师长辈的沈玄庐对梦境认知的渐进型转变不同,学生叶天底的表述就是他观察、感受、认知,甚至思考构建世界的方式。现实世界在他的眼中就是这样变化错落,充满冲击力的动感。赋予这样的世界以更好的秩序,便成为这一代年轻人投入革命的动力。

如果说曾经"一师风潮"的叶天底在其小说《男校里的一日》中折射出了某种渴念巨变的喧哗与骚动,那么"风潮"后考入一师的汪静之即便笔涉时移人易之题材,也别有一种感伤世事无常的无助。

《伤心的祈祷》(1925)是一篇诗人小说,或谓诗化小说。男主人公值翻是 V 省城里 H 中学的国文教员,某日偶遇二十年未见的一位女同学,遂忆及十四五岁时在故乡念书时与她那段青涩的恋情。

所谓诗化小说,情节大抵淡化了,甚至那"花一般的少女"秋英何以变得如此艳俗,小说中也一无交代,仅有业已嫁作商人妇的若干提示。诗人似乎更在意借助抒情的修辞方式,使小说达臻诗的境界。如是,在读解文本时,自然也应更多地关注、感悟那些诗化了的情感符号、精神意象。

男主人始终觉得秋英"很缥渺,很恍惚,好像隔着辽远无涯的海洋,可

1　叶天底:《男校里的一日》,《民国日报·觉悟》1921 年第 3 卷第 7 期。

望而不可即"。[1] 他俩的恋情也有"一种微妙的朦胧的感觉"。印证了那
"花一般的少女"实是诗人"旧梦"的化身,是"梦中的女孩"。

心理批评范畴的"梦中的女孩"这一命名,暗示着人到中年、入世渐深
的诗人,精神的丝缕还牵着已逝的故乡、童年、青春。与其把它视作笔下人
物(或作者)曾经的初恋,不如说那是理想主义生命存在的憧憬,是"抗拒
那空虚中的暗夜"的希望,是刻骨铭心的心象,是苦于不能忘却的梦。"梦
中的女孩"是不会"长大"的,永远那么的明净、清纯。[2] 纵然小说中曾写到
乡间女子无缠胸的习惯,秋英那"初发育的少女的两乳,高高地撑起有如将
开未开的莲花"之描写[3],也无改女孩"梦中的"心象属性,更不应如某些评
论那般将此误读为"性欲之强烈诱惑"。[4] 在作者刻意形容的"莲花"这一
情感符号中,分明已凸显其"可远观而不可亵玩"的明净、高洁喻义。

小说中唯一的情节是:值翻与秋英一路同行,见山上有几朵"红的杜
鹃花",秋英想要,值翻便攀登数丈之高的山崖采摘。有意无意间,遥向乃
师鲁迅的《在酒楼上》"送剪绒花"一节叙事敬礼。

《在酒楼上》中,吕纬甫送顺姑剪绒花一节亦可读作鲁迅旧日梦寻的
诗美延伸。鲁迅极尽渲染地状写顺姑的眼白:"青得如夜的晴天,而且是
北方的无风的晴天,这里的就没有那么明净了。"与其说是"画眼睛",不
如说是画心灵,悉心透露了顺姑所具"梦中的女孩"型清明、纯净的标志
性品格。

---

1 汪静之:《伤心的祈祷》,《中国新文学大系·小说一集》(1917—1927),第 314 页。
2 张直心:《梦中的女孩》,《中国现代文学研究丛刊》2005 年第 4 期。
3 汪静之:《伤心的祈祷》,《中国新文学大系·小说一集》(1917—1927),第 314 页。
4 宋剑华、陈慧:《自私的亚当:论中国现代男性作家的欲望转移》,《湖南大学学报》2012
 年第 1 期。

阿顺之死又一次凸显了鲁迅那冷峻得近乎"残酷"的现实主义精神。他不仅没有一厢情愿地让游子与其"梦中的女孩"在故乡圆梦,更借吕纬甫将剪绒花送给"长得全不像她姊姊,简直像一个鬼"一样的阿昭这一"随便"之举,无情地戏谑了"旧日的梦"及其化身。

如果说,鲁迅一分为二,借助阿顺与阿昭这两姊妹,展开幻与真、旧梦与现实之思辨,那么,汪静之则将其合二为一,昔日的秋英如同阿顺,而今日的秋英则成了令人"憎厌"的阿昭,喻示着诗人去圣已邈、宝变为石的人生体验与伤感。

临了,写值翻进了讲堂,开讲汉朝文学史。讲到汉武帝的《秋风辞》,不由自主起而悲歌。唱到最后"少壮几时兮奈老何"时,眼眶里满噙着泪水,尽显少年情怀与学堂想象的幻灭。

行笔至此,突生联想:假如秋英当年未曾嫁作商人妇,而是与教师职业的值翻终成眷属,时移世易,又会变得怎样?数年后叶绍钧写《倪焕之》,对此其实已作了异常冷峻的回答:倪焕之也曾憧憬与金佩璋把教育的研讨与恋爱的愉悦融合在一块儿,相辅相成,未料婚后的结局却是:"他现在有了一个妻子,但失去了一个恋人,一个同志。"[1]

假如忘却了经亨颐校长"与时俱进"的教诲,不能持续"在老职业里注入一股新力量",而徒然"怀着完美的理想",那么越是"美满的梦"[2],便越是暗蕴着其追求终是幻灭的悲凉。

---

1   《倪焕之》,《中国新文学大系·小说集(六)》(1927—1937),第 174 页。
2   同上,第 32、37 页。

四　偏执与激愤：魏金枝一师心结个案探析

魏金枝，浙江嵊县黄泽白泥坎村人，1917 年考入浙江第一师范学校。本名魏义荣，因借用魏金枝的毕业文凭获得报考资格，入学之后便改名叫魏金枝。名字的原主人为某地主少爷，故有人觉得贫寒子弟从此便顶着不相称的"金枝"，似蒙屈受辱[1]；此后素有"乡土作家"之誉的魏金枝用着这个名字写了诸如《任樟元和三个地主》一类的小说，倒是颇为微妙的反诘。

当时，他赴杭报考的还有浙江省立第一中学，亦被录取，但考虑到费用以及就读一师对于谋职的便利，故选择了能减免学费、得到膳费补贴，且具有职业资质培训特色的一师。未能预料魏金枝若读了省立一中会成长得如何，已然确知的是，魏金枝的文学基质，是被一师所激发出来的。而由激情诗人至沉郁作家的心路，同样是在一师铺就。

在魏金枝入学的 1917 年至 1919 年这一时段里，浙江一师的国文教育实质上经历了三个分期。1919 年之前，整个文化界都在冬眠，便是夏丏尊、刘大白诸先生，也还是在教室里领着众学生吟诵丘迟《与陈伯之书》。[2] 破旧立新之时势或裹挟而来，但卷带而走的汹涌中总有沙金沉淀。魏金枝读先秦诸子读出别样兴味来，特别是在庄子与列子的论集里，为立论而存在

1　西彦：《向死者告慰》，《新文学史料》第二辑。
2　曹聚仁：《文坛五十年》，第 99 页。

的故事恍若兀自闪烁的珠玉，勾摄着魏金枝的目光，引他身心贯入。他由"庄列寓言"获益良多，除却写作小说的借鉴外，后来索性自己重新编写了诸子论集与列代笔记里的"寓言"，合成一集。

1919 年，一师进行国文教学改革。《注音字母教育法》《新式标点的用法》《国语法》之类的教材，着眼工具性，突破的是语文载道的洪闸。但更有取自《新青年》《新潮》《每周评论》的课文篇目，致力启蒙人文，由此贯入的新思潮奔突激荡。

浙江一师的国文课凝聚现在、当下、时代一刻，成为教师近乎不再课堂讲授，而以学生争辩社会人生问题为主要形式的研讨会。这还不够，激情荡开教室，冲出校园。魏金枝也以无限的狂热投身于各种学运当中。

涌动的变革激情也许与"话""言"的渊源更大些，但作为"文"的魂魄反失之缥缈，实绩范例的匮乏也空陷了通向质的捕捉的路途。作为南方新文化运动重要之役——1919 年的浙江"一师风潮"，彻底平息要到 1920 年的春天。经亨颐与"前四金刚"都离开了学校，但朱自清、俞平伯、叶圣陶、刘延陵等陆续来到一师任教无疑是对一师国文教育的某种整束与再度发轫。魏金枝在《浙江省立第一师范学校校友会十日刊》上首次发表了自己的诗作《泉》，以欣然的冲涌开始他的文学之流。

1921 年，由潘漠华发起、汪静之响应，邀同校冯雪峰、魏金枝、赵平复（柔石）等参加的课余文学团体——晨光社组建。入社的还有在杭的浙江女师等其他学校的学生，而社团的顾问则请一师的国文教师朱自清、叶圣陶等担当。"晨光"自然是时代的晨光，光呈暖色却非全然熏燎着血火，而是映衬着湖畔草长莺飞里吸吮晨露的幼雏嗷嗷待哺的初声。晨光文学社定期组织活动集会，交流读书心得与各自的诗作，将比较优秀的作品发表在杭州当地报纸的《晨光》副刊上。[1] 另外,魏金枝的稿子最多的是投向上海《民国日报》的《觉悟》副刊。之后,晨光社中的汪静之、潘漠华、冯雪峰与上海的文学青年应修人结成了初始的湖畔诗社,而魏金枝没有参加。直接的原因便是湖畔诗社的缘起:应修人因汪静之的诗名与其通信并来杭相见,伴游中向汪提出想再结识几个诗友;而泛舟湖上的西湖划子却又以四人之容为限。汪静之便叫上了平日相交甚好、学级相仿的潘漠华与冯雪峰。四人且行且吟,游兴诗兴盎然,应修人便提议结成湖畔诗社。[2]

就某一方面而言,比诸 1917 年入学的魏金枝与 1918 年入学的赵平复,汪静之、潘漠华是 1920 年入学的同班同学,而冯雪峰更是 1921 年才入学的新生,未经"破旧立新"的曲折,打开大门便是"湖畔"新风拂面,这稚嫩的却开天辟地、全新一格的新诗却正要在他们的笔下才恍若天成。这与魏金枝此时诗作中"拼死"斗争的狠劲的朔风难以汇到一处。

1924 年,魏金枝主动要求,经汪静之介绍也加入了湖畔诗社。同年入社的还有经应修人引荐的谢旦如。魏金枝将自己的诗汇编成《过客》一集,打算作为湖畔诗社继《湖畔》《春的歌集》之后的第三本诗集出版,但魏金枝最后连印刷费都未能筹足。湖畔诗社刊行前两本合集的费用,实际上全由在上海棉业银行工作的应修人一人筹措。虽也算是同社成员,魏金枝与之并不相熟,要出自己的个人诗集自然不好向他开口。而同社的同学汪静之、冯雪峰、潘漠华亦过得捉襟见肘,反还受着应修人的接济,更别说能帮到魏金枝了。倒是谢旦如的《苜蓿花》,作为湖畔诗社的第四集,在 1925 年

1　潘漠华:《致沈雁冰》,《漠华集》。
2　《应修人日记》。

3月自费印刷出版了。诗集不能够面世，不能不引以为憾，毋论是否能借此以"湖畔诗人"的身份蜚声文坛，总归少了一个令自己才华彰显的机会。而最让魏金枝心溃意阑的是1926年，他将诗稿又归拢来，交给上海书店出版。他的满心期待正遭逢"四一二"事件，便是昔日的一师同学、上海书店的经理徐白民自己也身陷囹圄，诗稿的下落更是无从查起。轮盘里一而再的空格轮回，诗稿与转过的时年却都无法复制。魏金枝的诗才或在，诗情却在走出校门后的社会时代里渐渐冷却。他不再写诗。

多年以后，回忆起自己颇不顺遂的诗路历程，魏金枝仍旧不能真正释然。他人谓少年写诗乃"不识愁滋味"，不识愁滋味之说固然是时光荏苒之慨，但经过此役"拿来主义"说事的人，每每含有昔日占尽风华便利，却假以暧昧谦逊的面相阻断今朝他人路途的有意无意。中年魏金枝对该种貌似温情实乃贬黜的定夺毫不做惺惺态的回应，前痕湮逝却绝非是无意义的徒劳，岁月世故侵蚀不掉的不是执念，而是信仰。他说，少年人通过诗歌努力表达自己，何错之有，岂非正是少年之为少年的特质。即便不是同样的音调，一如湖畔诗社两册合集扉页的题词，"歌哭""歌笑"，无不是"放声的唱呵"！这个未曾发表诗集，更未能以湖畔诗名闻达的魏金枝终不愧是湖畔诗人。只是这样的激昂之余，反倒容易窥见他的感伤自嘲。说若待得"欲说还休"，却怕是心灰意懒了。实话如此。

一师"人格教育"的理想化状态，是以受教育者为重心，兼容并蓄，文体并重，给学生力所能及的最好的条件以及自由发挥的空间。自1915年起，学生每周设体育课三节，校友会与学生运动部还会安排各种体育活动。每年春季远足，秋季则举办本校运动会并派优秀选手参加校际运动会。魏金枝便是乐在其中者。在同学赵平复阅读成高度近视时，他则冒着风雨在操场上消耗体力,挥汗如雨。这便可以解释他会取运动场上的跳远踏跳板的拘束,来作写短篇小说受到限制之譬,这远取喻虽然稀罕,却饶是身心以镣铐起舞的有感而发。魏金枝体态粗壮,如果不察他细腻善感的诗人的心,真是容易直观地只认他作运动健将。事实上,他正是有无穷的青春热血精力要展示宣泄,破坏摧毁践踏,这其中的狂暴质疑一切,指向虚无的无政府主义。

魏金枝曾在 1920 年因家庭变故退学,在湖北汉阳县做了两个月书记员后又回到一师。有了这段社会经历后,他开始从事工人运动,受钱耕莘之邀,到浙江印刷公司工人互助会给工人们上课,后又帮助他们创办了浙江的首份工人刊物——《曲江工潮》。只是编到第十五期时,工人互助会就被勒令解散;祸起萧墙,原来是工人内部的矛盾激化正好被利用。魏金枝就学一师以来似乎一路顺风顺水的"革命"活动突然遇挫,而偏又正是他投入心血最多的一桩。魏金枝写作《工人的借鉴》一文表示悲痛叹息,他开始明白"前进"的不简单,但他的认识还是简单的。

魏金枝的"学运"低落亦终结了他的一师生活。1922 年,经蒋梦麟推荐,姜伯韩成为浙江一师校长经亨颐的继任者。他表示"要极力贯彻经校长的主义",日后他的努力也得到了广泛的认可。而魏金枝这时却未有跨步之思,仍然组织学生倾力反对姜伯韩到任,但这声势已不可能再高涨。在周遭一些师友的劝慰下,魏金枝离校避入浙东乡间。

是年夏,浙一师仍准许魏金枝毕业,颁予毕业证书。

自学生时代的风云里循着强对流空气而行,落下;折断幻梦羽翼后不得不用脚踏上的是泥路坎坷,魏金枝为了生计开始在浙沪一带艰辛迁转。但是在一师萌起复被扼杀的"遗志"并未灰灭,在执拗的情绪鼓起的风里,反而燃出郁结的殷红。与从赤色里褪去的杜衡（苏汶）、施蛰存等人交汇，不啻为顿挫失落里受温情相助的感念，亦带有某种转向后志同道合的投契。虽然与"现代"同人闪现的电光火花不尽相同，魏金枝以他一贯鲜血筋肉的顽强体认，坐实了自我认定的"是非"。

魏金枝毕业后的第一份工作是在浙江孝丰县立小学任教，因欠薪与对校方的不满，1923 年遂辞职回到杭州，寄寓之处因属被地方政府查封的"青年军人联谊会"机关，受牵连入狱。出狱后做了杭州闸口统征局稽收员，1924 年辞职至上海，谋得上海国民女子中学国文教员一职。

本在云端高声呵唱的激昂雷音转向沉郁。在他仍坚持也同样是赖以为自我支撑的业余创作中，小说开始占据越来越多的份额。东奔西走的罅隙里，举手投足的激昂痕迹已经湮灭，思虑长考的是状态与无穷尽的诘问。1925 年，他又从国民女子中学回到嵊县，不久又来到杭州，在留下镇茶捐局找到了份工作。此时写了"描写着乡下的沉滞的氛围气"的《留下镇上的黄昏》[1]，小说中的留下看似无所事事铺满到凝滞。凝滞不是"无"，恰是背后这"有"的郁结。

有心孜孜以求的青春诗集没有出成，不意想转入这沉郁顿挫却风景别样，鲁迅将此篇收入《中国新文学大系·小说二集》。由此契机，魏金枝以乡土作家的身份崭露头角。之后鲁迅写作《我们要批评家》，也称魏金枝的《七封书信的自传》为两年来的"优秀之作"。这样的提携之力，不想尔后竟有一番"文人相轻"之争的芜杂。

1929 年 10 月，魏金枝由柔石引见，首次拜访鲁迅，之后交往渐趋频繁。

1　鲁迅：《〈中国新文学大系〉小说二集·序》，《鲁迅全集》第六卷，第 250 页。

1930 年 5 月,魏金枝至上海,与柔石同住景云里,并经其介绍加入"左联"。而他的工作与生活来源便是帮助鲁迅、冯雪峰、柔石编辑《萌芽》。

只是魏金枝离校以来的颠簸踸踔远未由此终结。1931 年 1 月,柔石被捕入狱,鲁迅也暂避他间。为了生计,魏金枝只得回杭州财务学校任职,之后又饱受牢狱之灾、奔徙潦倒之苦,与鲁迅的联系也由于地处空间等变化变得疏远;另一方面却因投稿的关系,与《现代》主编杜衡的往来渐次密切起来。而事实上,魏金枝与《现代》同人并不陌生,与戴望舒早在 1927 年戴赴京时已经相识,与施蛰存亦是通过冯雪峰结识的故交。杜衡告知《文学》初办,倘有稿件可以为他转交。魏金枝便将小说《磨捐》寄上,不料却被《文学》退回,后小说刊于《现代》第四卷第一期。

1933 年,魏金枝来到上海麦伦中学教授国文课,得以成行,其中亦有杜衡相助之力,虽然日子过得清贫,日后甚至不能维持一家四口的生活而把妻女送走[1],但终于是安顿了下来。10 月,收魏金枝四篇小说的《白旗手》作为"现代创作丛刊"之一由现代书局出版。

1935 年 4 月 5 日,魏金枝在施蛰存编辑的《文饭小品》上发了杂文《再说卖文》,成了引起纷争的缘由之一。文章含怨带气,主要指责《文学》杂志压制他的小说稿不发,也含讽带消,点名茅盾"问我为什么去教会学校教书,语意之间,似乎颇为不屑",但没过几日,茅盾的一个亲戚也想来找事做了云云。除傅东华在《文学》上出告示指责魏金枝外,鲁迅则是在《文学》杂志上相继发表《"文人相轻"》《再论"文人相轻"》《三论"文人相轻"》等文,或对魏金枝顺笔一嘘,或与其正面交锋。

1　欧阳翠:《回忆魏金枝》,《新文学史料》1994 年第 2 期。

鲁迅虽则因着魏金枝的"平心而论,彼一是非,此一是非,原非确论"一语,认为这"在近来的庄子道友"——施蛰存等人中,可谓"鹤立鸡群"之见,终不满魏将"非中有是"的杜衡、施蛰存等"说成了'朋友'"而痛加针砭。鲁迅表明态度:细枝末节虽纷繁芜杂,各为其人所说;但站定的立场、话语的指向绝非参差错落之分,只有是非黑白之辨。

论辩中,魏金枝再三申明是非难定,所谓"似是而非""非中有是";鲁迅则反复强调若据"取其大,略其细"的方法,则是非分明……上述观点一旦置于鲁迅与"第三种人"分歧的语境中,便于细枝末节中平生出"微言"外之"大义"。

前期鲁迅曾自比为"不愿彷徨于明暗之间",又"终于彷徨于明暗之间"的"影",其前提,恰是出于在二极对立的格局间仍存在着"非中有是"、明暗莫辨的混沌的切身体验;然而此时鲁迅的思维范式却在日趋刚性的同时少了几分弹性。他依然以"明""暗"为喻:"据物理学说,地球上的无论如何的黑暗中,不是总有 X 分之一的光的吗?"但难道能因此认为"天下何尝有黑暗"?[1] 不无决绝地断然否认介于明暗之间"非中有是"的中间状态之存在可能(包括"第三种人")。

"无是非"的定论当然是不能被魏金枝所接受的,何况是被有着导师一样情感的鲁迅认定。历浙一师门墙外十年,他磕碰疮痍下的执拗未被消磨,《分明的是非和热烈的好恶》一文便是明证。他依然纠缠于细节,提请鲁迅记得《文学》主编傅东华之前对他所做的关于美国黑人作家休士的污蔑,在点明"似是而非"的同时也不妨视其作是对鲁迅的某种真心

1　鲁迅:《三论"文人相轻"》,《鲁迅全集》第六卷,第 373、374 页。

告白。魏金枝尤不能释怀的是他因参与进步剧团"五月花"的活动而被国民党当局拘捕,出狱后向《文学》投稿的《磨捐》被拒这一结节。与之相较,杜衡等人的临危救助便属"非中之是"。他希望以一种切切来强调是非乃是自己所见亲历,而不是被某种左向标签贴着的"与社会隔绝"。虽然魏金枝撰文时放低姿态以表明对鲁迅之敬重,但是他褒杜衡、斥《文学》的态度还是异常鲜明的。这样的原则性扭曲自然会遭到反驳追击,《三论"文人相轻"》之后又有《四论"文人相轻"》,鲁迅一语中的地指出魏"所拥护的'文人相轻',不是因为'文'",倒是为了所谓的"朋友"交情之谬误。魏金枝不服气,却也没有再写文章,这里他同样做了某种情谊的折中,只是按捺不住,还是写信给鲁迅说明了自己的想法与自己绝非"第三种人"的立场。

这个激动的、不合时宜地跳出来卷入论争的人在《分明的是非和热烈的好恶》的结尾处,由着郁结与激愤感慨出这样的怀疑与虚无:"已而已而,手无寸铁的人呵!"

因着时代风云的推波助澜,更缘于浙江一师新兴期的年轻气盛,一师氛围中多有魏金枝一类"喜欢写诗",亦"喜欢运动"的激进青年孕育萌生。[1] 个人情思的激烈冲动,时而汇聚、演变成集体性、集团性的"斗争""运动":1909 年鲁迅为急先锋的"木瓜之役",十年后魏金枝抵抗到最后一息的"一师风潮",便是其中颇引人瞩目的范例。这是一师的斗争传统,成败互见。未料,又是十年过去,一师师长辈的鲁迅与学生辈的魏金枝竟

---

1 魏金枝:《柔石传略》,丁景唐、瞿光熙编:《左联五烈士研究资料编目》,上海文艺出版社 1962 年版,第 218 页。

然相遇、碰撞于这场"文人相轻"论战中,此时文学或谓思想文化观念的分歧仍以是类"斗争""运动"的方式开展、了决,对此得失利弊的反思,理应上溯至一师精神。

魏金枝并非小说高产者。他为自己寥寥几篇结集的小说选作序时也连称"惭愧"。不过慢慢咀嚼的吞吐比诸他风云雷电时,本可以沉积下许多。他不十分长于构架,作不得恣意天马行空,虚者乃在其实落之处升腾。去校三两年间,成篇《校役老刘》。不知者不明就里,以为何处架空;细细辨来则颇有会心,原来往事历历在目。小说描述了丑陋的乡下人老刘来到一所知名的师范学校做杂工的遭际与感怀。主人公老刘在被戏耍受辱之后与学生稍有交集建立维系,渐渐又以自己的价值审判疏离与质疑;后因在该校最大的风潮里"得罪"了新任校长,被其点名,与败坏校风的教师一起开除,学生欲又起风潮挽留,校役以选择自己出离而告终。从某种角度而言,这篇小说简直是魏金枝声讨浙一师的一纸檄文。

魏金枝借《校役老刘》强作"不属于此间"的自白,态度实质乃是激烈的纠结。不过文中带着某种道德训诫的走向,却是与同时期所作的《七封书信的自传》《裴君遗函》《祭日致词》等篇共通的。[1] 以喃喃布道抵御覆灭感的激愤里,并不是对"黄金世界"式乐园的轻信,也没有再后一个时期里他对社会革命认定的乐观。不断地诉说,是用诗无法满载的信息量,反复追问一种无、有的最初缘起,这样不断延宕不可得答案的到来,是他支撑自我的所在。

1　《校役老刘》《裴君遗函》《祭日致词》,收入短篇小说集《七封书信的自传》,冯雪峰作序。

魏金枝在沪杭等地的艰难谋生伴以革命与写作,不过不再写诗。从某种意义上说,他的转变是拒绝简单的直抒,代之以蕴藉勾勒,或是辩证的进步;寓言取代形象,亦是神学的进阶。

五 后青春期的赢弱与忧郁:柔石心理个案探析

一师如先锋之舟,突入怒海;而再一程,以及"风潮"之后的着陆与沉浮,则要看各人的定力。

与魏金枝在一师时期身心贯注做"活动家"不同,柔石的目标原是成为"有思想的学问家"。诚如魏金枝所言,两人虽是熟识,却各行其是。[1] 时有论者认为,魏金枝描述中一师时代逆慷慨激昂而行之的柔石,似与革命史以及革命文学史定格的"革命"形象有所偏差,便急欲站出来纠正;事实上,魏金枝自己早就点明,当时各自都"毫不见怪",倘若研究者定要求得根深苗正的一以贯之,那么追究魏金枝写下这样描述的时代背景,并加上"通过对比为自己洗白"的目的注解,岂非与论者自行以此判断下的魏金枝殊途同归?

柔石的另一位浙一师同学邬逸民也有类似于魏金枝的回忆:"柔石在一师中,为接受新思想与新文学最早的人物。与教师中的朱自清、刘延陵、俞平伯、叶绍钧及陈望道先生较为接近。""当时虽在学生运动中,他并不活

1　魏金枝:《柔石传略》,《左联五烈士研究资料编目》,第218页。

跃,但已有心从事于写作,想对新文学运动有所贡献。"[1]可见魏金枝说并非孤证。一师时代的魏金枝就是有着强力筋肉,终日暴走于各种运动;而柔石则以某种羸弱的姿态,延宕于后青春期的诗性的忧郁中。

1918年夏,柔石离开管理不善、费用较高的省立六中,投考一师成功。如同海绵一样,最大程度地吸收这片乐土上的点滴,是入学甫始柔石认定自己该做的一切。他拼命读书,以致两眼高度近视;也投入地修习金石书画、钢琴、小提琴等乐器,还练习自己作曲,甚至花了不少时间给自己的课堂讲义设计装帧、描绘题饰——他以他的纤弱、细腻固守这一方。喜爱文学,身为晨光文学社的一员未必从那时就注定此后的契机,他在文艺上的其他投注,倘能有条件假以时日,不无别有所现的可能。

斯时,浙一师颠簸于风口浪尖,柔石在他那微小的温室里又怎能不闻见风雨?他隔着玻璃的教育救世理想便是"观现今中国之富强,人民之幸福,非高呼人人读书不可。教育能普及,则无论何事,皆不难迎刃而解矣"。[2]他自知这样的目标"高远",在通向他成为学问家的航程中"去帆总望着风顺",不愿就此被赤身卷入大风大浪大雨之中,希望周遭的一切能暂时"不要惊破我的心"。

他对一师未曾授业之师李叔同的倾慕,恰在这样的"心有旁骛"以及某种"出世入世"的态度之中。所以从夏丏尊处得李叔同手迹,他大喜过望,特地以识语记之[3]:

1　"逸民回忆":《柔石先生青年求学时期简况》(手稿)。转引自王艾村:《柔石评传》,第35页。
2　柔石家书。转引自王艾村:《柔石评传》,第101页。
3　盛钟健:《佛学思想对柔石的影响》,《西湖》1981年2月号。

　　　余幼鄙,不知叔同李先生之为人。然一睹其字,实憾师之不

　　及者。共和七纪余学武林师校,适先生弃世为僧,故又不及见其

　　人而得其片幅。先生知交夏先生丏尊嘉余诚,以此作赠,余乐而

　　藏之。此非余之好奇,实余之痼性也。

　　　　　　　　　　　　　　　　　　　　赵子平复自志

　　虽然时隔十年后,柔石写作《丰子恺君底飘然的态度》,批判学长丰子
恺赏梅花以及《护生画集》里的欺骗与矛盾[1],但事实上,与他当年倾慕李
叔同的翩然并不相违拗。从这里的前后判然也可以看得出魏金枝所言未
必尽虚。

　　即使是当时的柔石也深知翩然的奢侈。尽力心无旁骛,多多投入到读
书中去,不旁视的原因是不敢或无力正视。但是温室玻璃的障庇毕竟是脆
弱的,只想守护这一方最后也是不可得,稍稍的行为亦不果,只想开出宁静
古典的花来的心灵,便渐渐生出无望来。

　　怀着距离此刻遥远的、还要经历时日才能到达的梦想,似乎是只有孩
童才能安然享受。柔石正希望耽于此境界而不愿长大,不愿直面风雨,亦
不愿承担责任,所以他深信维特所说的"每日和小儿一样过活的人最幸
福"。然而让他曾经有造梦恍惚的五年一师生活毕竟倏忽即过;风声雨声
里,在孩童眼里完整的世界也早已破碎不完整;而孩童总能求得荫庇的最
后处所——家庭,也无法继续给已成年的他毫无保留的支持。

　　而"以孩子自居"的青年柔石的内敛"无为"亦不能说明他内里不随着

1　柔石:《丰子恺君底飘然的态度》,《萌芽月刊》第 1 卷第 4 期,1930 年 4 月。

时代的悸动而血脉偾张,沉潜的研学无法餍足内心升腾起的对于挥斥方遒的向往。他在日记中"自嘲"与孔圣同一天生日,以他当时的教育救国的理想来看,"数风流人物,还看今朝"般的口吻却实在不是自谦。

捧卷展读《少年维特之烦恼》的同时,阅读美国人所著的奉行学校教育与家庭教育的 *True Citizen*,不过是两种形态的同样与现世隔膜,便是呼号着种种也未有真正入世。在一师最后一年的教育实习,让他的热血都几乎"凝固"了。客观上,同组实习的两位同学生病,责任全部都落在余下的柔石与另外的同学肩上,以致压力倍增,也是重要因素。但他仍认定普及教育为救国之大计,毕业前夕,为发展家乡的教育事业,他曾怀抱改组县立高小以及创办初级中学之计划而四处奔走,却徒遭碰壁与嘲弄。刚欲步入社会,便深味了"死沉沉的社会,怎能容得活泼泼的青年"之悲哀。

柔石身心羸弱,使得他纵然心中能构广厦万间,但现实中风雨起时,稍有水渍风痕波及于他,他便早已自行飘摇,想象世界中的美好图景即便没有瞬间倾圮,也延宕至无穷尽远。现实和他想象中的现实隔着鸿沟,他殚精竭虑也无法完成拉伸。他也作同情农夫、工匠的泛泛之说,但是当一个老太太在他与同学散步时走来,开口说给我一个铜子吧,他与"下层"阶级神秘主义启示式的联系光环便瞬间消失殆尽。他活着的一师世界,和从一师出来一段时间的世界,不该是这样子的吗?

羸弱的人自然渴望被爱,但是在反抗自己能有所查的软弱的暗影时更渴望去爱。在辐射出某种较为包容宽泛的爱中,生活中遇见十四五岁的小女孩会偶然激起他的冥想,然而作为等势经营的爱情中则需要某种相当,在这一个层面,他需要一个强势的主动的对象来推进;然而即便羸弱如他,又不能割舍对掌控的绝对性的迷恋。这样的投射甚至可以延续到小说《二月》中,同样爱以施善面目示人却身心羸弱的小学教员萧涧秋的情感走向:采莲、陶岚与文嫂,这三种要素皆为齐备了。不过这样兼爱的感情散布,终局是事实上谁也不爱。在小说中,萧涧秋的苦心经营终于随着"不由自己"而破灭。

现实中,一师时的柔石也从父母之命与吴素瑛完婚。这样的婚姻状况不能让他满意,他不想要这样的传统掌控,而且他对于此后分家,不得不以自己的能力抚养家小的责任和负担有所抵触。而他强烈呼唤爱与被爱的情绪在现实里则是随波逐流的投注,可以是梦中不知名的某个女人,也可以是教育实习中的小学教员,这样的放任可归于不可得的无可奈何。只要前提是不束缚他的,额外能给他一点温情,给他一点支撑,他就都"爱"。就连一位同学的朋友,站在他课桌旁多关注了他一会儿,他在恍惚间都望着她"很使人动情"的"清秀的脸"恍惚了。他的某种爱情至上,是把自己固定在世界上的一个方法,是用肉体和精神把自己固定住的形而下实在。至于之前本就无关爱的真义,而只纠结反刍于爱我者、我爱者的一味无条件包容的问题也并未解决。

"我实在没有志愿,而且不成志愿",经历了教育实践的柔石在毕业前夕如是说,在社会的实景中他一度找不到成型的位置与存在。一来可以免于过早地直面风雨,他希望能够延宕这样的决断,希望能够以万全的背景化现今的被动为之后的主动,所以寄希望于继续求学。然而投考东南大学未果,让他直接避世与间接入世的打算全部落了空。于是,理想、感情、学业对于此刻的他而言全成了虚空。

柔石自费出版的第一本小说集叫作《疯人》,辑有创作于 1923 年至 1925 年左右的《疯人》等六篇短篇小说。是时,鲁迅的《狂人日记》早已激起千层浪,但与"狂人"隐含的叙述者在背后警醒冷静的批判不同,"疯人"确实是柔石一师后期以及延续到毕业后一段时间的某种精神状态的自我描摹。"疯人"与"狂人"的一致处便在于强烈的被害妄想。柔石便是到学园里去走走,也总觉得周遭风声鹤唳,因对现实面目无法了然且无法抵御而缺乏安全感。

他发现在一师里慢慢萌醒的那个"自我"面对现实遭际是如此的缺乏力量,且处处被压抑。面对实际力量不可得的碰壁挫折,"自我"逃遁或者说"超脱"去了精神层面,以"十二分的活动和细致的个性"极致必反的历练出一个天人共感合一的"大我"出来。这个"大我"带着自以为是的贯通宇宙的浪漫神秘主义。"人在世上的位置无长宽厚……小则小于电子,大则大于宇宙。"但感时伤怀的花鸟鱼虫泛爱本身便是一种自恋自怜,只因他闻听秋虫的叫声是代他悲鸣,它们可以给他某种生趣,又可以放任不管,任其自生自灭。"我"才是最中心的语词,才是一切结构的开始。"我愿意作诗,而不愿意读别人的诗,更不愿意讨论什么诗。我说我的话,是人生必要的,别人的话,我何必讨麻烦呢?"

小则不得随人摆布,随风而逝;但抹煞掉那个理性的存在,将所有的表象归于我的意志,那么那个无穷大的意志要归向哪里呢?那个逃避束缚的浪漫主义的致命伤在于去求得别人的无限包容,却发现他人也有自我,于是只能归于虚无的空洞之所。然而,柔石这个升腾在上的不着力的"大我"视角,却也能偶得某种不偏不倚。他在看到行刑时会质疑,受刑者与行刑人之间的价值正负由谁做判断,权力归属由谁做决定?他的无主见固然带有无政府主义的气息,然而,对于彻底否定一方的生存价值、将其抹杀的诘问却永远有意义。

与现实对立起来凝结成的大我,并非是寻到乐园的明证,反而是带着怨恨与自我怨恨的块垒。柔石的终极目标还是要在现实脱困,那么即使是寻找个人的大我的自由,也必须执行某种颠覆而非耽于玄想。于是,自知与不自知之间,意识与无意识之间,开始关涉着整个民族的命运。

第九章　从诗化青春到散文人生：浙江一师文人精神气质的衍变

一　"火气"与"清气"的消长

在着手明清之际士人研究时,赵园特引王夫之所谓"戾气"一词为题,用以概括明代尤其是明末社会的别一种时代氛围。值得注意的是,王氏所谓"戾气",不止由统治者的暴虐,"也由'争'之不已的士民所造成"。[1] 恰是对后者的批评向度,尤为可贵地蕴含了王夫之乃至识者赵园独具的士文化反省意识。

借重上述士文化反思,笔者拟以"火气"一词,指称民国初期,尤其是

---

1. 赵园:《明清之际士大夫研究》,北京大学出版社1999年版,第9页。

"五四"以降浙江省立第一师范学校士人中充斥的某种激进情绪。此类"火气"诚然是彼时具体历史情景下的正当产物,满溢着青春期的锐气与激情;但也毋庸避讳,一定意义上,与"戾气"之成因相似,在与旧传统、旧文学相争相激之际,难免产生一些矫枉过正的负面症候。

1919 年 5 月 4 日,"五四"运动爆发。而不无象征性地点燃这场思想革命与文学革命火焰的,恰是后浙一师时期的重要领袖人物,与一师师生同声相应、同气相求,执掌春晖中学、创办立达学园的同道匡互生。史称时为北高师学生的他率先打破铁窗,冲入赵家楼 2 号曹汝霖的住宅,与卫兵格斗;他还取出火柴,将卧室的帐子拉下,放起火来……[1]赵家楼的火焰,就此成为"五四"激进精神以及士人"火气"的鲜明表征。

与匡互生一度侠烈火暴的性格相类,浙一师校长经亨颐身上也充满了某种峻急躁进之气。少时他曾通电反对慈禧废光绪帝,遂遭通缉而亡命天涯;1927 年南昌起义发动,身为国民党左派的他赫然名列领导起义的以周恩来、叶挺、李立三、贺龙、恽代英、林伯渠、彭湃、苏兆征等共产党员为主体组成的中国国民党革命委员会的名册中;1930 年又因参加国民党中央党部扩大会议锐意反蒋,旋被"永远开除党籍"。如果说,其左翼政治倾向犹值得称道,那么,过于激进的义化立场却不得不引人反思:1928 年,身为国民政府委员的他提出了废除故宫,"分别拍卖或移置院内一切物品"之议案。[2] 理由是"在中文里'故'字有怀念的意味,这'故宫'二字大有禾黍离离之感",唯恐遗民借此寄托对旧王朝兴灭更替的哀思。

1　叶圣陶:《悼匡互生先生》,周予同:《火烧赵家楼》,均收入北京师范大学校史资料室编:《匡互生与立达学园》,北京师范大学出版社 1985 年版,第 130、83 页。
2　郑欣淼:《故宫的价值与地位》,《光明日报》,2008 年 4 月 24 日。

这一偏激主张与姿态同样不乏象征性。某种意义上，"故宫"远不止是封建帝制的载体，而适可视为闳约深美的中国传统文化构架的隐喻。

其主持一师教育革新，最引人瞩目的应属倡导"学生自治"与推行白话文这两项举措。试行"学生自治"，本意在于易"他律"为"自律"，然而"五四"一役之后，一师学生自治的权力日渐扩张，例如学生自治会代表得以出席校务会议，参与决策；甚至组织学生法庭，自行审理学生之间的积愤与思想纷争。至于推行白话文，蔡元培针对时人指责北京大学"已尽废古文而专用白话"之说，曾辩及彼时北大预科国文教材"所据为课本者，曰模范文、曰学术文，皆古文也"；而作为培养师资的一师，国文讲授却一度"旧的一概否定"，尽"改文言为白话"，国文"四大金刚"之一刘大白还因章士钊持"文言雅洁说"而爆粗口，指斥"章大虫底放屁逻辑"[1]，直到姜伯韩主校，方易为"教员视学生程度，得酌授文言"。

经亨颐倡导"与时俱进"方针，堪称时代先锋；但其唯恐难偿历史进程之时差，每每弃"渐进"而代之以"急进""猛进"（沈玄庐好用之词）步伐，则难免过犹不及。

与经氏信奉唯"新"是趋的"时间神话"观念相类，俞平伯也曾刻意"舍旧谋新"。"五四"运动那年，他在《新潮》杂志发表《打破中国神怪思想之一种主张》一文，力主"严禁阴历——禁止阴阳合璧的历书"一事刻不容缓。如此"便不会有干支，不会有干支的阴阳五行；不啻把妖魔鬼怪的窠巢，一律打破。什么吉日哪，良辰哪，五禁哪，六忌哪，烧香哪，祭神哪，种种荒谬的事情，不禁自禁，不绝自绝"。年方十九的他未免行事过于焦躁激

1　刘大白：《我想提倡的几种主义》（一），《黎明》周刊第 6 期，1925 年 11 月 8 日。

切,每每寻求所谓"最简截最痛快的办法"。[1] 这未尝不是"火气"旺盛的"五四"同人共有的倾向。即便一师前辈鲁迅,也一度相信"改革最快的还是火与剑"。[2] 更遑论学生辈中以一纸《非孝》檄文惊世骇俗、一度迷信"改造社会要用急进的激烈的方法"的施存统[3],以及"风潮"平息多年犹火气未消,不惜背欺师灭祖之名,撰小说《校役老刘》以宣泄自己对母校一师怨愤之情的魏金枝。

曾几何时,以"一师风潮"为界标,前后一师士人风气渐变。缘于"五四"灰飞烟灭、"风潮"波澜不惊后,师生集体性的痛定"思痛";缘于新进教师朱自清、叶圣陶毕竟天性平正和易,最终乃以和风细雨式的调适滋润,改变了"那时一师脱略的风气"[4];也缘于丰子恺及其老师李叔同静对万象万事、躁忿全消修养的感染;缘于浙一师—春晖中学—立达学园这一路辗转、时过境迁后的柳暗花明。

后一师文人重新框定了其生活空间、工作空间以及审美空间,由前一师时期的惯于振臂广场、操场、议会等宏大领域,衍变为栖身"湖畔"(西湖、白马湖)、"平屋"、乡村、书园等日常场景。天人互动,后者赐予了他们"美""自由""真诚""闲适"的境界与除尽火气见清气的氛围。

与"火气"适成对照的"清气"一词,典出1924年经老友夏丏尊介绍、加盟上虞春晖中学的朱光潜。他称:到白马湖后,结识了后来对其影响颇深的匡互生、朱自清与丰子恺几位好友,"那一批浙江朋友们都有一股清气,

---

1　俞平伯:《打破中国神怪思想之一种主张》,《新潮》第1卷第3期,1919年3月1日。

2　鲁迅:《1925年4月8日致许广平》,《鲁迅全集》第十一卷,第39页。

3　转引自彭明:《五四运动史》,第522页。

4　魏金枝:《杭州一师时代的朱自清先生》,《文讯》第9卷第3期,1948年9月15日。

即日常生活也别有一般趣味,却不像普通文人风雅相高。子恺于'清'字之外又加上一个'和'字"。[1]

如果说"火气"喻示着某种激进主义的情绪,那么"清气"则意味着一种渐进主义,或谓"日常生活的中和主义"精神气质的升华。身逢世变,此种火气渐消、回归本性的趋势便因此具有了历史的多维向度。其内蕴包括束己自爱,笃厚诚信,平和坦夷,宁静致远。显然不仅指涉政治姿态,亦关乎人生哲学、审美境界的追求。

在那一味激扬"火气"的时代,批评家曾据此针砭朱自清等的"清气":"他是反抗黑暗和一切旧的不合理现象的,然而缺少在我们时代所不可少的所谓伟大的憎;他是向往和赞美青春的,但在他的作品上和性格上,革命的青春的烈火就似乎被压着而没有旺盛地燃烧。"[2]更有新中国文学史著述将此看似低调的沉潜、退守,误判为"消极""落后"。

相形之下,还是同时代人对其所具"清气"更含同情的了解。朱光潜、沈雁冰等分别指出了"清气"的维度及张力:朱自清"柔而不弱",本性"不屈不挠";叶圣陶"待人接物,谦和平易,质朴无华,看来很有些温柔敦厚气,但外柔内刚,方正鲠直,眼里容不得沙子"[3];人"常用'清''和'两个字来概括子恺的人品,但是他胸有城府,'和而不流'"[4];"他们的政治观点,前进而不激进,沉实稳健而非锋芒毕露,不满现状又尚未构成尖锐的对立。对

1　朱光潜:《丰子恺先生的人品与画品》,《朱光潜全集》第九卷,安徽教育出版社 1993 年版,第 153—154 页。

2　冯雪峰:《悼朱自清先生》,《论文集》第一卷,人民文学出版社 1952 年版,第 112 页。

3　柯灵:《叶圣陶同志的两封信》,《长相思》,上海文艺出版社 1982 年版,第 130 页。

4　朱光潜:《缅怀丰子恺老友》,《艺文杂谈》,安徽人民出版社 1981 年版,第 259 页。

待事业与工作，一律认真负责"[1]……显然，此种退而守成、和而不流的风神，恰可移作对彼时仍一味呕呕于功利、好刚使气、峻急躁进的时风的适度反拨。

二　诗化青春：少年意气的诗性表征

与前述时代氛围、精神气质的沉潜衍变适成呼应，通观新文学第一个十年前后一师文人的文学创作活动，其文体选择亦大致呈现了从诗到散文的整体性趋势。

"五四"时代，无论是沈玄庐、刘大白，抑或是朱自清、俞平伯、叶圣陶、刘延陵及学生辈的湖畔诗人群，都曾不约而同地选择了诗这一青春文体抒发自己的情怀，宣泄身逢"五四"青春期那满溢着的时代幻想与激情。

由沈玄庐等主编、创刊于1919年6月的《星期评论》周刊，曾以大量篇幅支持新诗的尝试与探索，因而与《新青年》《新潮》《少年中国》齐名，被史家誉为"在白话新诗创业初期最值得纪念的刊物"[2]；而由朱自清、叶圣陶、刘延陵筹划编辑，于1922年1月在一师这一母体中孕育而生的《诗》，则堪称中国新诗史上第一个诗刊。此外，晨光社、湖畔诗社应属新诗史上最早

1　茅盾：《祝圣陶五十寿》，《华西晚报》，1943年12月5日。
2　谢冕：《新世纪的太阳——二十世纪中国诗潮》，时代文艺出版社1993年版，第44页。

的诗歌团体;沈玄庐的《十五娘》是"新文学中第一首叙事诗"[1];朱自清的《毁灭》则被时人视作"能在中国古代传统的一切诗词曲以外另标一帜"的长诗……[2]不言而喻,一师诗人为新诗的萌生所作出的开拓性贡献如此引人注目,长时期以来多为文学史论著(包括笔者的一些著述)称道,故此处不再赘述;而其负面症候,却因往往为史家忽略不计似更值得探析。

一师学生魏金枝曾是"一师风潮"及新诗运动的急先锋,其三十年后对"风潮"浮躁火暴之气的反省以及对新诗运动负面性的嘲讽(未尝不可读作"自嘲"),因此引起我们注意。他说:"在紧接'五四'的这个时代里,原来可因说大话做新诗而起家的,甚至敢闹一切不正常的恋爱,也可以把自己弄得煊赫一进,即使不成为风云人物,也会被搬上话剧场,或者请去拍一套影片。譬如当时的刘大白、刘延陵诸先生,就是做新诗得名的,沈定一就是一个说大话出身的","总之,正当那时,一切泡沫,都可以冒充浪潮"。[3]

如果说,以上讽刺较多地指向诗人的人品(含文化姿态),那么,郑敏在对中国新诗创作做世纪回眸时针砭刘大白等的"双重诗格",则显然已兼及其诗品(含审美趣味)了。

郑敏分外看重刘大白诗《秋夜湖心独坐》的艺术魅力,却不认同其追求"大众化"风格的诗歌,如《卖布谣》《割麦过荒》诸作,指出诗人"为穷人"呐喊,"其意可嘉,但诗则是多余的了"。[4] 郑敏纯诗的审美取向中,依稀透露出新诗百年发展史上日渐稀罕的某种贵族精神。诚然,郑敏亦有其审美偏

1　朱自清:《诗话》,朱自清编:《中国新文学大系·诗集》,第 25 页。
2　俞平伯:《读〈毁灭〉》,《小说月报》第 14 卷第 8 期,1923 年 8 月 10 日。
3　魏金枝:《杭州一师时代的朱自清先生》,《文讯》第 9 卷第 3 期,1948 年 9 月 15 日。
4　郑敏:《世纪末的回顾:汉语语言变革与中国新诗创作》,《文学评论》1993 年第 3 期。

嗜,平心而论,"平民化"抑或"贵族化"的审美需求都"应当尊重";但问题的关键是,刘大白的此类诗出于功利性目的,不惜将平民化的形式追求强化到极端,俨然"文学斗士",这才使郑敏的批评师出有名。

其实,较之刘大白,沈玄庐更好为"文学斗士",在他所拟文学宣言《新旧文学一个大战场》诸文中,便如郑敏所针砭的,惯于将新/旧文学视作一对"水火不容的对抗矛盾",遵循"拥护/打倒的二元对抗逻辑"[1],号召青年人"杀进去","在这个战场上把旧东西扫除得干干净净"。[2]

他与刘大白一道,合力将白话诗题材开出新境。不仅史无前例地为农民运动树碑立传;还发表了大量为工人命运鼓与呼的诗作,在新诗史上自然功不可没。然而,除《十五娘》等优秀之作外,一些作品刻意扩张诗歌启蒙民众、鼓动民众的功能;此外,抒情主体每每情绪过于冲动——借用其诗中的描写,所谓"烈火烧心、狂云拥背",闷煞了"胸中的块垒"[3],以致一泻千里,一览无余。

"五四"以降四年,可谓玄庐诗歌创作的喷发期,共发表百余首诗,均刊载于《星期评论》周刊、《民国日报》副刊《觉悟》等报章上。缘于其鲜明的政治活动家倾向与动机,加之感染、兼顾了报馆文章的宣传性、即时性等因素,其诗适可谓醒世的宣言,觉民的警钟,控诉的血书,进军的战鼓。

试读代表作《起劲》。抒情主人公为工人起劲做工,却仅仅能"养活几个剥皮敲骨的富家翁"的境遇愤愤不平,起而疾呼:"切断工人颈子上的锁链,/打破资本家所建筑的牢笼。/什么是现实的文明? /把他来'粉碎虚

1　《世纪末的回顾:汉语语言变革与中国新诗创作》。

2　沈玄庐:《新旧文学一个大战场》,《星期评论》第 24 号,1919 年 11 月 16 日。

3　沈玄庐:《题画》,《民国日报》副刊《觉悟》,1920 年 9 月 23 日。

空’。/没有‘富’,/那来‘穷’。/没有‘私’,/那来‘公’。/腕力十分雄,/心花十分红。/‘起劲复起劲’,/从此不做国家人种的糊涂梦。”[1]……音韵读似铿锵,节奏急促有力,如咚咚鼓点,颇具鼓动性,却少了诗性蕴藉与回味。

不无悲剧意味的是,其诗歌创作中,多凸显政治活动家与斗士的身影,倾向未能自然而然地流露;而综览其政治生涯,却归根结底还是一名浪漫主义书生、一个诗人。前引魏金枝的讽刺,未尝不是歪打正着,切中了玄庐的某些局限。只是魏氏多少有以成败论英雄之嫌。若论玄庐“说大话出身”,其诗文中固然不难觅得“把大海搓圆,朝太空掷去,人在圆顶尖头立”,“把豪情拨起,驾上涛……忍着要发的世界新潮,正打点涨大全球”一类过甚其词、主体极度膨胀的豪言壮语;但借此印证玄庐是如此“把自己弄得煊赫一进”,却未免大大低估了玄庐这一远非纸上谈兵的“风云人物”的传奇性。

玄庐出身地主,偏于二十世纪初叶振臂一呼,率先在萧山衙前发起农民运动,不惜千金散尽;一介书生,却“也曾骑怒马抽刀杀敌”,壮怀激烈;他曾高举妇女解放的旗帜,然又妻妾成群,还一度与上海共产主义小组中唯一的女性成员丁宝林热恋,而伊唯恐其“志气要消暮”竟削发为尼(此即魏氏所谓的“敢闹一切不正常的恋爱”)[2];作为中国共产党发起人之一,他多有开天辟地之创意,也不乏不切实际的空想,最终沦落至脱党,却又依然执着进行农村自治实验,为此不惜血浴故乡……究其一生,可谓成亦诗人气质,败亦诗人气质!

1　沈玄庐:《起劲》,《星期评论》第 45 号,1920 年 4 月 11 日。
2　参阅散木:《参与过中共一大筹备的神秘女性丁宝林》,《党史博览》2011 年第 9 期。

去其偏颇，魏金枝的苛评之价值在于，它能启人反思：沈玄庐等好标新立异之创举中确渗有一些哗众取宠的习性，叱咤风云之际亦未免不时凌空蹈虚。这"诗人病"显然不是玄庐一个人的，而是"五四"时期一师诗人群程度不等却性质相似的症候。

无怪一师曹聚仁也曾以"少年诗人中最有希望"的汪静之之为例，剑指湖畔诗人——张维祺、汪静之、冯雪峰、魏金枝诸氏继之的"诗人病"："'五四'运动前后的文艺青年，也可说是很幸运的，呼吸了一点时代的新空气，一个筋斗翻过来，很早得到一点小名声，成为文人或诗人"，但是"太容易的成功，就象一个肥皂泡子，飞在空中，看起来很美丽，一下子就会吹破了"。"所以浪漫的抒情诗人，就有一种命定的悲哀，老调子的热恋诗一唱完，就唱不下去了。"曹氏虽因惯于对一切问题采取批判态度，而素有"乌鸦文人"之戏称，却缘于此文采用回剑自戕、复剑贯对手的战法——"这话，实在是在说我自己，却也包括静之兄在内"——便平添了几分力量。[1]

耐人寻味的是，魏金枝、曹聚仁痛定思痛，反思"五四"时期一师诗人好于涛头弄潮，然而运动退潮后，终究落得"浪潮"抑或"泡沫"混沌莫辨之际遇，却不约而同地记取彼时朱自清那如中流砥柱般"坚实"的风姿。

作为后一师时期的灵魂人物之一，朱自清为人为文确实相对平正稳健，乃至达臻如魏、曹所看重的不惮"背时"的境界，故适为一师同道后学效以安魂；但置身这纷扰喧嚣的时代，也难免有些许随波逐流的"趋时"之举。

例如他在为学生汪静之的诗集《蕙的风》作序时称："我们现在需要最切的，自然是血与泪底文学，不是爱与美底文学；是呼吁与诅咒底文学，不

1　曹聚仁：《补说汪诗人》，《我与我的世界》，第238、239页。

是赞颂与咏歌底文学。"尽管他何尝不知"前者固有与后者并存底价值",二者原不能偏废,却还是认同"现势下",前者应是"先务之急"的时调。[1]

"血与泪"或谓"血与火"意象一时成为一师乃至诗歌界主流诗潮的主题与基调的象征。朱自清也撰有《血歌》《赠 A.S.》《送韩伯画往俄国》一类血脉偾张、火气升腾之作——"血是红的! /血是红的! /狂人在疾走, /太阳在发抖! /血是热的! /血是热的! /熔炉里的铁, /火山的崩裂!"[2]——勉力以其如"血的歌""火的绘画"般的创作,应和那"建红色的天国在地上"的一时代理想。

前引郑敏所谓时势养成胡适、陈独秀、刘大白等先驱"双重、分裂的文学人格"之说,移自朱自清身上,狷者/狂者亦可说是其一体之两面。

恰逢青春期的朱自清诗作中充盈着的,除却"英雄之情",更有"浪漫之情"。某晚泛舟湖上,见"一只插着小红花的游艇里,坐着八九个雪白雪白的白衣的姑娘",飘然而过,惊为"暂现色相于人间"的天人。故不仅撰《女人》篇纪实[3],且复沓为之赋诗。如《湖上》赞美乘着那"舷边颤也颤的红花"之小船,唱起美妙的"不容我们听,只容我们想的歌"的"白衣的平和女神们"。[4] 如果说前述"手象火把"、热血腾沸的盗火者 A.S.(原型即邓中夏)堪称"血与泪底文学"中的英雄典型,那么湖上的白衣姑娘恰可借作专司"爱与美底文学"的女神。

无论是"英雄之情",抑或"浪漫之情",磅礴郁积既久,难免境至"极

1　朱自清:《蕙的风·序》,汪静之《蕙的风》,第 413 页。
2　朱自清:《血歌——为五卅惨剧作》,《小说月报》第 16 卷第 7 号,1925 年。
3　朱自清:《女人》,《背影》,开明书店 1928 年版,第 11 页。
4　朱自清:《湖上》,《踪迹》,第 38、39 页。

境"，情至"纵情"。如是便有杭州湖上三夜的畅游寻欢，便有曲折蜿蜒二百余行的长诗《毁灭》。

诗人一度尽享"诱惑的力量，颓废的滋味，与现代的懊恼"[1]，然而物极必反，临了还是"颇以诱惑的纠缠为苦，而亟亟求毁灭"。于是，虽曾有浮沉于"浓香""腻味""滑泽""松软"间的靡靡然，终究思想不如归去，那诱人的"吹弹得破的面孔"，陡然间"只剩一张褐色的蜡型"；即便那"雪样的衣裙，/现已翩翩地散了，/仿佛清明日子烧剩的白的纸钱灰"；而"虽有巧妙的玄言，/像天花的纷坠；/展示渺渺如轻纱的憧憬"，也免不了被"下界的罡风"吹散……此处引人注目的是，"毁灭"的远不止于"迷迷恋恋的颓废生活"，还有那浪漫的白衣"女神"；破碎的亦不止是"五色云里的幻想"，更有那"飘飘然如轻烟，如浮云"的诗国梦境。[2]

为了纠正激情幻灭的后果，诗后一种"丢去玄言，专崇实际"的人生哲学于焉而生。适如俞平伯所阐释的："他不求高远，只爱平实；他不贵空想，只重行为；他承认无论怎样的伟大都只是在一言一语一饮一食下工夫。现代的英雄是平凡的，不是超越的；现代的哲学是可实行的不是专去推理和空想的，他这种意想，是把颓废主义与实际主义合拢来，形成一种有积极意味的刹那主义。"[3]

如果说所谓"颓废的刹那主义"，其形式、其本质更近乎诗，终究令人怅惘空虚、茫无所依；那么彼时朱自清所欲身体力行的"日常生活的中和主义"——或谓"积极意味的刹那主义"，其精神格调已渐趋散文化的平实。

1　朱自清：《信三通》，《我们的七月》，亚东图书馆1924年版，第196页。

2　朱自清：《毁灭》，《踪迹》，第88页。

3　俞平伯：《读〈毁灭〉》，《小说月报》第14卷第8期，1923年8月10日。

三　散文人生：中年沉潜的审美积淀

发表于 1923 年的长诗《毁灭》恰是一座界碑，可借作二十年代中期一师文人不约而同作别诗国青春、步入散文人生的集体性宣言。

1924 年岁末，朱自清出版了诗与散文合集《踪迹》，四年后又出版了《背影》；与此适成呼应，叶圣陶与俞平伯也于 1924 年合出了散文选《剑鞘集》，此后又刊印了一部《脚步集》(1931)；1928 年，俞平伯出版了散文集《杂拌儿》与《燕知草》；夏丏尊则将其写于春晖中学"平屋"里的散文随笔辑为《平屋杂文》，存其 1921 年至三十年代的作品。

至于学生辈中，丰子恺最见后来居上之势。他于 1925 年始发表散文，六年后结集为《缘缘堂随笔》。

及至"开明"时期，随着刘大白、陈望道等昔日同事的加盟，一师文人之散文创作更是极一时之盛。

如果说，前此沈玄庐等发表于《星期评论》报章上的那些文字也可归于广义的散文，但那显系"新民体"，一意指点江山，改造社会，纵笔所至不检束，审美蕴藉不足；那么，有别于沈氏的政论式文体，朱自清、叶圣陶、俞平伯等的文字已属于艺术散文，即"美文"。前者立意载道，后者偏重言志。

深究一师文人"从诗到散文"这一集体性文体取舍的原委，研究者多有援引朱自清 1928 年"论现代中国的小品散文"时那段自况——"二十五岁以前，喜欢写诗；近几年诗情枯竭"，所写的大抵还是散文，缘于形式"随便"，或谓"懒惰""欲速"[1]，却每每忽略了其低调之下更深沉的寄托。

其实若真重视夫子自道，不妨参照朱氏 1922 年至 1923 年间致俞平伯的《信三通》，此为其详加阐释秉持"日常生活的中和主义"哲学的重要文书，以及写于 1928 年 2 月的《哪里走》，那是朱氏身逢"旧时代正在崩坏，新局面尚未到来的时候"，有心疏离"时代的火焰或漩涡"的思想宣言。[2] 后者恰可支持周作人从"王纲解纽的时代"，郁达夫从"个人的发现"来求证现代散文中兴缘起的见解。[3]

因着上述线索的提示，我们已大致能归纳一师文人之所以改弦易辙、寄情散文的部分动因：

首先，缘于"五四"潮起潮落之背景。初，王纲解纽，礼崩乐坏；继而浪漫政治理想轰毁；及至 1927 年大革命失败……这一波三折，一定程度上驱使一师文人侧身散文这一相对边缘、淡泊的文体，借此"卸下'载道'重任"，远离政治的风暴眼；同时，也逸出诗歌、小说结构形式的羁限，赢得可供个人自由言说的文体空间。

其次，诗神分外钟情青年人。即便"五四"时沈玄庐、刘大白已人届"而立"，心理年龄仍俨若"新青年""欧化老少年"；而散文则更多的属于"中年的艺术"。一师文人走过了"五四"、"少年中国"、"青春中国"阶段，此时难免生出中年落寞之感。——周作人所谓"盛时过去"，前路艰难。尽管俞平伯一度"不希望他拿这些话来短少年诗人底勇气"[4]，然而自从域外西还，

1　朱自清：《论现代中国的小品散文》，《文学周报》第 7 卷第 20 期，1928 年 11 月 25 日。

2　朱自清：《哪里走》，《一般》第 4 卷第 3 期，1928 年 3 月 5 日。

3　参阅陈平原：《散文小说史》，上海人民出版社 2004 年版，第 212 页。

4　参阅周作人：《新诗》，《周作人批评文集》，第 99 页；俞平伯：《秋蝉的辩解》，《俞平伯全集》第三卷，第 530、531 页。

便亦平添了几分书生老去、诗兴阑珊的意绪。至于朱自清、叶圣陶及丰子恺，性格原本便"少年老成"，经此中年沉潜，更是滤净了诗人"那些过分的伤感""那些飞扬跋扈的气息"。[1]

再次，若说诗的节奏与律动是跳跃、是歌是舞，那么"散文是散步"。某种意义上，它最能因应一师文人此时"前进而不激进"的政治姿态。既然是"散步"，本"不一定需要目的地，随兴所至"，随遇而安；然而时代的扰攘却使其步履难能如此随意，在散文小品立意"闲适""性灵"抑或是"挣扎和战斗"的论辩两翼间，他们自觉非自觉地走出了一条中间道路。借用《毁灭》及《信三通》里表征"日常生活的中和主义"的形象与意境喻之——"不再仰眼看青天"，只谨慎着"一步步踏在泥土上"。"一步不急，一步不徐"，"不称那迢迢无尽的程途"，"最重要的是眼前的一步"。……其间，固然不无彷徨、退隐，乃至左右失据，进退两难，但那稳健踏实的足迹延伸着看，却分明可见上下求索之势。史家认为，朱自清"这种中和主义和新诗有一种天然的隔膜，对诗情的滋长和爆发都有消极影响"[2]；换言之，其与一师文人的散文书写乃至人生道路倒是不无默契。

此外，无论是执教春晖中学还是立达学园，思不出其位，所作拟想读者自然多半是身边的青少年学子；即便此后创办开明书店，所编主要刊物仍是《中学生》，出版的著述中最有特色的仍是中学、大学教材与课外读物，诸如《开明活页文选》《开明国文讲义》等，依然不脱师范遗风。之所以选择散文这一文体，一定程度上恰因其"适于传授写作技能，为学生学习写文章

---

1 李广田：《谈散文》，《文艺书简》，香港青年出版社 1979 年版，第 42 页。
2 范培松：《中国散文史》（上卷），江苏教育出版社 2008 年版，第 230 页。

提供范文"[1],同时也宜于与受众促膝谈心,深入浅出。

识者称:散文"跟诗歌、戏剧、小说不太一样,相对来说,'文'与'人'的关系更紧密些,不一定'文如其人',但文章与作者的人格、趣味、学养、生活经历等有千丝万缕的联系"。[2] 诚哉斯言!作为撑起三十年代现代散文中兴重要一支的一师文人群,时人如郁达夫、钟敬文、阿英等均一语中的地指出其风格别具"清幽"这一共性。这自然应归因基于人格、趣味、学养等先在禀赋的生发,但亦不可忽视散文精神的后天陶养。

当彼时的"实际政治"情境不再能为一师文人群的理想抱负提供寄托的所在,他们"自然只有回到学术,文学,艺术"本业上[3],其所选择的散文这一载体便亦于自觉非自觉间转移为安身立命的别一艺术空间。借此书写退而"使心情有所寄托,使时间有所消磨,使烦激的漩涡得以暂时平恬",进而启蒙思想,灌溉新知。而散文文体特定的形式、节奏、格调,也不时于潜移默化间,影响着书写者的性格修炼、感情沉淀乃至情智合致。一言以蔽之,散文养气。

如是"人""文"互动,"人""文"相契,便使以下从艺术风格层面探析其作品中诗性与散文性相斥相融诸现象时,犹能发现审美取向下每每渗透着人格意味:

时人分外看重朱自清散文若置于"同时人的作品中,另有种真挚清幽

1　钱理群、温儒敏、吴福辉:《中国现代文学三十年》(修订本),北京大学出版社 1998 年版,第 404 页。

2　陈平原:《从文人之文到学者之文——明清散文研究》,三联书店 2004 年版,第 4 页。

3　朱自清:《哪里走》,《一般》第 4 卷第 3 期,1928 年 3 月 5 日。

的神态"。[1] 这是因着"在当时的作家中,有的从旧营垒中来,往往有陈腐气;有的从外国来,往往有太多的洋气;尤其是往往带来了西欧世纪末的颓废气息。朱先生则不然,他的作品一开始就建立了一种纯正朴实的新鲜作风"。[2] 如是清水出芙蓉般的清新之气,可谓朱氏散文及其同人创作一个总体性的风格特征,便由此奠定了其堪称"美文"正宗的文学史地位。至于细部的文字、修辞、审美,史家大可见仁见智。郁达夫激赏曾是诗人的他的散文,"仍能够满贮着那一种诗意",并推测想来是在浙江的青山秀水间住久了的缘故[3];挚友叶圣陶却偏不看好其散文语言及情感层面的耽美、溢"诗",称:"早期的散文如《匆匆》《荷塘月色》《桨声灯影里的秦淮河》都有点儿做作,过于注重修辞,见得不怎么自然。"[4] 若单纯就审美个性而言,叶氏之针砭未免有些苛刻;然而,若联系前述浙一师文人从诗到散文整体性取舍这一大背景,联系个中"人""文"相契的关系,便自然会意:一味溢"诗",不仅逾越了散文的形式规范,更有违艺术伦理,乃至人生哲学。恰恰缘于此,叶圣陶以及此后的评家均不约而同地珍视朱自清散文的中年变法,称道"近年来他的文字越见得周密妥帖,可又极其平淡质朴"[5];并归因其"年岁大了,经验多了,情感渐渐收敛,理智渐渐开拓,于是心平气和,平正通达,严肃而不冷峻,温和而不柔弱"。[6]

1　钱杏邨:《现代十六家小品序》,王永生主编:《中国现代文论选》第一册,贵州人民出版社1982年版,第510页。

2　李广田:《朱自清选集·序言》,《朱自清选集》,开明书店1951年版,第8页。

3　郁达夫编选:《中国新文学大系·散文二集》导言,《中国新文学大系·散文二集》,良友图书公司1935年版,第18页。

4　叶圣陶:《朱佩弦先生》,《中学生》1948年9月号,总第203期。

5　同上。

6　李广田:《朱自清选集·序言》,《朱自清选集》,第10页。

无独有偶,与朱自清并称的俞平伯的散文风格彼时也发生了耐人寻味的衍变。俞氏可谓"日常生活的中和主义"("积极意味的刹那主义")哲学的第二作者,也倡言"努力把捉这现在",追求"生活刹那间的充实"[1];恰是赖有他与朱氏的反复切磋探讨,质诘辨证,"日常生活的中和主义"方能渐次成形。

其早期散文适如史家所称"喜浓艳,对抒写的感情常常反复渲染",这种特性应是"他刚从诗歌创作转向散文创作一种不适应的反应"[2];及至二十年代中后期,才渐次洗尽铅华,摒弃"繁缛",随其同道同归"素朴的趣味"。[3] 虽也因政治环境的恶劣,一度"避难到艺术世界里去",但内心深处终究不失"反抗",言不尽意间,作品遂于感情的"明净"、智理的"清澈"中平添了几分涩涩的况味。

叶圣陶也躬身垂范"日常生活的中和主义"哲学与"中和"美学境界。其《脚步集》顾名思义,即源自集中名篇《"双双的脚步"》;而后者之寓意又显然典出朱自清的《毁灭》——其诗曰:"从此我不再仰眼看青天,/不再低头看白水,/只谨慎着我双双的脚步";循此题名,已依稀可见弥散于其散文集中的核心精神。在具体作品中,他更其明确地拒斥"一切行为,一切思虑,都遥遥地望着前面的将来,却抹杀了当前的"的"将来主义";而坦言执着现在虽非"胜义",但至少是现时"正当而合理的生活态度"。[4]

1　俞平伯:《读〈毁灭〉》,《小说月报》第 14 卷第 8 期,1923 年 8 月 10 日。
2　范培松:《中国散文史》(上卷),第 204—205 页。
3　朱自清:《燕知草·序》,俞平伯:《燕知草》,上海书店 1984 年版,第 7 页。
4　郢:《"双双的脚步"》,《文学》第 165 期,1925 年 3 月 23 日。

　　叶圣陶早期受一师同事朱自清、刘延陵等人影响，也写过一些新诗，但大都过于平实；其长诗《浏河战场》更形似"散文分行"。相形之下，一师文人中，他的气质似乎最少诗性，故皈依散文这一艺术空间可谓深得其所。他那认真处世、平易实在的性格形诸笔下，每每"令人有脚踏实地，造次不苟的感触"。因其风格谨严，多被史家视为：学生若"要取作散文的模范，当以叶绍钧氏的作品最为适当"。[1] 他擅以含蓄节制的手法，调和情景物我，譬解感时愤世的块垒，以期不失"中和"之境。然而，唯其矜持，唯其节制，当那抑不住的苦闷、愁绪不经意地在字里行间泅出时，方显得如此深沉动人！ 如《没有秋虫的地方》《藕与莼菜》。能否将"这种思乡情绪纳入当时大背景——'五四'之后知识分子的落潮中考察"自可斟酌[2]，却能从作者竟然落寞得寄情于同样向隅而歌的"凄凄切切的秋虫"，足以会意身逢扰攘时代一师文人那命定剪不断、理还乱的文化乡愁。

　　一师文人群的散文都有一股"清气"，纵然时人细细品味，着意辨析，也至多能发见同中些许微妙之差异。如称朱自清的散文"清幽深秀"，叶圣陶的"清淡隽永"，而其学生丰子恺的散文则被视作"清幽玄妙"。[3] 论及"玄妙"，史家多有追溯其师从李叔同的佛学渊源，甚至一叶障目只见其"躲避人生"、"飘然"世外[4]，而忽视了玄妙与平实，逸世与入世，"漫"画"随"笔

1　郁达夫编选：《中国新文学大系·散文二集》导言，《中国新文学大系·散文二集》，第 18 页。

2　范培松：《中国散文史》（上卷），第 242 页。

3　郁达夫编选：《中国新文学大系·散文二集》导言，《中国新文学大系·散文二集》，第 17 页。

4　范培松：《中国散文史》（上卷），第 389 页。

与苦学力行，恰是其一体之两面；究其一生，更多地还是"秉承老师'认真'的作风"——除却李叔同纯任自然后的严谨，另有夏丏尊温和中的不失方正，乃至朱自清、叶圣陶自谦平凡一卒之人格"后光"的烛照。懂得这一点，即使从其富有宗教气息的作品，如写于1925年的《渐》中，也依然能读出执着人生的意味。作者久久沉浸于世事无常、人生"渐"变的感怀里，临了却引英国诗人布莱克的诗句作结——"一粒沙里见世界，一朵花里见天国；手掌里盛住无限，一刹那便是永劫"。[1] 恰是因着其骨子里的认真执拗，文中那不无消极意味的刹那主义，最终还是转化为"积极意味的刹那主义"。有意思的是，自觉非自觉间，所引诗句不仅道出了其散文长于由日常生活的细微处发现宏旨精义的艺术旨趣及手法，更遥相呼应了乃师朱自清与俞平伯那场由"颓废的刹那主义"进为"积极意味的刹那主义"的探讨，以及由此衍生的莫管"人生无常有常"，"小处下手"，把握住你手心里的便是无限，如是每一刹那便生出永恒的意义和价值的著名结论。[2]

　　风格照映史观。很难辨明，究竟是浙一师文人群所执"日常生活的中和主义"人生观念及方式，影响了其散文"审美的人生化"过程；抑或是其作对"中和"之美的审美追求，助成了作者日常"人生的审美化"。人生与艺术的契合竟是那么的天衣无缝！

　　对于他们而言，散文书写显然已不止是体现一种文体风格而已，更衍生为表征一种不疾不徐的生存姿态，标举一种智情合致的思维范式，一种清明平和的精神气质。不再奢谈古今治乱、国计民生的书生们，借此得以

1　丰子恺：《渐》，《缘缘堂随笔》，人民文学出版社1957年版，第4页。
2　朱自清：《信三通》，《我们的七月》，第197页。

以更自我的眼光"面对大地和事实",关注更日常、更宽广的人文经验,追求个人与社会、自然之间的形散神不散。

四　人生的撒与执——俞平伯诗文创作个案探析

1920 年 9 月,经蒋梦麟推荐,俞平伯到杭州作了一师"风潮"后重振复课的首批国文教师。于杭州,俞平伯似又恢复了一些精神,令其能正视第一次留学未果的遗憾与不甘。稍事整顿,1922 年 7 月 9 日,作为浙江省视学,受浙江教育厅委派出行美国。7 月 31 日,船抵旧金山;10 月 9 日,又决定回国。两次留学皆匆匆折返,确是"负了从前的意",更有由既往对未来的打算离散而生的茫然。

所幸,他归来"相熏"之地恰是杭州。

郁达夫怨愤刻薄一番,可杭州终究是他常恨长情之终所,而不似纯粹如俞平伯,恋这杭州割舍不断、割舍不开。看朱自清为俞平伯所作《燕知草·序》中辨析,情深所至一为杭州风物,乃景之维系:"春夏秋冬,阴晴雨雪,风晨月夜,各有各的样子,各有各的味儿,取之不竭,受用不穷;加上绵延起伏的群山,错落隐现的胜迹,足够教你流连忘返。难怪平伯会在大洋里想着,会在睡梦里惦着!"[1]

仅止如此,自然是不够的,所以朱自清笔锋转过:"不错,他惦着杭州;

---

[1] 朱自清:《燕知草·序》,《燕知草》,开明出版社 1994 年版,第 1 页。

但为什么与众不同地那样粘着地惦着？""这正因杭州而外，他意中还有几个人在——大半因了这几个人，杭州才觉可爱的。好风景固然可以打动人心，但若得几个情投意合的人，相与徜徉其间，那才真有味；这时候风景觉得更好。"为杭州人事，则是情之所托。

妻为杭人，岳父一家居于严衙弄。俞平伯与妻许宝钏，青梅竹马，十一岁时订亲即已懵懂情系。说及现代文人，哀告性的苦闷、情之压抑者比比皆是，而如俞平伯夫妇这般以旧式姻亲结六十四年情深契重的，却令人纳罕。看那无视所谓时序流转的《冬晚的别》，怎忍读俞平伯悼亡妻的《半帷呻吟》？知音已逝，晚辈但听得老人夜半无法辨识的独语，甚至狂吼……[1]

这杭州的景与人是融合的，俞平伯在杭州憩处的是境，况味的是情。这种"温暖浓郁的氛围气"，足以解释朱自清对于"终日是喧闻的市声，想起来只会头晕罢了"的城站、清河坊，也能引出俞平伯"那样怅惘的文字来"的惊诧。

自 1920 年 4 月从英国返抵杭州，到 1924 年底迁居北京，俞平伯 1925 年作文追忆："在杭州小住，便忽忽六年矣。城市的喧阗，湖山的清丽，或可以说尽情领略过了。其间也有无数的悲欢离合，如微尘一般的跳跃着在。在这一意义上，可以称我为杭州人了。"[2]

文人与城的相契相生，俞平伯与杭州的气息同呼，或可与张爱玲之于上海，白先勇之于台北，川端康成之于京都并论。俞平伯于现代文学之成，无论是新诗、散文中精华的绝大半，抑或以红学家身份显身的《红楼梦辨》，

1　韦奈：《我的外祖父俞平伯》，上海书店出版社 1993 年版，第 87 页。
2　俞平伯：《芝田留梦记》，《燕知草》，第 15 页。

皆在杭州孕育催生。

俞平伯是吟着新诗踱入新文坛的,而其新诗与诗歌理论的大部分亦正是写于杭州,这内里的起、转、落、合历程,外部有 1920 年至 1925 年间居杭作息相印证。首先的投入,是作为新文学白话诗之先驱的《冬夜》。被诟病的是髓骨里逸出的卓荦古雅,白话的话不够新,不够"白"。

俞平伯并非不自知:"我虽努力主张创造平民化的诗,在实际上做诗,还不免沾染贵族的习气;这使我惭愧而不安的。只有一个牵强辩解,或者可以如此说的,就是因为我太忠实守着自由和真实这两个信念。"[1]

如果新诗创作里竟纠结抵牾的话,那么他忠实于自己与新文学的真实信念要到散文里去尽情舒展了。韵格及炼词修句,之后由诗化入文中。在《冬夜》里为了民众所部分"牺牲"的东西,被周作人研入有涩味的"第三派新散文"秉持的具体运作:"以口语为基本,再加上欧化语,古文,方言等分子杂糅调和,适宜或咨啬地安排起来有知识与趣味的两重统制。"[2] 而这"耐读"的雅致风度,正是由了"自然"。

经历一场去国还乡,令俞平伯在《冬夜》中投射时代风云的青春激情,被回省内心的理趣取代。第二部《西还》集特立独行的序、跋皆无,自作独语不俟他人评说指摘的心境昭然。于俞平伯,此时已无谓作自锢平民或贵族的新诗来开辟天地,或向漠然不可知的人群乞知遇。"果然不为世所知,殊有求仁无怨之慨,我倒特别的喜欢它呢。"[3] 只是他自己作文尚引《庄子》

1　俞平伯:《冬夜·自序》,《冬夜》,亚东图书馆 1933 年版,第 3 页。
2　周作人:《燕知草·跋》,《燕知草》,第 122 页。
3　俞平伯:《西还·书后》,《俞平伯全集》第一卷,花山文艺出版社 1997 年版,第 296 页。

"逃空虚者,闻人足音跫然而喜矣"[1],怎不以此为然！知否,罢手新诗,转入他中去,总也是寓情杭城与知亲唱答。

在杭沐浴人情风物念起儿时童心,于是有了《忆》。1924 年回京,1925 年出版,表面上隐敛的是此刻,韬光养晦。"忆中所有的只是薄薄的影罢"[2],不尽伤感。对韶光良辰此境流逝无奈何的可奈何,是兼及童年、杭城岁月的追忆不舍,是"梦里自知身是客"醒省而更惘然。通例而论,至早也要人生过半才来番童年返照,俞平伯二十二岁便经此项,而至耄耋之年则坚拒任何自传回溯,几番轮回转折映灵台明净,非"心境垂暮"一言以蔽之。此后除极零星篇,俞平伯由新诗回转为古体诗词创作。

俞平伯以新诗在现代文坛崭露头角,然其散文创作虽在新诗之后,却名居新诗之上,其中最为知名的两部文集皆与杭州渊源至深。《杂拌儿》泰半写于杭州,而《燕知草》则是俞平伯居于北京老君堂中对着窗外老槐树怀想杭州的青春风华,全是杭州的景物与人事。但要怎样回味咀嚼才铺展得够？所以《燕知草》亦"杂",辑诗、谣、曲、散文于一体,更得兼其中数篇由手迹影印,间缀"湖楼"照片、丰子恺《雷峰回忆》插画、曲园所制的信笺样式跟在《出卖信纸》一文后……万种变化不尽一般情绪,"可称五光十色"[3],俞作新诗中的曲深叠境转入此中来,怡然相得。《燕知草》中十数篇散文最为人称道,可代表其散文的成就。

1936 年,多学理论述的《燕郊集》衔《燕知草》而生,题名源自俞平伯"今日燕郊独看花"之句。作为夏候鸟——"燕",对京杭二地而言无有不

1　俞平伯:《诗底自由和普遍》,《俞平伯全集》第三卷,第525页。
2　俞平伯:《忆·自序》,收入《杂拌儿》,开明书店 1938 年版,第 198 页。
3　朱自清:《燕知草·序》,《燕知草》,第 2 页。

同,斯时寓于京畿清华园的俞平伯却生生地止其于郊,比若缱绻顾盼的《燕知草》,寥落寂寞纵蒙尘亦可想见。"小燕子其实也无所爱,只是沉浸在这朦胧而飘忽的夏夜梦里罢了。"[1]作大人语,何不是眷念怅惘时?

两次问道于西皆铩羽而归,落定杭州。新诗诗风内转,竟而辍笔。而散文的笔墨也与被鲁迅选入《中国新文学大系·小说二集》的《花匠》《狗与褒章》迥异其趣,是倏忽之间的颓唐里骤然遁入黑暗之中。旁人看来,这竟比他执以师礼的周作人还要迅捷。[2]

常有人比较俞平伯与六朝名士的任物随性,甚至拿他两次游学折返说事。举出《燕知草》中《雪晚归舟》等篇来,也是一番乘兴而至、兴尽而返的说辞。其实不然。于他,人生当有所执。他作文评说受刹那主义影响的朱自清的《毁灭》:"在人生的斗争方面:第一个是'撇'字,第二个是'执'字……至于执字,却更为重要。我们既有所去,即不能无所取……'撇开'是专为成就这个'执着'的。"[3]这种抵牾成悟不仅是审美智识所在,还呈现了俞平伯秉持的某种传统文人的精神操守。

周作人将俞平伯、废名称为第三派新散文的代表,觉得这隐遁之气适如他所属意的晚明文学。"胡适之,冰心,和徐志摩的作品,很像公安派的,清新透明而味道不甚深厚。""和竟陵派相似的是俞平伯和废名两人,他们的作品有时很难懂,而这难懂却正是他们的好处。"而"公安竟陵两派文学融合起来,产生了清初张岱(宗子)诸人的作品"[4],这便是周作人心目中理

1　俞平伯:《忆》之三十六,《俞平伯全集》第一卷,第324页。

2　"周作人的小品,虽是对暗之力的逃避,但这逃避是不得已的,不是他甘心的","俞平伯的倾向,则是根本无力要奋斗"。阿英:《俞平伯》,《夜航船》,良友图书公司1935年版。

3　俞平伯:《读〈毁灭〉》,《小说月报》第14卷第8期,1923年8月10日。

4　周作人:《中国新文学的源流》,北平人文书店1932年版。

想的第三派散文。某种程度上，杭州促成了《燕知草》，俞平伯散文小品之成大半要归于《燕知草》，而事实上俞平伯的散文实践又成全了周作人有关于新文学散文的理论。在周作人心中，"中国情形又似乎正是明季的样子"[1]，至于新的第三派代表——呼之欲出的隔世张宗子，周作人属意的人选便是写出《燕知草》的俞平伯。在周作人的鼓励下，俞平伯重刊了张岱的《陶庵梦忆》。

关于是否真如晚明小品，朱自清也说道："平伯究竟像这班明朝人不像，我虽不甚知道，但有几件事可以给他说明，你看《梦游》的跋里，岂不是说有两位先生猜那篇文像明朝人做的？平伯的高兴，从字里行间露出。这是自画的供招，可为铁证。标点《陶庵梦忆》，及在那篇跋里对于张岱的向往，可为旁证。"然而，与其据此认为俞氏刻意模仿，不如说是"性习有些相近，便尔闇合罢了；他自己起初是并未以此自期的"[2]。而当晚明之倡得到热烈回响，周作人继而上溯推崇起六朝文章。《杂拌儿之二》序中他盛誉此集无论言志、载道皆别开新境。既如此，即便"殆犹求陶渊明、颜之推之徒于现代欤"，追慕六朝风仪还要看俞氏。

学步六朝也好，承袭晚明也罢，俞平伯毕竟身处风云际会的现代。周作人编《中国新文学大系·散文一集》里固然有俞平伯之一席，而郁达夫《中国新文学大系·散文二集》序里的"自叙传"一说却更为识者援引，以作明证："我们只消把现代作家的散文集一翻，则这作家的世系、性格、嗜好、思想、信仰，以及生活习惯等等，无不活泼的显现在我们的眼前。这一

1　周作人：《燕知草·跋》，《燕知草》，第 123 页。
2　朱自清：《燕知草·序》，《燕知草》，第 3 页。

种自叙传的色彩是什么呢,就是文学里所最可宝贵的个性的表现。"这翻一翻"处处在写杭州,而所着眼的处处不是杭州"的《燕知草》[1],原来处处都是俞平伯"世系、性格、嗜好、思想、信仰,以及生活习惯等等"的"活泼的显现"。

　　周作人单以自己的创作经验不足成明证,当投注到俞平伯与废名时,始三人成林。他认为斯时"中国情形又似乎正是明季的样子,手拿不动竹竿的文人只好避难到艺术世界里去";又言及"大多数的真正文人的反礼教态度也很显然"[2],而这小品散文的作者亦是这统系的,出于自我维护,话自然被说尽。即使同陷于周作人所说的类明末背景里,也并非各个文人皆学张宗子辈。俞平伯成此笔意,也是个人气质禀赋使然。言志抒性灵,是文学的必然使命与管径,知堂先生非要强加于所谓必然的政治背景或人文背景之后,便多少显现出他面的计较来。关于反抗礼教,各人有各人的反抗法,激越的有"普罗文人",照此纠结,此辈岂非亦是另类"统系"传人?那么俞平伯辈的出路,束手就缚或引颈就戮一样不错?其实鲁迅"小品文的生存,也只仗着挣扎和战斗"的论断[3],亦是不由衷的执一端维说。而俞平伯说小品文就该以当仁不让的决心用它本来的样子出现[4],无非如此。

　　即便更接近竟陵派的"幽深孤峭"的废名文章,有玄学意味化入诗画断景中的,凝神定格即逸出无限远,宕至不尽深的;亦有拖曳着袖子施施而行的呆气与狂狷。俞平伯是痴气,《燕知草》里与杭州痴作一团。语其色彩光

1　朱自清:《燕知草·序》,《燕知草》,第2页。

2　周作人:《燕知草·跋》,《燕知草》,第123页。

3　鲁迅:《小品文的危机》,《鲁迅全集》第四卷,第575页。

4　俞平伯:《近代散文抄·跋》,阿英编:《现代小品文钞》,光明书局1941年版,第43页。

晕,拘于竟陵,实难苟同。漫说这里的锻词造句是其率性为之,其情亦益然真挚。

　　试读《湖楼小撷》：怯生生地以"春晨""轻阴"两篇始,睡眼里的惺忪与新生的韶秀恍若试探着不敢放声的轻啼。而终于忍不住交代："住杭州近五年了,与西湖已不算新交。我也不自知为什么老是这样'惜墨如金'。在往年曾有一首《孤山听雨》。以后便又好像哑子：即在那时,也一半看着雨的面子方才写的：原来西湖是久享盛名的湖山,在南宋曾被号为'销金窝'。又是白居易、苏东坡、林和靖他们的钓游旧地,岂希罕渺如尘芥的我之一言呢？像我这样开头就抱了一阵狂歉,未免夸诞得好笑：湖山有灵,能勿齿冷？所以我的装哑,倒不消辩解得。——辩解可是真糟：说是由于才尽,已算谦退到十二分；但我本未尝有才,又何尽之有？岂非仍是变相的浮夸？一匹锦,一支彩笔,在我梦中嘛也没有见,只是昏沉地睡。睡醒了起来,到晚上还依旧这么睡啊。"缠缠绕绕地解释一通亦可当丑话在前,无非是清清嗓子"不要再学往常那么傻睡了"、我准备好了。接下来仍旧有点放不开的小心翼翼,按着顺序说说苏堤上的桥总是没错的吧？什么"渐行渐远渐生"、"凭栏"之类的也用了。有些气馁,说到"'神光离合乍阴乍阳'这样八个字。即此一端,才思恐决不止八斗。但我若一字不易的以移赠西湖,则连一厘一毫的才思也未必有人相许的"。但少年这回"拿定主见,非硬抄他不可,实因西湖那种神情,除此以外实难于形容"。

　　而之后文字,豁出去的挥洒欲滴不漏的重墨兼细勒,所有感官的前呼后拥简直是与前人较劲的使才逗气了！

　　少年心性在杭州俯仰皆是蕴着童真的趣致：嗅清河坊的气息；城头巷里打橘子；跑到城站卖信纸,本来一个铜板一张的信纸,因有人还价便说三个铜板两张竟做成了生意！你说费解不费解？好玩不仅因青春，还为有人作伴，"僭越"了长幼威仪规矩有什么要紧呢。看侦探小说的时候，内弟以福尔摩斯自居，俞则乐为华生相从。[1] 假托"赵心余"作《重过西关园码头》，残稿里还有调侃辨毒探案的桥段。

杭州筛网滤去了时代浮表的血与火，峥嵘了底里的生气。《红楼梦辨》应学理处都意气："第二类'红学家'我们叫他消闲派……心目中只有贾氏家世的如何华贵……这种穷措大的眼光，自然不值一笑；不过他们却不安分，偏要做《红楼梦》的九品人表，哪个应褒，哪个应贬，信口雌黄，毫无是处，并且以这些阿其所好的论调，强拉作者来做他的同志。"[2] 甚或自己极冲口的断想："我因此有一种普遍的感想，觉得社会上行为激烈的都是些老实人，和平派都是大滑头啊"，"《留东外史》的作者，简直是个东洋流氓，是借这部书为自己大吹法螺的……《广陵朝》一书全是村妇漫骂口吻"。[3]

俞平伯1925年回京定居，文中颜色杳然淡了。气势是素朴，却不是精蕴涵内的敛光，而是随大城之宕置而散了。但凡后来"京派""海派"之论争，这城与人的属性以"言志"来拿捏亦妥。俞平伯前时分明与四季皆鲜明的杭州相附丽，是"杭派"颜色，而非大片灰里偶或扬起尘黄的北京。

俞平伯的"杭州散文"并不能尽然贯通起"冲淡和平"。"冲淡和平"一述，也许本就合适周作人本人自期的中年心态。知堂先生喝的那盏茶自然早非晚明色香，而是备足现代抑郁顿挫的涩味。俞平伯的文字，时有情境

1　俞成：《父亲已去五周年》，孙玉蓉编：《古槐树下的俞平伯》，四川文艺出版社1997年版，第236页。

2　俞平伯：《作者底态度》，《俞平伯学术论著自选集》，北京师范学院出版社1992年版，第79页。

3　俞平伯：《〈红楼梦〉的风格》，《红楼梦研究》，复旦大学出版社2004年版，第119页。

（这境往往还是现实意义上的恍然间的）与玄思相融，他在《眠月》里即浸没在被月光所笼的半梦，与被半梦所罩的月光相绝与相汇之间。"不必我特意赏玩它……即使闭着眼或者酣睡着，而月的光气实渗过，几乎洞激我意识的表里。它时时和我交融，它处处和我同在。"这不是刻意营作幻化的，而因文者本身心智冲淡，气息低徊间出入几层。这分驭驾反倒显得是年少的颖悟。

除却玄境几层，还有朱自清所谓与吴山酥油饼一样入口即化的朴质。一句"虽说不上什么'六代风流'，但总使人觉得身在江南"[1]，就值够认作钱塘解人。里面的懂得、维护，绝不是积年累月就可修得。

解人说："我们与一切外物相遇，不可着意，着意则滞；不可绝缘，绝缘则离。记得宋周美成的《玉楼春》里，有两句最好：'人如风后入江云，情似雨余黏地絮'，这种况味正在不离不着之间。文心之妙亦复如是。"[2]这话令人豁然开朗，唯情致中人知情宁着意。俞平伯的文章果然滞呢，强作离的也不能绝缘。单末一句"您到哪儿去？杭州城站吗？"[3]，闻者无语凝噎。

有晴者亦如必然有晦。风物四时如杭州，欢会即离之感悟不曾着意，如何绝缘？

俞平伯与梦甚有渊源，集齐一百个，成一书，名《古槐梦遇》。书里自道"九十九处于伪造"。废名却言此为诳语，在小引中交了底："于是我就告诉你们曰，作者实在是把他的枕边之物移在纸上，此话起初连我也不相信，因为我的文章都是睁开眼睛做的，有一天我看见他黎明即起，坐在位上，拿了

1　俞平伯：《西泠桥上卖甘蔗》，《燕知草》，第12页。
2　俞平伯：《重刊〈浮生六记〉序》，《俞平伯全集》第三卷，第478页。
3　俞平伯：《城站》，《燕知草》，第42页。

一支笔,闪一般的闪,一会儿就给一个梦我看了,从此我才相信他的实话。"

　　俞平伯这造梦叙梦的本事绝非一般。溯本逐源,或可在通本全赖杭州的《燕知草》中找到因头。自序当头就是"'浮生若梦为欢几何?'真一句老话。然而不说是梦又说什么呢?"集子里光浅入名的就有《芝田留梦记》《梦游》《眠月》篇,更别说具体文字中的梦呓梦意了:《冬晚的别》里"我俩有一晌沉沉苦梦";"我写我的《中夏夜梦》罢。有些踪迹是事后追寻,恍如梦寐,这是习见不鲜的;有些,简直当前就是不多不少的一个梦,那更不用提什么忆了。这儿所写的正是佳例之一"。[1]

　　这杭州,原来就是个多梦之地、生梦之地。俞平伯被人说似极晚明名士的张岱,亦是一本说梦言梦的《陶庵梦忆》,更是不多得的一本《西湖梦寻》。"作《梦寻》七十二则,留之后世,以作西湖之影。"[2]《梦寻》即张岱于西湖"无日不入梦""未尝一日别"的心衷。俞平伯并未着意模仿张岱风致,而是与其心有戚戚。

　　张岱好曲,俞平伯最爱《牡丹亭》,戏里几回梦里人间,出入生死。柳生问丽娘,为何梦里能纵恣欢会,醒来却要端坐凝然? 丽娘答:因梦是梦。废名在《古槐梦遇》小引中称俞平伯非是深闺梦里人,众人便以此为其清醒之明证。只是,柳生没有继续问,深闺梦里人何尝不知是客,方才贪欢?

　　"若同梦之人,则茫茫今世,渺渺他生,岂可必得乎。此书作者亦逢人说梦之辈,自愧阅世深而童心就泯,遂曰'燕知'耳。仍一草草书也,亦曰'燕知草'耳。"[3]他年经月,俞平伯早已转入古典文学研究。随手翻开

1　俞平伯:《西湖的六月十八夜》,《燕知草》,第32页。
2　张岱:《西湖梦寻・自序》,《琅嬛文集》,上海杂志公司1935年版,第32页。
3　俞平伯:《燕知草・自序》,《燕知草》,第2页。

他的《唐宋词选释》一页，见注苏轼《南乡子》平平一句"谁似临平山上塔，亭亭"[1]，这杭州东北一塔竟引出编者絮絮缀缀作一番《入蜀记》《老学庵笔记》《茶香室丛钞》《次韵杭人裴惟甫诗》的参差考据。

"《燕知草》的名字是从作者的诗句'而今陌上花开日，应有将雏旧燕知'而来；这两句话以平淡的面目，遮掩着那一往的深情，明眼人自会看出。"[2]朱自清如是说。

1　俞平伯：《唐宋词选释》，人民文学出版社 1979 年版，第 92 页。
2　朱自清：《燕知草·序》，《燕知草》，第 1 页。

余　论

1923年7月,浙江省立第一师范学校与浙江省立第一中学合并,设中学部与师范部,校名定为浙江省立第一中学。然而一师精神不泯,作为已衍为一个"呼吸相通的文化集团"的一师师生群体,也依然同心协力,在新的教育平台抑或报刊书局载体,为现代教育与文学传播事业继续工作着。

本节拟对此后一二十年——或谓"后浙一师时期"的一师人事略作扫描,以廓清本书基本论题的逻辑外延。

1922年,"一师风潮"后离校回到故乡上虞的经亨颐,出于对官立、国立学校的失望,决意在白马湖畔筹办一所新型的私立学校——春晖中学。

论及"春晖的使命",应聘到春晖中学任训育主任的夏丏尊称:它"是一个私立的,不比官立的凡事多窒碍。当现在首都及别省官立学校穷得关门,本省官立中学校有的为了争竞位置、风潮迭起、丑秽得不可向迩的时候,竖了真正的旗帜,振起纯正的教育"。[1] 恰是因其独树一帜的感召,不仅一师旧人夏丏尊、朱自清、丰子恺应声而来,匡互生、朱光潜、刘薰宇等也纷纷加盟于这"纯正的教育"旗帜下。

而三年后,几乎是原班人马,匡互生、夏丏尊、丰子恺、朱光潜、刘薰宇转辗上海,会同刘大白、夏衍等友人,创办了立达学园。其宣言开宗明义,"提出了教育独立自由的主张"。而所谓"立达",也颇有深意:"'立'指脚跟站得稳,或立场坚定,'达'指通情达理"[2],透露出作为知识者的这一群体历经时代的动荡后勉力摆脱左右失据之彷徨心态,寄愿于借此学园安身立命、保持思想清明的向往。

此外,夏丏尊、叶圣陶、丰子恺等还依托开明书店等报刊书局,致力于教育普及与文化启蒙工作。1926 年,开明书店出版的《一般》月刊创刊,该刊由夏丏尊主编,主要作者有刘大白、夏丏尊、叶圣陶、朱自清等,刊物以"公开的、超然的、民众化的出版物"之面目亮相,标明了作为立达学会会刊,其与立达学园相一致的独立、超然、民间的站位。

1932 年至 1934 年间,叶圣陶编写了一套《开明小学国语课本》,初小八册,高小四册,共计四百来篇课文。这些课文,均由叶圣陶亲自执笔,进行创作或旧文新编,并由丰子恺绘制插图。有别于某些教材中的插图与课文机械拼合、仅起点缀的作用,开明版课本力求达成文字与画面互动互阐的教学效果。编写者立足于儿童本位,"内容紧系儿童生活,从儿童周围开邑,逐渐拓展到社会。材料活泼隽趣,文体兼容博取"。一师同人骨子里大

1　夏丏尊:《春晖的使命》,《春晖》第 20 期,1923 年 12 月 2 日。
2　朱光潜:《回忆上海立达学园和开明书店》,北京师范大学校史资料室编:《匡互生与立达学园》,第 120 页。

都是文学家,叶圣陶亦然,故形诸课本,充满文学色彩。如是方能在培养儿童的阅读能力与写作能力之余,激发想象,陶冶美感。故课本问世后即受到教育界的普遍赞誉。

如果说,一师同人曾不甘于浙江两级师范学堂之"官立"、浙江第一师范学校之"省立"体制的规约与束缚,不惜决之一"役"("木瓜之役"),掀起"风潮"("一师风潮"),那么,无论"后浙一师时期"进而选择教育体制上的改制为突破口,追求教育的纯正、独立、自由,还是退而自办书局报刊,编写课本,启蒙后代,均可视作一师精神作用于特定时代而引申的另辟蹊径。而就人生道路的抉择而言,选择一条教育的、文学的而非政治的"中间道路","立"足民间,"达"观世事,也未尝不可读解为其对时代"哪里走"之棒喝的集体回应。

识者曾指出,无论是一师时代,抑或是"后浙一师时期",都存在着一个由一师同人组合成的"呼吸相通的文化集团":"一师的前后'四金刚',以及'五四'运动前后的同学们,在杭州有一组织叫作'明远学社',那是以经子渊校长为中心的同学会:在上海,有一个无形组织的同学会,便是开明书店,那是以夏丏尊师为中心的通讯处。夏师以外,李叔同师(弘一法师)、刘大白师、陈望道师、姜丹书师、朱自清师,以及丰子恺、傅彬然、朱文叔诸兄,无意之中,形成了呼吸相通的文化集团。"[1]诚哉斯言!

某种意义上,缘于数代师生同声相应、同气相求而凝聚成的共同精神气质与基本站位,浙一师已衍为一个"共名"。

虽则对其不应作本质主义的诠解,由于特定历史时期(如1927年国共

---

[1]　曹聚仁:《后四金刚》,《我与我的世界》,第139页。

分裂)政治的急剧变动,这一知识共同体也确会产生一定的聚散离合:例如是年 11 月,叶天底根据中共"八七"会议精神,组织浙东秋收大暴动,事泄被捕。其师夏丏尊闻讯后写信给一师时的同事、时任省教育厅秘书的刘大白求救。刘却回信责夏:"不负责任的妇人之仁"[1]……多方营救无果后,夏丏尊乃奋笔疾书"天高皇帝远,人少畜牲多"之对联,高悬于其"平屋"。[2] 又如前述一师读书期间曾追随沈玄庐、将其视为精神导师的宣中华,在大革命失败之际却能坚执"吾爱吾师,吾更爱真理"之道义,称:"沈玄庐能劝我加入共产党,但决不能拉我退出共产党。"[3] 在沈转向后宁愿以牺牲自己年轻的生命作答……然而,以上个案无改作为"共名"的浙一师同人群的凝聚力,即便在那动荡纷乱的年代,彼此间仍"有着涸辙之鱼相濡以沫之意",令其"在大时代中,体会到一种声气相求的温暖之情"。[4]

浙一师同人持续借晨光社、湖畔诗社、明远学社、悟社、白马湖作家群、开明同人这些社团抑或文化载体谈学问道,守望着一师精神。

1945 年秋天,适逢经亨颐校长逝世七周年祭,校友交集沪上,曾在开明书店与玉佛寺举行一师同学会。施存统便讲当年"非孝的故事";曹聚仁则倾诉"战地流转中的遭遇"。前尘往事,不胜感慨。[5] 其时鲁迅、李叔同、刘大白、宣中华、柔石、叶天底等先师旧友业已湮逝。感伤问,有人领头哼唱起了校歌:"人人人,代谢靡尽,先后觉新民。可能可能,陶冶精神,道德润

1　参见楼适夷:《怀念夏丏尊先生》,《话雨录》,三联书店 1984 年版,第 142—143 页。但楼文称刘大白时任省府教育厅长有误,应为省教育厅秘书。
2　夏衍:《忆夏丏尊先生》,《浙江日报》,1986 年 6 月 11 日。
3　萧邦奇:《血路:革命中国中的沈定一(玄庐)传奇》,第 168 页。
4　曹聚仁:《后四金刚》,《我与我的世界》,第 139 页。
5　参阅曹聚仁:《悼施存统》,《听涛室人物谭》,第 164 页。但曹文中"那时,恰好经校长的周年祭"一句有误,应为七周年祭。

心身。吾侪同学,负斯重任,相勉又相亲。五载光阴,学与俱进,磐固吾根本。叶蓁蓁,木欣欣,碧梧万枝新。之江西,西湖滨,桃李一堂春……"歌声久久萦绕不去,表征着虽时移世易,乃至蜡炬成灰,一师精魂犹存。

参 考 书 目

谢无量：《中国大文学史》，上海：中华书局，1918 年。

胡适：《白话文学史》，上海：新月书店，1928 年。

周作人：《中国新文学的源流》，北平：人文书局，1932 年。

黎锦熙：《国语运动史纲》，上海：商务印书馆，1934 年。

文逸编著：《语文论战的现阶段》，上海：天马书店，1934 年。

任重编：《文言、白话、大众语论战集》，上海：民众读物出版社，1934 年。

李泽厚：《中国现代思想史论》，北京：东方出版社，1987 年。

李泽厚：《中国近代思想史论》，北京：人民出版社，1979 年。

陈平原：《作为学科的文学史》，北京：北京大学出版社，2011 年。

陈平原：《大学有精神》，北京：北京大学出版社，2009 年。

陈平原：《触摸历史与进入五四》，北京：北京大学出版社，2005 年。

赵园：《明清之际士大夫研究》，北京：北京大学出版社，1999 年。

赵园：《制度·言论·心态——〈明清之际士大夫研究〉续编》，北京：北京大学出版社,2006 年。

　　黄延复：《水木清华：二三十年代清华校园文化》,桂林：广西师范大学出版社,2000 年。

　　姚丹：《西南联大历史情境中的文学活动》,桂林：广西师范大学出版社,2000 年。

　　高恒文：《东南大学与"学衡派"》,桂林：广西师范大学出版社,2002 年。

　　沈卫威：《大学之大》,北京：人民文学出版社,2007 年。

　　罗岗：《危机时刻的文化想像——文学·文学史·文学教育》,南昌：江西教育出版社,2005 年。

　　许纪霖等：《近代中国知识分子的公共交往》,上海：上海人民出版社,2008 年。

　　桑兵：《清末新知识界的社团与活动》,北京：三联书店,1995 年。

　　周予同：《中国现代教育史》,上海：良友图书公司,1934 年。

　　姜琦：《现代西洋教育史》,上海：商务印书馆,1935 年。

　　丁致聘：《中国近七十年教育纪事》,南京：国立编译馆,1935 年。

　　陈青之：《中国教育史》,上海：商务印书馆,1936 年。

　　舒新城：《近代中国教育思想史》,福州：福建教育出版社,2007 年。

　　李华兴：《民国教育史》,上海：上海教育出版社,1997 年。

　　张隆华主编：《中国语文教育史纲》,长沙：湖南师范大学出版社,1991 年。

　　崔运武：《中国师范教育史》,太原：山西教育出版社,2006 年。

　　舒新城编：《中国近代教育史资料》（上、中、下册）,北京：人民教育出版社,1981 年。

　　朱有瓛主编：《中国近代学制史料》第一、二、三辑,上海：华东师范大学出版社,1983 年、1989 年、1992 年。

　　璩鑫圭、唐良炎编：《中国近代教育史资料汇编：学制演变》,上海：上海教育出版社,2007 年。

　　陈学恂：《中国近代教育文选》,北京：人民教育出版社,1983 年。

　　沈自强主编：《浙江一师风潮》,杭州：浙江大学出版社,1990 年。

　　中共浙江省委党校党史教研室编：《五四运动在浙江》,杭州：浙江人民出版社,1979 年。

　　中国社会科学院近代史研究所编：《五四运动回忆录》,北京：中国社会科学出版社,1979 年。

　　中国社会科学院现代史研究室编：《维经斯基在中国的有关资料》,北京：中国社会科学出版社,1982 年。

　　沈仲九：《国文科试行道尔顿制的说明》,上海：商务印书馆,1925 年。

　　北京师范大学校史资料室编：《匡互生与立达学园》,北京：北京师范大学出版社,1985 年。

　　李斌：《民国时期中学国文教科书研究》,北京：北京大学出版社,2016 年。

　　蒋梦麟：《西潮·新潮》,长沙：岳麓书社,2005 年。

　　曹聚仁：《我与我的世界》,北京：人民文学出版社,1983 年。

　　曹聚仁：《听涛室人物谭》,北京：二联书店,2007 年。

　　曹聚仁：《文坛五十年》,北京：三联书店,2010 年。

　　曹聚仁：《中国学术思想史随笔》,北京：三联书店,2012 年。

　　姜丹书：《姜丹书艺术教育杂著》,杭州：浙江教育出版社,1991 年。

　　姜建、吴为公编：《朱自清年谱》,合肥：安徽教育出版社,1996 年。

　　孙玉蓉编：《俞平伯年谱》,天津：天津人民出版社,2001 年。

　　商金林：《叶圣陶年谱长编》,北京：人民教育出版社,2004—2005 年。

商金林：《叶圣陶评传》，合肥：安徽教育出版社，1995 年。

刘家思：《刘大白评传》，北京：中国社会科学出版社，2013 年。

王德威：《小说中国——晚清到当代的中文小说》，台北：麦田出版城邦文化事业股份有限公司，2012 年。

王德威：《抒情传统与中国现代性》，北京：三联书店，2010 年。

小森阳一：《日本近代国语批判》，陈多友译，长春：吉林人民出版社，2003 年。

柄谷行人：《日本现代文学的起源》，赵京华译，北京：三联书店，2006 年。

周策纵：《五四运动史》，陈永明等译，长沙：岳麓书社，1999 年。

萧邦奇：《血路：革命中国中的沈定一（玄庐）传奇》，周武彪译，南京：江苏人民出版社，2010 年。

叶文心：《民国时期大学校园文化》（1919—1937），冯夏根、胡少诚、田嵩燕等译，北京：中国人民大学出版社，2012 年。

叶文心：《民国知识人：历程与图谱》，北京：三联书店，2015 年。

蔡元培：《蔡元培全集》，杭州：浙江教育出版社，1998 年。

鲁迅：《鲁迅全集》，北京：人民文学出版社，1981 年。

倪墨炎、陈九英编：《许寿裳文集》（上、下卷），上海：百家出版社，2003 年。

张彬编：《经亨颐教育论著选》，北京：人民教育出版社，1993 年。

经亨颐：《经亨颐日记》，杭州：浙江古籍出版社，1984 年。

文心之辑：《夏丏尊文集》，杭州：浙江文艺出版社，1983 年。

李叔同：《弘一大师全集》，福州：福建人民出版社，1991 年。

朱乔森编：《朱自清全集》，南京：江苏教育出版社，1988—1996 年。

叶至善、叶至美、叶至诚编：《叶圣陶集》，南京：江苏教育出版社，1987—1992 年。

俞平伯:《俞平伯全集》,石家庄:花山文艺出版社,1997 年。

复旦大学语言研究室编:《陈望道文集》,上海:上海人民出版社,1979—1981 年。

陶水木编:《沈定一集》,北京:国家图书馆出版社,2010 年。

丰陈宝等编:《丰子恺文集》,杭州:浙江文艺出版社,1992 年。

飞白、方素平编:《汪静之文集》,杭州:西泠印社,2006 年。

杨天石主编:《钱玄同日记》(上、中、下册),北京:北京大学出版社,2014 年。

葛乃福编:《刘延陵诗文集》,上海:复旦大学出版社,2002 年。

杨贤江:《杨贤江全集》,郑州:河南教育出版社,1995 年版。

《湖畔》,杭州:湖畔诗社,1922 年。

《春的歌集》,杭州:湖畔诗社,1923 年。

汪静之:《蕙的风》,上海:亚东图书馆,1922 年。

《柔石选集》,上海:开明书店,1951 年。

朱毓魁编:《国语文类选》,上海:中华书局,1920 年。

朱文叔编:《新中华国语与国文》,上海:中华书局,1930 年。

夏丏尊、叶绍钧:《国文百八课》,北京:三联书店,2008 年。

后　记

　　浙江省立第一师范学校与笔者供职的杭州师范大学素有历史渊源，故选择一师为研究视点，除却学术范畴的考量外，也多少渗有个人精神层面的追求。寄愿与一师先贤的遇合，访学问道，渐次达臻"呼吸相通"的境界。

　　栖身纷扰动荡时代，浙一师数代师生同声相应，同气相求所形成的"知识共同体"，或可安魂。也因此，当书稿行将完成之际，不免生出几分怅然。这心境恰似李叔同那首旷世名曲，名谓"送别"，却又何尝不是一种不舍的追怀、伤逝！

　　本书由笔者提出整体思路，并撰写第一、五、六、七、八、九章以及导言、余论，浙江财经大学人文学院副教授王平博士撰写第二、三、四章以及第一、六章中的几个小节，此外，浙江工业大学人文学院副教授张勐博士也参撰了书中的部分内容，最后，由笔者负责对全书作修改、统稿。两代学人文字的统合兼容，一如冬岁独立苍茫的主调里，犹交响协奏着春的华章。

　　在本书的写作过程中，笔者始终得到了学界与出版界友人的鼓励与帮助。为此,谨向将书稿的部分章节先行发表的《文学评论》《中国现代文学研究丛刊》《鲁迅研究月刊》《文艺争鸣》《杭州师范大学学报》表示感谢;对出版本书的广西师范大学出版社与魏东编辑表示感谢。

临了,更要感谢浙一师,时移世易,纵然前尘往事风流云散,但留风骨,磐固吾根本。

张直心

2020 年 4 月 20 日